全国宣传文化系统
"四个一批"人才作品文库
新闻界

走向界碑

杜献洲 著

中华书局

图书在版编目(CIP)数据

走向界碑/杜献洲著. —北京:中华书局,2011.9
(全国宣传文化系统"四个一批"人才作品文库)
ISBN 978－7－101－07863－3

Ⅰ.走… Ⅱ.杜… Ⅲ.新闻报道—作品集—中国—当代 Ⅳ.I253

中国版本图书馆 CIP 数据核字(2011)第 037047 号

书 名	走向界碑
著 者	杜献洲
丛 书 名	全国宣传文化系统"四个一批"人才作品文库
责任编辑	高 天
装帧设计	毛 淳
出版发行	中华书局
	(北京市丰台区太平桥西里 38 号 100073)
	http://www.zhbc.com.cn
	E—mail:zhbc@zhbc.com.cn
印 刷	北京瑞古冠中印刷厂
版 次	2011 年 9 月北京第 1 版
	2011 年 9 月北京第 1 次印刷
规 格	开本/700×1000 毫米 1/16
	印张 24 插页 4 字数 368 千字
国际书号	ISBN 978—7—101—07863—3
定 价	68.00 元

出 版 说 明

实施宣传文化系统"四个一批"人才培养工程，是党中央作出的一项重大战略决策，是推动实施人才强国战略，提高建设社会主义先进文化能力的重要举措。实施这一工程，旨在培养和造就一大批政治坚定，与党同心同德，具有广泛社会影响的一流的思想理论家、一流的记者编辑主持人、一流的出版家、一流的作家艺术家。为集中展示"四个一批"人才的优秀成果，发挥其示范引导作用，"四个一批"人才工作领导小组决定编辑出版《全国宣传文化系统"四个一批"人才作品文库》。《文库》主要收集出版"四个一批"人才的代表作，包括理论专著论文、新闻出版、文学艺术作品等。按照精益求精、分步实施的原则，《文库》将统一标识、统一版式、统一封面设计陆续出版。

全国宣传文化系统"四个一批"人才

工作领导小组办公室

2008年12月

杜献洲

　　1963 年 7 月生，河南内黄人。1995 年毕业于解放军西安政治学院，1980 年 11 月入伍。现任解放军报社后备力量建设宣传部副主任，大校军衔，主任编辑。从事军事新闻工作二十余年中，不畏艰险亲历报道海边防官兵事迹，现场报道重大事件，采写新闻报道数百篇。《儿子，请喊声爸爸》、《迟到的家书抵万金》、《用生命丈量念青唐古拉》、《22 座"风雨亭"矗立北部边防》4 件新闻作品获中国新闻奖，《激情出征》获全国新闻界抗击非典新闻宣传优秀作品奖，《小汤山定点医院记者守望札记》获全国新闻界抗击非典新闻宣传优秀作品奖，曾获第六届"范长江新闻奖"。2003年获"全国新闻界抗击非典优秀记者"荣誉称号，2004 年被授予"全国新闻出版业有突出贡献的中青年专家"称号，荣立三等功 3 次，二等功 1 次。是全国宣传文化系统"四个一批"人才，享受国务院颁发的政府特殊津贴。

目 录

山岳疾行
——来自西南边防的报道

寒风吹彻
——来自东北边防的报道

蓝色呼唤
——来自南沙西沙的报道

沙场烽火
——来自重大事件的报道

长河掠影
——关于重大主题宣传的报道

所得尽在亲历中(代序)

孙晓青

一

能够获得范长江新闻奖的记者,必定有与众不同的传奇。

杜献洲的传奇始于大漠边关,写在雪域高原。作为和平时期的一名军事记者,他虽然没有机会奔走于战场,穿梭于硝烟,却勇敢地为自己选择了一条注重亲历的采访之路。

翻阅《走向界碑》这部书稿,我惊叹:这小子什么时候积累了这么多亲历式报道?

对杜献洲的最初印象,来自于他的一篇纪实通讯,即本书收录的《走向界碑七昼夜》。那时,我是解放军报总编室副主任,分管专题新闻版。一天,军事部送来一篇反映帕米尔高原红其拉甫边防站官兵骑牦牛进入无人区巡逻的通讯。巡逻,原本是边防连队一项经常性任务,并不鲜见,然而这篇稿子却让人眼前一亮,因为记者也骑着牦牛和官兵一起经历了险象环生的七天七夜,他所记述的,完全是现场亲历!我们的情绪被调动起来,当即决定突出处理,还特意请报社擅长书法的同志手书了大标题。

那时,军报还没有扩版,在有限的版面内尽可能多登一些稿件,是传统报人的普遍思路。由于手书标题占版面较多,我和当时的一位老总还发生了争执,他一再要求我们缩小标题,甚至问我:什么稿子值得这么突出?我说,一篇亲历式报道,新疆站记者杜献洲写的。

如今,这篇通讯静静地活在这部书稿里,好像全书的灵魂,召唤着读者透过记者亲历的所见所闻、所思所想,走近那些栩栩如生的边关军人。

二

军人的"兵之初"往往会影响他的一生。我年轻的时候,曾在云南边防当兵,"边防战士"的称谓让我足足自豪了40年。不仅如此,新闻从业以来,我跑得最多的地方还是边防,心中最敬重、最思念的群体还是默默无闻的边防官兵。

杜献洲也有类似经历。从内地入伍到新疆,无论在连队当文书,还是到医院当护士,以至后来由新闻干事入选驻站记者,他面对的环境,始终是荒凉的戈壁、冷峻的雪山、厚重的高原和绵延无尽的边防线;他服务的对象,多是坚毅沉静的边关军人。新疆边防,既是他步入军旅人生的始发地,也是他开始记者生涯的大舞台。他由此起步起舞,从新疆写到北京,写进军报,还写出一个范长江新闻奖。

不是科班出身的记者,却获得了所有职业记者梦寐以求的最高荣誉——杜献洲靠的是什么?一言以蔽之:客观环境是边防,主观作为在亲历。而能够把这两者结合起来的诀窍,在于他的用力、用心、用情。

所谓用力,自然是指超越常人的非凡努力。大凡追求亲历新闻者,无不付出超常代价。瞧瞧杜献洲去过的那些地方吧:雪海孤岛、南沙孤礁、高原孤旅、大漠孤烟……许多时候,他完全是在自找苦吃。比如去南沙守礁部队采访,几乎所有记者都是随海军的补给舰转一圈,到每个礁盘上看一看,和换防官兵聊一聊,仅此而已。我也去过南沙,知道限于条件能做到这样已经很不错了。可杜献洲却另辟蹊径,放弃"巡视"式的采访,决意在最南端的华阳礁住下来,与守礁官兵共同生活六昼夜,亲身体验了烈日下训练、风雨夜抢险、工棚里种菜、寂寞中思亲等酸甜苦辣诸多滋味,终于写出细致入微、感人至深的《孤礁六日》。

更有甚者,采写《用生命丈量念青唐古拉》这篇通讯时,他因高原反应晕倒,当场摔豁了下颌,摔断了两颗牙的牙根。很多年后,说起当时的情景,他仍心有余悸:"从昏迷中醒来一照镜子,吓了我一跳,怎么变成两张嘴了?"那一次,他的下颌缝了24针,在野战医院住了7天,出院后又跟着一支测绘中队走进西藏的原始森林。

冒险,是勇敢者的天性,也是杜献洲认定的"采访成本"。他说,任何职业都要付出成本,亲历的代价是记者必须付出的成本。和那些每年牺牲在"现场"的记者相比，他甚至常常为自己"赚了"而窃喜。不是吗？当亲历成为一种职业追求的时候，每一次采访，哪怕再苦再险，也会化作快乐的源泉。

所谓用心，是指思考后的行动与行动中的思考。亲历新闻多为行走新闻，仅仅敢于吃苦显然不够，还必须有相关的知识和明确的追求。杜献洲的脚长在心上，每每用心行走；而他的心则睁开双眼，时时盯着目标。自然，他能够得到别人得不到的收获。

边关是一部厚重的大书，写满屈辱与抗争、苦难与忠诚、光荣与梦想。1997 年秋天，我去新疆边防部队采访，杜献洲作为驻站记者全程陪同，一路上给我讲了西北边防的许多历史掌故和人文风情。我这才知道，这位年轻记者对西北边防史做过深入研究，对一些边境争议区的由来、演变和现状了然于胸。正是这些知识储备，使他驾轻就熟地写出了很有知识含量和警示意义的通讯《走万里边防　观千年沧桑》。

优秀记者不仅是历史的记录者，更是思想的发掘者。杜献洲善于思考，他的亲历从不盲目，行动前一定会想明白，找准新闻点，然后在亲历中细心体验、真实表现。读他在抗击非典中深入小汤山定点医院采写的一组守望札记，可以清楚地看到，他调动自己的积累，很自然地找到了一个结合点："从雪山到小汤山，记者见过许许多多临危不惧、临难不惧、临苦不惧的军人。其实，这些刚强的军人就是一座座高山。望见这样的高山，老百姓遇到天大的事，都会镇静下来，都会心底踏实。"

只有对军人的使命有着深刻理解、对人民的安危有着深切关怀的人，才会做出如此贴近实际且饱含深情的判断。

所谓用情，是指在采访中心怀大爱，投入真情。"心中有爱方能写出爱，笔下有情方能写出情。"这是杜献洲的经验之谈，更是他的肺腑之言。

他在基层部队当新闻干事的时候，曾接待过一个中央媒体采访团，其中就有后来大名鼎鼎的崔永元。不过那时，小崔还算不上名人，杜献洲只是发现，中央人民广播电台的这个记者和别人不太一样，几乎见不到他正襟危坐地采访，倒是整天和战士们嘻嘻哈哈，一起聊天，一起唱歌，最后结交了一批朋友，挖出了一堆故事。杜献洲由此开窍：原来记者还可以这么当！

2001 年初夏，我上阿里高原采访，路遇正在下山的阿里军分区政治部主任徐玉泉。两部车头对头停下，我们就在路边聊了起来。话题不知怎么扯到曾五上阿里的杜献洲身上,徐玉泉说:"那是我朋友,上次他来采访所有海拔5000米以上的哨所,我把自己的越野车都派给了他,谁知他遇上洪水,人脱了险,却把我的新车给泡了。"听得出,他嘴上在嗔怪,心里却是感佩。这也让我从中领教到记者与部队官兵交朋友的力量。

作为人文工作者,正义感和同情心是记者必备的人文精神。这种精神体现在采访实践中,必然会对官兵的无私奉献真感动、真讴歌。《勇士一去不回头》的现场特写,记录了杜献洲在西藏行走时偶遇的一次意外事件:部队抗洪抢险,4人受困断堤,武警白朗县中队组织救援,杜献洲停车采访,眼睁睁看着一位名叫伍明成的副指导员自告奋勇去救人,不幸被洪水吞没的全过程。他临时改变采访计划,在县中队住下来,流着眼泪写出了这篇急就章。

直面死亡,写出高尚;赞美生命,山高水长。令人动容的文字里,必有记者的真情在流淌。

三

我始终认为,记者与采访对象之间,存在一种双向传导效应。也就是说,记者在采写某一个人的时候,会自觉不自觉地把自己的一些思想观点附着在对方身上;而对方一些被记者认可的思想和行为,也会潜移默化地影响记者本人。

在《用生命丈量念青唐古拉》的通讯中,杜献洲记述了一个有关自己的情节:当测绘官兵终于完成任务下山时,一见到来接的汽车,中队长蒋明辉就蹲到路边哭了起来,边擦眼泪边自言自语地说:"总算安全了!"杜献洲写道:"其他同志告诉我,来之前,各级领导对蒋明辉反复交代:要绝对保证记者的安全。这一路,若记者真有个什么'闪失',蒋明辉就准备不回去了。听到这里,我的眼泪'刷'就流了下来。"

官兵凭什么如此看重记者?难道记者的命真比官兵的命值钱?在强烈的内疚中,杜献洲对记者的社会责任有了更深一层理解。

再说《孤礁六日》中的一个细节:与守礁官兵告别之际,杜献洲打开发稿用的海事卫星电话,让每位官兵往家里打一分钟电话。可刚轮了8个人,听说每分钟话费要8美元,剩下的人说什么也不打了。

"我拉着'著名班长'侯振生说:'你在礁上守的时间最长,一定要打,让你爸爸妈妈听听你的声音,高兴高兴。'他连声说:'太贵,太贵,我还要站哨。'

他把我的手一掰，就冲上了哨楼。在如此孤独寂寞的南沙，在如此思念亲人的南沙，战士依然想的是为国家节省电话费，我的内心受到巨大震动！"

什么震动？杜献洲用一句话结尾："孤礁生活的这六天，我再次强烈感受到：战士伟大！"

伟大的战士滋养着记者的心灵，也强化了他们一生的价值取向。

杜献洲是性情中人，为人豪爽，办事认真，在酒桌上从不耍赖，让喝就喝，实实在在，等到他说大话、抢酒喝的时候，可能就有麻烦了。当然，对他来说也不会是大麻烦，毕竟，这些年他在走过一座座界碑的同时，也走过了一座座墓碑。人类普遍有向往崇高的基因，记者当然不会例外。穿越生死，品味崇高，他们也会感觉心灵净化、思想升华。正如杜献洲所言："不管什么时候，我都会记住自己是一位身穿军装的新闻工作者，都会像静静的界碑一样履行好自己的使命。"

行到水穷处，坐看云起时。记者的职业魅力在于能够接触形形色色的人，见识林林总总的事，而亲历则可以放大这种职业魅力。它所赋予记者的，不仅是一篇又一篇独特的新闻作品，更是一次又一次难得的人生历练。

同是新闻人，我要说：感谢亲历！

（孙晓青，解放军报社社长）

兵不厌高

——来自西北边防的报道

冰雪初消红山嘴

春天迟迟不肯到来。

5月29日,推土机推开最后一道冰雪后,新疆军区红山嘴边防站才结束了长达7个月的与外界隔绝生活。

开山第一天中午,笔者乘车赶到红山嘴边防站。一下车,战士们从训练场飞快地围上来,又黑又瘦的副连长姜晓青紧握着我的手说:"路终于通了。"一个高个子战士呼喊道,"快来看!"

战士们用仅有的野葱和面条招待我们。"炒野葱挺香。"笔者边吃边评价,炊事员张家琪说:"吃多了可了不得,有的战士吃得视力下降,可一到4月没菜吃,只有挖野菜,总不能顿顿吃罐头吧。"

今天是战士张俊峰、包福山、周天辉的上山一周年纪念日,全站官兵都去庆贺。在红山嘴哨所,过生日也没有庆贺上山周年日隆重。去冬一天,他们3人在巡逻途中差点被暴风雪吞没,连长彭养成举杯说:"战风斗雪好样的,来,干一杯!"大伙豪爽地举杯为他们3人干了个底朝天。

到了连部,笔者看到桌子上最新的《解放军报》是去年12月14日的,据说这还是直升机随食品、蔬菜一起空投到边防站的报纸。报纸又黑又亮,不知被战士们捧在手里看了多少遍。副指导员任懋说:"一张报纸,每篇文章我都背个八九不离十。"这里,冬天了解外界生活的唯一手段是电视。

隔壁,不知谁在打电话:"路通了我也下不去,你抱着乐乐到医院再看看,不行还住院。"

走进一看,是一个戴眼镜的中尉,这时,话筒里传来"哇、哇"的小孩哭泣声,中尉忙说:"乐乐不哭,爸爸爱你,爸爸爱你。"而哭声越来越响,中尉再没劝说,只是握着话筒,久久地凝望着窗外的雪山。

任懋告诉我,打电话的是机要参谋石文祥。

正说着,新疆军区司令员高焕昌乘车赶来。高司令员在开山第一天就来看望大家,战士们激动得迎上前去猛劲鼓掌。高司令员带来了官兵们最需要的三样东西:蔬菜、报纸和家信。

夕阳西下时,高司令员检阅全站官兵。小小方队整齐威武,"同志们辛苦了!""为人民服务!"口号声在雪山中回荡。

(原载《解放军报》1991年6月25日)

火焰山下练耐热

7月1日,是"火洲"吐鲁番今年以来最热的一天。这天,笔者来到新疆军区驻吐鲁番某部采访他们的耐热训练,训练内容是高温天气下全副武装徒步拉练。

早晨5点,官兵整队向火焰山方向出发。起初空气还显凉爽,两小时后,太阳一冒出地平线,辽阔的戈壁滩像通了电的巨大电炉,一下子烧了起来,空气中热浪蒸腾,柏油路晒得冒油。笔者随四连行动,仔细数了数并肩而行的大个子兵程新带的东西,有轻机枪、背包、4枚教练手榴弹、水壶等,另外还有一个8.5公斤重的沙袋,负重近40公斤。越走天越热,笔者摸摸战士扛的枪,枪管都是烫的。这时,参谋长张世铭从后面赶来对笔者说:"你猜猜今天多少度?""多少度?"他掏出温度计:"你看看,地面温度48℃,选今天练兵可是选对了。"笔者再把温度计往土里一插,水银柱一下子窜到83℃。张参谋长说:"要不怎么说吐鲁番的沙里能烧熟鸡蛋呢!"

队伍行进到火焰山脚的沙丘下,已是下午1点,官兵开始进行班进攻战术演练。此时战士们已有8个小时没进一口水。按规定,耐热训练中不准喝水,尽管每个战士都带有灌满水的水壶。这时水壶里的水也烫得没法喝了。大家挖出事先深埋在沙里的塑料水壶,一个连队10公斤,限量供水,这又是部队耐热训练的一项内容。战士各自用不到半壶的水滋润着焦渴的嘴唇。

吃完饭,部队开始午休。沙丘上哪有阴凉?笔者正犯愁,战士们已动手干了起来。原来沙丘表面温度高达80℃,可半米以下却是"清凉世界"。战士们3人一组,凑在有骆驼刺的地方挖一个坑,借骆驼刺不大的荫凉,挤在凉爽的沙坑里休息。

　　午休后，队伍开始回撤。炎热的太阳和蒸腾的热浪继续伴随官兵们前进。

　　　　　　（与艾义华合作，原载《解放军报》1993 年 7 月 8 日）

走向界碑七昼夜

编者按：这是国庆前夕，本报记者跟随新疆军区某边防团官兵在现今我军最长的徒步巡逻路线上写出的目击报道，值得一读。若不是亲身经历，谁能想到和平时期的一次普通巡逻竟是如此地艰险。在荒凉恐怖的帕米尔高原无人区，恶劣的气候、陡峭的冰峰、凶恶的野兽、意外的疾病，以及其他种种难以预测的情况随时都可能给我们的战士带来极大的危险，甚至可能夺去他们宝贵的生命。然而，为了保证国家的安全、人民的幸福，他们不怕牺牲，一往无前，忠诚地履行着自己的职责，经年累月地默默拼搏和战斗。吃苦寻常事，生死只等闲。在他们的心中：祖国高于一切！

我们还要感谢记者杜献洲同志不怕危险，勇敢地参加了巡逻，写出了这样真实感人的报道，为读者提供了难得的爱国主义教材，我们期待有更多的新闻工作者深入人迹罕至的艰苦边疆，报道可爱的边防战士，讴歌他们的伟大精神。

中巴边界第8至第13号界碑，耸立在帕米尔至喀喇昆仑山的无人区。这是一条全军陆地巡逻时间最长的巡逻线，也是全军唯一因山险水险不能乘车、骑马的巡逻线。新中国成立45周年前夕，新疆军区边防某团开始实施边界勘定以来的第30次巡逻，记者随同前往，记下了沿途的所见所闻。

1. 我们出发在中秋

当万家团圆的时候，我们一行10人，骑着牦牛，从红其拉甫边防站出发了。第一天的目标是翻越海拔4910米的吾普浪冰达坂，赶至铁干里克。

放眼望去，前方是连绵不尽的山峰，雪线很低。昨天，团长李沛栋向我介绍,我们巡逻经过的地方是叶尔羌河上游的一个大峡谷,夏天雪水汹涌,入冬后风雪肆虐。每年只在中秋节前后有20多天洪水与风雪交替的间隙。相传唐代一个万峰骆驼的商队,走到这里,一夜间便被风雪吞没。

巡逻小分队由3名干部、5名战士和2名负责管理牦牛的塔吉克族牧民组成。

第一天意外地顺利。曾预想冰达坂上困难重重,往年这里的雪有1米厚,没想到今年一点积雪都没有,只是高山缺氧,头痛得厉害。战士们一路放歌,晚6点便到达铁干里克。

2. 看到了界碑

第二天却是极其艰险的一天,1/3的路线在七八十度的陡坡上。开始,牦牛死活不走,一上路就往回跑。在我们的抽打下,才勉强前进。

真是越担心越出情况。当我们骑牛爬到山顶时,带路的牦牛突然掉头往陡坡下冲去,其它牦牛也纷纷效仿,我们跳下牛赶快勒住缰绳。下面是一二百米深的河谷!

什么是"心悬在嗓子眼"?此时,记者算是感受到了。

牵牛爬山也并非绝对安全,牛脚绊起的乱石,"哗、哗"地直往下砸,时常

巡逻就是走在山坡上,有的路段下面就是悬崖。

大家坐在 9 号界碑下小憩。

要左躲右闪。

就这样走到晚上 7 点,到了在勒阿甫。这是两条河的交汇处,8、9、10 号界碑就立在河两岸的山峰上。就要看到界碑了,大家劲都来了,一个个喘着粗气,争先恐后地向海拔 3907 米的 8、9 号界碑爬去。等爬到山顶时,大伙累得倒在 2 米高的水泥界碑下。

在战士们的头顶上方,两个红色大字"中国",鲜艳醒目。

3. 危机降临

9 月 22 日一起床,危机降临。

牧民孜牙伯克病倒了。昨晚以来,他不停地腹泻、呕吐,额头烫手,吃什么吐什么,药也吃不进去。因此行没带医生,曾经学过两年医的记者,便成了唯一的"医学权威",大家围着我不停地问:怎么样,怎么样?

这是典型的急性肠胃炎。在高原缺氧、没有任何治疗条件的情况下,得随时做好最坏的准备。

关键是现在怎么办?后送?孜牙伯克骑不成牦牛;就是能骑,这样的身体也翻不过冰达坂。留下?只能靠仅有的黄连素和 APC。

我们 4 个干部紧急商量后决定:连长胡晓军和战士买买提·斯迪克留下

向导孜牙伯克(中)病了,胡连长(左二)和战士们很着急,只学过两年医的记者竟成了"医学权威"。

守护,等待我们的归来。

带着忐忑不安的心情,我们与他们依依分别。

虽然其他人现在安然无恙,但谁又能保证今后的日子能一路平安。出发前,营长贾双宏反复要求:带10个人出去,一定要带10个人回来。现在看来,并非危言耸听。

马副教导员一上牦牛就对我说:"冒天大的风险,也要找到全部界碑,哪怕只剩下一名战士,谁让我们是祖国的边防军人!"

下午4点多钟,我们到达11号界碑。

4. 胡连长的"留言"

无人区名不虚传。3天3夜过去了,唯一看到的人类痕迹,是过去巡逻留下的罐头盒。

这次巡逻,并非一路全是单调的爬山涉河。在接近12号碑的两山间,我们发现一处温泉,周围长满了芦苇和红艳艳的野石榴,还有不知名的小鸟。我们痛痛快快地洗了个温泉澡。

"连长来了!"惊人的喜讯从天而降。

记者在 11 号界碑旁留影。

巡查 12 号界碑。

孜牙伯克的病情好转,他们从后面赶上来了。但警报并未解除,孜牙伯克从牛上一下来,又躺倒了。真正的考验还在后面:吃的东西越来越少,人越走越累。

据胡连长讲,我们走后,孜牙伯克还呕吐不止,给他吃了10片黄连素和6片APC,还止不住。他们下决心把他绑在牛背上往回拖。临走,胡连长给我们留言:"孜牙伯克不行了,我们往回走,你们保重!"

等他把纸条压在显眼的石头下面后,孜牙伯克突然站起来要去巡逻,胡连长吓了一跳,怀疑这是不是回光返照,就赶快让他躺下,反复看瞳孔。只见瞳孔并没散大,他才松了一口气。

后来,孜牙伯克慢慢能吃些东西了。这也许是胡连长超大剂量下药起的作用。

5. 无人区夜话

又是一个星光灿烂的夜晚。在温泉边,我们燃起篝火,大家聊起无人区的故事。

在温泉边,我们燃起篝火,大家聊起无人区的故事。因为害怕狼,记者很长时间睡不着。后来自己安慰自己:狼来了也会先吃牦牛,这才放下心来,慢慢睡着了。

无人区无人,却是动物的乐园:前腿长后腿短的黄羊,只会伤害旱獭的狗熊,羽毛足有一米长的雄鹰,还有成群的狼……

哦!我现在才明白,他们天天睡觉时,为什么子弹上膛、枕戈待旦——谨防狼群袭击。

6. 为祖国玩一次命,足矣

23日的路,更陡更窄,最窄处只有十几厘米。深深的峡谷,向下一看,头皮发麻。这天,谁也不敢把脚放进脚蹬,因为要随时准备在牦牛滑下坡时,跳牛自救。

路上,胡连长宣布:上级决定要在这里修一条能骑马的路。战士们一听,都欢呼起来。能骑马,干部战士就很满足了。

爬山爬到下午6点半,终于到达这次巡逻的终点——13号界碑,迎面便是白雪皑皑的喀喇昆仑山。

这是此次巡逻的最后一个界碑——13号界碑,是在山顶上,但山顶平坦。当时记者想,巡逻都这么艰难,当时背水泥上山修界碑的官兵,不知是如何爬上来的。对面的山上,还有14、15、16号界碑,此次巡逻不再去巡查。山下,是两条河的交汇处,山口通向巴基斯坦,据说曾有分裂分子从此偷渡。(中间右一是记者)

在 13 号界碑下，我们每个人都郑重地留影纪念。这张照片对我们每个人来说，无比珍贵。孜牙伯克的病此时好多了，大家看看他，再看看界碑，眼泪止不住地流了下来。为了界碑，我们每个人都忘记了生命的可贵！

晚上，大家以茶代酒庆祝巡逻任务的完成，剩下的就是平安返回。马副教导员端着一碗茶水动情地说："想想这 4 天，觉得特别让人留恋，倒不是喜欢受这份罪。4 天来，我们盼界碑，找界碑，今天真是太激动了。"

他停了一下接着说："人，也许一生也干不了几件令自己无限回味的事，能够这样为祖国玩一次命，足矣。"

也就这几天，马副教导员 60 多岁的老父亲，正在遥远的昌吉市做双眼手术。这次，他是揣着家里催他探家的电报带队巡逻的。

7. 风雪中的"悬崖勒牛"

返回时，害怕变天，每天是一天赶两天的路。据说，我们这次巡逻是近 10 年来唯一的好天气。可晴朗的天气只持续到 9 月 24 日下午，漫天的乌云便压了过来。天气也突然变冷，牛身上很快结满了冰珠子。25 日一起床，大雪也就一刻不停地下起来了。

一下雪，来时的路全看不到了。

一下雪，来时的路全看不到了，胡连长走在前面探路，我跟在他后面。走着走着，猛一抬头，我们俩骑的牦牛双双误入绝壁，4 只牛脚全踏在绝壁凸出的几块石头上，上面还有冰雪，他立即向后面的战士急呼："这路不能走！"

当时真是危险，我俩坐在牛背上大气都不敢喘，自言自语道："完了，这下完了。"没想到，牦牛居然颤颤悠悠爬了上来。

晚上 8 点，我们在大雪中做好了最后一顿饭。此后，干柴全没了，方便食品也全没了，而明天还有最后七八个小时的路程。

胡连长的饭吃得很慢，他看到战士于岁良只吃了一碗面条，便要把自己的饭拨给小于，并口口声声说自己吃饱了。小于推脱不过，刚把碗端过去，胡连长一筷子就把半碗面条拨得只剩下一点汤了。

他似乎做得不露声色，以为别人看不出来他是饿着肚子把自己的面条拨给小于吃的。但记者看得清楚：爬山爬了 10 个小时，一碗饭没吃完怎么能饱？！这个镜头像刀子般刻在记者的脑海里。

最后这两天，食品剩得越来越少，胡连长每逢吃饭总是躲在最后，还没等大家吃完，他胡乱吃一点，就把碗洗了，嘴里还用丝毫未改的陕西口音念念有

这是最后一顿面条，所有食品全部吃光。第二天，大家就要饿着肚子爬山往回返。因面条少，连长胡晓军把一碗面条让给战士，自己饿着肚子往回返。

词:"俄(我)吃饱了,俄(我)吃饱了。"

8. 军人也是血肉之躯

9月25日夜晚,是一个不眠的通宵。雪大,风大,钻进鸭绒睡袋里已两个小时,还是冻得睡不成,我们只好裹着皮大衣,蹲在渐渐熄灭的火堆旁,等待黎明。

大家议论说:我们才过了一个风雪之夜,往年巡逻天天下雪,不知是怎么过来的,有的时候要走15天。

第7天的雪山过得是很顺利的,尽管雪深得没了牛腿,尽管高原雪野上强烈的紫外线使我们每个人的皮肤发生急剧变化——发紫发黑,眼睛和鼻子也都肿了。

还有,就是太饿——真正的没有一口干粮。

8个小时,如同过了一个世纪,我们终于看到了黑色的314国道,终于看到了边防站高高的瞭望塔,干部战士远远地就敲锣打鼓走来,欢迎我们。

巡逻小分队部分成员合影。巡逻小分队共10人:3名干部(副教导员马治泉、连长胡晓军、副连长吕瑞林),5名战士(杨维志、李召军、谢建平、于岁良、买买提·斯迪克),2名塔吉克族牧民向导(巴牙克、孜牙伯克)。

　　这一路，除了看到界碑外，遇到任何困难都没人掉过眼泪。但此时此刻，一走进连队的大门，所有人的眼泪都止不住了。想一想这7天的经历……军人，毕竟也是血肉之躯啊！

　　是的，对于中国西部边防军人，他们什么艰难都不畏惧。因为祖国的界碑在他们心中永远至高无上。但他们也不希望天天吃苦，他们期待着有一天，能乘直升机在无人区潇洒地巡逻。

　　　　　　　　　　　　　　（原载《解放军报》1994年10月26日）

附：

生命铸就的篇章

——读《走向界碑七昼夜》

　　记者杜献洲采写的通讯《走向界碑七昼夜》，是写边防军人的精神、事业和感情的，身临其境，有血有肉，情义交融，打动了读者的心。这篇佳作描述的事迹本身是感人的，而记者全身心地投入生活、深入实际、精心采写的作风也是过硬的。作为读者，在欣赏佳作接受教益之余，不能不对记者同志献上一份崇敬之情。

　　新闻史上，大凡富有生命力的作品，其素材都不是信手拈来、唾手可得的。收获和成功往往属于那些敢于挖掘、勇于采撷的强者。杜献洲同志可贵之处正体现在"随同前往"的献身精神上。为了采写现今我军最长的徒步巡逻线的见闻，他跟随新疆军区某边防团官兵巡逻在帕米尔高原无人区。这样的巡逻首先要把生命"预付"给祖国，在心灵上经受生死考验。记者以特有的使命感勇敢地接受了这种考验。强者，体现在"出发在中秋"的情怀之中。中秋节，正是万家团圆、举杯邀月的时候，记者却跟随边防官兵向无人区挺进。他和常人一样，也有父母兄弟，也有妻子儿女，本来有享受天伦之乐的权利；但是，他心中想的是界碑，想的是祖国的利益，想的是边防军人的战斗风貌，与这个信念相比，人之常情只能居其次。强者，还体现在他的崇高责任感里。记者从出发那一刻起，就把自己自觉地融入巡逻队这个战斗集体之中。你看,当危机降临需要当机立断时,"我们4个干部紧急商量后决定",这时他已不是记者,而是名副其实的战斗者、指挥员了。正因为如此,他才能看到胡连长的"留言",才能听到胡连长"俄(我)吃饱了"的陕西口音,才能体验到边防生活枕戈待旦的惊险,才能用手中的相机和笔记录下无人区里跳动着的中国边防军人的颗颗红心。

《走向界碑七昼夜》,将深深印在读者心中,因为她是军报记者用生命铸就的篇章。

（刘春友撰,原载《解放军报》1994 年 11 月 25 日）

水乳交融生死相依

我是以广西边防一名连队指导员的目光,来读《走向界碑七昼夜》这篇报道的。尤其令我感动的,是在与帕米尔高原无人区的荒凉恐怖做顽强搏斗中,所体现出的水乳交融的官兵关系,生死相依的官兵情谊。特别是胡连长吃饭的"学问",不仅感人心魄,而且使我得益匪浅。在这随时都可能有危险发生的无人区,在这柴尽粮绝情况下的"最后一顿饭",也许吃下点东西就是战斗力,甚至就是生命! 然而,胡连长首先想到的不是自己,而是战士。这是一种多么崇高的爱兵之举啊! 这个镜头像刀子般刻在记者的脑海里,更会像刀子般刻在每一个带兵人的心坎上。掩卷之余,胡连长那"俄(我)吃饱了,俄(我)吃饱了"的陕西口音久久地萦绕在我的脑际,回荡在我的耳畔……感谢不怕危险的记者杜献洲同志,从人迹罕至的艰苦边疆,把可爱而伟大的边防战士的精神风貌,奉献给广大的读者。

（文武撰,原载《解放军报》1994 年 11 月 25 日）

迟来的家书胜万金

3月28日,记者乘送菜的直升机前往雪海孤岛——新疆红山嘴边防站采访。那里的官兵与外界隔绝已有6个月之久。

每到4月,边防站的冬储蔬菜所剩不多,战士们就到松林里挖野葱。吃野葱对战士们的视力有不利影响。今春,新疆军区下决心不让红山嘴的官兵再吃野葱。

直升机在雪山上空经过25分钟的飞行后到达红山嘴,几十名官兵踏着没膝深的积雪狂奔而来。

战士点燃一堆马草,用烟雾引导直升机降落,背后就是红山嘴边防站。

最令战士们激动的不是那一筐筐青菜,而是多半麻袋的家信,麻袋口一解开,几十双手几乎是同时伸过来,边抢边喊:"我的信! 我的信!"

长时间得不到亲人的消息,谁都会按捺不住激动。昨晚,听说要来送信了,全连没人睡得着,今早,官兵们提前两个小时站在雪山上等待直升机。

麻袋空了,手捧着家信的战士默默地读着。收到来信最多的是卫生员张辉。好家伙,19封!

回族战士韩志强没收到信,但他收到比信更令他激动的电报:牵挂你的人是俊雅。尽管这封女朋友在除夕之夜发出的电报,途中整整走了两个月,但迟到的甜蜜依然甜蜜。8个字的电报他足足盯了十几分钟。尔后,他把电报往怀里一揣说:"今天下午我巡逻。"

今天的巡逻,韩志强面前肯定没有跨不过的雪山。

没有收到信的指导员王自勇显得很平静,因为他和妻子有言在先,每年一过9月,谁也不给谁写信,反正也收不到,免得为信焦急。相爱岂在朝朝暮暮。他有一对双胞胎,一男一女,才两岁多,就是对两个小家伙的思念,常常令他控制不了自己的感情。

记者发现,还有几名官兵把信放进口袋,不看,为什么?少尉军医周文说:"我收到3封信,等晚上再把幸福慢慢品味。"

晚上,连队正准备"春在雪海孤岛"篝火晚会,宿舍里传来一阵阵抽泣声。连长张才国说:"周文今天收到3封信有两封是噩耗,他的外公和叔叔去世了,他从小在外公和叔叔身边长大,感情很深。真没想到,周文盼信盼了半年,竟是这样的消息。"说着,连长的声音也哽咽了。

晚会开始了,与记者同行的王忠兴干事的一曲《当兵当到天边边》激起全连官兵的一阵阵叫好声:当兵当到天边边,吃不了苦的不叫男子汉,我就要到最冷的地方去巡逻,我就要到最高的地方摸摸天……

（与吕冬峰合作,原载《解放军报》1995年4月5日）

代职手记

去年底，当本报历时一年零九个月的《本月记者蹲连》专栏结束时，不少基层读者来信，对这个栏目颇有依依不舍之情。这份关切，这份厚爱，激励着我们的宣传更好地贴近基层，贴近实际，为读者服务。为此，本报编辑部最近组织一批记者陆续下到部队代职，通过直接参与实际工作，体验基层部队生活，倾听基层官兵呼声。我们推出的这个新栏目《记者代职手记》，将报道他们代职期间的见闻与感受。

——编者

一、必要的形式不能丢

经过几代人的努力，在戈壁滩上建起的新疆军区某工兵团，现已是绿树环抱，浓浓绿荫为官兵们挡去几多炎热。但是，招人喜爱的林带也给官兵们带来不少麻烦，扫落叶成了各连早晨必干的工作。

每天早饭前，整个营区一片"刷、刷"的扫帚声。只要不到冬天，落叶天天要为官兵们制造麻烦。林带埂也难修，官兵们从营区外拉来细细的土，把林带埂抹得棱角分明。可气的是一场雨过后，冲得乱七八糟，又得重新整上一番。

有这个必要吗？是不是有点形式主义？自从代理一营副营长以来，我就一面看一面想。因为在机关时就经常听人议论：有些单位抓落实，都落实到打扫卫生上了。看了两天，就忍不住向营里建议：能不能一个星期打扫一次林带，有点落叶怕啥，战士确实太费劲了。

也许营长、教导员为了照顾我这个代副营长的面子，建议当即被采纳。

但过了几天，我发现各连并没有很好执行。后来了解到，不是连里干部没通知,而是战士坚持要扫。这又不是什么坏事,连里干部就没有干预。落叶再次被战士们天天扫走了。

为什么我这项"减轻战士负担"的建议反被战士拒绝了呢?营部战士小瞿给我透露了一些战士的想法。

其实,战士想得很简单:辛苦点怕啥,部队就是要干干净净、利利索索。营长刘兴仁对我说:"主要是部队的士气比较旺盛,争强好胜的劲头比较大,换个疲疲沓沓的连队,不要说你不让他扫,你天天逼着他扫,他也不一定干。"他说得对,我代职的这个一营,官兵们的好胜心非常强,那天团里组织歌咏比赛,得了个第二,不少战士还不高兴。

刘营长又说:"你在基层时间长了就会发现,这些看似无关大局的形式,恰恰能反映出一个部队的实际状况。当一个连队开始走下坡路时,墙脚就开始有痰迹,厨房就开始有苍蝇,歌声就不那么响亮了。"落叶再次被扫走后,也给我留下一些启示:形式主义人人讨厌,但不能把所有的形式都称之为形式主义。和连队的几位干部议论时,他们讲到:一个好的部队,总是要通过各种形式表现出来,关键是机关的同志检查部队时要有自己的尺度,不拿形式作标准就行了。

(原载《解放军报》1994年7月27日)

二、从六到四十七……

若不是一直待在连队,不会发现登记本背后有那么多故事。

我代职的这个营,3年前我曾采访过,那时各连的登记本是6个,现在还是6个。但是,这两个6中间却经历了很大的变化。

据教导员杨晓兵说,登记本开始是从四连搞起来的。当时是为了便于连队管理,用6个本子把当天的主要工作记录下来,应该说,小小登记本给连队的管理确实提供了不少有价值的情况。

一天,军区领导来团里检查工作,看到四连的登记本就称赞他们工作做得细,机关的同志看到这件事既得到上级肯定,又得到基层欢迎,就在全团推广了。

没想到的是,登记本推广后竟逐渐演变成"登记本大战"。你这个连 6 本,我这个连 10 本;别的连又搞 15 本,好像谁的本子多就证明谁的工作细,最后有个连队竟搞了 47 本,创了最高纪录。

一个连队搞 47 个登记本成了真正的形式主义。想一想,连队哪有那么多工作要记? 光 47 个本子就要摆一大桌子,每天需要一个班的战士折腾一个小时才能填完,完全脱离了工作实际。今年 6 月,全团规定每连统一挂 6 个登记本,又回归到原来的本数。

现在回头想一想:6 本是怎样变成 47 本的,形式又是怎样变成形式主义的? 这里面有基层的责任:互相攀比、争名挂号、作风不实等,但也不能否认有机关的责任。团政委郭焕然说:"当连队出现十几个登记本时,机关还在表扬这种做法,没有考虑到连队到底需要不需要。有时机关指导的盲目性会造成形式主义的蔓延,会纵容形式主义的发展。"

郭政委说得有道理。机关指导基层的目的是为了把基层搞得更好,但有时好心办事却不一定有好结果,脱离了实际的形式就变成了形式主义。

记者代职期间发现,在现实生活中,若是机关不进行正确引导,许多形式很容易变成形式主义,大到各种各样的现场会,小到连队的知识竞赛。

有了登记本的教训,记者特别注意这一点。代职期间,全团正在进行爱国主义教育。一营一连为了增强教育效果,组织了一次"纪念屈原诗歌朗诵会"。效果很好,机关表扬,团领导也表扬。

这一表扬,其他连坐不住了,四连搞起"祖国在我心中篝火晚会",有的连还要搞"爱国主义知识擂台赛"等。一营几个领导也多次开会准备再组织一次活动。说实话,当时根本没想到有没有必要,连队能不能承受得了,只想把其他连队比下去。正当各连较劲的时候,团里通知:活动到此为止,要保证训练时间,保证战士休息时间。

一瓢冷水浇下来,大家的头脑开始冷静。若不是这一瓢冷水,五花八门的活动不知要组织多少,对爱国主义教育也不会起到多大作用。

看来,机关对制约形式主义的作用是很大的。机关必须深入基层,深入实际,多做调查研究,加以正确引导,尽到自己的责任。

（原载《解放军报》1994 年 8 月 6 日）

三、带兵人要敢唱黑脸

刚到一营代职，有些事让人不习惯，比如说指名道姓批评人，虽然从道理上讲是对的，但总觉得也太较真。

到任的第一天，营里召开连以上干部会。一是欢迎我这位新来的代理副营长，二是安排近期工作。会一开始，教导员杨晓兵发现一连指导员马强没带记录本，当场提出批评。马强一阵脸红。马强是标杆连的指导员，但自己有错，只好挨批。

还有一次，全团组织看节目，回来后营里讲评。在全营官兵面前，营长刘兴仁点名批评三连的干部返回时组织得不好。有几名战士嫌排队登车慢，从大厢板两侧翻到车上。

这两件事过后不到一个星期，营党委召开民主生活会。这一次反过来了，下级批评上级。3位指导员也没客气，连着给营长、教导员提了3条意见。团长孙贵堂列席会议，又捎带给孙团长提了一条。意见提得都很具体，打哈哈应付不了。

由此，记者想到在有些单位看到的与此不同的现象。

有一位连队干部，批评人总是采取"不得已而为之"的态度，开头老是这两句：团里说了或营里说了，这件事要严肃处理。自己一句硬气的话都不敢说。

还有一位连队干部，没有真正理解以情带兵的内涵。有好几次，战士没把事情做好，他也不批评，而是替战士干。他想以此感染战士，但他忘记了自己是一名带兵人。

两相比较，慢慢觉得营长、教导员做得是对的。刘营长说："带兵要有刀子嘴、豆腐心，对下级该关心要关心，该严厉就要严厉。符合条令条例的事咋办都行，越过一公分，脸就要立刻黑起来。不敢拉下脸批评人，兵就没法带，也带不好。"

（原载《解放军报》1994年8月9日）

四、不能天天像过年

代职时我发现,"突然袭击"本是针对基层的,可基层偏喜欢,个中缘由耐人寻味。

在我代职这一个月,曾遇到过两次"突然袭击"。一次是新疆军区赵副参谋长检查训练情况,乘车直插一营三连的架桥训练场。当时营里的干部正在开会,当我们得知后赶去时,赵副参谋长已经检查完走了。还有一次是军区政治部姚副主任检查爱国主义教育情况,也是在班里开完座谈会,营里才知道。

不知营里其他干部什么感受,我当时确有点紧张,一是不知首长检查得是否满意?二是不知连队干部战士汇报得怎样?当我把自己的担心告诉营里其他干部时,他们几乎是异口同声地说:"这样好。"

好在何处?他们讲了各自的想法后我才明白:虽然"突然袭击"容易检查出连队的问题,可能会受批评,但省去了迎来送往的麻烦。再说,即便是"丑媳妇"也不能怕见"公婆"。

他们之所以"宁可受批评也不愿受麻烦",是因为这样的麻烦确实多了点。

我代职这一个月,团里起码有 10 天插彩旗、挂横幅、放喷泉,迎客人。看起来很红火,但从团领导到基层官兵并不很情愿,用他们的话说:"基层可不能天天像过年,最好能安安静静。"

有几天,训练挺忙,又要来人,战士只好利用休息时间整理内务,打扫卫生,干部则忙着准备各种各样的汇报,机关哪个部门来人都得认真对待。

在这一个月里,我也亲眼看到不少机关的同志非常体谅基层,尽量悄悄地来,悄悄地走。在我将要代职期满离开一营时,兰州军区在这个团召开爱国主义教育座谈会,这么大的会,竟没有占连队时间,原先计划涉及到部队的 5 个项目,全部砍掉。

(原载《解放军报》1994 年 8 月 15 日)

送退伍老兵（选）

一、踏上返乡路

千余名卸下帽徽领花的老战士，于 11 月 19 日在驻伊犁河谷某部庄严地向军旗敬最后一个军礼。

面对火红的军旗，不少老战士脸挂泪花。尔后老战士分乘几十辆大卡车，在锣鼓、鞭炮声中徐徐告别军营。19 日上午，他们在天山深处举行了庄严而简单的告别仪式。在军乐队奏响的《送战友》乐曲声中，部队长宋德斌率全体留队官兵，夹道欢送老战士。一声接一声的祝福，一次又一次的拥抱，惜别之情揪人心肺。部队干部家属子女，连同专程骑马赶来的驻地周围各族牧民也向老战士告别。

这批退伍老兵是全军返乡距离最长的。从祖国西北边陲分赴胶东半岛及北京、成都方向，要数次转乘汽车、火车及轮船，组织运送非常复杂。为保证他们顺利返乡，铁道部、兰州军区和新疆军区以及沿途各省市有关部门，已作出了周密安排。今天一上路，伊犁哈萨克自治州政府便派出交通警察随队护送。

在这次首批老兵退伍返乡输送途中，本报记者将随队报道。

首批退伍老战士经过两天的旅程，21 日晚 9 点乘 516 次专列到达乌鲁木齐。在转乘 144 次列车的 38 分钟候车时间里，新疆维吾尔自治区党、政、军领导傅秉耀、玉素甫·艾沙、吐尔巴依尔等登车看望了 500 余名奔赴胶东半岛家乡的全体老战士。当兰州军区副司令员兼新疆军区司令员傅秉耀得知，在运行中，全体老兵纪律严明，受到乘务人员和沿途十几个车站工作人员的一致称赞时,高兴得鼓起掌来。他要求首批离疆的退伍老战士再接再厉,从伊犁河谷到东海岸,把文明新风播撒一路,为全军退伍工作当个好排头。

（与吴杰合作,原载《解放军报》1994 年 11 月 26 日）

二、倾城待老兵

11 月 20 日,记者跟随某部退伍战士与伊犁军分区的退伍战士在果子沟会合。傍晚,1500 多名退伍战士同时抵达边疆小镇——精河县城。

我们的到来,给精河出了个不小的难题,县城大小宾馆全部加起来不到 1000 张床位,看来肯定得有人受点委屈。

晚 9 点,当记者随部分老兵步入精河兵站饭堂,看到 80 多张饭桌上摆的全是整鸡整鱼时,路上的担心顿时消了一半。来人多,工作人员少,全站干部、战士、家属都穿起工作服为我们端菜、端饭、倒茶、提水。某分部汪明副部长率机关干部来此检查工作,也加入服务的行列。当老兵们看到五六个大校、中校为他们端盘子端碗时,整个饭厅响起阵阵掌声。

兵站当然没说的,地方宾馆呢?

记者急匆匆赶去逐一查访,没想到今夜全城宾馆饭店一个食谱:十菜一汤。全有整鸡整鱼,每人才交 10 元,赔钱是肯定的啦。

路上,为老兵打前站的某部后勤部副部长王进义向记者介绍,听说退伍老战士要来,县委黄书记前两天就把所有宾馆、招待所负责人找来动员:1500 名老战士要路过我们县城,我拜托你们啦。

宾馆、饭店的经理老板们的热情一下子就上来了,纷纷挂牌谢客,倾城待兵。再好的宾馆也只收 8 元,老战士一到,都能保证洗澡。个体经营的鸿兰饭店工作人员自己睡桌子、睡凳子,把最后住不下的 8 名老战士让进自己的宿舍。

记者看到,退伍老战士有 1/3 住的是个体饭店,不管饭店大小,房子一样地暖,饭菜一样地实惠,奔波 10 多个小时的退伍老战士们,居然没一桌能把菜吃完的。香再来饭店女老板李丽亲自上灶,"赔钱的饭菜"做了两个多小时,自己连一口水都没顾得上喝。

今宵难忘,难忘精河今宵。21 日晨,当 1500 名老战士在精河火车站准备出发时,县委黄书记又带人来欢送退伍老战士,带队的石成林副政委动情地向全体退伍老战士下达口令:向精河人民敬礼!

开车铃响了,1500 双眼睛还久久注视着即将告别的精河县城。

（与吴杰合作,原载《解放军报》1994 年 11 月 27 日）

三、谢谢"成都四组"

11 月 22 日 12 时 45 分,全军首批退伍返蜀老兵在乌鲁木齐登上 114 次列车。在这趟列车上服务的是成都铁路局客运段第 4 包乘组。

"请退伍老战士们放心,为接待好你们,乌鲁木齐铁路局专门派来有 10 多年送兵经验的机关干部李忠同志登车指导。前几天,车上已备齐了大家喜欢吃的大米、辣子,还有活鸡、活鱼。"列车长于永兴一席话,使 550 余名四川籍退伍战士倍感欣慰。

刚上车,乘务员们就为每个退伍老兵送上一杯清茶。13 点 10 分,当餐车服务员推着几大车盒饭到车厢时,已是满头大汗。香喷喷的大米饭加上辣子炒肉丝,老兵们吃得又饱又香。

在吐鲁番站,列车上涌进了大批返乡民工,118 个座位的车厢,乘员猛增到 300 多人,过道上已无插足之地。告急信息不断传进老兵车厢:"前方供水站大修,停供。"老兵有断水少炊之忧!

不能让老战士缺吃少喝。包乘组紧急会议决定:将自己的饮用水让给老兵,组织身强力壮的服务员,抬着盒饭,跨越 4 节十分拥挤的车厢,一定将开水、盒饭送到老兵手中。

为使老战士旅途愉快,成都四组还专门开办老战士列车之声广播,下设《轻松节拍》《老战士点歌台》《优秀战士事迹报告》等节目,丰富了老战士的旅途文化生活。负责送老兵的某部副政委石成林说:"为了保障这批退伍老兵顺利返乡,成都四组全体工作人员齐心协力,千方百计,他们这种为兵服务的思想和不怕苦、不怕累的精神,确实值得我们学习。"

（与吴杰合作,原载《解放军报》1994 年 11 月 28 日）

四、闪光句号划在告别军旅时

144 次列车东出乌鲁木齐，驻伊犁河谷某部与伊犁军分区的 550 多名退伍老战士与部队最后告别的日子日益逼近，此时此刻，老战士的心变得没有掩饰的透明和真诚。

在老战士们包乘的 12—16 号车厢，每个车厢都有几个特别忙碌的身影。15 号车厢的刘刚，是这批老战士中兵龄最长的，已入伍 5 年，该转志愿兵时，组织确定让他退伍。当时他无法接受这个现实，哭了，但他没说一个"不"字，一直默默工作到离队的前一天。上了列车，这位兵龄最长的老兵成了 15 号车厢的带头人，从车厢这头干到车厢那头。刘刚一动，其他老战士也全动起来，15 号车厢地面拖得干净、车窗擦得明亮，行李架上的行李、背包、军帽像在营区一样整成了几条线。

随着列车的飞驰，退伍战士们军人生涯的句号在逐渐地合拢。12 号车厢的化长江激动地为战友一支一支地唱歌。作为患肋骨结核、已手术去掉 3 根肋骨的老兵，他与刘刚一样，心情也不平静。他 1991 年入伍，第二年就患了这个病。他是农民的儿子，2 次手术，又去掉了 3 根肋骨，回家可怎么干重活呀？他退伍之前很想评残，好多发些医疗费，回家做个小本生意。但文件上明确规定，去掉 4 根肋骨才够上评残标准。今天，他就要回家了，今后的路对于他来说是不轻松的。但他知道，部队已为他花了近万元医疗费，是尽了心尽了力的，他很想再为部队和战友做点什么，可又力不从心。他的歌声虽不那么动听，却很动情。车厢里，掌声、欢笑声随着他的歌声一阵阵地爆发。

大家都清楚，这最后的歌唱，太珍贵了。

16 号车厢的王强，是个有点意思的战士，当兵 4 年，工作干得不错，却没入党，也没立过功。对此，他有点意见。但他既不是找领导，也不是躺倒不干，而是拼命地干活，特别是在退伍前后，他公开讲："我要用我的汗水证明我是一个好兵！"

上了 144 次列车，记者天天到 16 号车厢，从没见王强歇息过。他前一个星期左眼不小心碰得充血通红，到了晚上，还帮其他战友盖衣服、关门窗。休息不好，眼睛更红了，干部们劝也劝不住。

23 日晚,带队的部队领导李洋召开退伍老兵指挥组临时党委会,一致通过破例为王强记三等功一次。李洋说:"是好兵,我们就不能亏待。"

当在包厢老兵中宣布这个命令时,这名异常坚强的战士激动得流下了眼泪。

王强,你在临回家乡的这短暂时期,虽无惊天动地的壮举,你画的军旅句号却非常漂亮!

(与梁永利合作,原载《解放军报》1994 年 11 月 29 日)

五、一路殷殷兄长情

11 月 25 日,首批退伍老兵到济南后,送兵干部一多半嗓子哑了,喊口令都喊不出来,这正应验了王景文指导员路上说的那句话:送一次老兵,像生了一场病。

从公路输送到铁路输送,送兵干部心里装的东西太多了:老战士们在部队服役三四年,返乡途中一定要让他们吃好、休息好,还不能出什么事,让大伙平平安安回家见父母。

6 天来,记者一路看到,乘大卡车时,送兵干部全坐车厢左后角,风尘、雨雪天天把他们脸上、身上蒙一层;坐火车,有卧铺不睡,全坐在车厢两端的硬座上。在列车上的 4 个夜晚,他们没有谁好好睡过一觉,一会儿风大关关车窗,一会儿帮战士盖盖大衣,帮没睡好的挪动挪动身子。还有的老战士一说回家很激动,满脑子想着将来要干这干那,送兵干部就陪他们聊天,帮他们出些主意。真是夜夜不眠。

去年王景文也是送山东籍老战士,等老战士一一回家后,他累得在招待所病了 3 天。闻讯,3 位老战士又从家里赶来,在王景文床边陪了 3 天。那时才真正品出什么是官兵之情。

此次送兵干部中职务最高的是某部副部队长李洋和伊犁军分区副司令员李绍龙。列车从乌鲁木齐一出发,他俩就把家人给他们准备路上吃的水果、饮料、方便面,用纸箱子端到老战士车厢。这点东西对 550 名老战士来说,实在微不足道,但老战士就是一口不尝,心里也觉得热乎。

在列车上的第二天,李洋建议列车指挥组把 18 个卧铺全腾出来让战士睡,其中也包括记者睡的卧铺。这个消息对坐硬座的老战士是个大喜讯。可老战士们推来推去,谁也不肯去睡。有一张卧铺,老战士们让给同样坐硬座的副政委张国展,张国展让给某边防连的老战士刘树华。刘树华巡逻时从马上摔下来,大腿骨折,现在还打着钢针。刘树华又让给老战士冯作喜,小冯身体比较弱……

此次旅程,老战士们最难忘的也许是歌声。一路上歌声不停,李绍龙副司令员天天应老战士的要求唱同一首歌《人在新疆不想走》。有时一天唱好几遍。车上没了开水,唱多了喉咙冒烟,李绍龙就含几片润喉片接着唱。也许歌词写得太适合老战士此时的心情,也许李绍龙在边防时常为他们唱,也许他们感到再难听到李副司令员的歌声,每次一唱,有的战士眼圈就红。

这首官兵们自己编写的歌词写道:人在新疆不想走,山也留来水也留,忘不了草原的星辰,忘不了戈壁的红柳,忘不了霍尔果斯的哨所,忘不了克拉玛依的石油,果子沟的苹果枝呀,拽住衣袖不让走,纵然人去千里外,一颗心还在新疆留。

许多老战士说,这首歌中有 4 个"忘不了",应再加一个"忘不了"——忘不了官兵的情深谊厚……

（与梁永利合作,原载《解放军报》1994 年 11 月 30 日）

六、真想再当一次兵

退伍回家的感觉,不全是激动与兴奋,3 年的军旅生涯给每位战士留下不尽相同的回味与思考。11 月 25 日晚,当 100 多名老战士回到阔别 3 载的家乡山东即墨市时,军旅生涯的句号就此写在每个人的人生履历上。

11 月 26 日中午,记者来到位于即墨市服装批发市场旁的老战士兰钢家。旁边那个人流如织的服装批发市场,据说是全国最大的。

兰钢的家是一排平房,漂亮干净,一看就像个富裕之家。兰钢的家人一个也不在,做生意的忙生意,上班的忙上班,满屋子都是昨晚一同返乡的战友。

一坐下,这些老战士对记者及同来的送兵干部十分热情,一个个要安排请我们吃饭。"别说吃饭了,请你们谈谈当兵3年的感受吧。"记者婉拒他们的邀请,出了这样一个题目,又进一步要求:"要说心里话。"

他们停了停,静静想了一会儿,兰钢先开腔。他说,当兵3年有自豪也有遗憾。自豪的是3年之中入了党,当了班长,还成为伊犁军分区的训练尖子。刚当新兵时训练很苦,有几次想往家跑,幸亏没跑,挺了过来,跑回家就铸成大错。那时训练真苦,天天在风雪中摔打;还有往坑道里背弹药,能把人累死。现在回头想一想,却感到很自豪,吃了这份苦,反而感觉比别人多了点什么。他还说,我最遗憾的是为探家的事和俺连长吵了一架。连长范西宏是挺忠厚老实的一个人,只怪自己当时太不懂事。我希望俺连长能原谅我。假如再当一次兵,我还有很多毛病可能会改掉。3年过去了,失去了,才知道珍贵。

谈到遗憾,某团退伍战士孙新军的脸变得通红。这3年,小孙既没入党,也没立功,班长也没当上。他说:"我真希望再当一次兵,那时回到家决不会是现在这个样子。"

小孙说,我这3年没干好。头两年在步兵连时,对自己要求不严,经常受批评,自己也不知道改正。现在回头想一想,主要是几个老乡常凑在一起,净给我出些馊点子,让我不听连长、指导员的,真是把我害苦了。第3年调到一机炮连,步兵改成炮兵,要从头学,自己感到第3年兵了,还学个啥,训练一直就上不去,这又是一大失误。

小孙边说边难过得要掉眼泪。他说:"快退伍时,自己才突然明白过来,可已经晚了。现在恨就恨连长、指导员当时对我批评得太轻,如果狠一点,让我早一点明白,不是干啥都来得及吗?"

人生有遗憾总是难免的,像小孙这样的遗憾却令人痛心。因为人生有很多个"3年",而军营中的"3年"只此一次。欣慰的是他今天已经醒悟,尽管已晚,但愿他以后的路能走好。

家住被称为亿元村——中障村的李志刚,3年干得不错,入党、立功、当班长让他占全了。他对记者说:"昨晚一回家,好几个同学对我说,当3年兵后悔3年吧。我回答,不当3年兵后悔一辈子。尽管军营3年没什么遗憾,自己对自己还算满意,但我还有想再当一次兵的感觉。"

为啥?大的不说,军营的收获起码有两条:一是变得能吃苦了,二是为人处世老练了，这两条是我在家的同学没法比的。现在他们都比我有钱，个个穿名牌，但我相信将来肯定比他们干得好。

送退伍老战士到即墨市时，这里新年度征兵工作业已开始，又一批新战友即将踏入军营。新老战友们，退伍老战士的这番感慨，是否对你们也有启发呢？

（与梁永利合作，原载《解放军报》1994 年 12 月 2 日）

七、从七天看三年

从伊犁河谷到黄海之滨，新疆军区首批退伍老兵历时 7 天，已全部安全顺利地返乡。此行 3 次转乘列车、3 次转乘汽车，途经新疆、陕西、河南、山东 4 省区，行程万里。

7 天时间不算长，但它可以看出一支部队平时的管理水平，可以看出一个战士当兵 3 年到底达到了一个什么样的素质，是对部队平时教育管理工作一次实际的检验。

这一路，数百名退伍老兵从部队驻地出发，先后在精河、乌鲁木齐、西安等地组织了 8 次阅兵，许多群众误把退伍老兵当新兵，说这老兵咋这么老实正规呀？最难能可贵的是，11 月 25 日晚，当首批退伍战士到家乡后，某团团长邓强国组织了最后一次阅兵。尽管有的战士都已望见自己家的灯光，大家依然抑制住激动的心情，展示着军人的风采。

一路上，这样的守纪镜头不少。

在列车上，要求不准喝酒，不准上餐车就餐（为的是不影响乘客就餐）。4 天之中，记者没发现一人违反规定。在 144 次列车上，老兵包乘的第 16 节车厢在列车最后，因路远人多，卖食品的餐车不容易过来，打开水也困难，特别是 22 日这天，列车没上水，有的战士一天只喝到一杯开水，吃了一餐饭，但没一人有怨言。

在西安中转时，送兵干部组织老兵分批到临街的饭店吃饭，穿越繁华的市区，无一个老兵擅自离开队伍。吃过饭在指定的区域内购买物品后，全部按时归队，无一人迟到。

从乌鲁木齐上144次列车,在车厢里布置了不少纸花,在西安下车时纸花完好如初,没人动一下。不仅如此,老战士们还把车厢打扫得干干净净。

为把这次老兵输送工作做好,一路上有许多事务性工作要做,如夜间值班、组织文艺活动、卫生值日、搬运行李等。一路上安排谁干,没有人推脱。特别在最后一天,档案已经交了,人已经回到家,听不听招呼全凭自觉自愿。行李来了,邓团长就到街上找人卸车,碰见谁喊谁。碰到5个人,喊来5个人。邓团长感慨道:"这些兵真不错!"

一位连续搞了9年老兵退伍工作的领导对记者说:老兵退伍工作这面镜子可以折射出许多东西。如果带兵人平时爱占战士小便宜,部队风气不正,老兵走时肯定要找事;如果带兵人平时不敢管、不会管,现在就更不敢管,更管不了;如果带兵人平时与战士没啥感情,退伍时想亲热都来不及;如果部队平时作风不严,纪律不严,临退伍时只能更稀松。

随队报道就此打住。记者在此祝愿所有老兵一路平安,更祝愿带兵人能把劲用在平时,把部队的基础打好。

(与梁永利合作,原载《解放军报》1994年12月3日)

附:

吃苦必有回报

去年有两次采访行动——到帕米尔无人区长途巡逻及随老兵万里返乡,得到领导和读者的肯定,有人把它概括为"两个七昼夜"。

"两个七昼夜"采访行动及所发的稿子在读者中所引起的反响,是我不曾料想到的。应该承认,如若没有领导的支持和编辑的精心编辑,并那么大胆地提供版面,不可能有现在这种效果。这两次行动给我自己的启示是:相信吃苦必有回报。

我在报社是一位"资浅"记者,才一年多。刚当记者没几天,我便参加了兰州军区组织的一次军事演练,演练中我结识了中国青年报的记者叶研,叶研的采访作风给我以巨大的影响,那是内心深处受到的触动。特别在"总攻"

之际，这位 40 多岁的老同志，跟最先头的连队一起冲锋，虽然演练不真的像打仗那样"枪林弹雨"，但也是很危险的，弹片的落点与他们的阵地也就十几米远。这位记者，还曾与伞兵一起跳过伞。

当时，我觉得很不好意思，准确地讲，是惭愧：与战士一起冲锋的，不应该是军外的记者，而应是我这位解放军报的军事记者。

也许有人认为，冲锋不冲锋无所谓，只要把稿子写出来，能上头条，就行啦。

我觉得不是这样，没有亲历，不走近"新闻事件"，独特的感受就出不来，独家的新闻也就写不出来。这道理太浅显不过了。

所以，在 1994 年初，我就决定，像叶研跳伞一样，像周涛"寻黄源"、徐文良"走墨脱"一样，去到帕米尔无人区"亲历"一下。要说"苦"也真苦，现在回想起来，还有点后怕。送老兵途中倒不苦，就是太紧张，也第一次尝到火车上采访写稿的滋味。现在看，收获还算不小。

我还感受到，记者亲历采访，也是避免新闻中掺水分的好办法。写稿掺水分是觉得没啥可写，只要亲历了，你就会发现生活中有很多很精彩的东西，根本无须掺水分，精彩的东西有时还写不完。

我还觉得，亲历采访，不应是记者标榜自己能吃苦的一种手段，而应是记者经常使用的一种基本的采访方法。因为记者需要、读者爱看这样的报道。

有时想想，与喀喇昆仑山守防的战士相比，自己当记者吃那点苦，太不值得说出口了，包括自己到无人区巡逻。严格来讲，记者本身就是一个吃苦、担风险的职业。

（原载《解放军报》1995 年 1 月 25 日）

军官休假新景观

直线加方块的军营使军官与亲人天各一方。每年军官探亲一次,妻子来队一次,人们形象地将此称为"年年度蜜月"。然而,这种无休止的重复已伴随时代的变迁而变迁,呈现出许多令人注目的新景观。

景观一:轻轻松松回家去

行囊愈背愈轻。冬日,乌鲁木齐火车站。61 名接受调查的军官中,90%的行囊很轻。70% 的军官行囊中没有送给妻子的礼物,但几乎人人的行囊中都有一件送给孩子的礼品。

从入站口匆匆登车的某师农场会计张伦震对记者说:"我回家最怕带东西,这次只给两岁的女儿带了一套毛衣。"随张伦震先后登车的另 8 位军官,拎的全是简简单单的一两个包。他们有一个共同的观点:时代不同了,如今有钱在哪儿都能买到好东西,与其背着东西挤车,还不如把一年的工资带回家。轻轻松松赶路,潇潇洒洒返乡。

采访中,记者听到某边防团杨排长讲的一件事:前年他刚提干探家时,一下子买了 20 几斤葡萄干,路上转车几次遇大雨,可把他折腾惨了。回家一看,食品店里到处都有葡萄干,价格也并不比他买的贵多少。他回到团里见人就说,现在探家再不要带东西,有钱啥都能买到。

不愿再受颠簸之苦。在新疆军区某师营区内,记者对 100 名军官调查后发现:1/3 的军官探亲休假往返需跋涉 3000 公里以上的路程;1/5 的军官休假时无法保证卧铺票;1/10 的军官休假为躲避颠簸之苦自己掏钱坐软卧、乘飞机。

是的,对于遥远的新疆而言,这里的军人休假并非是一件轻松的事,他们所经历的路途之苦如同战斗:大雪堵截、洪水拦阻、车拥挤、路漫漫……

今年春节前,少校干事李银堂一狠心携妻子女儿坐软卧从乌鲁木齐回到了西安,多少年了,他和妻子第一次享受到旅途的轻松愉快。他探亲回来对记者说:"我们平时舍得吃好一点,穿好一点,花点钱路上舒服一点也要想得通,想一想前几年探亲夜以继日的颠簸,下了车像生了一场病。"

其实,他回家的距离还不算远,干事周长明从喀什到重庆、教导员罗彪从帕米尔高原到广东汕头,下汽车上火车、下火车上汽车的近10天奔波,真可谓筋疲力尽,兴致全无。

周长明从1992年就开始乘飞机探家,他说:"平时省一点也要花这个钱,那感觉真好:'两岸猿声啼不住,轻舟已过万重山。'"

罗彪也开始下决心坐飞机回家,他说:"回家一趟太辛苦,比在边防上巡逻舒服不到哪去。"因为在他10年的探亲旅程中,多次记载着他从郑州一只脚挨地站到兰州、一天一夜没吃没喝的经历。

一位军嫂怀抱不到两岁的女儿从湖南到阿里军分区探望守防的丈夫,当她千辛万苦来到叶城分区留守处时,屈指一算,30天的假期还剩下19天,丈夫下不了山,再上山还得走4天,碰巧那几天又往山上打不通电话,她只好在招待所噙着眼泪留下一封信,无奈地回家去了。如果她乘飞机来,也许这个令人心酸的故事就不会发生。

景观二:忙忙碌碌度"蜜月"

埋头找房子。在我们所调查的百名军官中,1/4的人休假是奔着为家庭解难题回家的,其中为找住房者占一半。

张普选和张勇,工作同在一个边防团,家同在乌鲁木齐市,今年春节同时探亲休假,不同的是休假期间张普选为房子急得寝食不安,而张勇悠闲得如同神仙。

军务股长张勇回到家的第二天,妻子杨红新就买来10公斤鸡蛋。她知道张勇特别爱吃鸡蛋,而他守防的帕米尔高原,鸡蛋又很难运上去。她说:"我天天变着样儿给你做着吃。"乌鲁木齐到处冰雪,张勇家两间不大的楼房里却很温馨。早晨,妻子上班,丈夫买菜;丈夫把菜准备好,妻子下班做饭,夫妻俩痛痛快快地度了70天"蜜月"。

而团政委张普选却四处奔忙,因为他借住别人的房子要拆迁,找房已迫在眉睫。

他想租房,但闹市区太贵租不起,郊区便宜,又太远,小孩上学、妻子上班不方便。买房?当兵20年,积蓄只有2万元,按市价连最小的房子也买不到。

为此,从休假第一天起,这位边防团的政委就没在家好好呆过一天。找房子可不是轻而易举的事,他特地每次出门都穿上上校军装,以争取有关部门的关照。

他找过市领导,他们曾答应帮助他解决,但需要有个过程。他找过新疆军区后勤部的领导,但后勤机关也没有现成的空房。3月15日他就要返回部队,他说返队前总得给孩子、老婆找个窝吧。但遗憾的是,到记者发稿时,张政委的房子还没着落。

他在电话里告诉记者,他准备找一下自治区的副主席李东辉,李东辉曾到他们边防团去过,官兵们无私奉献的守防精神曾使他深受感动,临走时反复说"你们守防很辛苦,有什么难事到乌鲁木齐一定找我"。张政委说,李副主席对人挺不错,房子的事还有希望。

景观三:跟着亲人观大潮

被调查军官中直系亲属做生意的有1/6;2/3的军官探亲休假期间很想了解股票、期货、做生意到底是怎么一回事。

这是一个真实的故事。

"你真没用。"上尉辛银详只看了半天鞋摊,就被妻子李艳急忙召回。

按说这位某边防团宣传股长对做生意并不陌生,理论上可以讲出一大套。今年春节探亲休假期间,当他真要帮当个体户的妻子看鞋摊时,才发现自己差距甚大:羞于与人讨价还价,见熟人就背着脸躲,一个上午没卖出一双皮鞋。

妻子不让帮忙,儿子有父亲带着,辛银详就在家做做家务,看看闲书,70多天的假期突然觉得还挺长。

妻子的朋友李明夫妇听说他休假在家无事可干,执意要辛银详给他帮忙。

　　这个忙可不小。李明夫妇开了一个稻草人音像批发公司,固定资产已达数百万,夫妻俩要到内地进货,想请辛银详帮看看门,考考勤,照管一下公司里的几十名职员。因为对军人,他们放心。

　　辛银详张口拒绝:"部队有规定不让做生意。"

　　"不是让你参与做生意。"

　　"我不要任何报酬。"

　　"那行,就算学雷锋吧。"

　　碍于情面,辛银详就在稻草人公司临时当了一阵"观潮人",了解到许多有关经济方面的知识。

　　辛银详兴奋地说:"回到部队,我不仅能给战友们说点新感受,而且通过观潮,我确信了一个边防军人的综合素质。"

　　把休假变旅游。据调查,95%的团以下干部每年出差机会等于0;90%的干部都曾有过利用休假出外旅游的愿望,但真正成行的不到一半。

　　早在3年前,某分部自动化工作站站长李晓江就利用探亲休假的时间,出外旅游,以后每次如此。他携妻牵女,夫唱妇随,访名山大川,游长江黄河。用他的话说:"妙不可言,乐在其中。"

　　他为此花去了1/3的积蓄。他全家计划要走遍全国省会以上的城市和所有著名的旅游景点,现在才出动了3次,走了不到计划的一半。

　　现在,很多军官旅游的目的是想了解社会变化、了解改革开放及市场经济。某部王政委去年5月休假时,携妻子到东南5省市看了一圈。走时,他带了一个日记本,准备客观地把沿途碰到的好事、不好的事、有意思的事,一一记下来,回来作个全面的分析。

　　结果,一路上许多事令他惊喜:广东一位领导为给希望工程募捐,站在舞台上唱歌表演,没有一点官架子;一位军职领导请自己的老首长吃饭,仅花了31元钱,节俭之风浓郁而清新。

　　王政委回到部队后,极力主张干部探亲休假期间,在家里没什么大事,能走开的情况下,多出去转一转,现在社会发展很快,要及时透透空气。他说:"要当一个好带兵人,有无见识也很重要。"

　　　　　　　　　　（与欧世金、陈尧合作,原载《解放军报》1995年3月4日）

直升机首次巡逻

今天上午9时55分,伴随边防某团团长董国梁健步登上米—17直升机,我军边防巡逻迈出历史性的一步:从今天开始,我军边防部队开始正式使用直升机空中巡逻。

登机前,新疆军区陆航处长贾茂荣向记者介绍:这次由新疆军区组织实施的这一行动,要完成整个新疆境内的中蒙、中哈边界空中巡逻,空中飞行距离1万多公里。

9时58分,巡逻首航的直升机载着一队边防官兵,从阿勒泰军分区边防某团起飞,直抵中蒙边界,记者随机一同参加巡逻。机舱内,官兵们全副武装,手持望远镜、照相机,从窗口一刻不停地瞭望脚下的边界线,仔细辨别每一座界标。

机舱内噪音很大,大家研究讨论边界情况时不得不传递纸条。尽管如此,军分区参谋长韩连庆在看到65号界标后,仍情不自禁地贴近记者的耳朵大声说:"今天是我在边防最潇洒、最自豪的一天。这一天,所有边防官兵都不会忘记。骑马骑了几十年,多么盼望插上翅膀巡逻,今天终于实现了。"

记者去年曾骑牦牛与战士一起巡逻,真切地感受到边防徒步巡逻的艰险和困难。对边防战士此刻的激动心情,记者十分理解。

为了让巡逻官兵把界标看得更清楚,特级飞行员汪道斌、孙刚把直升机降到距地面200至100米的超低空,积有残雪的山峰从直升机两侧呼啸而过。

12时55分,直升机完成首次巡逻任务后到达阿勒泰机场。地面需走一

巡逻官兵在阿勒泰机场陆续登机。

巡逻官兵从窗口一刻不停地瞭望脚下的边界线,仔细辨别每一座界标。

周的巡逻线,空中只用了 3 个小时。

一下直升机,新疆军区边防处长袁德福评价道:"今天的开端,标志着我军边防巡逻手段开始向现代化迈进,边界控制将由平面走向立体化。"

(原载《解放军报》1995 年 6 月 15 日)

下连当兵札记

边防战士的生活苦到什么程度？他们又是怎样对待艰苦生活的？仅凭别人介绍情况或者浮光掠影地采访一次，是很难有深刻感受的。记者选择艰苦的国门前哨班作为下连当兵点，用身心写出了一组精彩的见闻。他的实践再次说明：脚板底下出新闻。多到一些驻守艰苦、边远地区的部队跑一跑，多报道一些默默无闻的奉献者，是我们每一个新闻工作者的职责。

——编者

一、战士特别能忍耐

5月23日深夜11点，我正准备上哨，动检局韩局长开车到阿拉山口边防站国门前哨班来看我。见他带着手机，我忙借来拨通了家中的电话。不料，电话里传来的却是女儿的哭声：

"我又住院了，你回来陪陪我吧，呜——"

"好了好了，别哭。"

"呜——呜——"

哭声持续了一两分钟后，我看到战士在看我，忙应付道："行啦行啦，我当完兵就回家，别急，啊——"

电话匆匆扣掉了。

零点，我送走了韩局长，踏上哨位。我巡视在通往哈萨克斯坦的边境通道路口，顶着10级的大风。在风中，人不得不弓着腰走动。

　　大风吹得人全身透凉,思绪也有些零乱。回想这次当兵很不顺利,刚开始当兵在铁列克特瞭望哨,它坐落在阿拉套山的一座峰巅,是北疆边防上条件最艰苦的前哨班之一。本想在那里一直当下去,3 天后,不知是对什么东西过敏,还是被什么小动物咬了一下,起了一身的红疹,奇痒难忍,耐不住在房子里直跺脚。

　　我虽然当兵却还是记者,听说我身体不对劲,山下连队的同志要兴师动众地骑马来看我,还要送医上门。与其这样折腾连队,还不如我主动下山。我无奈地当了一次"逃兵",换到了阿拉山口瞭望哨。

　　记者当兵,毕竟不是真正的士兵,边防战士的苦处难处,记者仅仅来体验一下,而他们却要长久地忍耐下去。

　　我的女儿病了,当完兵就可以回家,他们呢? 也就这两天,边防营副营长张殿民的妻子也病了,天天打吊针,孩子也没人管,妻子连电话也没给他打。她清楚,打了电话他也回不来。

　　还有,今夜与我一同站哨的战士李国林,是家中唯一的儿子,父亲患胆结石,手术也没做好,年仅 46 岁就要病退,他不一样着急啊。可他和我一样顶着大风站哨,并且要一天天站下去,毫无怨言。

　　就说他们的身体,看似一个个如同铁塔,小毛病可都不少。因为在吃水、吃菜、做饭极不方便的瞭望哨,谁的身体也抗不住。在铁列克特瞭望哨 3 天,我只用水洗过一次手,洗脸洗脚不敢奢望。

　　牙痛、便秘在瞭望哨很常见,有的战士解一次大便,在风雪中要蹲近一个小时。在我之前,一位叫陈国志的战士也和我一样起了一身的红疹,他不可能像我这样急忙下山,而是边吃药边站哨。

　　他们肩上的责任也重大,谁都知道边防无小事。而天长日久,绝对不出一点差错也是不可能的。在今夜我站哨的前哨班,有一位带哨的排长就受到过通报批评,可他今天依然兢兢业业守防。他们不仅尽心奉献,而且是无怨无悔的。

　　我想,不管是谁,当真正在边界线上站一次岗,就能理解边防战士这种无私奉献和无怨无悔的心境。想一想,铁丝网前面是异国他乡,身后,是养育我们并寄托着我们全部人生希望的广袤国土,守边人有什么理由退却?!

　　匆匆忙忙离开铁列克特瞭望哨,我心里一直很惭愧。现在我才明白,记者下连当一次兵,收获的不仅仅是几篇稿子,而是一次心灵的净化和思想的升华。

(原载《解放军报》1995 年 6 月 13 日)

二、大风伴我守边防

阿拉山口的风令人难忘。

第一次进国门前哨班是被人拉进去的。那天一下车,我提着包怎么也进不了门,风扯着要把我拖走。丁排长和一名战士一人拽着我的一只胳膊,这才进了门。

他们讲,阿拉山口天天有风,10 级以上的大风,一年要刮 180 多天,最大风速达 55 米/秒,而台风的风速不过 35 米/秒。

傍晚,我到外面接水洗脸,手一松,脸盆"呜"地被刮跑了,我起身就追,越追脸盆跑得越快,幸好被铁路的路基挡住这才抓住。回到班里,战士李国林不足为奇地对我说:"这没啥,我当新兵时,眼睁睁地看着刮跑了两个

记者站岗时,小树被大风吹弯了腰。

脸盆。"

风再大,这里却见不到尘沙飞扬的景象。原来,大风早已把所有的尘沙卷得干干净净,地上已经没啥可吹的了。不过,我在站岗时,还经常能感到沙砾的飞舞,细小的沙砾打在人的脸上,如同针刺般疼痛,这里毕竟到处都是戈壁滩。

第一天站哨,风只有8级,一直"呜、呜"作响的大风,扯人衣襟,抽人皮肉,半个小时里我被从哨位上刮下来2次,与我一起站哨的战士史玉新,任凭大风舞,脚像生了根似的硬是一个小时没动。

风吹太阳烤,下了哨,脸皮像风干了一样,干硬干硬的。我想,在这里当几年兵脸肯定都很黑、很粗糙。回到班里一看,奇怪,战士们的脸都挺白,他们解释说,他们喝的全是离哨所不远的天然优质矿泉水。有人化验过,此水对人的皮肤有独特的滋养作用。我忙端起一杯仔细品尝,喝在嘴里,果然有一缕淡淡的甜味。

谈到这里,他们幽默地说:"你还不知道吧,我们哨所是天下'风''水'最好的地方。"

我知道,这是战士们的"苦乐观"。因为大风给他们制造了太多的麻烦。我在这当兵期间,经常吃两顿饭。风大,炉子倒烟,要做熟一顿饭,至少需3个小时。看起来炉膛里火很旺,可火苗老是往下窜。有时,一锅水不是越烧越热,而是越烧越凉。

有一年,他们正包着饺子过除夕,只听当头"呼隆"一声闷响,大风把厨房的房顶揭掉了,大雪一下子全灌了进来。

夏季,他们盼风停,又怕风停。风一停,蚊子又涌上来,大自然天天给他们出一道难以选择的选择题:要么被风刮,要么被蚊子叮。

我在这里当兵可以看出,虽然这里风大得出奇,但对他们完成执勤任务,没有造成太大的影响,这个前哨班年年被上级表彰。这些年,他们练出了一套在风中站哨、潜伏、射击、越野等特殊本领,这几天我也多少学了一点。

带哨的排长丁永正曾对我说:"不管大风给我们制造多少麻烦,我们都会找到对付的办法,都会守好边防。"

（原载《解放军报》1995 年 6 月 14 日）

三、换种方式面对寂寞

寂寞,与边防战士时时相伴。

在铁列克特瞭望哨当兵时,那一片大山中,只有我们几个人。没有电,也就没有电视,收音机收不到国内的广播。除了武器和望远镜,与我们天天相伴的就是一台录音机、一副扑克、一副象棋和几本书。

因患病,我在那里只当了 3 天兵。那 3 天,除了执勤,天天看云,天天看山,天天听山风呼啸,也天天盼山下能来个人。有一天,山下真的来了 2 个查线的战士,我们几个高兴得一起动手给他俩做最好的饭吃,虽然也不过就是米饭和炒鸡蛋,但那种高兴劲儿真正是发自内心。

晚上,我们裹着皮大衣,围着一枝蜡烛,或看书,或打扑克下象棋,有时为了节省蜡烛就早早休息。睡不着,就坐在床上一起讲故事,说一阵子笑一阵子,困了累了再睡觉。

有一天,大家实在闷得发慌,就炒了一把花生作诱饵捉小松鼠,花生米在房里房外撒了一天,一只松鼠也没捉住,花生米倒是一颗一颗被我们给吃

铁列克特哨所

光了。

战士们特喜欢听歌曲。因录音带就那几盘,几首歌翻来覆去他们一直能听两三个小时。他们中间,很多人的歌唱得不错,这纯粹是寂寞生活造就的。

慢慢地我发现,他们对待寂寞,完全采取了一种进攻的方式。

我一向很敬佩边防战士,其中也包括铁列克特瞭望哨的几名战士,他们特别能吃苦,与他们在一起,感动的泪水常常充满眼眶。就说吃水吧,他们隔一天就要到山下背,山路几乎直上直下,肩扛两个15公斤的水壶,中间不休息40到50次是爬不到山顶瞭望哨的。

但是,作为今天的边防战士,仅仅能吃苦是不够的,仅仅满足于完成执勤任务也是不够的。山上是寂寞,但空余时间也很多,理应有计划地学点什么,不能让大好时光在寂寞中度过。

从铁列克特瞭望哨到阿拉山口国门前哨班,寂寞依旧,但战士们对待寂寞的方式却不同。第一天一进门,丁排长桌子上的那本《文化苦旅》和班长杨凯床头的一摞机械理论方面的书,给人感觉是那样地亲切和鼓舞。有的战士床边的墙上,还贴有自学课程表。

平时的国门前哨班,窗外大风呼啸,室内静如课堂。除执勤外,人手一本书,连说话的声音都不大。寂静之中,可以感受到一种蓬勃的朝气和希望。

面对寂寞有多种选择,国门前哨班的这种选择,是奉献者的选择。

(原载《解放军报》1995 年 6 月 15 日)

四、瞭望哨,望见了什么……

在瞭望哨当兵,主要任务是通过高倍望远镜,详细观察边界上的动向。

5 月 19 日,我在瞭望时,无意中从望远镜里发现一只麻雀,在边界线的铁丝网上面飞来飞去,心想这麻雀真有意思,进出国门,方便自由。正在走神时,电话铃响了:

"插旗,会晤啦。"连队通知。

我急忙把红旗插到哨楼外面的栏杆上,同时在《观察日志》上记下:阿拉山口瞭望哨,19 点 15 分,我方升旗要求会晤。

随后,我举着望远镜直直地盯着哈萨克斯坦边境上的哨楼。如果对方同意会晤,也会在哨楼上插旗以示答复。

半个小时过去了,对方没有一点动静。与我一同执勤的战士李杰说,有时插一天的旗,对方也发现不了。这"邻居"对我们也真放心。要在过去,边界上一有风吹草动,双方都会紧张起来。

中哈双方还有协议,如果对方看不到升旗,可以直接开车到对方哨楼下喊:我们要求会晤啦!

19点50分,我方一辆白色轿车沿着中哈公路,开向哈方哨楼,可能是去喊我们的"邻居"。

随着中哈两国关系的改善,在离边界近在咫尺的哨楼上执勤,已没有任何带火药味的危险。从望远镜里可以看到,对方的有些哨楼上,长年连哨兵都没有,而大兴土木的推土机、挖掘机在公路上渐渐增多。边防军人要时刻睁大一双警惕的眼睛,但是中国军人立志保卫和平,但愿从望远镜里看到的永远是一片和平景象。

目光继续盯住望远镜,看到我方轿车直接停在哈方哨楼下,哨楼上走下一名哈方军人,双方简单交涉后,我方轿车向回返。

20点,我方轿车停在两国交界处的简易会晤篷旁。10分钟后,哈方一辆

阿拉山口边防连瞭望哨下,经常有游人。

越野车驶来,与我方轿车停在一起,双方 4 名军人下车经过 5 分钟的交涉,哈方越野车又返回自己的哨楼。5 分钟后,哈方像是请示过有关事宜,又开车回到会晤地点。

又过了 5 分钟,双方像是会晤完毕,各自开车返回自己的哨楼。

真简单,会晤如同会朋友。望远镜里的一幕幕,虽然牵扯到两个国家,但一切都显得那样轻松和谐。

后来了解到,此次会晤,是我方交送哈方误入我境的一位哈萨克斯坦牧民。

可以感受到,和平正向我们走来。总会有一天,边界上的争议区也不复存在,双方的老百姓到对方的国家就像出门上街一样方便自然。

这个瞭望哨楼建成于 1962 年,至今已 33 年。33 年里,有多少戍边官兵在这里瞭望过,已无法计算。他们天天如同极平常的今天一样,望尽了风雪,望走了岁月,望来了西北边防上的和平与安宁。

(原载《解放军报》1995 年 6 月 16 日)

挥手何依依

　　从 11 月 10 日至 17 日,记者在新疆军区某部目睹一些老兵离开连队的场面,常常热泪盈眶。

　　在波马边防连,离队的老战士临近登车前,抱着连长、指导员和其他留队战士,流着泪喊着:"我们啥时能再见面?"大家抱在一起,难舍难分,连送老兵的驾驶员,也泪迷双眼。

　　在松拜边防连,11 名离队老战士与连长王四干最后一次巡逻至 7 号界碑,他们抱着红色的界碑和王四干哭喊着:"界碑! 连长!"个个泣不成声,围着界碑流连了一个多小时。

　　这里是艰苦、偏僻、寂寞,有的老战士当兵 3 年,从没离开过边防连,甚至不知道附近的县城是什么模样。但这里又是那样地温暖,官兵之情是那样地淳朴深厚。

　　在离开连队的汽车上,老战士邢和刚对记者说:"我们连干部战士处得真不错,干部对我们真好。去年 10 月,我得了急性肠炎,连长王四干把我背到附近的医院,又守了我一晚上,我亲爸亲妈也不过如此。"

　　老战士们谈得很细、很动情,哪怕是战友们帮自己缝过一次被子,家里有困难时接济过十几元、几十元钱,甚至帮自己洗过一次衣服等,都一一谈到。

　　还有不少老战士七嘴八舌谈到团长赵继光和政委段光明。他们说:"他们为了让战士吃上菜,在零下十几度的天气里,冒着严寒挖菜地。段政委额头砸伤了,头上绑着纱布还在干。这样的领导,我们真舍不得呀!"

　　17 日晚,记者驱车到某师工一连,连里正开送别老战士座谈会,师参谋长邱俊本也在场。记者进门时,大家正谈得泪流满面。他们谈连队建设的意见，谈自己当兵三四年的感受，说得最多的还是官兵情、战友情。

讲着讲着，大家激动得讲不下去了。这时候，邱俊本站起来擦擦眼泪说："我真舍不得大家走，但我也希望你们走，因为你们与父母已经分别三四年了。让我们大家再共同唱一首歌吧，就唱《说句心里话》。"

"说句心里话，我也想家，家中的老妈妈，已是满头白发……"唱完歌，记者走出了工一连，泪水再一次盈满了我的眼眶。

（与念学剑、梁永利、吴杰合作，原载《解放军报》1995 年 11 月 19 日）

守岁大西北

没有电视,没有广播,没有美酒,没有佳肴,只有满天的星斗和四周沉寂的雪山。

这就是地处阿尔套山一峰顶的江巴斯边防站前哨班的除夕之夜,室外气温 −28℃,一名实习排长和 4 名战士正在举办自己的"春节联欢晚会"。

哨所门上贴着鲜红的对联"热血男儿卫国洒青春,青石别墅迎风展英姿"。昨晚,博尔塔拉军分区王超海政委来到前哨班,与我们一起干了两件过年的大事:一是看了前哨班准备的文娱节目,有意思的是,他被战士们抓住不放,一个人唱了 8 段豫剧;二是他亲手为战士拌好饺子馅,同我们一起包好初一的饺子。今早,他帮战士砸开蓄水池的冰后,才离开前哨班。他还要看望其他前哨班的战士。

前哨班的"春节联欢晚会"是晚 7 点开始的。每个人的心情都特别兴奋,大家一支接一支地唱着歌。这里没有观众,只有一盆不言不语的"一叶青",倾听着大家的歌声。这盆"一叶青",是战士巡逻途中从一山顶挖来的一株野花,已被前哨班的战士养了 4 个月。

今晚将在哨楼上倾听新年钟声的是战士张子国,他对我说:"这一班哨我会终身难忘,我是真正在为祖国守岁。"

在战士唱歌时,我爬上哨楼,战士陈洪正手持望远镜,注视着前方 2 公里处的边界线。边界线上,没有灯光,没有声响,只有一阵阵寒风不停地刮过。他突然转过身,向他身后的远方敬了一个军礼。我想,这位独生儿子的军礼,肯定是敬给他远在湖南家乡的父亲的。

今晚前哨班没有新闻,如同往常一样,平静安宁。

（与傅维军合作,原载《解放军报》1996 年 2 月 19 日）

特别伙食费

2月14日,当兰州军区战斗歌舞团的演员们爬上赛里克边防站前哨班时,一进门好几个演员便气喘吁吁地对随行的记者说:"这儿真艰苦,你写写他们嘛!"话音里带着央求的意思。

前哨班地处山巅。歌唱演员张彩云对记者说:"我这一辈子没爬过这么高的山,没见过这么厚的雪,我们只来一次,战士们可要年年爬,天天爬。"这一趟,我们踏着没膝深的雪,从上午10点爬到下午4点,到了山上,一个个累得东倒西歪。

演员们演完节目后,与其他记者下山了,我们俩留下来完成演员们交给的任务。

前哨班有1名排长、4名战士。山上从未来过这么多人,为招待演员和记者,他们从早上9点就开始熬雪水,两锅雪,熬了4个小时,才熬了两小盆。排长张雄有些好吃的东西,原准备过年用的,也全部"贡献"出来了:7包"三泡台",是去年12月10日在兰州接兵时买的,一直舍不得喝;一包油果子和一塑料袋包子,是山下一位同学送的。还有连队从山下带的馍馍和饼干。

真没想到,演员们一上山,个个渴得要死,两盆雪水,一口气喝干了。战士赵云飞、陈明震见状立刻备马下山找水。演员们哪里知道:雪山上还会缺水?

山下找泉水,很费劲。厚厚的冻雪,把泉水全盖住了,两个战士就用耳朵贴着雪听流水的声音。雪太厚,听不见,他们就用手挖雪。挖了一会儿又嫌慢,他们就用双脚踏雪,"扑哧"一脚下去,拔出来看看,鞋子湿了就说明有泉水。

半个小时后,他俩终于找到了水,灌满水壶就上山。雪太深,马又陷到雪里,他俩只好抬着这50公斤重的塑料水桶,爬着近似陡壁的山路上山。

这一幕,演员与记者谁都没见,大伙只管着猛劲喝着"三泡台",一碗接一碗。

在演出时,演员只是奇怪,房子里地方太小,让战士到床上看演出,战士谁也不肯。上到床上,谁又都不脱鞋,还用被子使劲捂着脚。

原来这儿缺水,战士们8天没洗脚了,在演员面前他们不敢脱鞋呀。

采访完,我这位军报记者也是10个小时没吃啥东西了,战士们看我饿得不行,忙在炉子上烤馍干。我想吃,可我不敢:山上海拔高,蒸不熟馍馍,这点馍馍在山上太珍贵了。

我又很渴,当我看到战士赵云飞和陈明震湿淋淋的双脚时,我又不敢喝这仅剩半壶的水:那简直喝的就是战士的汗水!

下了山,我们把采访到的故事讲给演员们听,喧哗的房子里顿时静了下来。这个说,我喝了战士三碗水,真不该! 那个说,我吃了战士一个馍馍,也不该吃啊,我忍一忍多好。

"那我们交点伙食费吧?"慰问团团长张保和建议,大伙纷纷说:"这行。"钱收上来了:20个人交了730元。

临别赛里克边防站时,张保和抱着某边防团副政委姜建新,眼泪汪汪地说:"这钱,是我们的伙食费,也是大伙今天的一点补偿、一点心意,我们对不起山上的4名战士,我们不知道战士是这样守边防的。"演员们也无不落泪。

（与傅维军合作,原载《解放军报》1996 年 2 月 22 日）

西北边防行

　　本报记者和兰州军区的新闻同行从西藏阿里地区最边远的边防连队开始,进行为期两个多月的采访,并参与边防站会哨、夏季护牧、潜伏等独具特色的活动。我们热切期望记者、通讯员多到这些"遥远"的地方走走,更多地反映边海防一线官兵鲜为人知、默默奉献的感人事迹。

——编者

一、冰雪无情更显爱兵情深

　　从喜马拉雅山、冈底斯山和喀喇昆仑山上下来的 55 名边防战士,在上百名官兵的护送下,跋涉 1500 多公里,平安到达新疆叶城考场。今天,消息传到阿里,军分区政委麻富省激动地对记者说:"心里的一块石头总算落了地。"

　　每到战士考学之际,阿里军分区有不少边防连队驻地依旧大雪封山。就因冰雪阻隔,这里曾发生过战士刻苦准备一年却无法上考场的憾事。为了不再发生这种憾事,从今年 4 月起,他们就开始探查冰雪路况,准备马匹、车辆和推挖雪机械,组织护送人员。什布奇边防连距狮泉河 600 多公里,其中被冰雪封堵路面长达 160 多公里。为让战士肖言臣和拉来(蒙古族)下山考学,副连长罗布和司务长陈建云带领两名战士骑马护送。他们踏雪走了两天两夜,翻越了两座海拔 6000 多米的雪山。雪夜露营时,为防止考生冻伤,带队干部把战士搂在怀里。

　　在山岗边防连,为开通下山的公路,他们动用推土机,十几名官兵奋战 20 天,终于把 43 公里的雪堵路段和被雪水冲垮的山路全部修通,确保本连战士考生高存良顺利下山。在达巴边防连,护送战士考生邓文团的大车陷进冰河,军分区立即派车营救,没想到营救的车辆又陷了进去,军分区再次派牵引车前往,终于把邓文团接到山下。

　　记者在采访途中与部分考生相遇,谈起这次下山赴考,他们激动得眼圈发红:"领导这样关心战士,不光是我们,哪一个在山上守防的战士心里不是热乎乎的?"

　　　　　　　　　　(与张林合作,原载《解放军报》1996 年 6 月 4 日)

"当我翻越雪山达坂时,感觉妈妈正用期待的目光看着我。"

二、姜世军高原巡逻创纪录

　　3 年前刚到连队就要扒车回家的战士姜世军,创造了该部高原巡逻 150 次、累计行程超过 1.5 万公里的纪录。今天刚刚巡逻归来的波林边防连一班长姜世军对记者说:"是妈妈的教诲使我成了一个好兵。"

采访途中,记者乘坐的白色 212 吉普车,在高原上经常"开锅",驾驶员把自己喝的水灌进水箱。

姜世军的妈妈陈建英是一位普通农民。1994年,姜世军从报务员训练队毕业时,害怕分到高海拔的边防连队,给妈妈写信要500元"活动费"。陈建英虽然给儿子寄了钱,但又写信说这钱不能用于走后门,希望儿子堂堂正正地做人,分到哪就在哪好好干,并嘱咐:"钱用不着了,就寄回来。"

姜世军把钱退给了妈妈。他来到海拔4700米的波林边防连,开始了骑马挎枪走雪山的军旅生涯。巡逻途中,要天天翻越冰达坂,雪野露宿,吃压缩干粮,他又产生了畏难情绪,并以为母亲尽孝为借口,想早些退伍回家。陈建英知道后,来信教育儿子:你回家端水端饭是孝顺我,但你在边防为国尽忠有出息,才是最大的孝顺。

记者翻阅了陈建英从万里之遥的陕西蒲城寄来的一封封家书,里面全是鼓励儿子求上进、别怕苦的话。姜世军说:"当我翻越雪山达坂的时候,总感觉妈妈正用期待的目光看着我。"

姜世军抱着在阿里边防争第一的信念,次次巡逻都抢着去。他走遍了防区内最高的山,驯服了连队最烈的马,还在巡逻途中奋勇救战友。去年11月底,在一次执行紧急巡逻任务时,他身背35公斤重的电台,走了5天5夜,背上磨出了大片血泡,和衬衣粘在了一起,他不叫苦不喊痛,还唱着歌为大家鼓劲。

(与周长明合作,原载《解放军报》1996年6月12日)

三、嫂子,边防军人理解你

"快些给我写信,告诉我你是否还好,哪怕是讲述你的无聊,因为一听到你的名字,我就感到心在膨胀,血在涌流。"这是记者6月7日在海拔4100米的达巴边防连读到的一首题为《盼信》的诗。这首诗的作者是该连机要参谋靳玉玺,他一年只收到妻子的一封短信。

靳玉玺的妻子朱君兰是新疆齿轮厂的工人,在她两次最需要丈夫的时候,靳玉玺都未能回家。这对恩爱夫妻因此产生了隔膜。朱君兰在那封百余字的短信中写道:"我理解你,谁又能理解我?"

边防连军医薛宁静对记者说:"其实,靳玉玺是个最有情义的人。"不管多

这是去达巴边防连途中,连队干部(后排左二、三、四)来迎接我们,怕我们找不到路。

苦多累,靳玉玺从不忘给妻子写信。大雪封山前,他一次给妻子发了10封信。今年5月2日,边防连被雪阻的道路开通,听说有车下山,他一口气给妻子写了满满25页的一封信,从头天晚上8点写到凌晨5点。邮局的同志要求把这封厚厚的信当包裹寄。

靳玉玺两次未能回家是很偶然的。一次是他正在无人区巡逻,无法及时得知家中的消息,返回的路程又长达15天之久;另一次是战友陈建平的儿子患白血病,靳玉玺把回家的机会让给了他。连长陈欣卓说,靳玉玺无论对妻子、对战友、对边防,都是一个重情重义的男子汉。全连每个房间都贴着他的边塞诗,其中一首写道:"玛拉达坂耸云端,狂风狂雪路生烟,野狼山鹰畏寒匿,战士驰马在边关。"

靳玉玺感情细腻,在高寒缺氧的边关,他在一个冬季里为妻子写了一百多首(篇)诗歌散文,字里行间流淌着对亲人、战友的深情。读着那些滚烫的文字,记者十分感动。

告别达巴边防连时,全连的官兵都托我们带话给朱君兰:"嫂子,达巴边防军人理解你,你受累啦!全连都忘不了你曾对靳参谋说过的那句话:'只要心与心永远相恋,山高水远又算得了什么?'"

（与张林合作,原载《解放军报》1996年6月16日）

四、战友,我们今年无缘相见

6月10日上午8点,我们采访组一行4人从山岗出发,向133公里外的什布奇进军。雪山的那边,边防连的十几名官兵正日夜挖雪开路,迎接我们。

什布奇边防连每年大雪封山8个月,洪水封山1个月。军分区领导说:"进什布奇,要么调直升机,要么骑马。"

我们选择了骑马。为节省时间,先乘车前进,计划在70公里处再骑马翻越海拔5100米的龙恩拉冰达坂。为此,两名藏族战士把4匹马沿小路赶往70公里处。

车行20公里,一块十几米长的巨冰突然横在车前。采访组的两位同志引小车冲向坡下的乱石滩。走着走着,前面又出现一条深沟,他们俩搬运石

这位挖雪的藏族排长,当时对我们说,开车肯定能走到龙恩拉冰达坂,但没有想到路上冰雪很多。我们曾对这位藏族排长有些埋怨,说他提供的情况不准。后来想想,我们的埋怨没有道理:阿里高原上的路况,就像高原的天气,没谁能说准。

头填沟铺路。在海拔 5000 多米的地方搬石头,两个人累得直喘粗气。

这时,大车又陷进了雪水浸泡而成的沼泽地。摄像师刘树培和驾驶员小王钻进车底,往车轮下塞石头……

12 点,小车冲过沼泽地,我们继续前进。路上除了野兽的足迹,便是雪水冲的沟,我们填一条沟,汽车就往前走几步。13 点半,当我们好不容易又越过一块巨冰后,已经累得筋疲力尽。大家坐在巨冰上,默默望着前方,无可奈何地叹着气,想象着什布奇边防连战友的艰辛。就在这时,又传来一个更坏的消息:我们的马跑了。

前进的希望彻底没了。这里又没法与什布奇通电话。无奈,我们只得返回,而什布奇边防连的官兵还在挖雪开路,等待我们。

遥望什布奇,我们深感歉意:"战友,我们今年无缘相见,争取来年再会!"

（原载《解放军报》1996 年 6 月 18 日）

五、当兵当到天边边

5 月 21 日,我们离开了乌鲁木齐,开始了西北边防漫行。

这一路,我们有幸与 4 座著名的山脉相会:昆仑山、喀喇昆仑山、冈底斯山和喜马拉雅山。同时,我们经受了剧烈的高山反应、持续的路途颠簸和山路陡滑的惊险,11 天后,到达了西北最遥远的普兰边防站。

边防站位于喜马拉雅山的怀抱之中,四周是皑皑的白雪。这里有多条通外山口,历来是守防重地。

站在边防站高高的哨楼上,回望走过的冰雪路,不觉生出许多感慨。就是在我们走过的这条路上,边防官兵年年都要被风雪和洪水围困。这条路乱石密布,再好的汽车,只要走一趟,都要被颠坏零件、颠断钢板,颠得毛病四出。

但是,什么都挡不住边防军人顽强的脚步,不管有多远、多险、多难行,只要有军人的哨位,就有报国男儿昂首走来,自古如此。清代,这里曾驻兵 500,多次击败外敌入侵。这 500 清兵全部来自东北松花江畔,万里艰难行程,他们是如何克服的? 他们又是如何翻越一座接一座庞大的雪山的? 他们有多少人埋骨雪山,又有多少人返回家乡?今天无任何文字记载。也许,只有四周默默的雪山,能记住这一切。有史料记载的是"进藏先遣连"。曾有一位先遣连的老军人讲过这样一件事,令我们难忘:第一次到普兰,锋利的石头把他们的军衣割成布条条,身体都遮不住,见首长都不好意思。

今天的普兰边防站,有来自安徽、河南、四川、陕西等地的官兵,他们每次上下哨卡,都会有一串难忘的故事。他们踏着先辈戍边人的足迹,同样也重复着先辈戍边人的艰难。有意思的是机要参谋韩文明,1991年从军校毕业上山前,有很多人告诉他到普兰很远很险,让他小心些。说多了,他真有些害怕。为给自己壮胆,他上山前专门写了一首诗:"英雄志,在九天,昆仑山,只等闲。"一路上念念有词,果然闯过道道险关。途经库地达坂时,山洪突然冲下公路,离他乘坐的车只有几米,他吓出一身冷汗。他坚信那首诗为他壮了胆。

在普兰当兵,亲人们永不可能到军营来探望,只能遥望思念。1993年,韩文明回咸阳老家结婚时,专门给妻子买了一张1:500万的中国地图,他指着"普兰"说:"你一定要记住普兰,我就在这里守防。"妻子史萍想量一下咸阳离普兰到底有多远,用手一度,还度不过来,她惊呆了!她有些不解地问丈夫:"你当兵咋当这么远?到天边边啦。"

除了军人,还有不怕远的,这就是佛教徒。佛教称普兰境内的冈仁波齐

"冰山之父"——慕士塔格峰(左)和公格尔峰

神山——冈仁波齐

峰为"神山"和"宇宙中心"。从全世界各地来朝拜神山的人,络绎不绝。6月2日,记者随战士们走向雪山巡逻。途中,指导员石运杰说了一句令我们铭心难忘的话:"我们天天见前来转山的佛教徒,我想,对于我们边防官兵来说,国境线上的每一座山,都是神山,不管她有多高、多远!"

　　　　　　　　　　（与张林合作,原载《解放军报》1996年6月20日）

六、建功高原"天路"

　　6月10日,记者攀上海拔5220米的龙嘎拉达坂,被眼前环生的险象惊呆了:一段段简易公路被泥石流堵成45°的斜坡,车轮碾过时,直往路边深渊里打滑。这时,一台绿色的推土机冲过来,迅速铲平了道路。一位满脸是土的工兵挥着手让我们的车通过。

　　记者路遇的是阿里军分区道路工兵连的官兵。

　　伴着隆隆的推土机声,副连长田志云对记者说:"阿里边防公路是世界上最高的公路,有二分之一的路段在海拔5000米以上,冰雪、洪水、泥石流对公路毁坏非常严重,每年送给养的车队上边防前,我们必须提前把路修通,车队上山时,我们守在达坂上护送车队通过。"

由于阿里高原山石风化严重,工兵连常常白天抢通道路,晚上又被封堵,他们只好每年的6至8月份露营在海拔5000—6000米的高山达坂上,随堵随挖,保障车队安然通过。因道路崎岖,挖掘机、刮路机等大型装备无法上山,战士们就挥锹抡镐开路。有时,他们在车队前面挖一段路,让车队走一段,车陷进去,他们人拉肩扛往外推。近几年,他们没让一辆车途中受阻。

他们经常是把车队护送出险境,自己却困在冰雪或洪水中。去年7月,在扎达至什布奇的一条山沟里,他们刚刚把被洪水围困的车队护送出后,全连20多名官兵被一场更大的洪水包围。没有燃料,他们在山坡上拔来被大雨淋湿的毛刺作燃料。毛刺很难燃着,他们整整吃了一个星期的稀米汤。还有一次,他们把路修通后,自己乘坐的卡车坏在路边,6名官兵在路边上饿了一天一夜。

（与张林合作,原载《解放军报》1996年7月10日）

七、珍惜上级关怀自我管理从严

一个海拔4310米、方圆100多公里没有人烟的边防连队,5年来从未停过一天电,没有一天看不上电视,没有一天洗不上热水澡,从未因生活上的难处向上级机关打过一个求救电话。这在西北边防是一个不小的奇迹。创造这个奇迹的是斯潘古尔边防连,该连曾连续3年被南疆军区评为"先进连队"。

这个阿里高原上的边防连队有什么绝招?一是他们对消耗物品量化使用。冬季菜窖里的菜怎么吃,夏季大棚里的菜怎么吃,每周吃多少,火柴、蜡烛怎么用,他们规定得很具体很详细,避免了东西多的时候乱用,没东西就凑合的现象。指导员王国才说:"有些东西在山下不算什么,随时能买到,在我们山上,特别是大雪封山后,有时把醋、酱油用完了,就一点办法都没有,所以,我们要对各种物品掐着指头算着用。"

二是大小装备责任到人。从小板凳到发电机,他们都实行专人负责,专人管理。记者看到,发电时,油机员每半个小时都要听(听机器声音)、摸(摸

鸟瞰斯潘古尔边防连。这个边防连周围,目前还留有不少中印自卫反击战时的地雷。

机器温度)、看(看仪表)、闻(闻有无异常气味)一遍。平时他每月都要拆开保养。这个连有两台发电机,其中一台是1985年出厂的,他们用到今天,从未坏过。锅炉在山上最容易冻坏,锅炉每次用完,锅炉员都仔细把水放尽,保证滴水不存。

　　他们还有一条做得不错,就是物品交接。高原边防连队有个干部战士轮换休假问题,很多物品容易在交接时丢失或损坏。记者翻阅了他们的各种物品的交接手续,十分详细,就连一把螺丝刀、螺丝钉,都交接得清清楚楚。

　　　　　　　　（与周长明合作,原载《解放军报》1996年7月28日）

八、特殊的历史特别的情

　　从普兰到札达,没想到在如此偏僻的农牧区,藏族群众的拥军情景竟是那么高涨。记者到札达县境内的达巴边防站的那天,达巴区的100多名群众全部走出家门,向穿军装的记者招手致意。边防连的连长陈欣卓对记者说:

"这是当地群众的一种习俗,只要有军车来,群众就自动走出来欢迎;军车走,就自动出来欢送。"

军分区副参谋长梁建国经常带队执行重大巡逻任务,他的感受更深。他说到札达县的无人区巡逻,路途艰难,要拽着马尾巴爬山爬四五天,可一见到藏族牧民群众,什么困难都没有了,每个帐篷都是边防军人的"后勤部"。他们给我们带路、送茶、喂马,晚上还载歌载舞为我们表演节目。

"札达的许多地区,收不到电视,看不到报纸,宣传也跟不上,可藏族群众表现这么高的拥军热情,这里面肯定有它特殊的原因。"记者与札达边防营教导员邵剑锋多次谈到这个问题。"是这样,札达有一段特殊历史,你明天看一看古格王国遗址就很清楚了。"他向我们建议。

第二天,我们来到了位于札达县西去10多公里的古格王国遗址,遗址外表一片残垣断壁,而遗址内还存有描绘当时繁华景象的精美壁画。

被人称为神秘消失的古格王朝,曾一度十分繁荣,仅人口就有10多万,比现在整个阿里地区的人还多4万。它的王宫高300多米,建在一座山峰的顶端。公元1635年,拉达克人进犯札达,王朝臣民曾旷日持久地与之对峙,终因寡不敌众,国王开城投降,人头落地,国土沦陷。

这次沦陷,对札达的经济与人口的影响至今无法消除,札达的许多良田无法复耕,10万之众的札达人死逃近绝,札达县今天也只有四五千人。豪华的宫殿成了阿里的"圆明园"。古格遗址的旁边至今留有一个洞穴,保存着许多被杀戮的尸骸,人称"万人坑"。在"万人坑"前,记者不禁问道:"当时的军队呢?"

古格遗址守门人普布格桑告诉记者:"虽然当初古格僧众上万,繁荣一时,寺庙林立,却无强大的军队,无边防可言。只好谁来就投降谁,很悲惨的。300年来,整个阿里如同一座无院墙无门窗的院落,任外敌欺凌侮辱。"当时有些老百姓害怕拉达克人打来,自己无力抵抗,就穿着铁鞋前往面见,见了入侵者,就说:"我们那里路太难走了,铁鞋都磨穿了,你们就别去了吧?"入侵者果真没去。记者听到这个传说,实感可笑可悲。这不是机智,而是无奈。

这位藏族大学生普布格桑说:"我们阿里有两处景观最为吸引人,一处是古格王国遗址,它让我们藏族群众天天不忘被侮辱的历史,另一处是狮泉河的烈士陵园,那里埋葬着96名解放军官兵。从解放军进藏先遣连官兵来到这块土地上的第一天起,阿里人民便挺起了腰杆,有了安全保障,有了独立和自尊。我们的同胞给解放军献哈达，是因为人心向善的信教群众，最不忘知恩必报。"

（与刘树培合作，原载《解放军报》1996 年 8 月 5 日）

九、喀喇昆仑哨卡历险记

一旦进入海拔 5000 米的高度，最明显的标志就是再也见不到一棵草。我们要去的 4 个哨卡的海拔高度分别是：神仙湾 5380 米，天文点 5173 米，空喀山口 5090 米，红山河 5060 米。

一

6 月 15 日深夜，我们在前往空喀山口的途中，两台车双双陷入冰河。得知我们失踪的消息后，附近 3 个边防站的车同时出动在雪山中寻找营救，我们也派人徒步 6 公里报信求援。在这么高的山上跋涉，其艰辛真是一言难尽。当救援的官兵赶来时，我们正披着棉被，踩着冰水，推车自救，一副狼狈相。

正当我们自以为很英雄悲壮时，在接近天文点的途中，我们亲眼目睹了更加动人心魄的场面：一辆军车陷进一条 20 多米宽的冰河，十几名官兵在漂着碎冰块的河水中又推又拉，可陷进去的军车纹丝不动，牵引车已拉断了两条钢丝绳，河岸边放着一大堆卸下车的面粉。

指挥救车的天文点边防连连长李文对记者说，这辆车已经被困了 3 天 3 夜。6 月 13 日，他们连这辆拉面粉的车陷进冰河后，正值傍晚，助理员庄新民和两名战士折腾了一通宵，他们把 4 吨面粉扛到岸上后，一步一喘地走了 8 个小时赶到连队求援，途中饿了只有砸河边的冰吃。当哨兵发现并赶来接应他们时，他们全累得瘫倒在路上。在缺氧的高原，没人能背得动他们，5 名战士只好用板车把他们拉回了连队。等记者到达天文点 3 个小时后，这辆军车才被拖回来。

这不是巧合，我们所去的 4 个海拔 5000 米以上的哨所，有 3 个被冰河、冰湖所环绕，他们之中谁都有过被冰河、大雪围困的经历，这是一道上雪山必须面对的考题。

二

海拔 5000 米是真正的"永冻层",哨所的营房也很特别。为了防止住人的房子烤软地基下陷,每栋房子下面都有留着通气道的水泥墩。在天文点,连队门前有一个湖终年不化,战士们一年四季什么时间出门望去,都是一片银白。不知全军有没有比这 4 个连队更艰苦的地方,就是在这种艰苦的环境中,干部战士的乐观精神给记者留下很难忘的印象。

天文点的连长李文,记者采访他时,他总是边说边笑:"哈哈,我天生是个上山的料,别人高山反应得又吐又抽筋,咱啥事儿也没有。哈哈,前一段谈了个对象吹了,吹了就吹了,吹了咱后面再找。"

在红山河机务站,记者进连部采访时,迎面碰上正要出门查线的副连长王自德,他边穿皮大衣边哼小曲儿。进到连部后,发现他在一张报纸边上写了行自我悼念的幽默:王自德同志永垂不朽。他负责维护的线路,有一段高达 6200 米,被称为"昆仑第一杆"。

在海拔 5000 米的哨所,生与死的考验是要经常面对的,这里的干部战士却从从容容,非常自信。战士魏丕来上到空喀山口的第二天就并发了脑水肿和肺水肿,生命垂危,在三十里营房医疗站治愈后,毅然返回了哨卡。领导安排他下山,他说,全连都守在哨卡,我一个人下山干啥?

为了改善生活,他们往从未养活过猪的天文点哨卡一次次带活猪来养。令人恼火的是,一上到 5000 米,猪就翻白眼。记者到达的当天,他们首次成功地带上来一头 80 公斤重的白猪。从大卡车上卸猪时,连队像过年一样热闹,副连长李清玉一边推猪进菜窖,一边给战士们说:"看来这是头耐严寒、斗缺氧的'英雄猪',只要它能活下去,就是我们的胜利。"到记者发稿时,这头白猪还健在。

三

海拔 5000 米的夜晚是难熬的。夜晚,高山反应总是突然加重。我们在天文点那晚,只睡着了两个小时,便头痛得再也难以入睡,吸了半个小时氧气也不管用,当时的心跳每分钟达到 120 次。上山前,边防团的卫政委多次提醒我们:"到了 5000 米,真正的考验是夜晚。"看来真是如此。我们坐也不是,躺也不是,辗转反侧一阵子之后,只好起床,打着手电筒来到战士们的宿舍。看到有的战士睡得好香,轻轻的鼾声此起彼伏,如同睡在充足的氧气里。有的战士还是不行,特别是刚上山的战士夜里吐的不少。三班战士李永彬的铺旁边,放着一个脸盆,那是准备呕吐用的。

白天看战士乌紫乌黑的脸庞,夜晚再看战士呕吐头痛的情景,记者内心里不停地涌动着一句话:5000 米以上的边防,战士们真正是用生命守卫的。

（与张林、柳军合作,原载《解放军报》1996 年 10 月 4 日）

"凡是有中国军人的地方,就应该有军报记者的足迹!"

十、回眸西北万里路

——写在"西北边防行"结束之际

历时 100 天的"西北边防行",在东接中蒙边界的 184 号界碑结束。屈指算来,我们已走了 16000 多公里。这次采访,给了我们每个人不尽的回味。

甜水海兵站是过往军人必须住的地方,前后兵站的距离都很远,这里海拔接近 5000 米,周围寸草不生。营房下都有通风洞,以防地基因室内烧炉子融化而下陷。

　　回头想想,西北边防目前没有好地方,只有什么也不怕的边防军人。阿里就不用说了,那里的路况之差和险是少有的。在阿里行车,从不敢闭眼,一是路颠得睡不着,二是路太险不敢睡。每天在车上颠10多个小时,晚上再忍着缺氧写稿发稿,真感到记者之累。但一跟那些吃不好睡不好的汽车兵比,和那些长年累月在山上巡逻的战士比,就觉得自己是非常幸福的。

　　在帕米尔高原,我们遇到了下雨,泥石流从山上冲下很多石头,只要有一块西瓜大的石头砸在我们车上,就别想再"边防行"了。在阿克苏军分区,我们在去别迭里边防连的路上,车在乱石滩上行驶时险些撞在山上。这个分区还有两个边防连,一年没能通车,大水把路彻底冲垮了,团长政委带领干部战士爬山为连队送粮送菜。就在"边防行"结束的前一天,我们还遇到了沙暴,途中两次迷失方向,如果当时沙暴再持续时间长一点,我们很可能会走不出来。而我们走的路,边防官兵要年年走、天天走。

　　正是在这艰难的万里之路上,我们结识了许多可敬可爱的边防领导和基层官兵。突出的感受用一句朴实的话来说,西北边防军人"老实太执著"。换一句话说,他们太钟情于自己的岗位,太钟情于这条布满艰辛的边防线! 在阿里军分区有一个战士,3年服役期间,在执行任务时两次差点冻死在雪山上,当时,遗言都留好了。临退伍之际,家里在咸阳市已帮他联系好了工作,他也打起背包准备回家。这时,连长找到他,说连队缺骨干,让他再留一年,这位历经生死的战士二话没说就把背包又打开了,接着在海拔5000米的雪山上、在这片寒冷缺氧的生死之地,继续巡线。这位超期服役的城市兵叫吴子明,今天还在札达机线连。

　　还能再举出更多这样无怨无悔守边防的例子。在帕米尔高原上,有一位边防团副团长叫马树贵,当兵当了15年,天天爬山巡逻,最后把身体爬垮了。后来爬山巡逻时,他不得不爬一二十米就躺着休息一阵,就这样他照样要坚持亲自爬到点、爬到位,不管有多高多险。再后来,他因身体不行该转业了。有人劝他说,你作这么大贡献,找找领导在山下提个正团再走,转业安排起来大不一样。他说,我身体不好,提就提身体好的同志吧。

　　马树贵走了。他的故事,今天在帕米尔高原成了一个英雄式的传说,老兵新兵,认识他的不认识他的,没人不知道,写他的事迹材料人人抢着看。这个"老实人"马树贵,他得到的东西是很多人永远也得不到的。

这是界山达坂，位于西藏与新疆的分界线上，达坂长 50 公里，号称海拔 6700
米，实际海拔 5470 米，是新藏公路最高处。图为采访车驾驶员小崔。

木吉边防连位于帕米尔高原，它和斯木哈纳边防连，都是我国最西端的边防连
队，主要守卫海拔 4651 米的乌孜别里山口，对面是塔吉克斯坦。

如果一定要问他们有什么祈盼,他们很多人会这样回答:能吃饱氧气,能吃到青菜;在冰天雪地出去执行任务车不抛锚,能顺顺利利回来;能及时收到亲人的来信,信中哪怕有一句亲热的问候。

这次"边防行"有激动也有遗憾。谈起遗憾,惭愧的泪水就止不住地往下流。第一件,是没能克服困难到达全军最远的什布奇边防连。当时我们途中遇到了冰雪回头了,这个消息他们没及时得到,什布奇的官兵坚持要把100多公里的冰雪路挖通,一定要把记者接到连队,他们已经近9个月没见到外面的人了。

他们挖呀挖,白天黑夜地挖,在海拔5000多米的雪山上,他们整整挖了7天7夜。路挖通了,他们也愣住了,路的尽头,并没有记者,我们早已走了……在这里,我们郑重地向什布奇边防连的所有官兵道歉。

第二件,在被称之为高山反应最强的天文点边防连,我们住了一晚上,第二天却没有坚持和战士们吃一顿早饭,实在忍受不了剧烈的高山反应,天一亮就离开了连队。这里的战士最盼望上面来人,最希望上面来人能和他们多

这位克克吐鲁克边防连(位于中国—阿富汗边界的瓦罕走廊)的战士,有一年没有看到绿色了,记者把他带到卡拉其古边防营营部,专程看树。这个连队这样的故事很多,还有一位叫高建军的战士,3年没有见过绿色。克克吐鲁克原意是"鲜花盛开的地方",起此名可能蕴涵着一种期待。

中蒙184界碑，属甘肃省军区某边防营管辖，是我们"西北边防行"的终点。图中后排左二是刘树培，左四是张林，左五是杜献洲，左七是柳军。

聊一会儿，哪怕是一分钟。

这100天的"边防行"，我们走了40多个边防连，有许多干部战士的形象，在记者脑子里是终生难于磨灭的。可以说，他们是祖国最优秀和最忠诚的儿子！

（与张林合作，原载《解放军报》1996年10月18日）

三泉映月寄相思

明天还要巡逻,三个泉边防连就提前一天过国庆和中秋。傍晚,战士们一会完餐就翘首遥望。望啥? 盼月亮。

当银色的月亮从中蒙边界的北塔山升上夜空时,记者和赏月的全连官兵集合在清澈的泉边举行赏月晚会。三个泉因泉而得名,荒山草丛中,三眼神奇的泉水奔涌相连,汇成一个小湖。明月悬空,三泉映月,人迹罕至的边关幽静醉人。

三个泉因泉而得名,荒山草丛中,三眼神奇的泉水奔涌相连,汇成一个小湖。当年,乌鲁木齐军区依泉建三个泉边防连。

赏月晚会的主题是"千里共婵娟"。指导员张发龙的开场白激情冲天："'十一'是新中国的节日,中秋是家庭的节日,佳节双至,让我们齐声高喊——祖国好,亲人好!"

就在大家齐声向祖国和亲人致以节日问候的时候,录音机放出了边防军人久唱不厌的歌曲——《十五的月亮》。在这最能抒发戍边军人情感的音乐声中,官兵们推出了他们的保留节目——每人讲一段亲人的故事。

第一个讲的是指导员张发龙,他又讲起美丽而勇敢的妻子。6年前的一个节日,未婚妻许新艳一定要上山看他,看看边防到底有多艰苦。她租了一辆面包车上山,途中多次迷路,多

无言战友之墓

次遇到险情,直至深夜两点才到哨卡。这是一个月圆的晚上,月光下的未婚妻,真让他恍然如见下凡的仙女。

接着讲故事的是连长申记海,他妻子李秀玲的执拗劲儿一点不比许新艳逊色。连队守着100多公里的边防线,大部分界标矗立在陡峭的山脊上,最远最高的是85号界标,巡逻一趟,铁马掌都能被碎石磨去一层。临时来队的李秀玲非要到85号界标看一看。她说:"我不是好奇,我是要把脚步印在山尖尖上,等记海以后再走这条巡逻路,肯定感觉不一样。"那一天,她骑马、爬山走了一整天。

讲到这里,一位战士大声问他:"现在巡逻有啥感觉?""甜的!"申记海的一声回答,引得记者和官兵大笑起来。

接着,战士吴青山大声问:"今晚最圆的月亮在哪里?""呼和浩特!"一位战士应声而答,又是一阵笑声。

这笑声让记者有些摸不着头脑。原来,副连长赵雪芹今晚就要在万里之外的呼和浩特市步入洞房。此前,赵雪芹曾谈过一个硕士女朋友,因"边防太

远"而分手。今天与他结婚的是一位"老边防"的独生女,对守边人"特别有好感"。曾经成为爱情障碍的"边防"二字,今天成为他走进幸福婚姻的桥梁。

中秋前夜,皓月当空,有幸福的回忆,也有思念的眼泪。三班战士曹亮一站起来,大家顿时静了下来。曹亮的母亲身患癌症,并已到了晚期。此时此刻,曹亮脸上挂着泪珠,声音颤抖:"今天,可能是我母亲过的最后一个中秋节。妈妈,请您理解儿子不能守在您身边。今年6月我回家时,您明明知道这可能是母子相处的最后时光,可您还一再催我早点回部队,说边防重要。妈妈!您是一位伟大母亲。"说着,"扑腾"一声,他双腿跪下。

今晚,河南固始县曹亮家的月亮不会是"圆"的,但曹亮和他战友所守的国土是"圆"的,祖国大地上千千万万家庭的月亮是"圆"的。

记者感言:亲情暖边关

故乡和边疆一脉相牵。在万家团聚的中秋,边关军人更会思念亲人。

伴着三个泉的汩汩流水,记者静静地听官兵讲亲人的故事,荒凉寂寞的边防线上充满融融亲情。他们讲的故事气韵夺人又催人泪下。在祖国人民对边防军人的关爱中,亲人的关爱最直接,因为这种关爱血脉相连,息息相关,是边防军人的"特殊动力"。

记者走过不少边防连队,在千霜万雪面前,未曾见过一个军人畏惧过,而当遭到亲人的埋怨与不解时,有些黝黑强壮的军人止不住会"弹男儿泪"。对于边防军人来说,只要亲人们多一些关爱,再高的高原都不会缺氧,再厚的冰雪都不寒冷,再深的寂寞里都能找到快乐。特别是嫁给军人和准备嫁给军人的姑娘们,你可曾想过,你的一句亲切的问候、一个温柔的眼神,会使祖国长城上的一砖一石更加坚固。

(原载《解放军报》2001年10月1日)

走万里边防　观千年沧桑

——关于西北边防的历史思考

每次到西北边防采访,总能唤起很多思考。它的每一座哨卡、每一座界碑,都是一部沧桑的历史。翻开它,你能读到有关民族安危、国家兴衰的启示。

4年来,记者在西北万里边防边走边读着这一部部历史,心中几分沉重,几多感慨。

焕彩沟:一条奔涌不息的长河

到西北守防的军人,请你在哈密停一下,请把你的脚印重重印到哈密正北方伸向天山的焕彩沟,向历史签到。

焕彩沟,曾留下过去无数军人从内地走向边关的脚印,这是奔赴西北边防的主要通道之一。汉朝的班超和班勇、唐朝的郭孝恪和姜行本、明朝的周安、清朝的左宗棠都从这里走过,还有成千上万没有在历史上留下姓名的戍边军人,焕彩沟留下了他们的脚印,边关留下了他们的业绩。

从东向西这条长达万里的从军之路,极其艰难。一两千年来,一代接一代,不停地走来,他们已经把生死置之度外,他们也不为求荣华富贵,正如一首边塞诗中写道:"上马带胡钩,翩翩度陇头。小来思报国,不是爱封侯。"这种精神令人震撼。这种延续几千年的极强向心力使人感到:中华民族在任何困难面前,都能顶天立地。

这是一条奔涌不息的长河。当今的边防军人,面向历史,也面向未来。应把最坚固的边防,从我们手中向未来传递。

伊犁：巡逻路丈量着军人的忠诚

巡逻，是当今我军维护领土完整的重要手段。在西北万里边防线上，每天都有上千名边防官兵，沿着一条条艰险的巡逻路，跋涉在"生命禁区"、无人区以及荒漠戈壁，他们用生命和汗水护卫着祖国的一草一木。

西北最古老的巡逻路在伊犁，当时称之为"巡边"。1764年，清政府在伊犁和塔尔巴哈台两地正式用"巡边"的形式维护边防，并确定了6条巡边路线。此后100多年间，这6条古老的巡逻路丈量着一代又一代军人的忠诚。起始，巡边均按年出巡。乾隆年间有30年，西北边防和平安宁。也因长期和平，清军开始安不思危，边防也日渐废弛，例行的巡逻制度不再严格执行，一些规定会哨或巡查的地方不去了，远的巡边路线改近了。他们没有经受住和平的考验，后来也没有抵挡住外敌的蚕食，以至于在这里丢失了10万多平方公里的国土！

今天，边界的和平环境也同样考验着当代守防官兵。新疆军区现有100多条远近不一的巡逻路线，是否每一次巡逻，都攀登到了那耸立雪山之巅的界碑？每个官兵也在用自己的行动书写着新的边防史。

巡逻到点到位，应是边防官兵铁的信条。在帕米尔高原无人区，记者曾亲眼目睹过边防官兵不畏艰险完成巡逻任务的情景，因为只有在这个时候，才能真正体现边防官兵对祖国的忠诚，才能真正体现一名边防战士对民族的历史与未来的高度责任感。

巴克图：永远会存在下去的对比

记者曾两次去巴克图边防站，都碰上这个开放连队在迎接外军的参观，官兵们精湛的军事表演，令参观的独联体边防军官一次次猛劲鼓掌。

这掌声对于今天的人们来说，不足为奇，因为我军的官兵素质已经在一次次抵御入侵者的战火中得到验证。但在100多年前，中国边防军人在这里却是被耻笑的对象。

1861年7月，也同样在巴克图，沙俄与清政府进行边界谈判的代表巴布科夫来到这里。当时，他对中国边防军队不了解，对谈判的胜负也没把握，等他一看到迎接他的40名中国士兵，穿着像老百姓一样的服装，拿的是长矛、大刀等五光十色的武器，队伍站不整齐，与和他随行的俄军"形成极其鲜明的对比"时,大大松了一口气。军队是外交的后盾,他志在必得。

那之后不久,在巴克图附近的塔城,中俄依据《中俄北京条约》举行划界谈判。当时中文和俄文两个条约版本划界标准是不同的,中文条约是按"常驻卡伦"划界,而俄文写的是按"现有卡伦"划界,没有"常驻"二字。哪知道参与谈判的清军代表竟无一人懂俄文,结果大片国土稀里糊涂被划走。

守防将士的素质与领土完整息息相关,这在高科技快速发展的今天,更有现实意义。今天的边防,已渐渐告别延续千年的"金戈铁马",高科技含量的装备越来越多,它对边防军人的素质要求也是前所未有的。边界线两侧军人素质的对比,将会永久存在。这是一场永久的竞争。如果在竞争中落伍,我们怎能守住这万里边防?

托云:屡破之边须稳固

在喀什西北的托云边防站方向,19 世纪曾设有图舒克塔什、喀浪圭等卡伦。在1820 至1830 年间,紧邻新疆西侧的古浩罕国,3 次从这里破关侵扰,令全国震惊。

当时新疆每花一分钱,都从内地出,加之路途遥远,要维护新疆的边防,极其艰难。当开明的大臣提出在新疆开矿,以弥补经费不足时,道光皇帝竟训斥说:"守城为本,不可贪图小利。"当龚自珍建议在新疆置行省,实施移民开发时,又遭清廷否定。据龚氏称,此计划使新疆不仅能自给自立,还有盈余上交中央。这项计划是可能的,在18 世纪末,新疆曾实行屯田,经济一度繁荣。1872 年,仅伊犁储藏的粮食就达50 万石。后屯田渐废。

有一件事真是可笑更可悲。原新疆境内有一个斋桑湖,清军竟大大方方让俄军来捕鱼,自己却不知道开发渔业资源。在1803 年至1845 年间,俄军在此捕鱼收入高达50 万卢布。后来这个湖也被沙俄彻底侵占了。

边疆建设是边防稳固的强有力保证。今天,西北万里边防发生了很大变化,成为维护和平的真正屏障。试想,如果没有王震将军率10 万转业军人屯垦戍边,把一片片荒漠开垦成良田;如果不是50 年代狠下心来,节衣缩食,在新疆建成第一批工业;如果没有铁路、公路、航空、交通条件的彻底改善,西北地区就不可能进行现代化的边防建设,稳固的边防也就无从谈起。

从更广泛的意义上讲,建设边疆,就是稳固边疆、稳固边防。

乌孜别里山口:边界线不仅仅在边防

古代的边界线是游动的,它随国力强盛而伸缩。

如果 300 年前有人称中俄要在帕米尔交界,国人肯定会说是痴人梦语,因为当时中俄在帕米尔间隔了好几个国家,距有一两千公里。

清朝的鼎盛时期是 18 世纪中叶。1763 年,清政府在伊犁设置将军府,并认为至此"中国的北部防线最后形成横贯东西的完整体系",在新疆驻兵也达 4 万人左右。清政府显得无忧无虑。

清政府根本没想到,也在 1763 年,世界正抛开中国发生着影响深远的一场变革,这就是:科学革命、工业革命和政治革命。美国历史学家斯塔夫里阿诺斯在《全球通史:1500 年以后的世界》中写道:从 1763 年到 1914 年间,作为欧洲获得对世界大部分地区的霸权的时期,在世界进程中占据有明显的地位。1763 年,欧洲仅在非洲和亚洲有一些沿海据点,到 1914 年时,他们已并吞了整个非洲,并有效地控制了亚洲,这种前所未有的侵略性扩张,是三大革命给了它不可阻挡的推动力。

1763 年前后的清朝在干什么呢? 正在大兴与科学革命和工业革命背道而驰的文字狱。20 年间,见于文字记载的有 70 起,其中有 66 起都是惩治举人、贡生以下的生员以及塾师、术士。

这之后,我国与欧洲国家的距离在飞速拉大。世界几千年来国与国之间的规律就是:落后就要挨打。再后来,就是清政府和各国列强们签订一个又一个割地赔款、丧权辱国的条约、界约。

边界线在边防,又不仅仅在边防。未来坚固的边防线已由党的十一届三中全会做出保证:实行改革开放,我们的国家走向民富国强,才最终不会受人欺负。

（原载《解放军报》1997 年 4 月 25 日）

构筑崭新的边关

——关于西北边防的再思考

离 21 世纪已不到两年。经贸往来的激增、科技的迅猛发展,给古老的西北边防带来前所未有的机遇和挑战。面对机遇和挑战,如何搞好新时期的边防建设? 今年 4 月,记者与有关专家、学者和边防官兵多次进行探讨。

1997:维护领土完整的新选择

1997 年,是西北边防史上的转折年。它圆了西部边疆军民对和平的千年祈盼。1997 年 4 月 24 日,中华人民共和国主席江泽民同俄、哈、吉、塔四国元首在莫斯科签署了《关于在边境地区相互裁减军事力量的协定》。这是继 1996 年 4 月五国元首在上海签署《关于在边境地区加强军事领域信任的协定》之后又一重要文件。人民日报评论员称"协定实施后,在长达 7000 多公里的边境地区将形成一个广阔的安全带和信任带"。

1997 年,还有一件在西北边防更具转折意义的大事,即中哈两国开始划定边界。6 月 23 日,双方军人在阿勒泰边界线上栽下第一座"67 号"界碑,它标志着困扰西北边防最棘手的难题——32 块大小争议区,开始启动解决的闸门。

中国同上述四国签署的两项重要文件及中哈边界划定,体现了一种全新的安全观,为维护领土完整也开创出一种全新的模式:即并非要兵戎相见。

西北边防走向长久和平后,西北边防军人除了被全国各族人民称誉为"西陲卫士"外,"友好使者"这一使命又责无旁贷落在他们肩头。在今后戍边的日子里。边防官兵会越来越深切地感受到,不畏艰险巡逻执勤是在维护祖国的尊严和领土完整,友好地同外军交往、友好地处理边境事务、保持西部边界永久宁静,也同样是在维护祖国的尊严和领土完整。

直升机冲击波:靠知识守防

西北边防的"苦"闻名全国。在阿里高原、喀喇昆仑山和帕米尔高原,风雪弥漫,严重缺氧,它对官兵的身体构成巨大威胁。因山高路险,边界巡逻能够通行车辆的路段不足二分之一,大多靠骑马、步行或骑牦牛,它大大影响边防执勤质量和边境管理的有效性。

战胜艰苦,仅靠精神是不够的,它最终依赖于边防现代化。这些年来,边防官兵也亲眼目睹现代化装备及科技的强大威力。1993 年 5 月,几名刑事犯准备强行逃越国界。接到追捕命令后,逃犯离边界已不足几十公里,新疆军区某陆航团直升机紧急起飞,两小时内将所有逃犯全部擒获。如靠骑马翻山追捕,罪犯能否全部及时擒获难以预料。1996 年 5 月,直升机正式投入西部边境巡逻,一个月内,将西部三分之二共 5000 多公里边界线巡逻一遍。如果按传统巡逻方式,骑马乘车需半年时间。

一方面,边防官兵盼现代化,另一方面,他们又"怕"现代化。初次直升机巡逻,"老边防"们上了直升机手足无措:空地联络、空中观察、空中分工、发现异常情况如何处理等,让他们一时难以应付。制氧机在有些边防连就成了"摆设",夜视雷达及先进的通信设施在边防一线也有类似的遭遇。

要打破"环境艰苦——盼现代化——不会使用或使用不当——恢复艰苦状态"的怪圈,唯一的出路是提高素质,这是时代对几十年来手持马鞭子的"老边防"们的要求。它需要边防官兵在具备过去那种"敢吃天下的苦"的精神外,还具备高科技的知识和技能。21 世纪的西部边防,现代化的装备会不断增多,靠电脑管理边界、靠知识守防不是遥远的神话。经历过海湾战争的美军上校阿兰·坎彭在《第一场信息战争》中写道:"(在现代战争中)知识的重要性已达到了能与武器与战术匹敌的地步。"未来守防亦同样如此。

不该发出的内参:呼唤法制

两年前,新疆一家地方报纸内参上刊登了一篇对边防管理严重误解的文章,该内参称:"持枪荷弹的士兵影响沿边开放",并称边界管理太严。

西部边界实际如何？据新疆军区边防处和自治区边防总局有关负责人称,目前西部边界管理的形势恰恰相反:随着沿边开放,开荒、开矿、放牧、打鱼、打猎、采捡药材均向边界地带不断延伸,误入边界禁区、误出国界的人员、牲畜时有发生,最多的一年误出国界的达140人次,成为边界地区稳定的潜在威胁。

无法可依是目前边界管理不力的主要原因。呼唤多年的《国界法》迟迟没有出台,1994年制定的《陆地边境管理条例》仅是个规章。按传统的管理办法,对误入边界者只能依据老《刑法》第176条和第177条给予少量的罚金,常常不及非法越境者所获经济利益的十分之一。1997年3月14日颁发的新《刑法》虽然加大处罚力度,但真正适用于西部边界实际的只有第322条,且只有47个字,过于笼统。

我军研究边防的专家毛振发在所著《边防论》中这样阐述立法的重要性:"立法是一个国家实施边境管理的基础,边防法律法规越系统、越完善,其管理就越有效。同时,由于边境管理涉及领土主权、国家安全和经济利益,充分运用法律的形式,将划分国界线的依据、原则和方法,以及国界的保卫和管理方式确定下来,昭示于世,是国家主权和尊严的重要体现。"

边境地区的法制化管理还需在体制上深化改革。边境地区口岸管理部门已经迈出合并的可喜一步,但目前以管边、管点、管面而划分的管理体制存在种种弊端。边界本是一个整体,人为地把它分成边、点、面(沿边地带),由边防部队、边防检查与边防派出所分管的体制,不利于边界的管理,作为管边任务最重的边防部队却没有执法权,这为偷、越边境的不法分子留下种种可乘之隙。边界稳定是保持边界和平的基本前提。纵观世界各国边境管理体制及发展趋势,单一、专业化的边界管理体制,是各国维护边境地区安全稳定的共同选择。

民族团结:边疆稳固的基石

守国就是守家,这种朴素的民族感情,一直是西北边疆各族群众护卫祖国领土完整的强大精神支柱。千百年来,各族人民为捍卫疆土浴血奋战的英雄壮举不胜枚举。

民族团结和军民团结是西北边界稳固的基石。当进入21世纪的时候,民族团结不仅是各国领土完整、国内安全的需要,也是世界走向和平的唯一选择。试想,全世界 6400 多个民族如果不能在各自国内和平相处的话,世界也将永无宁日。

当邻国以及全世界以羡慕的目光注视、关注我国成功实现多民族团结的时候,我们应更加重视民族团结,依靠各民族人民群众共同维护边疆稳定和领土完整。

新疆军民、民族团结形势喜人,各地各部队积极探索的军、警、兵(生产建设兵团)、民四位一体的联防体制,为边疆稳固作出了重大贡献。今年,他们又广泛开展"军民共建万里文明线"活动。面对某些境外反华势力的"分化"图谋,民族团结工作仍需继续加强。近年来,新疆有专家教授提出加大新疆历史的宣传和普及,并称新疆自古是中国的一部分,对此,中外一切严肃的历史学家都写进不同版本的学术著作,用各民族共同守边的历史粉碎各种"分化"祖国的阴谋。在 1761 年和 1763 年,数千名满、索伦、察哈尔、厄鲁特、锡伯兵丁,曾两次历尽艰险,拖家带口,跋涉数千公里西迁戍边,在博尔塔拉边界地区组建了 16 个边防哨所。这些英雄故事可歌可泣,可惜的是,近年来对它的挖掘、整理、宣传并不够,时至今日仍鲜为人知。

如何面对"软边界"

很多官兵已经意识到,西北边防面对的是日益开放的新环境,边界线已经不是传统意义上的冰冷的铁丝网。

1990 年后,新疆沿边开设了 11 个对外口岸。目前,新的口岸还在增加。穿边界而过的有铁路、公路、光缆,不久的将来还要建设从哈萨克斯坦至我国新疆的石油天然气管道。

今天的国门不仅在边界线上,从乌鲁木齐到首都北京,以及内地的郑州和上海的机场,都设有海关,都有进出国境的大门。还有更神秘的无形大门——因特网。今年 3 月,以色列一位自称"分析者"的 18 岁中学生"黑客"埃胡德·特南鲍姆,万里之外,手击键盘便"闯"入美国戒备森严的五角大楼计算机系统,一时轰动全球。这也促使人们对国家安全提出新的思考。

近代及近代之前,国与国是一种模糊边界,随着现代工业的发展和国土资源的紧缺,边界变得越来越清晰、精确。今天,随着以"软件战胜钢铁"为特点的第三次文明浪潮的到来、经济一体化的推进,世界各国包括发达国家在内也不再像以前那样能够得心应手地控制边界,18 岁的以色列中学生"袭击"美国五角大楼就是一个典型例子。

美国未来学家阿尔文·托夫勒有"软边界"之说。面对"软边界",传统意义上的边防建设应具有更广泛的内容。首先要守好每一道"国门"。进入90 年代,全球每年外出旅游的人数高达 3.25 亿,这还不包括利用大量非法途径外出旅游和移民的人数,每个开放国家都面临着恐怖分子、枪支弹药、毒品、反动消极的书籍和音像制品等的渗透和危害,我国也不例外。把一切危害国家安全的各种犯罪分子挡在国门之外,显得紧迫而重要。二要建好"信息高速公路"上的"边防线"。在没有计算机全球互联网之前,一封信跨越太平洋需要一个月左右的时间,而今天的电子邮件,在数秒之间就可送达世界上任何一个角落。沿着"信息高速公路",金钱以电子货币的形式在高速流动,抱着不同政治与经济目的的"黑客"大肆出没……1993 年,我国网络化建设开始启动,有人称之为"民族性命攸关的生命线"。对待这条"生命线",应建立起相应的"边防线",以保护国家安全及经济利益。

愿在 21 世纪,能建设一道真正的"铜墙铁壁",以保护我们的领土完整及中华民族各个方面的安全。

（原载《解放军报》1998 年 5 月 1 日）

走向海拔五千米以上边防哨所

编者按：海拔 5000 米以上被称为"生命的禁区"。战斗在这里的戍边人，面对的是常人难以想象的恶劣生存环境，虽然没有人计算他们创造了多少"吉尼斯纪录"，但是他们创造的是挑战生命极限的奇迹，谱写的是共和国戍边史上的英雄篇章。

海拔 5000 米的高度又是对理想意志的一种挑战。这里的戍边官兵说，海拔高度也是一种人生境界的高度。战严寒、斗风雪、抗缺氧，他们自觉把拜金主义、享乐主义踩在脚下，视国家利益高于一切，以对党和人民的无比忠诚，履行着"不把领土守小了，不把主权守丢了"的庄严使命。

为展现奋斗在"地球之巅"的这个英雄群体的精神风貌，本报从今天起连续报道记者采自海拔 5000 米以上雪山哨所的一组见闻，相信广大官兵一定能从中受到激励和启迪。

一、神仙湾哨卡的英雄神话

9 月初的一天，记者登上海拔 5380 米的神仙湾哨卡。放眼望去，这是一幅色彩对比鲜明的油画：在雪山白云的衬托下，哨楼上的国旗显得更红、更耀眼。

哨楼建在一座山顶上。一进连队院子，我就直奔哨楼，中间歇息 4 次，才登上顶端的第 103 级台阶，胃里翻江倒海，心脏"嘭嘭"跳得吓人。这里的戍边人却自豪地宣称："神仙湾上站过哨，任何困难都不怕。"

5000 米以上的高山上，空气稀薄，深呼吸三大口，也没有在平原平静地呼

神仙湾哨卡瞭望哨

吸一次"吃"下的氧气多。海拔4500米以上,每升高100米感受都非常明显。上神仙湾的途中,越野车上的海拔表一转到5000米,我的头就像被人死死攥着。高山缺氧,首先打击的是人的大脑,其次是心脏和胃。

我累得靠着墙,气喘吁吁地问脸色黑紫的指导员燕和中:"新兵们刚上来怎么样?""和你现在一样,天天爬,天天练,练出来了。"他也喘着气答道。

神仙湾6月路才通,新兵7月换防上哨卡。他们过的第一关,就是攀登这103级台阶。刚开始,需提前半小时上哨,一爬上去就吐。一次,战士赵泽民上哨时,风雪狂舞,他累得边吐边爬,身后的积雪上,留下一串鲜红的血迹。经过一个多月的顽强训练,全连新兵人人能一口气跑步冲上哨楼。

在哨楼台阶两侧,能依稀看到一片片的呕吐物。官兵们不仅要练上哨,还要练冲锋。就在当天,他们组织官兵在哨楼周围进行战术演练,人人全副武装,向高高的山头发起"进攻"。有的新兵平均每冲50米就要呕吐一次,吐完再冲。身高只有1.6米的新战士胡楠对我讲:"不能冲锋,还能叫战士?"

在哨楼上,可清楚地看到环绕神仙湾的6座大山,其中最低的也在海拔5600米,而巡逻点位都在山脊上。好多年前,他们曾把军马和军犬运来爬山巡逻,可没出一个月,就被缺氧全部击到。可以想象,官兵们攀登一座座6000

米高的大山,该需要多么刚强的意志!

记者随官兵参加了一段巡逻,刚爬两步就喘不过气来。据他们讲,最困难的是冬天,又是缺氧,又要踏着没膝的雪,肩上还背着枪支、电台,累到极点时,真有"就是死在雪山上,也不想挪动半步"的感觉。

回到连队,记者熬不住剧烈的头痛,打开制氧机吸氧,而参加巡逻的官兵竟没一人吸。中央军委对驻高海拔部队官兵十分关心,把装备部队的第一批制氧机送上了神仙湾哨卡。今天,即便吸氧很方便,官兵们也很少吸。平时巡逻回来,干部再三叮嘱,战士才吸几口。一班长徐军喜把缘由讲得很明白:"必须把缺氧抗住,天天背着制氧机,无法巡逻守防。"

在战士宿舍,留有一张空位,我好奇地问指导员燕和中:"这空着干啥?"他答道:"给马小宁留着。"小马也是新兵,刚上山时患有严重的高原不适症,但还是要坚持上哨,最终被缺氧击倒,送到三十里营房医疗站治疗。

病情一好转,小马就急匆匆回到神仙湾。连队修建靶场,他和大家一起下到河谷搬石头,还多次参加巡逻。因过度疲劳,再次引发高原脑水肿,连队紧急把他送下山救治。临走时,小马拉着燕和中的手说:"指导员,我好了还上神仙湾,行吗?"燕和中忍痛点点头。什么叫做对祖国赤胆忠心?对边防官兵来说,因身体不适下山,是一个巨大的遗憾。不是身居边防一线的官兵,也许无法理解小马这种对边防、对哨位难舍难分的感情。望着小马乌紫的脸庞,在场的官兵无不泪湿双眼。

离开神仙湾时,指导员燕和中告诉我:"东面一个海拔5000多米的哨位上,有个战士叫王阳,是湖北一个地级市副市长的独生子,别看是干部子弟,却特别能吃苦。"他还讲,从来新疆当兵到上山守防,都是王阳自己的选择。

望着雪山,记者在想,神仙湾哨卡有的战士,一张娃娃脸,让人一看,就想起邻居家哼流行歌曲、打游戏机的高中生。如果不当兵,他们的肩上挎的不是钢枪或许是书包。这些嚼口香糖、吃冰激凌长大的学生,一来到边防,竟迸发出如此强烈的责任感。无疑,是"祖国"、"界碑"、"领土"这些神圣的字眼,激发了他们对祖国和人民的强烈责任感。如果让他们在生命与领土之间选择的话,任何人都会毫不犹豫地选择后者。

这就是今天的边防战士。

（原载《解放军报》2000年10月21日）

二、天文点哨卡：雪山"上甘岭"

9月10日，记者迎着雪花踏上了喀喇昆仑山天文点哨卡的路。与其说是一条路，不如说是一条山谷河道，到处是斗大的乱石和横卧的泥沙流。

路过天文点哨卡拉水的冰湖时，记者看到湖里遗有一只黑轮胎、一个大厢板，和湖面上厚厚的冰冻在一起。驾驶员王祥告诉我，就在这个冰湖里，已经废了两辆拉水车，都是冬天拉冰时陷进去的。

海拔5000米以上哨卡，无一例外全部缺水。因海拔太高，无法打井；也因气温太低，修水塔和引水工程解决不了防冻问题，有关部门曾多次试验，无一成功。时至今日，他们不得不继续砸冰、拉水。其中缺水最重的是天文点哨卡，拉水要走30公里。

说着说着，王祥眼里闪动着泪花。两年前，他就在天文点当驾驶员，那只黑轮胎就是他拉冰陷车时留下的"纪念"。那次陷车后，连队除了执勤的官兵，都赶来救车。大家都担心：拉水车如果救不出来，冬天"吃"冰该怎么办？

到夜里10点，车还没救出来，20多名官兵只好无奈地往回返。一出冰湖，突然下起大雪，四周全是白茫茫一片，路也找不到了。他们竟在雪地里转

拉给养的军车陷进冰湖，官兵们只有先卸物资，再推车。

了一晚上。

快到天亮时,前来营救的连长李文,把45发信号弹打到最后一颗,才找到他们。如果救车的官兵再看不到那最后一颗红色信号弹,后果不堪设想。回到哨卡,王祥内疚地对连长李文说:大家都别去了,给我配两个战士,我一定把车救出来。李文半信半疑地答应了。这个时候,全连等着"吃"冰,啥办法都得试一试。

一连三天,王祥用千斤顶顶,用喷灯烤,用钢丝绳拉,车和冰"焊"得紧紧的,纹丝不动。第四天,他把车上的一个个零件全部卸下来,拿到不远处的路上,重新安装。3天后,"新"车居然装了起来。只是一只后轮轮胎,从冰里怎么也撬不出来。"你这不是创造了奇迹?!"听到这里,记者不由地发出感叹,转而又细细打量身边这位极为平常的"英雄"。"不是创造出来的,是缺水'逼'出来的。"王祥平静地回答。

听驾驶员王祥慢慢讲着故事,不知不觉上到天文点哨卡。一进院子,只见哨卡官兵正在用雪洗脸,边洗,边说着笑着:"好痛快,好痛快。"有的战士还用雪洗脚,几下就把雪搓成黑色。水泥地上的积雪不到10厘米,不一会儿就被官兵们"洗"完了。连队每周要用1200桶水。因拉一次水太艰难,把水拉来后,就要算着喝、算着用,官兵们一周不洗脸、洗脚是常事。

夏天有雪,是天文点哨卡最痛快的日子,但也只能搓搓脸、搓搓脚。化雪取水,更费劲,一高压锅雪只能化一小盆水。副连长李晓新说:"虽然冬天容易陷车,我们还是愿意过冬天,冬天打的冰能储藏,打一次冰,堆在院子里能吃一星期。"

今年"八一",连队党支部决定要让大家干干净净过节,动员全连突击提水(拉水车坏了)。等提回第二趟后,大家的脸被紫外线全"烧"烂了。水是有了,可还是洗不成脸。

从哨卡出来,记者又上到7公里外的前哨班。在战士住的帐篷里记者看到,全班一天只有半桶水。"这够用吗?"记者问,"够啦,除了做饭,我们平时不怎么喝水"。嘴唇干裂的班长侯永军,毫不在乎地对记者说。

"不喝水,不渴吗?"

"渴了抹点这个。"说着,他从口袋里掏出一管唇膏。

唇膏本是防唇裂的,他们却用来止渴,真会想办法。记者稍站一会儿,就

记者来到天文点。　（周长明摄）

记者采访那天,碰上新兵到哨所报到,不少新兵高原反应很严重,这位新兵(中)头疼得走不成路。

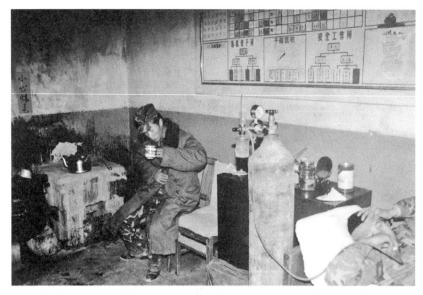

这是天文点连队的战士宿舍。右边的新兵边吸氧,边用背包绳缠着头。

感到一阵剧烈的头痛,原来这里海拔 5390 米,比神仙湾哨卡还高 10 米,严重缺氧。站在又缺水又缺氧的哨位上,记者涌上心头的唯有深深的敬意。

(原载《解放军报》2000 年 10 月 27 日)

三、空喀山口哨卡:断菜的日子

9 月 13 日,在洪水把空喀山口围困一个月之后,记者跟着运菜车到了哨卡。菜车上装满了各种蔬菜和活猪、活鸡、活鸭(生肉怕坏,边防部队没有冷藏车)。

第四天,车过死人沟(地名)时陷进泥坑,窝了一天一夜,两头猪和十几只鸡鸭受不了极度的高山缺氧,死在车上。驾驶员把它们葬在山上后,拉着剩下的鸡鸭和蔬菜继续前进。

菜车一进到空喀山口,官兵们好激动。卸完菜,竟有好多战士围在厨房,看炊事员切菜。当看到仅活的两只鸡和两只鸭时,好多战士议论到:"这不能杀,它们活下来多不容易。"

运菜车终于来了。

空喀山口哨卡的战士在执勤,后面就是山口。

　　杀，还是不杀？炊事班长满玉香来连部请示指导员李建华。李建华不假思索地答道："不能杀，好好养起来。"转脸又对记者说："对不起啊，我们给您做点别的。""这一路我都看到了，我能理解。"对战士们来说，不管怎么缺菜，缺鲜肉，能欣赏到"生命"，比吃肉重要得多。在这个不见人烟的山上，有几只鸡鸭跑一跑，叫一叫，是一道令人心动的风景。

　　"西红柿能多吃几个吧？"满玉香又请示道。"有新西红柿了，把原来的8个全吃掉。"李建华这一次很"大方"。

　　吃西红柿需要请示，这是空喀山口哨卡独有的"连规"。前一个月断菜的日子，哨卡只剩下12个西红柿，其它蔬菜全吃完了。炊事班有时到垃圾堆里，捡点过去扔的青菜叶，做个汤。洪水来得突然，持续时间也长，彻底打乱了边防团的蔬菜运送计划。

　　战胜缺菜的重任，主要落在司务长赵剑峰的肩上。他向炊事班提出一个特别的口号："蒸好馒头，做好海带，多挖'地皮'（一种野生菌类）。"

　　他解释说："把馒头蒸好，就是要让大家不就菜也能吃下去；做好海带，就是要把大家吃厌的海带，吃得不烦，海带的做法，我们已经有十几种；山上有一种能吃的野生菌，我带着炊事班的战士每周都要上山挖一次，给战士们包一次'包子'。"赵剑峰已经在哨卡当了5年司务长，对付缺菜，他有不少办法。

　　连队最珍贵的是那12个西红柿，炊事班一天要检查几遍，生怕坏了。一次，指导员李建华患感冒，满玉香想给他做碗西红柿鸡蛋汤。李建华开口便"训"他："谁说西红柿能治感冒？"

　　李建华很清楚，断菜的日子，也是考验连队干部的时候。

记者在天岔口留影。　（周长明摄）

一天,战士赵新和赵俊义相继病倒,一个人患感冒,另一个人腹泻。李指导员却通知炊事班:"可以动用4个西红柿,分两次做两顿面条。"满玉香故意问指导员:"不是说西红柿不治感冒吗?""战士哪能和我们一样,赶快做去。"

断菜的日子,干部和战士的确"不一样"。一次,团政委卫庆荣步行来到哨卡,吃饭时,发现自己碗里粉条有些多,就火了:"战士碗里也有这么多粉条吗?我不能搞特殊化。"卫政委坚持要让炊事员把菜端走。炊事员哭着说:"政委,吃个粉条,算啥特殊化?"听了这个故事,记者也流下眼泪:"生命禁区"有这样好的干部,还有什么困难不可战胜!

(原载《解放军报》2000 年 10 月 30 日)

四、红山河机务站:通信线牵出的故事

9 月 16 日下午 7 点,记者在红山河机务站等了 5 个小时,才把连长张全哲等回来。剃着光头,长得像乒乓球运动员刘国梁的张全哲,一下车,只和记者握了握手,没顾上客气几句,就进了食堂。他太饿了。

从昨天到今天下午,张全哲带领战士,又是救车,又是抢修线路,只睡了 4

红山河机务站

个小时,吃了两顿饭。

红山河左邻死人沟(空气特别恶劣),右邻界山达坂(海拔最高的达坂),新藏公路就从这两地穿过。汽车一旦在这两地抛锚,不管是部队的,还是地方的;不管是普通战士,还是将军,只有靠他们营救。周围上百公里,全是不见人烟的雪山。记者这次上红山河,也带着电话单机,一旦遭遇危险,就准备爬线杆喊"救命"。

机务站招待房里,住着昨天刚刚被救出来的某部4名干部,其中还有1名女上尉。记者看到他们时,有的还在吸氧。昨天,他们驱车到阿里执行任务,车行至死人沟时陷进烂泥坑,折腾到凌晨3点还没把车推出来。此时,饥饿、寒冷、高山缺氧一同向他们袭来。女干部李一敏又是呕吐,又是抹眼泪。

他们爬上线杆,向红山河机务站紧急求助,急迫的电话铃声把睡梦中的张全哲"喊"醒。他又喊起两名战士,发动着水车(查线车架线去了),以最快的速度往死人沟赶。上午9点,他们把这4名干部和乘坐的越野车,一同拖回(车已经坏了)机务站。

一回到站里,值班的战士又报告说,线路被洪水突然冲断。他匆匆吃完早饭,带着3名战士又出发了。

站在机务站的院子,就能望见远处的洪水。指着洪水,士官杨永军向记者讲起今天惊险的一幕:七八根线杆倒在水里,张全哲独自一人下水去扶,他坚决不让其他战士下水。水倒是不急,就是冰得刺骨,有的地方还很深。当他扶到第三根线杆时,有些坚持不住了,大喊一声:"快来救我!"战士们一看他往水下沉,跳下去赶快救。张全哲大难不死。

记者问:"这太危险了,缓一缓抢修也行吧?"

"我们地处'生死之地',通信线就是生命线、救命线,要随时保证畅通。只要有线障,即便迎着漫天大雪,也要出去抢修。越是在道路不好、气候恶劣的时候,运输车辆越需要路边的通信线路作保障。"杨永军认真地给记者解释说。

太阳就要下山了,周围的雪山被晚霞映成通红一片。这一天,只是被记者无意碰到的、极普通的一天,红山河机务站还有许多故事比今天壮烈得多。坐在战士宿舍,吃完饭的连长张全哲给记者一件一件慢慢道来:

通信官兵抢通线路。

通信战士风雪中的午餐

有一年,两名阿里支队的武警战士乘车下山探家,路过界山达坂时突发高原肺水肿,他们闻讯赶去救助。一名战士被救活了,另一名战士却永远倒在了他们的怀里。

还有一年的11月,他们分两路去救一辆窝在雪里的军车,车上有3名官兵,已经两天没吃没喝。其中战士卢治成和杨绪是一路。因四周全是雪,走出去5个小时,他俩就迷路了。就因为卢治成少带了一个口罩,第二天夜里冻得呼吸痉挛,再没起来。

……

含泪记下这些悲壮的故事后,记者驱车离开了红山河,看看表,已是深夜11点。一上界山达坂,看到山坡上有两束灯光在晃动。经仔细观察,发现是深夜查线的战士,内心又是一阵触动。我们连按三声喇叭,向他们表示致意,也在心中默默祝他们今夜平安。

(原载《解放军报》2000年10月31日)

难忘的人物

风雪大坂一个兵

开车6年,80余趟翻越昆仑山,为边防送菜400余吨,18次死里逃生,连续6年荣立三等功,某部志愿兵李二保,在昆仑山可称一最。

上喀喇昆仑山可不是件容易的事。途经10多座海拔5000米以上的冰大坂。在缺氧近50%的高原,别说开车,就是坐车,没点意志谁能受得了? 李二保为使高原战士餐桌上常见绿,把一切都豁上了。

李二保怎么也不会忘记那位病逝的战友,在那弥留之际,唯一的要求是想吃一盘凉拌黄瓜。当时,那个边防站大雪封山已经8个月,战士们有两个月没见到绿色了。因风雪太大,送菜的车闯了3次没能上来,后来送菜的车上来了,那位战士已带着对绿色的渴望永远地走了。从此,李二保把多为阿里高原送菜当成神圣的使命。

喀喇昆仑山的气温常年都在零度以下,蔬菜极易受冻。为了减少途中时间,李二保6年来总是昼夜兼程。饿了,在驾驶室里啃口干粮,困了趴在方向盘上迷糊一会。为了提神,他一年吃掉10多公斤辣子。去年春节李二保开车送菜上山返回连里,大家3天没见到他,以为出了什么意外,急忙破门而入。床上,李二保睡得正香,鼾声如雷。他,太辛苦了! 有一年,他拉菜上山,车行至甜水海陷进冰河里,夜晚风雪交加,他怕把菜冻坏了,把车上的40筐蔬菜搬到地上,在周围筑起一道雪墙,他把自己的棉被、皮大衣全盖菜上面,整整折腾了一晚上。蔬菜倒没冻坏,可李二保却冻感冒了,差点转成肺水肿而"光荣"了。

边防缺少的不仅是蔬菜,更见不到瓜果,李二保的驾驶室成了边防战士的冷藏车,他放些稻草,把山下的哈密瓜、西瓜、苹果、葡萄带到边防站,让战友们尝尝鲜。他听说某边防站半年没吃到西瓜,特意带了5个西瓜送到边防站。那次路上太颠了,把西瓜颠得像个软皮球,可总算带到了,边防战士高兴坏了,谁知切开一个一包水,流掉了,连切5个全没吃成。李二保难过得落了泪,战士们劝李二保说:"老李,我们虽没吃成,但心里觉得特别甜。"

18次死里逃生的李二保,并不是喜欢冒险,而是他那个脾气,一听到哪个边防站没菜就着急。有一次,也是送完菜下山,路遇暴风雪,李二保在昆仑山走了9天9夜。9天不见音讯,山上山下的领导非常着急。

"寻找李二保",新疆军区、南疆军区同时下达命令,直升机准备就绪随时准备出发,昆仑山沿线的兵站、机务站全部出动。

这时的李二保正在界山大坂与风雪搏斗,他满脸冻伤,淌着黄水,双脚冻得与大头鞋连在一起。他那次万幸多带了一箱水果罐头,也没患什么高山病,车也没出什么毛病,不然,有10个李二保也别想走出雪厚达2米的界

很遗憾,当初采访,记者没有照相机,没能留下李二保的照片。这是记者后来在喀喇昆仑山上给路上的汽车兵照的,李二保比图中的汽车兵更沧桑一些。

山大坂。

去年冬天,李二保又一次死里逃生下了昆仑山,路上脚冻坏了,一开车门,便摔倒在地上,被驻军政委李志恒发现。李政委把李二保那双冻僵的脚放在自己的心窝上暖一暖。政委动情了,说:"二保,苦不能让你一个人全吃了,我得给你换个工作,你想干啥就说吧。"

李二保摇摇头说:"谁吃苦不都一样,在高原上闯,还是我有经验。"第二天,李二保又驾车上了昆仑山。

(与贾远朝合作,原载《解放军报》1992 年 3 月 25 日)

儿子,请喊声"爸爸"

无论他身处何方,一根细细的线总牵着他的心,线的那端连着他那挂杖而行的儿子。

守防 28 年,一挎包奖状、三等功证章足以证明:阿里军分区政委丁德福无愧于高原。然而,他却无法无愧于长子全锐。儿子 3 岁患小儿麻痹时,他不在;儿子 7 次做手术,他也没一次在场;儿子住院 10 年,他照顾的时间加起来不到一年。细小的全锐曾不止一次地问他:"你为什么不救救我的腿,为什么呀?"

在全锐初患小儿麻痹时,丁德福正在阿里高原执行一项紧急任务。在那次执行任务的一年半时间里,丁德福在海拔四五千米的高原上十几次被暴风雪围困。他带领全连官兵在死神手中逃来奔去,爬了 100 多座山峰。就在丁德福在风雪高原东突西进时,万里之外的儿子全锐被病魔击倒了,妻子连发数封电报催丈夫回家,谁料风雪阻隔,电报无法送到远在冰峰雪岭之中的丁德福手里。当时,农村的医疗条件差,家里也没钱治病,全家人苦苦等待着丁德福的回来。盼呀,盼。一年以后,全家人把老丁盼回来了,可一切都已经晚了,全锐的左腿彻底残废了。

儿子的腿残废了,他本应好好地带儿子治一治,遗憾的是他抽不出大块儿的时间。妻子要种十几亩庄稼,还要照顾两个孩子,也很难抽身陪伴。因此,全锐从 8 岁开始,基本都是一个人住院。每次手术后,麻醉药劲过去了,疼痛难忍,小全锐在病床上大声呼喊:"爸爸,妈妈,我受不了,你们快来看我呀。"喊声震耳欲聋,却传不到那遥远的阿里高原。

有一次,丁德福发誓要陪儿子上手术台,就在做手术的前一个星期,部队急电催他立即返回,带队执行任务。他很清楚,部队领导知道他儿子的住院情况,不到万不得已,决不会催他。

走进病房,他憋了半天也说不出那个重有千钧的"走"字。他注视着躺在病床上的儿子,嘴唇嚅嚅。看到父亲为难的表情,全锐什么都明白了。他轻轻地说:"你走吧。"

丁德福就这样离开了医院。人们隔着窗子看到,走时,他是一步三回头。

7次手术都失败了,他欠儿子的,永远无法偿还。他心里总有一种负债感,因此,每次下山,他顾不上甩去厚重的皮大衣,先到学校背儿子下学回家。儿子本来可以坐班车回家,他不让,他想让儿子多在自己身上享受一点父爱与温暖。到了节假日,他背儿子上街,只要儿子喜欢的,他不问价钱。而他,长年抽的是最廉价的莫合烟。

多少年了,儿子还是抱怨丁德福,一赌气,竟10多年没当面喊过一声爸爸。丁德福理解儿子的心境,他想等儿子懂事后再慢慢解释过去的一切。

今年6月,丁德福给已经22岁的儿子写了一封长信。信中写道:"全锐,你不应再抱怨爸爸。从你一生下来,爸爸妈妈就特别爱你。记得你刚出生时,爸爸在边防站收到电报后高兴得一个通宵都没睡觉,替全连战士站了一夜的岗。全锐,请原谅爸爸,为了咱的祖国,为了咱的边防,作为一个边防军人,爸爸有责任有义务去做应该做的事情。有那么一天,爸爸退休了,就永远守候在你的身边。爸爸什么家务都会干,饭也做得特别好,那时,我要全心全意做个好父亲。儿子,请你喊我一声'爸爸'。"

没过多久,丁德福下山了,全锐第一次拄着拐杖在风沙飞扬的路口迎接父亲。一辆吉普车飞驰而来,车停住了,丁德福裹着皮大衣跳下车来。全锐一瘸一拐地迎上去,扑进父亲的怀里,嘶哑着喊了一声:"爸—爸!"

"爸—爸!爸—爸!"广阔的大漠久久地回响着这嘶哑的喊声:"爸—爸!"

(原载《人民军队报》1993年7月3日)

功建西部"开关"时

从 1991 年起,新疆 4000 多公里的沿边呼啦啦新开了 38 个口岸,给我国西部的对外贸易注入强大活力。驻地群众每当谈起沿边开放的成果时,都忘不了新疆军区边防处副处长鲁文忠。

连约 5 次,记者才找到老鲁。因为新疆还准备开设几个口岸,忙得他在天山南北边防线上到处奔波。

在新疆沿边建立开放口岸,自然条件复杂是这一工作的最大难题。这里不是雪山,就是冰河,还要考虑两国政府的意向。而开设口岸的第一方案,需要边防处先选一个合适的地点,为此鲁文忠不知要往边防一线跑多少趟。

去年 5 月才开通的老爷庙口岸,仅谈判就历时一年半。原口岸地点选在山沟,两国政府达成协议后,我方提议改建在中蒙 142 号界标东南的 3.8 公里处,这里地势平坦、交通便利。因不了解我方的意图,蒙方一时不同意这个更改计划。

口岸建设是百年大计,建在一个交通不便的地区,贸易双方都要受到影响。为了说服蒙方会晤人员,鲁文忠协同会晤站开始了艰苦的谈判工作。有一段时间,会晤谈判中断,鲁文忠便和会晤人员改变策略,把建临时过货点放在谈判的第一步。双方车辆一过,蒙方觉得 3.8 公里处确实交通方便,从而理解了我方的良苦用心,谈判随即成功。

长期的边防工作,鲁文忠不仅熟悉边防政策、国家对外政策、边境一线的地形地貌,还很熟悉对方国家的情况。许多口岸开放后,地方政府仍请他去出谋划策。伊犁、阿勒泰、塔城三地区要向独联体国家出口 14 万头活畜,漫山遍野的牛羊赶到边境线上以后,却在如何出境上犯了难。自治区外办紧急邀请鲁文忠现场策划,他随即穿行在伊、阿、塔三地区现场,组织边防会谈会晤人员与对方联络协商,使问题得以妥善解决。

边贸的活跃,也带来诸多新情况。香港一洲集团准备在霍尔果斯投资十多亿元,建设跨国贸易城。消息传出,各方瞩目。鲁文忠没有盲目附和,他觉得"跨国"二字不妥。口岸对面属于争议区,要建跨国贸易城,争议区是"跨"不过去的。为了不影响这项投资,他火速向军区领导、自治区领导和香港一洲集团建议:改建"边境贸易城"。自治区有关部门与一洲集团得知后,很快采纳了他的意见,更改为"加洲边贸城",并称鲁文忠使他们"避免了一次巨额投资失误"。此后,一洲集团又邀请鲁文忠三上伊犁,帮助解决筹建边贸城中遇到的种种难题。

（原载《解放军报》1994 年 1 月 21 日）

"防冻大王"的期待

路经新疆军区兽医研究所,几次碰到一位白发苍苍的老人在垃圾堆上拣罐头盒,当时并没在意。3 月 8 日,当记者敲开兽医研究所副研究员、"防冻大王"弓德荣的门时,开门的竟是那位拣罐头盒的老人!

弓德荣告诉记者,拣罐头盒是为了省钱,搞防冻研究,离不开铁皮,现在一张铁皮上百元,哪能买得起呀? 弓德荣搞防冻研究,搞出了很多成果。这些成果部队非常需要,但却得不到。他恳切地说:"记者来了,别的不要写,帮我呼吁呼吁。"

他带记者走进一间阴暗的平房,里面满满堆着东西,看来尘封已久。他指了指帆布下说:"6 项国家专利,53 项防冻成果样品全在里面。"说着,他从帆布下拉出两样东西,一个是背携式食物加热器,一个是多功能水壶加热器。

弓德荣打开背携式食物加热器,里面一个小盒,两根皮管。他用嘴吹其中的一根皮管,水便从另一根皮管冒到小盒里,他把大米放进小盒,又从下面打开一个小门,点上火。15 分钟,热腾腾的米饭蒸熟了。

多功能水壶加热器就更简单了,弓德荣把它拧到军用水壶上,点火 10 分钟后水开了。据悉,英军 80 年代装备的 PWP 单兵净水器只能杀死 3 种病菌,而这种水壶加热器,可把水烧到 93 度,常见病菌可以全部杀死。

弓德荣说:"这两样发明最大的优点是能边走边烧水做饭,用燃料少,外面看不见明火,五六级大风也吹不灭。"

看到这两样发明,记者不禁想起风雪高原上啃干馍馍的汽车兵,一口冰雪一口压缩饼干的巡逻战士和冰天雪地中的驻训部队。去年底,记者曾随某部野外拉练 20 余天,许多部队官兵一天只能吃上一顿热菜热饭。如果弓德荣的这些发明装备到部队,战士们该有多高兴啊!

弓德荣的发明全是寒区部队急需的。如:注射加热器、保温担架、防寒手套、防寒靴鞋、防寒被褥等。遗憾的是,这些成果至今还尘封在弓德荣这间平房里。现在全国各地几十家工厂不时来人想买他的专利,他不肯转手。弓德荣说:"让地方工厂生产,部队再到地方去买产品装备部队,那就花钱多了。我是专门给部队研究的,希望部队有关部门能组织生产,我等待着这一天。"

（原载《解放军报》1994 年 3 月 25 日）

脸上满是幸福

去年 12 月 2 日,当哈萨克族排长卡德尔挽着新婚妻子阿尼莎时,他的脸上满是幸福的微笑。其实,这位斯姆哈纳边防连排长曾经很不幸。1993 年 7月,入伍一年多的卡德尔一连接到家里 3 封电报催他探家,他寻思着,可能是父亲让他回家相亲。卡德尔 4 岁时母亲病逝,此后十几年间他和父亲相依为命,父亲很想早一点让儿子成家。

卡德尔报名参军时父亲已经 56 岁。当时,卡德尔思想很矛盾,想当兵又舍不得孤独一人的老父亲,而父亲硬是劝他:"当兵是大事,等 3 年回来再伺候我也不晚,我身体没问题。"那时父亲身体真不错,在霍城县种羊场一年四季骑马放牧,感冒都很少得。

揣着电报,卡德尔坐 3 天汽车回到家,一推门却不见老父亲。他想,也许父亲放牧去了,可等了 3 个小时父亲还没回来。这时,他看到散落在院子的几朵小白花,突然有些不祥的感觉,就放声哭了起来。

哭声惊动了邻居,回族、维吾尔族、汉族的邻居都来了,邻居们告诉他父亲已经病逝了一个月,葬礼很隆重,是大家一起办的。父亲从患病到去世一直不让邻居们告诉卡德尔,怕影响他的工作,分他的心。催他的电报是邻居们后来发的。

卡德尔失去了父亲,邻居们却成了他的亲人。回族老师马林让卡德尔住在自己家,探亲 40 天,100 多户各族邻居轮流请他吃饭。

回到连队,卡德尔的不幸触动了全团上上下下。当时的团政委魏秉贤还把营、连干部召集在一起,商量如何关心、帮助卡德尔。

1994 年初,连队动员卡德尔报考军校,可他觉得自己基础差,不敢报名,副连长李强说:"你报名,我给你辅导。"李强大学毕业,又懂好几种民族语言,有他辅导至少成功了一半。

整整 3 个月,一到晚上,李强就把卡德尔叫到办公室,从政治到化学,门门功课轮着给他讲,每天短则半小时,长则一个多小时。他最难忘的一次,李强高烧躺在床上还坚持给他讲课辅导。当年,喜事临门,卡德尔如愿以偿地考入西安陆军学院。分手的时候,全连官兵给他买了两大包吃的用的。卡德尔抱着战友们哭着说:"不管我到哪里,都不会忘记咱这个好连队。"

卡德尔毕业后没能回到老连队,分到了边防连。不久,又一件喜事从天而降。很偶然的一个机会,他结识了一位柯尔克孜族姑娘、大学生阿尼莎,还是县妇联主任。俩人一见钟情,倾心相爱。去年 12 月初,俩人就要办喜事了,听说卡德尔是孤儿,乌恰县委蔡书记亲自为他俩主持婚礼。

婚礼上,卡德尔激动地说:"没有新疆的民族团结,就没有今天我个人的幸福。个人的不幸算不得什么,在咱们新疆,到处都有民族亲情、人间温暖。"

（与丑俊祥合作,原载《解放军报》1998 年 1 月 23 日）

"雪山铁人"的情感世界

1 月 14 日,斯潘古尔边防连连长许军被新疆军区评为"标兵连长"的消息,通过电话传到连队时,许军正带着战士迎着风雪走在巡逻的路上。他要看到这个荣誉证书,要等到 6 月路通以后。阿里高原的斯潘古尔,眼下已是一座"雪域孤岛"。然而,许军的故事已从昆仑山传遍八百里秦川,人们无不为这位边防军人的博大情怀所感动。

一喜一忧两封电报

那天,一麻袋迟到的家书裹着两份电报,送到海拔 4000 多米的边防连。一份是许军"儿患脑瘫"的消息,另一份是战士王哲的军校录取通知。

许军一眼扫过电报上"病情危急速归"的几个字,双手顿时抖个不停,眼泪正要涌出眼眶,又压了下去:今天是连队的大喜日子,可不能对着全连流泪! 他转身带着笑容对干部战士讲:"今晚欢送王哲,加4个菜,热闹热闹!"

儿子刚满5个月,他多么想立即下山去给儿子看病,但连队正值巡逻最紧张的阶段,再说边防军人谁没有这"难"那"难"?

当时正值盛夏,阿里高原当晚却下了一场30厘米厚的大雪,即将上军校的战士王哲焦急难眠:道路封死了,咋下山去报到? 这时,许军来到王哲的床前轻声道:"睡吧,我明天送你。"

第二天一早,许军牵着马,驮着王哲的背包,一脚一个深深的雪窝带着王哲去闯雪山。许军来不及考虑遇到雪崩怎么办,遇到暴风雪怎么办。他想的是不能耽误战士上军校,不能误了战士的一生。俩人一直走到满天星斗,才翻过海拔5000米的雪山,赶上接战士上军校的卡车。

望着战士王哲下山远去的背影,满身冰雪的许军只在心中默默地为万里之遥的儿子担忧。随后,阿里高原一场接一场的大雪把道路彻底封死了。

擦去眼泪回雪山

一直盼到第二年的6月,许军才披着一身霜雪回家。那天,他一下飞机就赶到病房,眼前的一切令他惊呆了:孩子神情呆痴,瘫在床上已不成样子;妻子脸色蜡黄地守在一旁。他抱起啼哭的病儿,惭愧地说:"爸爸来晚了,爸爸对不起你,爸爸砸锅卖铁也要给你看好病!"

久病的父亲刚刚去世,许军家里已没有一点积蓄。他和妻子商量后,就把家里值钱的大件电器低价卖了8000元。部队领导得知,派专人送来3000元补助。

夫妻俩抱着病儿踏上了漫漫的求医路。他们到了兰州、西安、北京,一连跑了十几家大医院。最后,夫妻俩口袋里的钱花光了,妻子从手上摘下心爱的订婚戒指,变卖了几百元钱,也给儿子买了药。然而,一切的努力还是没能挽救儿子的生命。

儿子夭折了,妻子受到巨大打击。这时妻子和亲友劝他,如果你要求调回内地,也许领导会同意。许军的回答是:谁不知道边关苦,可是我不能向组织开这个口。我们连队的官兵都发过誓:只要祖国需要,愿与雪山共百年。

擦去眼泪,安顿好妻子,他又回到阿里高原,并担负起5年没达标的波林边防连连长的重任。在这雪山的世界,最难耐的是寂寞。许军把悲痛藏在心里,带领官兵在院内种树,室内种花,自己动手建起图书室和娱乐室。执勤巡逻,他安排战士们轮换休息,而自己坚持次次带队。他曾在巡逻时因车抛锚,与3名战士一起在海拔5000多米的雪山上困了5天5夜,但他带领战士战胜极度寒冷、极度饥饿和缺氧,走出了绝境;他曾在巡逻时掉进冰窟窿里,被救上来时已是昏迷状态,是战士姜世军脱下棉衣把他紧紧搂在怀里,才慢慢将他暖醒。战士们称他是"雪山铁人",他把祖国交给他的边防线,守卫得如铜墙铁壁。

我想为你唱首歌

去年10月,就在上级下令让他到第二个后进连队——海拔4300米的斯潘古尔边防连任连长时,他收到了妻子提出离婚的来信。妻子在近乎哀求的信中写道:

"许军,我不是绝情的人,但我实在受不了了。婚后第10天,你上了山,一走就是一年半。为给儿子看病,我一个人风里雨里,工作丢了,身体也拖垮了。现在每想起你上边防一线执行任务,我是夜夜失眠,生怕你再出意外。这样下去,我的身体和感情都熬不住了……"

许军深深地爱着自己的妻子。战士们看到,有时他写给妻子的信,厚得只能当包裹寄。自从接到妻子提出离婚的信后,他一直在反复思考:爱是什么? 许军从阿里高原回到乌鲁木齐。在几番犹豫之后,他做出了痛苦的选择:同意离婚。他在向组织递交的离婚申请上写到:"我是为爱而答应离婚的。"

分手那天,他和妻子在乌鲁木齐一家高档酒店吃了最后一顿团圆饭。这是他一生中吃得最贵的饭菜,也是最难下咽的饭菜。两人默默相对坐了3个多小时,谁也没动一下筷子。酒店快要关门的时候,他俩才握手分别。望着妻子离去的背影,这位从不流泪的雪山硬汉,止不住泪湿双眼。

一回到阿里边防,许军就把积存的1.2万元工资和借来的3000元钱,一并寄给刚刚分了手的妻子。他在汇款附言中写道:"分手那天,我真想给你唱首歌,但是没能唱出来。回到高原,我心里天天都在为你唱这首歌:'只要你过得比我好'!"

去年底,兰州军区把这位阿里军人请到军区机关作报告,他的报告使在场的将军和士兵饱含热泪,掌声不息。有十几位兰州市的姑娘听到他的故事后,主动找上门留下通信地址。有一位战士听完报告直率地对许军讲:"你是一个真正的军人,也是一个难得的好人,我把我姐姐介绍给你吧。"关怀与理解的暖流,使许军感到边关并不遥远,雪山并不寂寞,一个边防军人的身后,是祖国和人民的深情怀抱。

(与欧世金合作,原载《解放军报》2000年2月25日)

"生命禁区"绽放灿烂花朵

有人说,"在阿里高原,躺着就是贡献"。可守边4年的阿里军分区司令员黄呈洲,不顾严重缺氧,始终坚持理论学习,先后写下了数十篇理论研讨文章,并有21篇发表。

记者在阿里高原采访他时,黄呈洲谈上一会儿就要歇几分钟,中间接个电话也要喘口粗气。他的办公室里间,既是卧室也是学习室,床头放着一盏

黄呈洲司令员在阿里军分区办公室读书。

台灯和一个氧气瓶。他每月至少读一本书,每天休息前都坚持读书一两个小时,头痛了就吸口氧。黄呈洲口袋里装了许多小卡片,他指着脑袋对记者说:"一缺氧,它就不好使,思考问题得赶快记。"

最"痛苦"的是写。记者在阿里写一篇通讯如同生一场病,黄呈洲写下100多万字理论文章,可想而知要付出多少艰辛。官兵们介绍,他每写一二百字,就要靠着沙发歇一歇或吸吸氧。一篇理论文章短则写一周,长则写两三个月。为赶时间,他一次连写两三个小时,最后晕倒在办公桌上。

学理论贵在结合实际。黄呈洲为探讨"少数民族地区后备力量建设"专题,用一年半时间走遍阿里高原,行程3000多公里。他的理论文章均以调查研究为基础,因而针对性较强,先后有11篇获奖。他还利用下部队时间,在西藏地区翻阅大量资料,收集整理了《西藏将帅录》。

黄呈洲学习虽"苦"却不觉其"苦",因为他平时就是有名的"拼命三郎"。去年夏天阿里抗洪,他甩下棉衣棉裤,第一个往冰冷的雪水里跳。他还经常驱车赶一夜山路,到边防一线查岗查哨。谈起学习动力,黄呈洲意味深长地说:"阿里军分区是全军最闭塞最偏远的部队,不加强理论学习,就赶不上时代发展,也提不高边防建设的层次啊!"

不久前,兰州军区政治部主任张秋祥从边防调查回来,提起对黄呈洲的印象,动情地说了一句话:"学习精神令人惊叹!"

(原载《解放军报》2001年1月8日)

山岳疾行

——来自西南边防的报道

甘巴拉雷达站:今夜是否难眠

你到过拉萨吗？当你从飞机的舷窗欣赏青藏高原的湖泊、雪山时,你可曾想过,有一群士兵在世界最高的人控雷达站——甘巴拉雷达站,为你默默护航。

9月21日中午,记者登上海拔5374米的甘巴拉,准确地讲,是"钻"进甘巴拉,因为山头被一团巨大的云团包裹着,走近十几米,才能看清圆球状的雷达天线罩。

当时正值午饭时间,而餐厅里没有一人。在雷达车里,只见雷达操纵员

甘巴拉雷达站

李爱革左手紧握话筒,右手操作电键,眼睛盯着屏幕,边观察边报告。记者冷得裹着厚厚的皮上衣,而他紧张的汗水,正顺着脸颊和话筒往下淌。旁边饭盒里,饭菜已凝成冰碴。

高度的紧张,使他们忘记了缺氧,记者问他们有无高山反应,回答的全是同一句话:"白天没感觉。""夜晚呢?"记者问。

"夜晚缺氧厉害,新兵还好一些,越是老'甘巴拉',越是彻夜难眠。睡不着,就拼命看书,把自己看累、看困、看睡着。"副站长刘朝阳答道。

刘朝阳每次上山必带两件东西:一大捆蜡烛,一本《两代伟人哲学思想研究》。他决心利用缺氧失眠把这本书背下来。遗憾的是,这本460页的书,他已经读了4遍,还是没记下多少,缺氧对记忆力影响太大。而雷达技师王进军是背英语单词,一晚也背不下10个。

"为何不看电视?"记者问。"雷太多。"好几个战士一起答道。

在周围几十公里,甘巴拉是最高的一座山。也可能是太高的缘故,雷阵雨都集中到他们头上。一到夏季,雷声不断,且大部分都集中在晚上,他们已有3台电视机被雷击坏。记者在一间屋里的水泥地面上,仍可见被雷击出的一个脸盆大的坑。

说话间,雷阵雨说来就来,真是"迅雷不及掩耳"。一道闪电过后,室外蜡烛般粗的避雷针被"烧"得通红,室内的电灯也瞬间被"烧"亮,雷几乎要把人的耳朵"炸"聋,真是"惊雷"。有这样的"惊雷"夜夜陪伴,睡着了也照样被"炸醒"。

每天天未亮,雷达就要"执勤",没有任何星期天、节假日,所有维修任务都在夜晚进行。抢修雷达、发动机、柴油机成为甘巴拉官兵夜晚最经常的"娱乐项目"。他们的优质情报率达99%,可以说,这既是他们白天"盯"出来的,更是深夜"熬"出来的。

就在前不久,雷达站断了柴油,而运送柴油的汽车又趴窝在离雷达站16公里处的雪地里。夜晚,雷达一关机,全站官兵下山突击背油(白天根本抽不出人)。就在天快亮的时候,他们把4吨柴油全部背上了甘巴拉。稍事休息,他们又迎着火红的日出,打开雷达,准备迎接飞进拉萨的第一个航班。

从甘巴拉下来后,记者第二天就乘机飞回北京。就在飞离拉萨的上空时,我怎么也看不到那个巨大的白色圆球状的雷达防护罩,一层层的云雾把甘巴拉"封"得很死，但我知道，他们正通过雷达电波牵引着我和全体乘客平安地飞离青藏高原。

　　到北京已是华灯初放。路经天安门时，记者又想到了甘巴拉：今夜，你们是否依然难眠？你们的难眠，不正是为了夜晚祖国的每一个建设者和保卫者睡得平静安详！

（原载《解放军报》2000 年 11 月 1 日）

悲壮的营救

西藏近日遭遇洪水。

今晨,某部教导员韩海占面色沉重地告诉记者:"我们 4 名抗洪官兵被困在断堤上!"记者立即驱车赶往 50 公里外的现场。

9 点 50 分,记者来到白朗县城旁的年楚河西岸,只见岸边聚集了数百名军警民。此时,雨还在不停地下。

记者用望远镜看到,这 4 名官兵被困在一段约 200 米长的断堤上,前后是 200 多米长的大决口,东西两侧全是滔滔的洪水。他们是今日凌晨 1 点 40 分左右在守堤时遇险的。

这 4 名官兵是:日喀则军分区军务科副科长傅继权、某部二连指导员周兴建、学员排长常献军、班长付吉星。

危急关头,大家经过商量,决定派两名官兵坐在简易木筏上前往营救。"谁去?"武警西藏总队副参谋长兼日喀则支队支队长刘思寿话音未落,"我去!我去!"地方藏汉群众和部队官兵、武警官兵的喊声响成一片。逐一问了大家的身体情况后,刘思寿决定让武警白朗中队副指导员伍明成、某部排长袁清平去。这两人都是重庆人。

他俩喝了几口白酒,脱下毛裤,拴着绳子,一个人腰里套着一个汽车内胎,手挽着手往前游。记者大喊一声:"勇士,回头看一看!"他俩一回头,记者按下快门,把伍明成满面笑容的形象,永远地留在了人间!

洪水太急。他俩开始还高喊:"没事。"游出去 100 米,只见洪水中两个脑袋在往前晃。200 米后,只剩下一个脑袋,大家顿时有一种不祥的预感。

不好!第二个上堤的伍明成是被官兵直直地拖上去的,望去像是在接受

断堤上,4名官兵等待救援。

图中喝酒者就是牺牲的副指导员伍明成。

人工呼吸……一个多小时过去了,有一名干部站起来朝我们摆摆手,示意伍明成不行了。

消息通过手机传向白朗县委、县政府,以至西藏自治区主要领导。自治区决定火速派冲锋舟来营救被困的官兵。

记者下午4点回到白朗县中队发稿,只见伍明成的新婚妻子管莉正默默站在中队院子里,等待丈夫的归来。而此时的管莉还不知道,她的丈夫永远地留在了西藏!

在记者截稿时,现场传来消息,从100公里外的空军某场站运来的橡皮舟下水,救援人员已帮助5名官兵脱离险境,并送到白朗县人民医院治疗。

（与李玉龙合作,原载《解放军报》2000年9月2日）

目击无人区文化奇观

地球上有 14 座海拔 8000 米以上的山峰"巨人",全部集合在喜马拉雅和喀喇昆仑。"巨人"丛中是一片片高海拔的无人区。今年 8 至 9 月,本报记者首次从喀喇昆仑穿越无人区到喜马拉雅。

青藏高原的地理环境造就了高原文化的统一风格,又造成了它的区域特征。荒凉的无人区就有着独特的文化景观。它既有藏民族的,又有边防军人独有的;既有几千年的历史留下的,也有时代的烙印。

世界最高的烈士陵园

出发后,我唯一的遗憾是没为"烈士们"准备好酒好烟。车上塞的全是保命的必需品:药、氧气瓶、电话单机(遇危险时报信)、食品、水、冲锋枪和子弹(防狼群袭击)。

一路上,当我乘坐迷彩色的"猎豹"越野车,爬过库地大坂、麻扎大坂、黑卡子大坂,来到 100 多名边防军人的生命栖息地——康西瓦烈士陵园时,眼前的一切令我肃然起敬。这是世界上最高的烈士陵园。这里没有围墙,没有守墓人,但路修得很直、很宽、很平,铺着大小均匀的鹅卵石,站在四周荒凉的纪念碑下,让人清醒、凝重。

山风阴冷,高原寂静,但不寂寞。在写有"永垂不朽"的纪念碑下,是一大片祭奠过的各种酒瓶、饮料罐、香烟、口香糖。墓碑很简朴,一如他们生前的着装,没有墓志铭,只刻着"某某连某某班班长或战士,某某省县村人,某某岁"。

我轻轻在坟茔中走着,默默读着碑上的文字,当读到"17 岁"、"18 岁"的字样时,泪水直冲眼眶。我打开一听"红牛"饮料浇在碑前,并脱下军帽,向这

康西瓦烈士陵园

李狄三烈士墓

些"永远守防"的军人三鞠躬。

在这高海拔的无人区，像这样的烈士陵园有好几座。我告别康西瓦，再跋涉两天，又在阿里首府狮泉河镇见到另一座烈士陵园——羊尾山烈士陵园。据说，每至清明，上千名藏汉群众都要到这里扫墓、祭奠。1997 年扫墓时，他们发现烈士李狄三的墓被其他墓碑挡住了，藏族群众很不高兴：谁能比过李狄三，他解放了我们，第一个把红旗插上阿里高原，我们要重新安葬李狄三！50 年前，任保卫股长的李狄三带领 136 名"进藏先遣连"官兵进军到阿里。

这年 8 月，阿里军民重修李狄三墓，把整个墓基抬高 2.5 米。修墓那几天，来了不少藏族群众。我走进烈士陵园大门，就看到高大的"李狄三烈士之墓"。碑前，一条条雪白的哈达迎风飘动，有两条还是新的，祭奠的人可能刚刚离去。

五色玛尼堆

走进西藏阿里，最明显的标志是翻越界山达坂。她把两大民族分开，也把两大宗教分开：山这边是伊斯兰教，那边是佛教。

这是一座海拔最高的达坂。我上到达坂顶上，除了感到缺氧加剧外，看不到一点险峻之处，像一个不起眼的山包，因整个地势都在海拔 5000 米左右，路与山顶的落差已经很小。

界山达坂上，立有 1 米高的一座水泥碑，上写"海拔 6730 米"。最高处便是一座经幡招展的玛尼堆。玛尼堆是用石头堆成的，本为"多崩"——"十万经石"之意。藏民们每逢玛尼堆必丢一颗石子，丢一颗石头就等于念诵了一遍经文。上面悬挂的蓝、白、红、绿、黄五种颜色的布条和哈达，有的布条上写有六字真言，每摆一次也等于向天传诵一遍经文。

六字真言音译为"唵嘛呢叭咪吽"，汉语为"好哇！莲花湖里的珍宝！"但对于普通牧民来说，这是一句最普通，也是最真诚的祝愿。

年年岁岁，戍守阿里的官兵都要从这里翻越。它是阿里最重要的运输线。当军人们在崎岖荒凉的山路上开车爬行时，当他们几个小时、十几个小时看不到人烟时，一看到玛尼堆，便是一种慰藉，一分温暖。迷路时，她还是一座显示方位的路标。在无人区，与其说玛尼堆是为佛而设的，不如说是为艰辛的爬山者而设的，是为天天路经雪山的军人而设的。

此后,记者一路走着,一路爬山,一座座玛尼堆准时在一座座达坂上等着,不管周围有多么荒凉。每当看到经幡飘动的玛尼堆时,内心便减少一分畏惧:看! 这里很多人走过,不怕。这一路,记者看到最大的玛尼堆是在甘巴拉。甘巴拉雷达站位于山顶,这个玛尼堆离雷达站只有几公里,石头堆得像一座小山,经幡挂得有十几米长。我们路过时,两位牧民正在系哈达,两个调皮的藏族小男孩坐在经幡上荡着秋千。一看到我们的军车,一个小男孩大声喊道:"金珠玛米,金珠玛米!"

无人区的温泉

无人区虽然荒凉,但经常会看到"人间"景观。温泉是我所见到的最神奇的奇观。喀喇昆仑山曾发现有一处温泉,60 年代还建有一个边防站。后来因海拔太高(超过了海拔 6000 米),70 年代边防站就撤了,现在是定时去巡逻。这处温泉,也只有为数不多的边防军人能"享用"。

我是走到喜马拉雅山下看到这"片"温泉的,它有三处,集中在一条山涧两侧的岩石上,山涧也只有 20 米宽。一处温泉冲起的水柱有几米高,腾腾热气直向空中冲去;一处是姊妹泉,两股温泉并肩喷着,水柱刚刚离开石头;还有一处不见水柱,像一股涌泉,形成一个大大的"键盘"。这片温泉,自然成为军人们洗去征尘的最佳场所。

如在内地,依托这样大的温泉,早建成为"度假村",而这里却没人开发,藏胞们不怎么喜欢"温"。温泉边,只有一位上了年纪的牧民赶着一群羊,再无人烟。

神奇的"语言天才"

走这一路,时时能感受到人类抗击恶劣环境的坚韧和勇敢。从阿里到拉萨,是一条艰险的路,天天都能碰到翻车、死人。但又是一条"淘金"之路。从西部各省区来开矿、搞运输、开饭馆的人沿途都能看到,其中四川人为最多。它已不是传统意义上的无人区。

在空气最恶劣的死人沟(地名),一汪湖水边上,开有 11 家饭馆,有从四川、甘肃来的汉族,有从青海来的回族,有从新疆来的维吾尔族,还有从阿里来的藏族。

尼玛次仁

　　这里不需要开大会写标语大讲民族团结,特殊的环境把 11 家人拴得很紧。遇到大雪、洪水或有人生病,11 户人家相互关照。为了生存,他们不得不努力学习对方的民族语言,其中说得最好的是藏族小男孩尼玛次仁。

　　唯一的小孩尼玛次仁,是 11 家人共同的儿子。他从 3 岁随父母来到死人沟,谁家的饭都吃,谁家的床都睡。每天晚上,等客人渐渐稀少下来,大家用不同的语言逗着小尼玛次仁,他也用各种语言一一"回敬"。这里没有电视,没有收音机,更没有课桌和书本,11 家人都把他当成欢乐的中心,这 11 家餐馆也成为他学习的课堂。小尼玛次仁今年 6 岁了,藏语、维语、汉语说得滚瓜烂熟。3 种截然不同的语言,成为他自然的母语。

　　告别地名恐怖的死人沟,第二天,我赶到日土兵站,又意外地看到第二个"尼玛次仁"——洛桑,这也是一个能说藏汉两种语言的藏族小男孩。11 岁的小洛桑,父母患病,曾辍学两年。兵站把他接来吃住,供他上学,晚上派油料员张海歌辅导他做作业。刚来兵站时,他一句汉语不会讲,现在已经会用汉语做作业。

　　特殊的环境,使人与人贴得更紧,很难感到民族的区别。作家张承志在天山深处也目睹过这样的画面,他还想过盖一间小木屋,永远留下。他在散

在阿里措勤,记者的采访车陷进泥里,放牧的藏族群众主动赶过来推车。藏族群众对解放军很有感情。

文《夏台之恋》中写到:在南斯拉夫,在亚洲和非洲,只因族别不同人们就相互残杀。西方导演了这一切然后又在布舍和平。我命定不能以享受美而告退下阵。我只能一次次拿起笔来为了我深爱的母国,更为了我追求的正义。夏台形式一刻刻地在我的思想中清晰起来,使我开始意识到:它远远不仅是一个美丽的小地方,它的形式是人们必然遵守的生存的准则。

青藏高原有着"民族走廊"之称,也被称之为"吐蕃丝路",内地与边疆的文化交流如同大江大河,源远流长。今天的这一切,只不过是历史的延续。

一个个语言"天才",是对喀喇昆仑、冈底斯、喜马拉雅最温馨的注解:气候最恶劣的青藏高原,看似把汉族、藏族、维吾尔族等民族分割得天各一方,但没有什么力量能阻挡各民族长年、自然地融合与交流。因为我们拥有一个共同的祖国。

(原载《解放军报》2000 年 11 月 17 日)

用生命丈量念青唐古拉

今年6至7月,我走近一个特殊的军人群体——在西藏测绘的军人。

亲历要求被"拒绝"

6月6日,当我拨通这个大队驻西藏"前指"的电话时,前线总指挥、副大队长薛冰却拒绝了我,他说:"你最好通过组织程序跟我们联系,你直接来,我们不敢接待你,出了事我们也负不起责。今年'做点'(到实地测经度、纬度、海拔高度)的地方很危险,现在又是西藏的雨季。"后来,我通过组织程序通知了他。

6月23日,我飞到拉萨。薛冰一见面就解释说,不是说不让记者宣传,主要是太危险。他介绍说,21年前,他们完成了西藏65个县的大地和地形测量任务。那些年,最刻骨铭心的情景是:每年进藏的车队中,最后一辆拉的是棺材。从今年开始,他们要重新经历他们曾经经历的一切,填补西藏地区基本比例尺地形图的空白。基本比例尺地形图,是经济建设和国防建设的基础。讲到这里,他感叹道:"在西藏'做图'太难了。"

"不是有航测了,还那么难?"我有些不解地问。

"飞机拍的航空照片直接绘不成图,要拿着照片到实地一一核对。看照片上的河流有多宽多深,是不是季节性河流,森林是不是原始森林,有什么树种,树有多高,等等。还要测出一些点位的经纬度和海拔高度,没有这些数据,就给不出数字化地图。"薛冰解释说。

薛冰建议我到二队九中队去采访。九中队驻林芝,准备沿冰川"做点"。他说:"跟九中队走一趟,能基本体验到测绘兵的真实生活。"第二天,我就驱车赶往林芝。

因伤"避"险

到林芝当天,我因摔伤而住院,在驻军 115 医院一住就是 7 天。第二天,九中队按计划到波密县易贡乡"做点"。没想到,记者一受伤,"避免"了一次无法想象的艰险。

出院第四天,九中队的 8 名官兵才返回来。当连夜前去营救的二队副队长程挺见到他们时,有点不相信自己的眼睛,这是他们吗? 个个长着长长的胡子,又黑又脏的脸上都是皱纹,像 80 多岁的老头,迷彩服上全是泥巴。仅仅 11 天,他们居然变成这般模样!

出发前,他们从航空照片上分析,要做的 16 个点并不太难。等到实地一看,有 7 个点根本上不去。但余下的 9 个点必须做,其中 H18、H18 - 1、H12 - 1、H12 - 2 这 4 点最难,在卡钦冰川边上,人勉强能上去。这条冰川是我国最大的海洋型冰川。

28 岁的中队长杨炬,带领 3 名官兵去做这 4 个点。途中第一天,就被一条 40 多米宽的河拦住,河水很深、很急。河面上只有 3 根 8 号铁丝,上面一根,下面两根。当地群众讲,这是偷猎者拴的,原来上面有木板,已经 5 年没人走了,木板也掉进河里。要过河,就得做好被河水卷进印度洋的准备。这个大队 23 名烈士中,有两位就是这样牺牲的。

杨炬第一个过河。他个头小,站在下面的铁丝上,双手刚刚够着上面的铁丝;抓紧上面的铁丝,就踩不紧下面的铁丝,身体在空中荡来荡去。往下一看河水,头一阵发晕,顿时尿了一裤子。40 多米长的铁丝,他竟走了一个半小时,裤子全尿湿了。

采访时,工程师鲁长根对记者解释说:"尿裤子不是因为杨炬怕死。要是怕死,他就不会第一个上铁丝。这是面对死亡威胁的一种极限反应,军人也是人啊!"

过了河,终于上到卡钦冰川边上。深夜,冰川上雪崩如雷,他们不敢入睡。测完点,返回大本营,已是 7 天之后。

一见到大本营的战友,杨炬就大喊了一声"啊——"然后,就坐在一块石头上,望着远处的冰山,一言不发。工程师鲁长根像大哥一样一直默默地陪着他……

他们经常流带"血"的汗

没有跟上九中队，记者就跟四中队去"做点"。

四中队驻那曲，准备做的点在嘉黎县，位于念青唐古拉山南麓。进山走了两天后，一座雪山拦住他们，在航空照片上用尺子一量，有100多公里长。他们决定绕路1000多公里，从念青唐古拉山北麓翻山测点。

四中队从那曲赶到林芝后，我就加入他们的队伍。7月4日中午，我们沿川藏公路赶到鲁朗镇。在饭馆吃饭时，工程师袁大中不停地叮嘱我："这是进山前最后一顿像样的饭，一定要多吃点，要一直吃到咽不下去为止，测绘兵有饭要能吃，没饭能抗抗饿。"边吃饭，袁大中边讲他们的"逸闻趣事"。

"我们爬山时经常出'血汗'。你见过带'血'的汗吗？没有吧，把我的衬衣都染红了。"

自从结识西藏的测绘兵后，我们多次听他们讲有关"血汗"的故事，有的老工程师还把染"血"的衬衣给记者看。在没有水、没有干粮（爬山时他们经常把干粮扔掉，嫌重）、缺少氧气的山上连续跋涉，牦牛都能累死，流"血汗"就不足为奇。（后据随队的肖军医介绍，汗里流的不是真正的血，而是因过度疲劳和饮水太少，汗液里排出的毒素太多造成的，这种现象在临床上非常少见。）

吃完饭，继续前进。当我们驱车走到通麦大桥时得知，易贡沟的路不通了。返回林芝后，我准备跟十中队到边坝县"做点"。十中队长王学成很直率。我向他"报到"时，他反复叮嘱我啥都不要带。我问他："晚上睡在哪儿？"他胸有成竹地说："羊圈，没羊圈就蹲着烤火，下雨就喝点酒，天一亮得赶紧'做点'。没事，我年年都这样。"按照王学成的叮嘱，上山前，我真是连一条毛巾都没带。

一到边坝，听藏族老乡说山上发洪水了，河上的简易木桥都拆了，怕被洪水冲走。当天，我们又返回林芝。很遗憾，没能体会到天天蹲着睡觉的滋味。

亲历终于成行

7月6日，我再次随一中队到工布江达县去"做点"。

要做的点是 D43、D33。在今年他们所做的 300 多点中，难度中等。从航空照片上看，D33 在海拔 5666 米的嘎洛共冰川边上，需要穿过 4 公里的密灌、6 公里的原始森林，无路；D43 在一座海拔 4800 米的山上，有人行小路。

走到下午 6 点，在距措高乡 8 公里处，路被洪水冲断，我们弃车步行。从车上取行李时，中队长蒋明辉反复提醒我们："除了吃的，多余东西不要带，洗漱用具也别带，东西带多了爬不动。"我只把照相机从车上取了下来。走到措高乡后，我们只租来 3 匹马，藏族老乡都骑马上山挖虫草走了。

7 日一早，我们一行 6 人换着骑马，沿着一条河谷走向阿四东，我们的大本营准备设在那里，距离约 30 公里。山谷景色真好，走不远，就能看到一条浪花飞溅的瀑布。风景虽好，却要不停地过河。政治处副主任贺斌骑马过河时，马失前蹄，连人带马摔进湍急的水中，熊江洪一把把贺斌从河里捞起，好悬！

走到下午两点，蒋明辉、文江和一位藏族向导骑马先走了。他们赶到阿四东后，争取天黑前把 D43 做了。这里海拔 3600 米，走得又累又渴，还没有水喝，大家全靠意志撑着，两条腿像机械运动。

4 个小时后，我们终于走到阿四东，还找到一间无人居住的小木屋。1 个小时后，蒋明辉和文江回来了，但点没做成。他们被一条河拦住，水很急，天黑了，不敢硬闯。蒋明辉给大家安排说："明天先做 D33，回头再做 D43，争取一天做完。"

这一天，我们 6 个人的晚餐是：4 包方便面、2 盒红烧罐头、3 根黄瓜。

走进原始森林

8 日早上 7 点，我们骑马向 D33 进发。

过草滩，穿密灌，上午 10 点，我们走到一条河的岸边。隔河相望，就是原始森林。我们把马拴在河岸，准备过河。河上只有一条 40 多米长的独木桥。

熊江洪第一个过的桥，我准备第二个过。等站到桥上一看下面的河水，腿顿时就软了，怎么站都站不起来。蒋明辉拉着我说："一定不要看河水，一看头就晕，朝前看，慢慢走，掌握好平衡。"照着蒋明辉的话，我一步一步挪到对岸。一上岸，就大喘一口粗气。

一进原始森林，我们就发现有一条小路，开始还以为是牦牛走的路，大家很高兴。后来越走越觉得不对劲，没发现牦牛粪，肯定是狗熊走的路。我急喊蒋明辉："老蒋，把子弹上膛，有狗熊！"蒋明辉没理我，我又大喊一遍，他还没动静。我找到一根木棒，以防与狗熊迎面遭遇。野生狗熊可没有动物园的狗熊那么笨拙，一掌就能把人拍残废。当时，我很火：这个中队长，真"木"！我哪里知道，蒋明辉从树缝里早就看到了狗熊，他怕记者恐惧，没敢说，手枪的子弹早已上膛。

过独木桥。

　　再往前走，连狗熊走的路也没有了。我们没带砍刀，只有见树缝就钻，脚下是横七竖八倒卧的树干和松软的落叶。落叶有 1 米多厚，上面长满鹅黄色的苔藓，走不好就陷进树叶虚掩的洞里。原始森林里阴森森的，我们走得小心翼翼，唯恐踩上毒蛇，或迎面撞上野兽。因当地禁猎多年，豹子、狼、野猪等各种动物很多。只要森林里一有响动，身上就冒一层冷汗。

　　一个小时后，蒋明辉对着航空照片一算，我们才走了不到 1 公里。

　　走到下午 3 点 20 分，我们被一道绝壁拦住，有四五层楼那么高。蒋明辉仔细观察后判断："肯定过不去。"他从测绘包里拿出航空照片用简易立体镜看了又看。从照片上分析，再往前走，依然是绝壁，专业术语叫"无滩陡岸"。

　　D33 点就在河对岸的冰川下面，他用三角尺一量：还有 3 公里。蒋明辉决定在附近做代点。

　　下午 4 点，我们从原始森林下到一片河滩做点。天线刚支起来，就发现河对岸 3 只大狗熊在慢悠悠地走着，其中一只狗熊身上还背了一只熊仔。蒋明辉抬头一望，脸"刷"地变得铁青。他没敢告诉记者，只是小声对文江叮嘱了几句。据藏族群众讲，带仔狗熊最可怕，它怕人伤害自己的孩子，会主动对人进攻。

脚下是横七竖八倒卧的树干和松软的落叶,有 1 米多厚。上面长满鹅黄色的苔藓,走不好就陷进树叶虚掩的洞里。

"做点"时,要用仪器收 4 个卫星的数据,需 45 分钟。这 45 分钟,话都不敢大声说,怕惊扰远处的群熊,时间过得真漫长。

"做点"时,要用仪器收 4 个卫星的数据,需 45 分钟。这 45 分钟,话都不敢大声说,怕惊扰远处的群熊,时间过得真漫长。

接收完数据,蒋明辉把测点的地理位置,在航空照片所对应的位置上,用专用的针刺了一个只有 0.1 毫米的小孔,点就算做完了。

下午 6 点 30 分,我们走出原始森林。

洪水滔滔,绝路逃生

当我们满怀希望准备过河时,眼前的景象让我们惊呆了:河水涨了两米多高,已经把独木桥淹了,无法通过。河水流速太大,河面上激起一层白雾。这是唯一的桥,过不了河,我们就要在原始森林边上过夜。

这个选择很冒险:天已经下雨,又靠近冰川,大家的衣服已经湿了,没有帐篷,森林里又没有干柴,怎么御寒,如何防止冻伤?我们所带的食品只剩下两根黄瓜、3 根火腿肠,如果一两天走不出去,吃什么?我们只有 1 支手枪、8 发子弹,如何在夜晚对付野兽的袭击?

中队长蒋明辉站在河边一块大石头上,盯着滔滔的洪水,迷彩帽檐压得低低的,一脸愁容。

河水流速太大,河面上激起一层白雾。

中队长蒋明辉一脸愁容。

　　思考了一会儿，蒋明辉说，"咱们往下游走吧，边走边看，实在过不去再说。大家肯定很累，但一定要坚持坚持"。因为有的人已经实在走不动了，也死活不想走了。

　　往下游走，要爬更陡的山。已经到了黄昏，我们又没带手电，也很危险。但只有往下游走，我们才有走出绝境的希望。"走！"我们相互拉着，往绝壁上爬。

　　绝壁上长满了树，但原始森林的树"靠不住"：有的树长在岩石上，手一拽就倒；有的已经腐烂，软得像海绵。此时，我一直记着四中队工程师袁大中的忠告：累死不要坐。只要一坐，就再也走不动了。

　　这期间，我们两次下山进河，准备手挽手强行闯，但因水太深、太急，两次都退回来。河里滚动的石头，把我们的双腿撞得都是伤。大家咬着牙继续爬山。一个小时后，我们发现有一段河面上有不少枯树。有枯树作依托，我们决定再闯一闯。

　　这一段河面很宽。我们先踩着树走到河中间。河中间没树，我们就手挽手大声喊着"一、二、三"往前闯。河水冲力很大，很难站稳，但这是最后的机会，我们憋足劲，往前闯，终于走到又一片枯树前。

　　但前面还有两三米没有树,水流还特别急,我们决定跳过去。藏族向导第一个跳,蒋明辉第二个跳。蒋明辉过河后没有上岸,一直站在冰冷的水中接应大家。

　　最后跳的是士官熊江洪。看到河水不停往上涨,他有些紧张,没等蒋明辉腾出手,大喊一声“队长”就跳了过来,一下被河水冲走。蒋明辉猛回头一把抓住小熊,随即也被一起冲走。危急关头,一位战友纵身跳下水一把将蒋明辉紧紧抓住……太可怕啦。如果再慢一秒钟,这个测绘大队的烈士数字就要增加到25位。

　　一上岸,蒋明辉大喊一声:“小熊,你稀里糊涂的!”眼泪就下来了。

　　我们的衣服全都湿透,个个冻得全身发抖。来西藏前,我从成都双流机场买了两袋巧克力,这一路不停地发给大家,简单补充点能量。摸摸口袋只剩下3颗。蒋明辉在水里站的时间太长了,双手抖得就是剥不开糖纸。

　　蒋明辉感叹道:“去年一个‘坎’,今年一个‘坎’。”去年4月,他在怒江大峡谷测绘时,一不小心摔下悬崖,双手扒一块岩石才没掉进汹涌的怒江。

　　当我们找到马时,管理马的藏族向导留下一个烟盒走了。烟盒上用藏文写着:我害怕先回去了。我们骑马往回走,此时,天已经黑得什么都看不见,只听见“哗哗”的雨声。

从原始森林出来后,返回的路上还要过一条河。

记者（中）与测绘分队官兵合影（左一文江、左二贺斌、左三蒋明辉、左四熊江洪）。（林海摄）

两天后，我们做完点下到山下。一见到接我们的汽车时，中队长蒋明辉就蹲到路边哭了起来，边擦眼泪边自言自语地说："总算安全了！"

其他同志告诉我，来之前，各级领导对蒋明辉反复交代：要绝对保证记者的安全。这一路，若记者真有个什么"闪失"，蒋明辉就准备不回去了。听到这里，我的眼泪"刷"就流了下来，并真诚地对他说："老蒋，真对不起你，没想到这次采访，给你造成这么大的精神压力。"我带着极其内疚的心情，结束了这次亲历采访。

20 天后传来悲痛的消息

8 月 20 日，陪同我到西藏采访的成都军区直工部干事林海打来电话："杜记者，告诉你一个不幸的消息，测绘大队的唐工牺牲了，测绘途中，公路突然坍塌。"我一下懵了。这次到西藏采访，我听说过工程师唐遵义，但没见上面。

两天后，测绘大队胡政委又从拉萨打来电话，讲着讲着就泣不成声。胡政委说："唐工这个人非常好，这次本来不该他去，因为任务比较险，他说自己经验丰富，非要去……"

记者在小木屋前整理采访笔记。　（林海摄）

在西藏采访时，测绘大队大队长潘光君曾对我说："我天天晚上睡不着，总担心大家的安全。"我直率地对他说："很难保证安全。"讲到这里，他神色凝重地点点头。

看看他们天天是在怎么工作就能理解这一点。在人们印象中，高原巡逻最险，而在西藏测绘，和边防巡逻还不一样。巡逻线基本上是固定的，再险，年年走，路熟，而他们走的都是从来没走过的路，如同天天在探险。他们的任务也太艰巨，最高要爬7100米的雪山，要测雅鲁藏布江大峡谷的全程，就是专业登山队也难保不出问题。他们装备简单，连专业的安全绳都没有。

8月23日，《解放军报》在头版头条位置刊登了我写的亲历记——《用生命丈量念青唐古拉》，但愿这篇报道能让更多的读者了解他们、关注他们。

（原载《中华新闻报》2002年11月23日）

附：

生命的体验

——感悟记者亲历

有谁能知道出"血汗"意味着什么，又有谁能体会天天蹲着睡觉的滋味；从阴森的原始森林到陡峭的悬崖绝壁，解放军报记者杜献洲以自己的亲身经历引领着我们走进西藏，走近工作在那里的测绘兵，向我们讲述了一个个感人的故事。在被这些普通官兵为国为民、流血牺牲的精神所感动的同时，我也被这位记者对新闻的执著追求而感动。

为了采访西藏的测绘兵，记者克服了各种各样的困难。当部队负责同志以"这地方很危险，我们不敢接待你，出了事我们也负不起责"的理由拒绝他的采访时，记者不但没有退却，反而千方百计创造条件，以自己的赤诚之心感动了部队同志，获得了采访机会；到采访驻地后，记者因为摔伤住院，但依然未能动摇自己的决心，改变预定的行程，不论是过草滩、穿密林、遇猛兽，还是面对滔滔洪水，在同测绘兵实地"做点"的日子里，他都像战士一样，不仅经受住了心理的巨大考验，更经受住了意志品质的严峻考验。他是一名合格的军人，更是一名合格的记者。因为并不是每个人在面对生命的考验时，都会做出如此抉择。在对测绘兵进行报道的过程中，他既研习了新闻写作，也研习了生命的意义。

联系这位记者的事迹，再看看今天的实际，不可否认，面对大千世界的种种诱惑，在我们的新闻队伍里，确有个别记者忘掉了自己的职责，把党和人民的利益扔到了脑后。他们有的利用手中的笔搞有偿新闻，甚至敲诈勒索当事人；有的蹲在宾馆饭店东拼西凑被采访部门的材料，快速成稿，甚至在别人的作品上署上了自己的名字；有的为了媚俗，不顾社会影响，把粗制滥造的"作品"推向社会。一句话，这些人把手中的笔当作砝码，用党和人民赋予的权力牟取私利，虽然只是新闻队伍中的极少数，却损害了记者的声誉，破坏了新闻工作者的整体形象，辜负了党和人民的重托和信任。

由此，我想到了这样一个问题，即：记者创作优秀作品的条件是什么？是高超的技巧，还是一时的灵感？我想，从解放军报记者杜献洲的事迹里，是不是可以得到这样的启示:在新闻背后的新闻里,是一种素质,是高尚的职业道德,是深入刻苦的执著精神——如果说,测绘兵是在用生命丈量念青唐古拉,那真正的记者就是用生命书写共和国历史的战士。

（金铃撰,原载《中华新闻报》2002 年 11 月 23 日）

高山之巅建家园

昨天,记者驱车来到海拔 4470 米的无名湖边防连。车刚停稳,耳畔便传来叮叮当当的采石声、碎石机的轰鸣声和"嘿唷"、"嘿唷"的劳动号子。"无名湖咋成了建筑工地?"还没等记者回过神,指导员塞继勇一脸汗水从山上跑过来,指着云雾中的身影说:"我们正在搬石头!"

"旺东的雾(最多),无名湖的路(最险)"在西藏边防很有名。眼下,旺东的雾依然很浓,而无名湖的路不再难走。塞继勇对记者说,去年,国家投巨资修通了连队的路,他们进出连队再也不用爬海拔 5000 多米的大山了。

"过去没路,啥东西都要背,不要说搞建设,连吃菜都困难。现在有了路,大家憋足了劲,要把连队好好建个模样,让钢铁哨卡也成为美丽哨卡。"塞继勇一口四川话充满豪气。

记者看到,今天的无名湖并不怎么美丽:没有篮球场,也没有正规的操场,有图书没有学习室;院子里面道路泥泞,到食堂吃一次饭,满脚是泥;连部的椅子旧得掉漆,房间的隔墙都是旧木板。7 月 4 日,当推土机推通积雪的公路,施工机械一进连队,官兵们就开了工。这个连队的建设,上级已有了计划,但战士们利用巡逻训练的间隙,提前干了起来。

没有原材料,官兵们就在海拔 5200 多米的高山上撬石头,再用碎石机粉碎,用它来铺路、建篮球场。记者也加入官兵们的劳动行列,但搬起一块石头,只走了几步,就累得喘不过气——这里毕竟是高山之巅,而官兵们一天要搬 20 车。这时,王学文、董卫水、桑彪、辛明飞 4 名战士从前哨班换岗下来,他们刚刚站了 6 个小时哨,一刻也没休息,就上山搬石头。

"雄起! 雄起!"不远处,副指导员李文光背着一袋水泥,使劲地喊着川味

无名湖边防连连部

战士粉碎石头。

无名湖边防连对面的印军哨所，所在的位置属中国领土。

十足的劳动号子。此时,他正带领数十名官兵搬运上级送来的7吨水泥。从卸货点到工地,有200多米湿滑的碎石坡路,落差50米。四班长王威一口气扛了10袋。在这样的高海拔地区,躺着也有高山反应,官兵们顽强拼搏,念头只有一个,就是把美好的愿望早日变成现实。

战士们的愿望可多了。在工地上,战士王威说,他希望连里能有个标准水泥篮球场。其他战士也你一言我一语地讲了自己的心愿:明亮的图书室、平整的水泥路,院子里有鲜花、有绿树……

浓雾散去,无名湖边防连露出全貌。指导员塞继勇把记者的目光引向一栋新房,这是上级为连队建的新宿舍。再过两天,全连战士都将搬进新房。在遥远的西藏边防,无名湖的边防官兵,此刻正沉浸在美好的憧憬之中……

（与梁蓬飞合作,原载《解放军报》2004年8月20日）

墨脱路上，戍边军人永远向前

今天，我们徒步走向墨脱。

这一天走得真难。早晨 6 点，我们一行 5 人喘着粗气，一步一步爬向海拔 4120 米的多雄拉山口，再从多雄拉山口，慢慢往海拔 700 米的墨脱下行。说是路，其实就是山中铺满碎石的小溪。天不停地下雨，大家一整天都裹着冰冷的湿军衣。一到汗密兵站，只感到全身酸痛，被蚂蟥叮过的地方不停地渗血。

汗密兵站

过老虎口。

记者走过墨脱新解放大桥。（梁蓬飞摄）

记者(右三)、梁蓬飞记者(左一)和墨脱边防哨所的战士合影。

"别看我们兵站小, 住过的官兵可多了, 军分区的领导年年进墨脱, 在连队一住就是9个月。赵跃光副司令员先后6次进墨脱, 蹲过所有的值勤点, 走过所有的巡逻路……领导干部都这样能吃苦, 基层官兵更不用说了。"我们围着火炉, 烘烤着军衣, 静静地听3位官兵讲述他们的所见所闻。

"现在, 内地的生活条件越来越好, 独生子越来越多, 今天的战士还能吃得消这份苦、走得了这条路吗?"记者问道。

"说实在的, 新兵进墨脱时, 有的累得一步都不想迈。可一年之后, 每个新兵都变成钢铁汉子, 什么苦都不怕, 什么路都敢走。"战士龚小军接过话头。

"最近几年, 走进墨脱的大学生干部也多了起来, 他们并不像人们想象的那么娇气。从地方大学毕业后入伍的苏文, 在墨脱一干就是4年, 先是在最遥远的边防三连当排长, 后来又调入墨脱边防营。他在巡逻执勤之余, 刻苦自学, 还给战士们补习文化。今年7月底, 他以优异的成绩被武汉大学测绘专业录取, 成为从墨脱军营走出的第一位硕士研究生。"

昏暗的灯光下, 我们入神地听着官兵的讲述, 早忘了寒冷和疲劳。夜深了, 窗外下起大雨。大家吞下止痛片, 抵挡浑身的疼痛。明早, 我们将离开这

墨脱边防营营部

墨脱边防营的官兵准备把民工背运来的给养弹药入库。

个小小的兵站,继续前进。在我们身后,还有 20 名军人正向墨脱进发。

　　艰险的墨脱路上,戍边军人永远向前!

（与梁蓬飞合作,原载《解放军报》2004 年 8 月 29 日）

很多人说西藏的雪山能净化人们心灵,其实真正净化人们心灵的是雪山上的人、雪山上的兵。请看记者从西藏边防发回的见闻——

军人的气概高于山

到西藏边防一线采访,听到许多征服山峦峡谷的传奇故事。攀越一座座高山,是一线官兵面对的日常课题,也是最大难题。

西藏的山,险而寒冷。那一双双官兵的脚啊,你可曾知道踏碎过多少岩石和冰雪!

一

记者前不久来到山南军分区某边防团采访。在西藏军区,这个团巡逻任务最重。采访副团长史建伍时,他带队巡逻回来才10多天,走掉的3枚脚趾甲,刚长出芽。中校史建伍个头不高,少言寡语,但一说起这些年的巡逻经历,却滔滔不绝:

"我的心脏已经向左看齐,转了90度,都是爬山爬的。我们团有3条长途巡逻路,我经常带队走。每次出发时,都隆重得像上战场,山南军分区领导亲自赶到边防连,给全体巡逻官兵一一大碗敬酒。其实,壮行酒是水,喝酒后根本爬不动,为的是壮行色。

"这一路,先钻密林,再爬雪山。雨雪蚊虫都是小事,关键是密林里根本无路。有的战士走得满脚起泡,疼痛难忍,只能吃止痛片。我的脚也走烂了,但不敢吃药,怕影响士气。我有时痛得直掉泪,好在天天下雨,谁也看不清我脸上是泪水还是雨水。

"中间有一座刀背山,真悬,山脊长200多米,窄得像刀背,两边是悬崖,

一般人的体力,一般人的意志,面对墨脱三连只能望而兴叹。左一是与记者一同走墨脱的解放军报记者梁蓬飞。

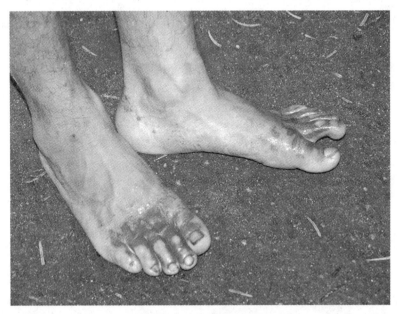

背运物资的民工,脚掌都是血。

要骑着石头一点点挪。有个战士有恐高症,一上腿就软,我就让这个战士紧紧抓住我的手。战士要真掉下去,我肯定也会被拽下去。走这样的路,必须生死与共。

"过冰川时更揪心,头顶是云,脚下是雪,高声说话都可能引来雪崩。1998年秋,我们遇到一次,铺天盖地的雪浪从我们头顶上呼啸而过,埋进去十几名官兵。老天保佑,全挖出了。当时,我都想好了,如果战士发生意外,我立即打报告转业。现在的战士都是独苗,保护不好手下的兵,不如回家种地……"

听完史建伍的自述,有一种踏实之感——有这样的干部在,领土不会守小。边防上的事说一千道一万,关键就一条:在可靠干部的带领下,踏踏实实地把遥远的国土看好。

二

告别山南军分区后,记者从林芝往墨脱走。墨脱是全国唯一不通公路的县。墨脱边防官兵自称是"追赶太阳的人"——从一个点到另一个点,都要从旭日东升走到夕阳西下。

记者缠上绑腿、拄着藤枝走墨脱时,品尝到了"追赶太阳"的滋味,面前一直是无穷无尽的山、无穷无尽的乱石、无穷无尽的森林,两天之后走到边防营,身体的承受力达到极限。但边防营并非终点,若走遍所有边防连与执勤点,还需9天。走到墨脱,才真正感到墨脱军人的伟大。

最远是边防三连,被称为"墨脱的墨脱"。至今,无一位记者光顾过,一般人的体力,一般人的意志,只能望而兴叹。走三连,从边防营出发,单程就需3天,不仅路险,中间还要翻一座蚂蟥山。走一趟,迷彩服都会染成红色。记者在边防二连采访时,战士们不提本连的"先进事迹",尽说三连的"英雄壮举"。墨脱三连,在西藏军区太有名了。去一趟三连,不管是司令员或士兵,都是莫大的荣耀;在三连当过兵,如同胸前永远挂一枚英雄勋章。

"我把青春献给边防,我把鲜血献给蚂蟥"是三连官兵的真实写照。四川兵文果说,我去三连,都是猛跑,中间不歇,一歇,蚂蟥就黑压压地往身上涌,用刀子都刮不及。我准备了两套衣服,用塑料袋装好,口扎紧。一路狂奔,缺氧、饥渴,都顾不上。跑到河边,赶快脱军装,上面全是蚂蟥,装进塑料袋,换

士官饶平花圈上的遗像,是从士官证上揭下来的。

这是墨脱烈士陵园,荒草已把烈士的坟茔遮蔽。

上干净军装再跑,跑到三连就虚脱了,躺了两三天! 文果曾在三连当兵两年,现在是边防二连电台台长。

墨脱天天下雨,泥石流多,塌方是最大的生死威胁。几个月前,士官饶平就牺牲在巡逻路上,一块巨石击穿了他那年轻的胸膛。士官韩战军也差点牺牲,一次巡逻,"轰隆"一声泥石流就砸下来,人顿时消失在乱石之中。"小韩小韩!"同行的战友哽咽着大喊。几分钟后,他从乱石中坐起来,满脸是泥,笑着对大家说:"别喊了,我没事"。小韩命真大。绿草茵茵的墨脱烈士陵园,掩埋着 29 位烈士,其中爬山涉水牺牲的,占一大半。

三

采访中感到,西藏边防比想象中的艰苦,西藏官兵干的很多事,令人吃惊。

当年,墨脱建第一座吊桥时,一个连的官兵抬着一根长钢丝,徒步走了一个月。4 年前,洪水冲断吊桥,抬钢丝的一幕又在墨脱路上重演。今天,我们仅能看到飞架在雅鲁藏布江上的吊桥,建桥官兵已消失在茫茫人海,很多悲壮的历史章节,就这样被风吹散。到墨脱后,记者收集到的唯一细节是:一位参与抬钢丝的民工,到终点只说了一句"到了",再没有站起来……一座大桥,一座丰碑!

电,是边防连队的大事。但众多小水电站为官兵带来光明,也带来"麻烦"。每到冬季枯水期,都要清理引水渠里的乱石和淤泥。每逢此时,团领导都是带头砸冰,脱衣下水。站在渠水里几分钟,双腿就冻得红肿发亮。有的官兵一出水,就用担架抬走了。他们在用血肉之躯点燃光明!

因为道路的艰险,迷彩背囊,成为一些边防连队重要的运输工具。种菜,用它背土;过节时,用它背年货和给养。记者在某边防团一连看到,官兵的背囊全背烂了,都是缝了又缝。边防某团 3197 哨所,海拔 3197 米,有台阶 2248 个,直上直下如同云梯。入冬后,隔一天就要下山背水,要爬整整一天。战士脊背上,水桶硌出的血印清晰可见。路上到处结冰,不知他们为背一桶水要摔多少次。官兵的肩膀,是支撑西藏边防的脊梁!

有 4 位将军曾登上 3197 哨所,对吃水难进行实地调查,并已下拨专款。但有些技术难题,很难解决,比如引水管道如何防冻真是难住了苦心的领导。

3197 哨所

3197 哨所对面的中印实际控制线,以山谷为界。

西藏军区某边防团七连

西藏军区某边防团七连对面的山峰就是目前仍被印军侵占的领土。那
些没有松叶的松树,是对印反击作战时留下的"纪念",可见当年此处
战斗十分激烈。

面对特别恶劣的生存环境,西藏军区各级领导给予边防一线很多关怀和温暖,却不一定全能如愿变成现实。

四

很多人说西藏的雪山能净化人们心灵,其实真正净化人们心灵的是雪山上的人,雪山上的兵。某边防团七连大门上有一条巨幅标语——"士兵万岁",据说是老指导员刘继新留下的"墨宝"。标语背后有何故事?因时间太久,不得而知,但一线官兵的确给予记者太多的感动。

此次采访,很多镜头触目难忘:运送物资进墨脱的官兵,满脚流血的情景;在海拔近5000米山上扛石头建营院的官兵,胶鞋磨得四边开花的场面……记者镜头里的一双双脚,很少被人关注,也很少被人记录。这些镜头,是老西藏精神的经典诠释。

此次采访,很多故事闻之动容:林芝军分区老政委罗际明,走遍墨脱每个边防连队,米黄色衬衣上全是蚂蟥咬的血迹;墨脱边防营副教导员周佳帝的妻子奚小颜,单薄瘦小,两次进墨脱,第3次还要进时,被丈夫坚决拦住

墨脱边防哨所的战士宿舍

墨脱边防营建在山坡上。

墨脱边防连战士翻山回连队。

了……领导对战士，妻子对丈夫，表达情感的直接方式是爬山——双脚能丈量出心灵的距离。

　　此次采访，很多官兵令人感佩：当兵 6 年，往墨脱背运了很多书、读了很多书、也背诵了不少书的士官梁伟；两次遭受婚姻打击，依然乐观自信的墨脱边防营教导员杨浩宇；在遥远偏僻的地东执勤点，用竹竿当单杠，坚持训练的战士田相俊、耿立刚和濮宇；为发新闻稿，爬山走一天的某边防团报道员闫立兵……他们面对寂寞孤独所表现出来的定力，甚为罕见。有了这种定力，不管诱惑再多、喧闹声再大，都能把边界线牢牢"定"在那里。

　　　　　　　　（与梁蓬飞合作，原载《解放军报》2004 年 12 月 10 日）

"无名哨所",期待更多关注

"无名哨所"本有名,只是其名字很少被人记住。

在祖国漫长的边界线上,不少哨所的英名如雷贯耳,传之四方,且频频见诸媒体:如神仙湾、霍尔果斯、二连浩特、黑河、友谊关、查果拉、乃堆拉等。它们曾创造了辉煌的戍边业绩,是成百上千座哨所中的杰出代表,理应受到广泛的赞誉和关注。

与之相比,还有不少哨所鲜为人知。它们也同样在重重雪山的背后、层层密林的深处,或矗立在荒凉的戈壁滩上。这些普通的哨所,很少吸引人们的视线。

关注"无名哨所",就是关注我们的每一寸国土;"无名哨所"期待着更多关注。

关注"最苦"的,还要关注"次苦"的

前不久,记者跟随某军分区机关的同志,来到距离机关较近的一个执勤点采访。一进哨所,发现不少难题:厨房灶台塌了,用三块石头支锅做饭;单杠坏了,战士绑着竹竿坚持训练⋯⋯这位机关同志返回后,向分区领导作了汇报,分区随即着手进行彻底解决。

应该说,这个哨所不算偏远,出现这样的情况,实属不该。"正因为它不是最艰苦的哨所,才容易被忽视。"这个分区的同志如是说。事实也是如此,记者看到,在这个军分区,最远的哨所,反而建得整整齐齐、漂漂亮亮,机关也为哨所的生活想得很周到。

近年来,记者在多次边防采访中了解到,不少领导和机关对冠有"之最"

的哨所，倾注了很多精力，给予了很多倾斜，如本防区中环境最恶劣的、海拔最高的、距离最远的、大雪封山时间最长的、离口岸最近、执勤任务最重的哨所。有的哨所"因苦得福"，越建越漂亮，越建越有名气，越建越能吸引人们的视线。

与此相比，那些与"最"字不沾边的，或没什么名气的无名哨所，就略显寂寞。记者发现，同守一座大山，有的哨所长年都能用空调、洗衣机，而有的需靠柴油机发电，每天保障用电才几小时；同守一片荒原，有的哨所是漂亮的楼房，现代化执勤设施一应俱全，而有的是旧平房，现代化执勤设施也不多；同在一个边防团，有的哨所经常为来人多而发愁，而有的一年到头静悄悄的，看到上面来人，敲锣打鼓，高兴得像过年……

把"最苦"的变成"最甜"，无可厚非，边防官兵非常理解和欢迎。同时，官兵们认为，也要把"次苦"的变"甜"。有的官兵说，不能因为海拔相对低一点，大雪封山相对短一点，哨所周围不是太荒凉，也不在最东、最西、最北的位置，就降低关注度。

边防如同环环相扣的链条，每座哨所都是重要的一环

山不在高，水不在深。哨所名气的大小，其实无法直接反映其重要性。去年底，记者先后踏访了西藏军区山南军分区的得芒、旺东、挺布、踏瓜登4座哨所，这4座哨所，海拔不是太高，也不特别艰苦，但所处位置却不可等闲视之，翻阅西藏边防兵要地志，记者惊讶地发现了20世纪发生在这里的重要戍边战事。

新疆军区神仙湾哨所，因其海拔最高，闻名全军。神仙湾的"近邻"是天文点和空喀山口哨所。虽然这两座哨所海拔稍低一些，但执勤任务尤其繁重，一点不比神仙湾轻松。从地形上看，这两座哨所当面平缓，山口开阔，守防难度更大。历史上，在天文点附近，也曾发生戍守边疆的重要战斗。当时，敌我双方反复争夺此地，血染山头。

其实，不管是"重要哨所"，还是"一般哨所"，其戍边地位都无法相互替代。

日喀则军分区政委宋景原把边防线比喻为"链条"。他对记者说："我们分区戍守着1500公里的边防线，有100多座哨所，每座哨所都是链条上的重

要一环。只有铸牢每一环,才能确保整个边界线的安宁。守卫边防不能'以点代线',更不能把边防建设建成'面子工程'。"

"链条"的比喻,在波涛汹涌的大海中显得更为贴切。再小的岛,四周的经济专属区都是 200 海里。每一座岛礁上的哨所建设,对整个海防线都至关重要。

关注"无名哨所",用双脚"摸"清千差万别的需求

关注"无名哨所",需要靠双脚走近,需要面对面听听一线官兵的建议。

我国有 23000 多公里边防线,因地理环境不同,情况千差万别。再专业的人士,也很难一口说清每座哨所的"需求"。有的哨所出门就是沿边柏油公路,有的到上级机关需徒步走上 100 公里;有的哨所与甘泉为伴,有的长年要背冰拉水;有的哨所四季常绿,有的几十年栽不活一棵树;有的要战胜酷热和风沙,有的要应对潮湿与浓雾……

就是同守一条山谷,情况也不尽相同。去年 9 月,记者到西藏某边防团二连采访,看到的情景非常喜人,一个重要原因是通了长明电。有长明电,新修的暖气也能用了,看电视、学电脑等难题迎刃而解。而 30 多公里外的昆木加哨所,仍靠柴油机发电,地方电网尚未覆盖到这片海拔 4960 米的营区。不用问,这里的官兵最大愿望是——架通长明电。

记者采访西藏军区时发现,"无名哨所"在各级领导的心中,分量越来越重。上面提到的得芒等 4 座哨所,在西藏军区和山南军分区的直接关心下,自去年以来喜事连连:崎岖的山路修平了、拓宽了;四面透风的木板房被崭新的楼房替代,官兵冬天睡觉,再不用盖两层棉被和厚重的皮大衣了;做饭取暖,干净的天然气代替了几十年的劈柴烧火……

在北京,总部机关对边防一线建设也十分关心和牵挂。记者从西藏边防采访回来,碰到总后营房部一位领导,当他听到昆木加哨所与长明电还有 30 公里之遥时,当即表示帮助解决这一问题,临别时还嘱咐记者:"下边防看到有什么问题,就直接给我讲。"

"无名哨所"正在引起人们的关注;当然,它们还需要更多的关注……

（与雷雨合作,原载《解放军报》2006 年 1 月 1 日）

在那遥远的哨所⋯⋯

这是一些遥远的高原哨所,走近它,要下很大决心,费很多周折。

可走近西藏日喀则军分区的这些哨所你会发现:这里缺少繁华,但不缺少激情;生活有些平淡,但有许多传奇而感人的故事。在这高寒之地,每个普通的镜头和细节,都会令人感叹和思索⋯⋯

昆木加哨所:天涯有俊才

昆木加哨所建在山谷中间,长年不化的雪山,耸立在哨所西侧。哨所看似不高,其实海拔已有 4960 米。

2005 年初冬的一个下午,记者来到昆木加,受到官兵们"隆重"欢迎。据悉,他们已经很久没有见到来自北京的客人,见到的记者更少。哨所大多是旧营房,但特别整洁,连过冬的柴火都码得像阅兵方队。

英俊的副连长杨志成,是哨所最高指挥员,为我们一一介绍了有关情况。越聊,越感到这位大学生干部有意思。他能武——曾是陆军学院散打尖子,体育方面精通各种球类,也能文——吉他、板胡都会,英语、计算机也行,还坚持练书法。"能给我们拉个曲子吗?""没问题。"说着,杨志成从墙上取下板胡,拉了一曲激越的《骏马》⋯⋯

据战士介绍,在寂寞的哨所,杨志成为战士带来很多欢乐。节假日,他经常拿起板胡来到班里,悠扬的琴声伴着战士的掌声,一响就是两三个小时。

琴声动人,情更动人。杨志成和战士感情很深,巡逻途中,他经常帮战士背枪,"理由"是"我身体素质好"。说是这么说,在海拔 5000 多米的山上巡逻执勤,再好的身体也吃不消。今年 7 月巡逻时,他看到战士魏阳刚脸色铁青,背起小魏就走,一直背了8公里。当时,他肩上还挎有战士的枪。等把小魏背回哨所后,他的脸也成了铁青色,一进门就倒下了……

告别昆木加哨所,杨志成的形象一直萦绕在记者脑海里,在如此偏僻的哨所,有如此素质全面、品行好、还能吃苦的军人,让人意外和惊喜。不禁令人对高原边防建设的未来,产生许多积极与美好的遐想。

吉隆哨所:苦中亦"陶醉"

走吉隆,有点"一天走过四季"的感觉,从海拔5380米的马拉山,沿着蜿蜒、狭窄的盘山道,直下到海拔2830米的山谷。从满目荒凉,走到满眼滴翠。

哨所"藏"在一大片果树之中,指导员龙详说:"等到桃子成熟的季节,天天吃都吃不完。""巡逻路上更加好看。"战士赵本领说:"有千年古树、金丝猴、白猴,还有很多野花和各种中草药。"小赵拍了一些照片,想寄回家,让妈妈看看西藏边防有多美,但距离最近的洗印店,仍有300多公里。他就让探家的战友带回内地洗。待到赵妈妈看到照片,已是半年之后。

不管战士把哨所称"避暑山庄"也好,"世外桃源"也好,这都是最初感受。一个月、两个月、半年、一年之后,风景之美丽会慢慢失去魅力,剩下的,仍是西藏边防所共有的、看不到尽头的孤独与寂寞。每年4至9月,连绵的雨水,把170公里的通外山道冲得到处塌方。冬季,冰雪封路,这座海拔不高、有绿色有鲜花的哨所,时常成为"孤岛"。

抬头是雪山,低头是鲜花,此处的风光,看似一幅幅油画,但在"油画"中巡逻,却无浪漫可言。每次长途巡逻,官兵们都要扎上绑腿,抹上松节油和大蒜泥,以防毒蛇袭击。有一个巡逻点,一天之中,要翻3座海拔5000多米的大山,走不过去,就要在猛兽的"领地"宿营,那将非常危险。

西藏边防是艰险的,但有高原之美,独具魅力。听战士讲哨所的风光,讲爬过的山、见过的猛禽花鸟,令人入迷。陶醉于边关的官兵,也是陶醉于自己的使命。

樟木哨所:"繁重"的和平

这可能是西藏最"繁华"的哨所,周围山坡上,全是密密麻麻的店铺。门前是中尼公路,满载的大型卡车往来不断。

面对和平、祥和的边界,守防官兵并不轻松。就在记者采访的当天下午,潜伏了一夜的小分队刚刚返回。与人迹罕至相比,繁华的环境也加大了边界管理的难度,执勤任务一天比一天繁重。近年来,他们抓获多名偷渡者,其中有公安部门通缉的要犯,哨所还荣立了集体一等功。

据官兵们介绍,樟木哨所负责的边界,有7条通外山口,有的山口在密林地区,有的山口是冰雪地带,要在这些山口扎起无形的篱笆墙,需要付出很多汗水。

其中一个山口叫古林钦,海拔6639米,藏语原意叫"鬼门关"。在"鬼门关"上执勤,官兵们不敢有丝毫大意。每次巡逻,爬山要爬一整天。而另一个山口——拉不及河道口,路更远,需骑牦牛走三天,途中要翻越海拔5400米的岗拉山口。不需问官兵们巡逻途中的故事,仅看这两个海拔数字——6639米和5400米,就知道他们所付出的艰辛。

"冬天执勤最苦",指导员蒋英俊介绍道,有的执勤点一晚上积雪最厚能达到1.8米,帐篷都被埋在下面。而执勤点断粮时间最长时,可达两个多月。有一年春节前,团领导顶风冒雪去送给养,一名战士吃到送来的红烧猪蹄时,感动得泪流满面……

划定的边界上,军事上的传统威胁渐渐远去,但非传统威胁并未减少。从樟木哨所可以看到,履行营造和平、维护和平的使命,边防军人任何时候都不敢懈怠。

无名高地哨所:一幅和谐图画

平均海拔4300米的西藏亚东县的帕里镇,素有"世界高原第一镇"之称。帕里镇无名高地哨所就矗立在中不边境的神女峰下,是整个帕里镇的制高点。与哨所一墙之隔、同时俯瞰全镇的院落,是一座名为日琼布多寺的喇嘛庙。

一边是火热的军营,一边是诵经声声的寺院,差异巨大,却如同一幅和谐的图画。作为特殊的邻居,哨所官兵给喇嘛们提供了很多生活上的帮助。在帕里镇,只要一提起无名高地哨所,几乎无人不知。就连远道赶来朝拜的藏胞,也知道日琼布多寺旁有一个无名高地哨所,那里的金珠玛米亚古嘟(意为解放军战士,真好)!

哨所建起温室大棚后,一年四季蔬菜不断,旺季还有剩余,战士们隔三差五摘些茄子、豆角、西红柿,送到寺庙。去年,70多岁的喇嘛丹塔突患结膜炎,连长杨长华得知后当天就带着军医赶来为丹塔诊治。经过一个星期精心治疗,老喇嘛恢复了视力,他逢人就说:"是解放军给了我第二次光明!"

官兵成为寺庙文物的"保护神"。日琼布多寺历史悠久,藏有大量珍贵的经书、金佛像、唐卡和法器。平时喇嘛外出诵经,寺内有时空无一人,但从未丢失过文物。一次,执勤哨兵发现了几个形迹可疑的人,企图偷入寺庙,便立即上前盘问,对方吞吞吐吐,悻悻离去。

喇嘛们对哨所官兵也十分关心。冬天来临,不少战士嘴唇干裂,他们主动熬好热气腾腾的酥油茶,送到战士们手里。近几年,哨所做饭、烧开水全部实现了电器化。遇到停电时,喇嘛们主动烧好开水给战士们送来。哨长拉巴扎西说:"哨所珍藏的200多条哈达,见证了一茬茬官兵与藏族同胞的深厚感情,在无名高地,我们既是近邻更是亲人。"

(与雷雨合作,原载《解放军报》2006年3月13日)

巡逻路上生死情

6月17日一早,广西军区边防某团十连连长刘建平,带领12名战士冒雨走向莽莽群山巡逻边界。途中,雨越下越大,本就陡峭难行的巡逻路,更加危险。为保证战士的安全,他一直走在队伍最前面,拿着砍刀和木棍探路,一次次被绊倒、滑倒。当巡查完137号界碑返回连队时,刘建平成了一个泥人。

这天下午,记者赶到十连时,看到刘建平那套沾满泥巴的迷彩服还没来得及洗。

这个连队地处大山深处,距桂滇两省交界处只有2公里,周围群峰连绵,地势险峻。他们长年走的巡逻路,险象环生,人迹罕至。在这条路上,这样的故事每天都在重复着。

在连队办公室,记者看到6大本厚厚的《巡逻剪影》,足足有1000多张官兵们在巡逻路上拍摄的照片。打开影集,扉页就是5幅庄严神圣的界碑照片。刘建平说:"影集本是留存的巡逻资料,但它的背后,有许多官兵生死与共的故事。"

影集里最新的照片,是今年5月29日拍摄的。那天巡逻时,官兵们遭遇山洪,山路滑得几乎站不住。新战士陈立文一脚没踩稳,滑下悬崖,幸好被一棵小树挂住。指导员向亚国用自己和战士们的迷彩服连成一条"绳子",一点点地下到崖下,冒着生命危险把小陈救上来。

战士田晓云指着一幅今年3月18日拍摄的照片,给记者讲起了排长蔡胜勇的故事。那天巡逻途中,战士程磊走掉了鞋后跟,被细心的蔡排长发现。蔡胜勇脱下自己的鞋子让小程穿上,自己光着脚,踏着碎石和荆棘,走完巡逻路的全程,双脚走得满是血泡。

　　记者正在翻照片时,战士们又拿来他们自己编写的 4 本《尊干爱兵故事集》,光看题目,就让记者心动——《生死一瞬间》、《一壶水的故事》、《深潭救战友》……当读到老连长唐少华在巡逻途中,为抢救被蛇咬伤的战士周大亮不惜用嘴吸蛇毒而自己中毒的故事时,记者不禁泪湿眼眶。

　　今天早晨离开连队时,楼前竖立的一块标语牌引起记者的注意,上面写着连队干部的誓言:"我们坚决做到——视战士高过自己,爱战士胜过自己,为战士不顾自己,学战士提高自己。"也许,这就是为什么他们在异常艰险的巡逻路上,能日复一日、年复一年地履行神圣使命的答案吧!

　　　　　　　　　　　（与樊剑英合作,原载《解放军报》2004 年 6 月 19 日）

走近"绿色的边关"

由海岛、山岳、丛林组成的广西边海防,是一道别样的边关。

祖国的边界线,穿越不同经纬度、不同经济区域、不同人文背景,有不同的昭示。漫步这条绿色边关,能听到与雪山和大漠迥然不同的历史回声。

沿边大道:伴着彩虹延伸向前

这是记者 10 年来,颠簸最少的边防长途采访。

驱车从北海一直往西走,每座哨所都通柏油路。在北仑河口,7.5 米宽的沿边公路,从陆地边界 1 号界碑,直抵广西最远的弄化边防连,全长 700 多公里。这条公路沿途堑山堙谷,距边界最近处,在车上就能看到界碑,为边防官兵带来的便利,不言而喻。尤其是巡逻,再长的距离,也能朝发夕返,不需露营丛林,与毒蛇蚊虫共眠。

交通方便后,军嫂随军的也多了。每个边防连还建起 4 套标准的家属房。平时,丈夫巡逻执勤,妻子送小孩上幼儿园、做家务,其乐融融。别离之苦,不再是边防军人的"专利"。

享受西部大开发"实惠"的还有海岛连队。在缺电的涠洲岛,新建的南海石油公司一家工厂,为守岛官兵送来光明、凉爽(能用空调)以及便宜的天然气。红火的旅游业,将孤独小岛变成闹市。军嫂上岛探亲难的曲折故事,成为遥远的回忆。

如同在一夜之间,边防上的苦恼事儿消失得无影无踪。也许官兵们会具体感谢某一项政策、某一家工厂,但边防信息网的建设,应感谢谁呢?就在记者采访时,广西边防一线连队信息网全部开通。仔细斟酌答案,应是——国家经济的快速发展。

应当承认,今天,不论是广西边海防,还是其他边海防;不论在生活上,还是在执勤中,官兵们的难题依然不少。但是,如若到广西边海防走一走,能产生一种伸手可及的希望。国家对边防部队的关怀,是意想不到地大、意想不到地多、意想不到地快。

满载希望的沿边大道,正不断延伸向前……

座座青山:故事比鲜花更诱人

到广西边防,才知道何谓青山,颜色纯得如同人工描绘。对于记者的惊讶,官兵们不以为然。广西年降雨量多达 1600～2700 毫米,郁郁葱葱的大山,举首可见。

竹山岭哨所、1351 哨所、峒中哨所……每座哨所都矗立在青山之巅。青山下是血色的红土,红土上是浓密的灌木和花草。

位于广西东兴市竹山村的大清国一号界碑。这是我国大陆陆地边界线的起点和海岸线的起点。东兴市共有 8 块,此为第一号。

哨所的故事,比珍花异草更诱人。险峻的金鸡山哨所故事很多。"设险以守国,古制也",中法战争后,边关危急,清军将领苏元春派部将马盛治,于金鸡山峰顶营造镇中、镇南、镇北炮台,抵御列强。古炮台有不少传说,其一:3 尊德制大炮,从口岸到边防,翻山越岭,运送 3 个多月,沿途成千上万的百姓,众志成城,接力相助;其二:3 尊大炮都只打出去一发炮弹,第二发就卡壳,据说德国人造炮时做了手脚。记者看到,至今,炮管里仍卡着炮弹。记者认为,后面的传说是个让人猛醒的寓言——依赖他人守

广西边防上的烈士陵园

法卡山阵地

法卡山主峰上执勤的战士,战士脚下当年的子弹壳随处可见。

不好国土。

感人的故事在今天。在荣誉室、在团史馆、在巡逻路上,官兵们讲的一个又一个故事,让记者沉思不已。有座叫鬼屯的哨所,建在山尖上,人能活动的面积,不到30平方米。因山上雷多,长年看不成电视。吃水要从山下背,需爬300多级台阶,官兵戏言:流的汗比背的水还多。

座座青山上,还有多少故事、多少传说?无语的红土肯定记得。代代将士所洒的汗水,将会滋润着红土上年年绽放的鲜花。

清脆山歌:边防军人听出深刻含义

"黑布宽,黑布长/木槌飞舞人心爽/捶得黑衣滑又亮/收起新布做衣裳……"这是首黑衣壮族山歌。在广西边防线上,沿途能看到各种民族服饰,听到很多民歌。虽然歌词不容易听明白,但声音清脆纯朴,如同漫漫边境线上悦耳的背景音乐。

边防十连驻地的那坡县,占壮族人口33%的特殊支系——黑衣壮,人口最多,他们以黑色为美,并作为穿戴和族群的标记。每位从内地入伍的新兵,头一次看到驻地群众穿上黑色的民族盛装跳《欢乐舞》时,都会惊奇地瞪大眼睛:真美呀!

当得知壮族先民是种植水稻的发明者之一时,战士们的赞美变成敬佩。而在赞美与敬佩的背后,官兵们也激发出学习少数民族文化与历史的紧迫感。

"爱老百姓,先要了解老百姓。"边防某团政委蔡高才这样认为,"广西境内有壮、瑶、苗、侗等11个世居少数民族,每个少数民族都是一部大书,读懂哪部书都不容易"。有一年,某部为帮助瑶族群众脱贫,在山下建起一片新居,谁知瑶族群众"不领情",搬家的很少。其原因,是对"壮族住水头,苗瑶族住山头"这种特殊的居住文化,缺乏深刻认识。今天,官兵们把扶贫重点放在教育上,很多部队领导带头"一帮一",少数民族群众非常感激。

"学习少数民族的文化和历史,是守边固防的需要",蔡高才说,"军民团结如一人,需要从感情到理性,都心心相通。"

（与樊剑英合作,原载《解放军报》2004 年 10 月 15 日）

难忘的人物

勇士一去不回头

一

8月30日,对于记者来说是终生难忘的一天。

这一天,亲爱的战友伍明成,我亲眼目睹了你在抗洪抢险中壮烈捐躯的情景。这一幕是那么地震撼人心!

这一天,有4名官兵被困在洪水包围的断堤上,100多名藏汉族军民扛着木板、轮胎前去营救。当初,记者并未留意到你。走着,走着,洪水越来越深,等大家再无法往前趟的时候,支队长刘思寿问谁敢游过去救人,你立即说:我去!说着就往自己身上套轮胎,绑绳子。

我看到你在系绳子时,全身不停地在抖。我知道,你绝不是因为害怕,而是站在刺骨的雪水里太冷了。当时,我们都站在洪水中,我冻得差一点眼泪要掉下来。

看到你瑟瑟抖动的身体,刘支队长把一瓶白酒递给你,又问了一句:你到底行不行?你用低沉而又坚决的语气答道:没啥子问题!当时,没人知道,前一天为找这失去联系的4名官兵,你凌晨5点才睡觉。今天早晨7点起了床,你匆匆忙忙拿了一个鸡蛋、一个馒头来到出事现场。此时已到了下午4点,你又饿又困又冻,全身怎能不抖?!

你连喝下几口白酒,脱下已被雪水泡湿的毛裤,和排长袁清平往前游去。

伍明成(中)准备出发救人。

伍明成和袁清平向断堤游去。

你一往前游,我就大喊一声,勇士,回头看一下。说话间,我按住快门连拍3张,想把你俩义无反顾的瞬间留下。谁知,照片上的你并没有回头!你那么坚定地朝着处在危险之中的战友游去。

二

你游出去100多米,就被一个浪头打下去,袁清平把你托起来,一松手,你又被一个浪头打下去。你太疲劳了,已经没有多少体力与恶魔般的洪水搏斗。

事后,大家说,你不应该去,应该派一个体力好一点的战士去。而你很清楚,全中队哪一位官兵不疲倦,哪一位官兵不是白天黑夜泡在洪水中?你不去,牺牲的就可能是其他官兵。这不是你伍明成的性格。

就在昨天,战士赵军峰在抗洪时头部受伤,也是你,亲自把小赵背到县医院,其他战士要背,你坚决不让。

等袁清平把你拖到残断的堤上,你已经没有了一丝的呼吸。被困在堤上的官兵,眼含热泪拼命地给你做人工呼吸,眼泪"吧嗒吧嗒"滴在你湿漉漉的军衣上,你平静得像是睡着了,没有一点点反应。

我们站在洪水里,向你躺着的堤上望啊望,盼望能有起死回生的奇迹出现。一个小时过后,我夺过喊话器拼尽全身力气喊道:是不是真牺牲了,听到了请挥挥手。被营救的4名官兵站在堤上一齐朝我们慢慢地挥起了手。

一看到他们真的在挥手,我的眼泪夺眶而出。支队长刘思寿摘下眼镜,也拼命地在擦眼泪。

后来才知道,袁清平当时也昏了过去,但不久醒了过来,而你永远地留在了喜马拉雅山下。

三

回到县中队,我看到你临时来队的妻子管莉,正站在中队门口等你。她说,你天天穿着湿透的军装回家,连换的衣服都没有了,她刚刚给你买来了一套新内衣和两双鞋垫,等着你回来早点换上。

你们早就定好了,再过5天,就要一起回重庆老家,该给两家老人买点什么礼物?她还要等着和你商量。

因为河里浪大,橡皮舟怎么也划不动。管莉坐在橡皮舟上,悲痛欲绝。

　　我默默地从你的妻子面前走过,上到二楼的一间办公室里写稿。我一直写了两个小时,你的妻子也一直站了两个小时。每当我回头从窗子里看到她翘首伫立的身影时,我的眼泪就直往下淌。此时此刻,你痴心的妻子,何曾想到你已经壮烈牺牲!

　　第二天,你的妻子还是知道了这个晴天霹雳般的消息。她顿时失声痛哭起来,直哭得全身都在颤抖,我和在场的官兵怎么劝也劝不住,也就跟着她一起流起眼泪。

　　你的妻子哭着说,你是世界上最好的丈夫,一个月前,你俩到江孜宗山旅游,山太高太陡,你就背着她上山,背着她下山。失去这么好的丈夫,哪个女人不悲痛欲绝!

　　因当地没有火葬场,武警西藏总队白朗县中队决定要把你的遗体送到日喀则安葬,并要在那里为你召开隆重的追悼会。藏族群众和抗洪官兵闻讯赶来,站在水中为你送行。

　　因道路被洪水冲断,部队决定用橡皮舟送你。谁知,因为河里浪大,橡皮舟怎么也划不动,划出去不远又折了回来,官兵们和你的妻子决定抬着你翻山去日喀则。战士们说:你活着的时候,为给中队温室大棚找一根竹竿,爬山走几十公里,今天我们也要为你翻山。你的妻子说:你活着的时候背我上山,今天,我也要抬你一程。沿途的山有海拔4000多米,几乎爬一步就要喘口粗气,他们一直爬了6个小时才走到路通的地方。

明成,如今你已化作袅袅云烟消散在西藏美丽的天空,但你不朽的生命永远活在我们心中。

（原载《解放军报》2000 年 9 月 13 日）

热血浸染祖国版图

8 月 22 日下午,拉萨殡仪馆哀乐低回,上百名官兵和藏族干部群众含泪向优秀共产党员、成都军区某测绘大队工程师唐遵义的遗体告别。6 天前,第 11 次到青藏高原执行测绘任务的唐遵义途遇塌方,为保护战友和测绘资料壮烈献身,成为这个测绘大队牺牲在青藏高原的第 24 位官兵。

8 月以来,西藏地区阴雨连绵,道路异常泥泞艰险。8 月 16 日一早,唐遵义带队到那曲地区索县执行测绘任务。此次测绘非常危险,领导本来安排两位年轻同志去,唐遵义说自己经验丰富,把任务"抢"了过来。他们驱车走到赤多乡时,坐在吉普车前排的唐遵义最先发现道路坍塌的险情。危急时刻,他先喊坐在后排的助理工程师游治平、藏族战士扎西色巴和藏族向导跳车,又转身去抱车上的绝密测绘资料和昂贵的测绘仪器。这时,道路轰然坍塌,汽车摔下 50 米深的山沟。牺牲时,唐遵义双手还紧紧抱着测绘资料和仪器。

今年 7 月,记者随这个大队官兵在念青唐古拉山测绘,到达林芝时,唐遵义所在的中队刚刚启程出发,记者与他失之交臂。一路上,官兵们向记者讲起他的很多往事,亲切地称他"唐大哥"。听战士们说,野外测绘,唐遵义经常把最后一块干粮让给战士;每次遇到危险时,他都在前面探路。一次,唐遵义带领两名战士过河时,突遇洪水,河上唯一的一座木桥被冲斜,两名战士争着修桥,唐遵义拦住他们说:"只有我一个是党员,我去!"在摇摇欲坠的木桥上,唐遵义冒着随时掉进洪水的危险,独自一人把木桥修好。

去年刚荣立三等功的唐遵义,把军人使命看得重于一切。一次,唐遵义和另外两名工程师赶着牦牛到藏北无人区测绘。他们顶风冒雪 24 天,完成了21个点的测绘任务。返回后,他发现有一个点误差0.3毫米。虽然这属于正常误差,但他和战友们赶着牦牛再次闯进藏北无人区。途中,因高寒缺氧和过度劳累,唐遵义咳了7天血,多次晕倒在冰雪中,但仍坚持爬到海拔6870米的雪山上,重新测量误差的点位。

（与林海合作,原载《解放军报》2002年8月30日）

两进海岛的胡玉文

6月11日,记者经过两个多小时的海上颠簸登上了距离祖国大陆40多海里的涠洲岛。在这个北部湾的孤岛上,记者看到,一座座整齐美观的营房引得游客驻足观看,赞叹不已。谈起军营的巨大变化,海岛官兵们不约而同地向记者赞扬起了团长胡玉文。

胡玉文入伍24载,两上海岛,至今已在岛上干了10个年头。在团队的荣誉室里,记者从一张张发黄的照片上看到了海岛军营5年前的模样:营房破旧不堪,看书要点蜡烛,用水要限量。1998年,担任副团长的胡玉文挑起了营院整治的重担。岛上无砖无瓦,只有到海边珊瑚礁上开采海花石作建筑材料。他抬石头、抢大锤,和官兵比着干。经过10个多月的艰苦奋战,他带领官兵开采出上万方海花石,移走一个个小山包,建起了花园式的营院,而他的体重却从83.5公斤减到53公斤。当团长后,他又带领官兵建家属楼,架高压线,打深水井,铺输水管,种草植树,使营院越来越美,官兵的生活也越来越舒适。

岛上基础设施改善了,可幼儿园的房子一直空着,原因是没人愿意上岛当老师,小孩的教育问题成了干部的"挠心事"。胡玉文打起了在衡阳市机关幼儿园当园长的妻子梁莉的主意,动员她上岛。患先天性疾病的儿子胡凯锋,正在读小学,夫妻俩一狠心,把他送到了一所寄宿学校。离开宽敞温暖的家,梁莉辞职上了岛,购置教具、培训老师、美化环境,办起海岛第一家正规的幼儿园。幼儿园办得红红火火,儿子的病又复发了。两头都割舍不下的梁莉,只好在北海市找了两间30多平米的简陋小屋,把儿子接过来,岛上岛下两头跑。这是胡团长第四次搬家,但他的"小家"是越搬越小,家具越搬越少。

胡团长夫妻献身海岛的故事深深地感染和激励着官兵们,"扎根海岛作奉献,艰苦奋斗干事业"成为官兵们的共同追求。4 年多来,团队先后两次被广西军区评为"全面建设先进团"。

（与樊剑英合作,原载《解放军报》2004 年 6 月 16 日）

巡逻最多的士官

巡逻路上的毒蛇,如同士官郭恒斌的"朋友"。他用木棒轻轻拨动草丛,毒蛇就会让路。两年来,这位边防某团三连的卫生员,参加边防巡逻已超过300 次,其中,遭遇毒蛇 41 次,但他和战友们无一次受伤。

第一次遇到的毒蛇是"吹风蛇"(眼镜蛇),郭恒斌吓得全身发抖,对峙几分钟后,"吹风蛇"溜走了。一次次与毒蛇打交道,他熟悉了"竹叶青"等 4 种毒蛇的"脾气性格"。但他没被毒蛇咬伤过,算是侥幸,如果走路时一脚踩上,毒蛇决不会认他这个"朋友"。

官兵们把郭恒斌称之为"活动担架"。上等兵程炎巡逻途中受伤,郭恒斌一口气把他背回连队,路上连爬了 3 座海拔 800 米以上的大山。但他也多次受伤,一次过河,他撞上石头,腰椎第四横突骨裂,他忍着剧烈疼痛,拄着木棍,背着药箱,坚持给大家带路。

（与樊剑英合作,原载《解放军报》2004 年 8 月 1 日）

小专家廖国金

6 月的一天,边防四连电脑染上"震荡波"病毒,网络终端操作员廖国金发现后,通过远程网络控制系统,立即把病毒清杀得干干净净。这位独当一面的士官"网络专家",半年前还只会打字。

广西边防一线连队计算机联网后,网络管理成为一个重要岗位,廖国金有幸成为边防线上第一代网络终端操作员。他毕业于通化士官学校,对网络算是"门外汉",但边防信息化建设"十万火急",网络装备正陆续运往边防一线连队。自动化室主任黄照忠,搬来自己的几本大学教材和 2 台旧电脑,着急地对廖国金说:"你对着教材,一边拆、一边装,赶快学吧,有不会的,随时问我。"责任像山一般压向廖国金的肩头。

此后,整整 6 个月,廖国金很少走出机房。他从计算机知识 ABC 学起,从鼠标、键盘认起。当他拆装了几十遍旧电脑、几乎背下几本大学教材之后,自信地走进考场,一举拿下计算机三级证书,成为全团网络管理方面的"专家"。

今年初,广西军区召开电视电话会,全团刚铺好网线,整个系统尚未安装,自动化站只有他一人在位。他单枪匹马干起来,按时完成了全团网络安装、检测和调试。

（与樊剑英合作,原载《解放军报》2004 年 8 月 1 日）

云雾中的哨长

对于在 1351 哨所执勤 500 多天的于锡华来说,白云缠绕的感觉,一点都说不上浪漫。在这个广西边防最高的哨所上,夏季的阳光最珍贵。

1351 哨所

1351 哨所因海拔高度而得名,屹立在山的顶峰。记者登顶远望,"一览众山小",白云如雾一般,阵阵涌来,夹带着毛毛细雨。屋檐下,两只蒙着纱布的桶,"滴答、滴答"接着白云留下的雨水。5 至 9 月的雨季,半个月也难见一次阳光,战士的被子终日湿漉漉的。"我们这儿雷还特别多,响得特别近,像空投的炸弹。两公分粗的避雷针,半年就能烧断。看到闪电,我们就赶快往床上跑,木床最安全,绝对不能靠墙。"躲避雷击,于锡华已找到一些办法。

"这是座孤岛,当班长(也称为哨长)不仅要守好边界,还要把士兵看护好,"于锡华感慨道。断水断粮时,他一个人下山去背。山上缺菜,他带领大家开垦出 6 畦菜地。

"在'1351'哨所当班长,仅仅能忍受潮湿、洗不了澡、孤独寂寞、电闪雷鸣还不能胜任,军事素质是第一要求。"连长谭飞对记者介绍。这个哨所管辖的边界线,有两处深达百米的悬崖。于锡华腰上系上绳子,天天攀悬崖巡逻,敏捷得如同丛林中的猴子。因其素质过硬,他在"1351"哨所担任班长的时间最长。

(与樊剑英合作,《解放军报》2004 年 8 月 1 日)

寒风吹彻

——来自东北边防的报道

　　今冬,俄罗斯乌拉尔山以东地区被百年罕见奇寒笼罩,我国东北也遭遇40年以来最强寒流侵袭。气温最低的是我国最北端的漠河,边防官兵如何执勤训练?

漠河,感受"三九"严寒

"三九"第一天,洛古河瞭望哨:站哨

　　一天之中最冷是拂晓。今晨6点半,我随某边防连战士姜彬上瞭望塔第一班哨。

　　面对奇寒,站哨只有猛加衣服。姜彬的"加"法超出我的想象:绒衣、棉衣

洛古河瞭望哨

套着穿,棉大衣外再穿皮大衣,套上"鬼帽"(只漏眼和嘴的绒帽)再戴皮帽子,大头鞋塞进两层棉鞋垫,戴皮手套。如此"武装"后,班长李大生还不让出门。"把这个拿上",说着递给他一个灌满开水的水袋。

"你也要这样穿",李大生给我讲。我也如姜彬般把30公斤重的皮、棉衣服全部加在身上。这里没有保温哨楼,因为窗上易结厚厚的冰霜,无法观察。

穿好后,我跟随着姜彬上到6层高的瞭望哨楼。他站哨姿势也奇特,要左右摇摆,不停跺脚。"这还像哨兵嘛?""这是团里的规定,防冻僵,和在天安门广场站岗当然不能一样。"他解释道。

站在冷风呼啸的哨楼上,我只感到冰冷的风直刺没护严的脸颊,身体其他部位没丝毫感觉。我有些"失望":"冷没什么了不起,不就穿厚一点吗。"小姜说:"没到时候,待会就有。"

一分钟,两分钟;10分钟,20分钟……慢慢感到身上厚重的衣服薄了、轻了。40分钟后,皮大衣如同一张纸,一阵阵冷风好像直吹身体,大头鞋也冻得两头翘起来。

水袋储存的热量有限,也温了。热水袋放在心窝上,外面是双层大衣,我分不清是热水袋暖着心窝,还是心窝在暖热水袋。

天亮了,只见小姜满脸结满霜花。我只感到腿是冰的,脚是冰的,双手是冰的,唯有心脏跳动的地方是热的。下楼时,小姜问我:"你说,怎么再冷,心为啥就不冷?"

他不该问我。战士最清楚,在最寒冷的边关,心,为何总是热的!

"三九"第四天,黑龙江江面:巡逻

我随三名官兵到黑龙江江源巡逻,单趟8公里,要沿江面走。

出发是在中午1点。指导员毕克峰告诉我,这个时候气温最高。其实,最高也在-36℃。走在江面,寒风呛人,脸发硬,不想说话。

黑龙江江面全是冰块,有的堆成小山。黑龙江冰层平均厚2.5米,最厚3米,能负载运送木材的大型卡车。因推土机陷进冰坑,江道没能推出来,巡逻车无法行驶,我们只有步行。

前进1公里后,我来"寒极"后首次冒汗。战士们告诉我:巡逻好,不冷,但千万别摘帽子、脱衣服,不单是为防感冒,主要是防冻伤。寒冷是温柔的

刀,热是可怕的"引诱"。

边走,大家不时互相望一望,看看谁的鼻子"白啦"。颜色一白,就是冻伤的前兆,往往自己感觉不到。

一次,老团长刘光松带领6名战士巡逻,走的也是这条江面,那天突降大雪,连续跋涉24小时。那个"热"啊,头像着火,就是不敢透透风。再热,皮帽子外面的气温比冰箱冷冻室的气温还低10多摄氏度,手指裸露半个小时就能冻黑,是真正的"速冻"。

回来第二天,刘光松发现自己的耳轮像面粉,一摸就掉。他,途中光提醒战士,忘了自己系紧帽带。至今,他的双耳还缺一圈。

3小时后,我们到达第133号界碑。返回连队,内衣已湿透。严寒中,我们经受了一次热的"引诱",没把耳朵和鼻子留在寒风里。

"三九"第六天,黑龙江江岸:潜伏

今晨6点,我随兴安边防连3名官兵到江岸潜伏。潜伏是阻止偷鱼,维护边界安宁的有效方式。

潜伏,是冬天最苦的执勤方式,正所谓"爬冰卧雪"。走3公里来到预定地域,我们选择一片有树的雪地,每人挖条小雪沟,快速卧下。副连长简祖军给我盖上一层雪,说是保温。

我们默默地观察着无声的黑龙江江面,边界线就在江中。从被窝里带来的热气,很快被冰雪吸光。冷是从身体下面慢慢升起的,先是"入侵"脚、膝盖、手臂,后是全身。先是凉,后是冰,再是痛。体温和－50℃严寒,无法抗衡。

潜伏不能动,怕被发现。唯一能动的是皮手套里的手指和大头鞋里的脚趾,利用这个狭小空间,我不停地挠动。

此时不能看表,越看越觉得时间漫长。一边观察,一边想:这种"刻骨铭心"的冷很少有人知道,就连驻地老百姓也无体验。他们都在"猫冬",不与奇寒直接"接触",战士们这种"默默奉献",默默得可能永远无人知晓。

奇怪,一小时后,全身不感到冷了,也没其他感觉,冷到哪里去了?是我们适应了寒冷,还是气温突然升高了?哦,是已经冻麻木了,还有些"舒服"的感觉,特别想睡。由此想到在冰雪中牺牲的官兵,很可能是"睡"过去的。

哨位上执勤的士兵

潜伏完一起身,像是被人扯住,原来皮大衣冻在冰上,身下的雪暖化后又结成冰。回到连队,进到温暖的室内,全身发痛,指尖奇痒,恢复冻透的感觉好痛苦。

"三九"第九天,新兵连:训练

早晨起大雾。当气温降到 –40℃ 时,空气中的水汽都凝结成白色的雾,天越冷雾越浓,当地称"冒白烟"。到 –50℃,两三米远都看不清。

中午过后,我随一班新兵练战术。太阳照在身上没任何感觉。在雪地匍匐前进时,碎雪块直往大头鞋里钻,在鞋里化成水又结成冰。每训 15 分钟,班长杨志就叫"暂停":"大家跺脚、搓手、搓脸!"一阵运动,冰冷、僵硬的手脚又热乎起来。

和新兵在一起,体会不到真正的寒冷。因新训要循序渐进,新兵不站岗,不跑操,不跑 5 公里,上午前两小时和下午后两个小时不在户外训练。新兵中有不少是从南方入伍。这些特殊政策,把奇寒中的新兵保护得像"大熊猫"。

新兵怕冷,上厕所,班长要陪着;宿舍楼门挂着双层棉布帘;营房助理员一天测 3 次室温，低于 15℃就加烧暖气；每晚烧一大锅热气腾腾的姜汤，每人一大碗。

晚上开饭不久，一班长杨志就吃完了。我问他怎吃得这么快，他说："我在旁边，新兵吃得不痛快。这么冷，新兵不吃饱不行。"有这样的班长，新兵们是不会畏惧漠河的奇寒的。

当晚，我告别漠河。在这场奇寒中，我"有幸"与边防官兵一同遭遇，一同抗争，一同体验新世纪的第一个"三九"天。但记者所体验到的，只是其中的千分之一、万分之一。我们已经走进 21 世纪，但牺牲和奉献，艰苦和奋斗，依然是边防的主题，即便奇寒明天不再降临。

记者（左）与李志在 133 号界碑前合影。

（原载《解放军报》2001 年 1 月 23 日）

乌苏里江:一条大河静悄悄

穿过雪原,穿越白桦林,记者看到了乌苏里江。

这是一条富饶的江、美丽的江。然而,《乌苏里船歌》里所赞美的景象,只有夏天才能看到。眼下,一江碧水被封在1米厚的冰层下面,大河上下,顿失滔滔。

全长905公里(一说890公里)的乌苏里江,有400多公里的江段是中俄界江,两岸驻守着两国的边防军人。一条平常的河流,一旦成为两国共有的界江,就理应不再平常。但是,记者在这里却没有看到任何不平常的迹象。

珍宝岛和乌苏里江

一条大河,静悄悄地横亘在辽阔的黑土地上……

遗址上的"东方第一哨"——我把太阳迎进祖国

中俄两大界江——乌苏里江与黑龙江在抚远县东方相汇,著名的"东方第一哨"就耸立在乌苏里江末端西岸。

"东方第一哨"的"哨歌"是《我把太阳迎进祖国》。站在江边,只见宽阔的江面上,覆盖着一层薄薄的积雪,在阳光下闪着耀眼的银光。高高的哨楼上,五星红旗迎风飘动,哨楼下有漂亮而紧凑的营房、整洁的营院……

尽管在中国地图上,这里并不是祖国最东端的地方,但是战士们还是这样唱。一轮火红的朝阳,在战士心中象征着他们守卫的和平。

某边防团政治处副主任蒋晓晔,曾任"第一哨"哨长。他对记者说:"东方第一哨"是建在一座镇的遗址上。100年前,这里是歌舞升平的繁华之地——乌苏镇,有商号4家,南来北往的商船、渔船在此停靠。后来,边疆战火四起,乌苏镇一度成为"无人镇"。

记者看到,一块刻有"乌苏镇"的崭新石碑立在江边。但是在正式的地图上,已无"乌苏镇"的地名,这里目前归抓吉镇管辖。乌苏里江,这条直通大海

东方第一哨

的水道,曾经"运"来繁华,也曾"运"来兵灾。

历史上,沿岸衰败、消失的村镇,不止一个乌苏镇。在遗址上为国守边,有一种天然的历史沉重感。战士们今天拣到一枚弹壳,明天踩到一根遗骨,胸中的爱国情感天天被触动。

后来,这里终于有了一户"居民",是一对临时看渔场的夫妇,官兵们把这唯一的邻居看成亲人。几年前,其女张龙雨到了上学年龄,官兵就在哨所为她开办了"一个学生的希望小学"。官兵中谁要当老师,还得考核"上岗"。后来,团领导考虑到教学质量问题,就把小龙雨接到县城上学,"乌苏镇"又恢复往日的宁静。

俯瞰安宁的"爱情山"——界河之岸如此温馨

今冬的乌苏里江,江道冻得十分漂亮,平展得如同高速公路。江心插着一根根木棒,标志两国的分界。江两岸,每隔10多公里,就能望见中俄双方的瞭望哨。据执勤官兵讲,近年来,俄军巡逻次数明显减少,巡逻分队有时只有一辆摩托雪橇、两名士兵。记者看到,有的俄军哨所,竟是女兵在执勤。

和平的边界,是动物的乐园。一路上,记者经常能见到雪中觅食的雪鸡。据说,在某团边防五连,连续3年发现虎的足迹,今冬又发现一只东北虎。一个战士对记者说:夏天乘艇在江上巡逻更浪漫,到处是戏水的鸳鸯。

和平的边界,什么幸福的事儿都可能发生。江界上,居然还有一座"爱情山"。这座山在饶河县城——唯一临界江而建的县城,是青年男女谈情说爱的好地方。边防七连的瞭望哨建在这座山的山顶,说够了甜言蜜语的情侣们,总想到瞭望哨上看一看异域风光,常有人敲门恳求:"兵哥哥,能不能让我们上去看看? 只看一眼,行吗?"

在两岸剑拔弩张的过去,谁能想象界河之岸能如此温馨?

"爱情山"下,跨越界江的军人友谊也值得一写。此前,只有双方会晤代表跨过界江。现在,两国普通边防军人也时常"串亲戚"。去年9月6日,连长李文清带4名战士到对岸的农卡科沃哨卡回访。一进俄军营门,一位俄罗斯士兵就指着一台电风扇笑了。哦! 原来是中国产的。在饶河县城比赛篮球,中国军人以105∶75的比分大胜对方;在对岸举行的排球赛中,咱们的官兵输了,1:3。

那次,上尉尹维才到俄方商店准备给儿子买一只木刻恐龙,因无卢布,就摘下手表换,陪同的一位俄罗斯上尉马上掏出200卢布替他付了钱……

红灯笼挂上珍宝岛——光荣被和平重新塑造

乌苏里江有众多岛屿。在这些岛屿中,名气最大的是形似元宝、面积只有0.74平方公里的珍宝岛。随着中俄大多数边界的划定,和平已经实实在在地降临在这个曾经战火纷飞的小岛,岛上的哨所成为一种纯粹的主权象征。

记者踏上珍宝岛,只见哨所新修的大门上挂了4盏红灯笼。当年的水泥工事还在,如今墙上到处是燕子窝;那棵"英雄树"还在,如今树梢上系了许多的红领巾;那些被炮弹炸断的树桩还在,如今长出一丛丛新枝……这里的一切都在,只是都在被和平的时光重新塑造和打磨。

记者到附近村镇寻访,只找到一对当年支前的模范夫妻。65岁的老大娘胡淑云正在烧地瓜稀饭,71岁的老大爷赵金发在看电视,墙上挂着老大爷当年立功的大照片。老大娘反复对记者说:"一讲过去的事儿,我就一晚上睡不

珍宝岛哨所大门

珍宝岛哨所老营房

珍宝岛上的英雄树

着。"然而，这个晚上，大娘对记者反复说的是她开商店的事儿——如今的珍宝岛已经成为旅游热点，大娘就在江边开了一家商店。

临走时，大娘执意要送给记者一捧"穿地龙"，说："这是我们上山采的，你们战友中有得关节炎的，泡酒喝，好着哩！"大娘没有给记者讲那场战争，但是记者却分明感觉到，在大娘的心中，过去捍卫和平、如今守卫和平的边防军人就像自己的儿女，值得她付出母亲一般的慈爱！

从虎头要塞到兴凯湖——历史永远不会封冻

虎头镇，是乌苏里江西岸的又一重镇。1934 年，日本关东军征用十几万中国劳工，耗时 6 年修筑了庞大的军事要塞。要塞竣工后，中国劳工大部分被秘密杀害，生还者极少。

凭江而建的虎头要塞，曾被日军称为"东方的马其诺防线"。记者钻进被清理出的部分坑道，只见里面各种设施一应俱全。工程质量很好，厕所的白瓷砖，几十年过去了，贴得还很牢。

然而，后来的历史却是这样的：虎头要塞 18 天就被苏军摧毁。当时的"关东军"怎么没想到这样一个简单的道理：在别人的国土上建要塞，即便用钢水浇筑，也如同沙上筑城。

如今，距虎头要塞 10 多公里，驻守着我军边防十连。连队旁边住着一户种菜的农民，名叫吴老四。他虽然住着草房，却不忘过节时抱两个西瓜看望一下"咱们的边防军"。

从某种意义上讲，吴老四的西瓜是世界上最坚固的"要塞"！

从虎头要塞往南，曲曲折折的乌苏里江分出两条支流，中俄边界线顺着松阿察河主航道连到兴凯湖。比洞庭湖面积还大的兴凯湖，三分之一归我国所有。记者从湖边放眼望去，全是一层叠一层的冰，像是涌动的湖水突然被冻死。

采访结束时，碰到某边防团政委韩玉平。深夜，这位从当战士就一直守江、守湖守到团政委的老兵，如同一个历史学家，对记者大谈边界的历史变迁和一代代守边人的悲壮经历……谈到激情澎湃处，就端起一茶杯白酒一饮而尽。

仔细翻阅乌苏里江的历史，任何有血性的中国军人都会与他同醉……

（原载《解放军报》2002 年 1 月 25 日）

在冰河哨位上

一到冬季,中俄界江黑龙江就成了"白"龙江,蜿蜒上千公里全是冰。驻守在黑河市的某边防团八连官兵,就开始了长达 4 个多月的冰上执勤生活。他们建板房,设执勤点。2 月上旬,记者踏雪下到冰河,看到这里的执勤点设得很密。朝江上江下望去,隔几百米就有一座板房。

"黑河市离边界太近,封江后'天堑变通途',人一抬腿就能越界,执勤点必须设密一点。"连长李印对记者解释说:"但这又是一对矛盾,要想守好冰河,就得多设点;设的点多了,执勤量就要成倍增加,大家就要多吃好多苦。"今年,在他们所守的 17 公里江面,立了 12 座板房,官兵每天冰河执勤时间

冰河上执勤的哨兵

乘摩托雪橇巡江。

冰河取冰建冰雕。

也延长到了 8 小时。

在官兵心中,边界的安宁高于一切。天天在冰河上站 8 个小时,天天吹着刺骨的江风,官兵的脸全是黑红黑红的。冰河执勤,最大的考验是寒冷。黑河市的平均气温很低,冰河上的平均气温更低,板房的温度计都能冻裂。有关部门曾让他们试穿最新式的电热防寒鞋、防寒服,结果把电瓶也冻裂了。战士们的"发明"最顶用:当皮大衣和毡靴冻透后,他们就在冰河上来回跑,靠跑步"供热"。战士赵伟军说:"每班岗 3 个小时,到最后一个小时,一分钟不跑都受不了。"

极度寒冷还带来生命危险。去冬的一天深夜,战士王德全在冰上躺了一会儿,皮大衣很快就冻"死"在冰上,幸好干部过来查哨,才用铁锹把他铲起。如果晚查哨半小时,王德全就成了冰河上永恒的雕像。受考验的不仅是战士,一到冬季,连队干部都主动放弃休假,战士每天站几班岗,他们就站几班,从封江一直站到开江。指导员王家峰对记者说:"这个时候,老兵走了,新兵还没有下连,执勤任务重,干部必须上。"

41 岁的军医李成峰,是冰河"老黄牛"。他既看病又执勤,已坚持了 4 个冬天。就是妻子熊芬琴带着孩子千里迢迢来探亲,他还是天天上冰河,一班岗不落。孩子病了,这位军医爸爸也没回去。尽管熊芬琴十分贤惠,也忍不住了,就一路打听去找丈夫"算账"。当她下到冰河看到有的战士打着"点滴"还在站岗时,又扭头回去了。从此,没再催过丈夫回家。今年春节前,团党委下了一道"死令":李成峰必须休假,连里缺人团里抽。李成峰被团领导"逼"着回家过了个团圆年。八连的干部说:"不是我们站岗有'瘾',而是冰河执勤太辛苦,我们多站几班岗,战士就轻松一些。"

八连有没有不在冰河上站哨的?有,这就是连长李印和指导员王家峰。但他俩的任务更重,每天才睡 5 个小时。除连队日常工作外,每夜他俩都要沿冰河查两趟哨(共需 4 个小时),还负责叫哨、烧烫脚水、做饭,以保证满身冰雪的下哨官兵能在半小时内钻进温暖的被窝。这些故事十分平淡,官兵们讲起来也不当回事,但听着听着就让人心中受触动。黑龙江近千公里(界河段),有多少这样的执勤点?背后有多少这样平淡而又让人无法忘记的故事?真是数不清楚,也说不清楚。

(原载《解放军报》2003 年 2 月 25 日)

难忘的人物

冰河巡逻探路人

在黑龙江边防某部一连，今冬只有连长刘景龙一人掉进过冰窟窿，战士未掉进过一次。战士们讲，每次冰河巡逻，都是干部探路，我们当然"没事"。

这个边防连所管辖的界江，不管天多冷，都有未冻死的"清眼"，巡逻时十分危险。为绝对保证战士安全，连队定下"干部探路"的规定。探路时，干部还要负责在"清眼"边插上木棒，以提醒后面的巡逻官兵。

今冬的一天，连长刘景龙带领6名战士上江巡逻，回来时天色已晚。走到182号界碑处，他看到冰面上像是一个"清眼"，就拿木棒去试，两脚一滑就掉了进去。他张开双臂就架到冰上，河水直淹到他的胸口。其他战士急哭了："连长，你要顶住啊！"他幽默地安慰大家："没事，水很温，跟洗温泉差不多。"战士们忙找来3根木棒才把他救上来。见他的衣服全湿了，战士脱下衣服就给他换，他坚决不肯："你们穿湿衣服还不一样冷？"他穿着湿棉衣走回连队时，棉衣冻成了硬"铁皮"。当天夜里，刘景龙冻病了。战士们后怕地说，要是那个"清眼"再大一点，咱连长真就难说了。

（与李志合作，原载《解放军报》2002年2月4日）

"慈母"李鞍

今年1月，黑龙江边防某部五连战士江玉见的脚气彻底好了。他说："带头吃苦的干部我见得不少,而不怕闻战士脚气味的干部,我是头一次见。"

一年前,三班来了一位特殊战士,这就是每晚把鞋子放在走廊、紧紧捂着双脚睡觉的江玉见——他生怕自己的脚气味熏人,影响其他战友休息。一天晚上,查铺的指导员李鞍刚一闻味道这么大,就把小江喊醒:"你到连部睡觉吧。"小江坚决不去:"不行不行,我到连部,熏得你们干部也睡不着,要不,我去喂猪,那儿熏不到人。""不行,你要不搬,我明天就下命令,让你到连部当通信员。再说,你到连部住也方便治疗。"就这样,小江住进连部。

江玉见脚气非常严重,双脚脚底烂掉一层皮,军医沈晓辉查了不少资料,给他不断更换处方,看哪种药效果好。指导员李鞍刚还让老家亲戚邮寄来中草药,并亲自帮他煮药、上药。10 个月后,他的脚气症状明显减轻。得知这一消息,小江父母来信讲:"俺玉见真是'遇见'比父母还亲的亲人。"

（与李志合作,原载《解放军报》2002 年 2 月 4 日）

"山东父亲"

最近,黑龙江边防某部抚远四连为春节晚会准备了一个特别节目——用山东快书颂"山东父亲"。这位"山东父亲"就是教连队种菜的连长祝效鹏的父亲祝芹林。

两年前,连长祝效鹏到扶远边防连上任。他看到连队餐桌上很单调,就打电话请远在山东寿光（全国著名的蔬菜之乡）的父亲到边防来一趟。父亲种了几十年的大棚菜。

儿子的恳求父亲不能不答应。父亲怕边防地温低,就背着个保温箱上了火车,里面装了数百棵各种菜苗。"山东父亲"在连队一住就是 3 个月,等战士吃上在连队从未吃过的蛇豆、黑皮冬瓜、木耳菜等 27 种新鲜蔬菜后,他才返回家乡。第二年种大棚时,"山东父亲"又来了,又背来一保温箱菜苗,又在连队住了两个月。他说:"战士还没把种菜技术掌握好,我不能不来。"连续两年帮连队种大棚,来回路费都是"山东父亲"自己掏。去年,连队产菜 9000 公斤,战士一进餐厅就笑。但"山东父亲"种了连队的地,荒了自己的田,每年减少不少收入。

（与李志合作,原载《解放军报》2002 年 2 月 4 日）

"包公团长"

一

黑龙江省军区某边防团团长魏智峰,中等个,长得像包公,特别"认死理"。

他认的"死理"都与战斗力有关。八连指导员李文勇出了一本关于带兵的书,名曰《他山石》,基层反映不错,机关准备树他为典型,上级有关部门也认可了。

能出典型,是求之不得的好事。机关急急忙忙把材料报给魏智峰。他看了半天,没瞅见一句"训练如何"的话,便把材料一放,说:"别急。"不久,全团干部训练考核,李文勇竟不及格,典型当即被卡下。

把典型卡下还不算,魏智峰又把李文勇叫到办公室,严厉批评道:"写书没有错,可知道不知道,你身后还有一个连队。"李文勇低着头,满脸羞红。他知耻后勇,第二年,训练考核成绩全优。

在遇到树典型、干部晋职和士兵提干等"好事"上,魏智峰不近人情的事还有不少。有一年,上级下来 3 个提干指标,魏智峰的驾驶员小康,既是党员、班长,还立过三等功,符合提干标准,准备竞争一把。训练场上一考,成绩排在第四。小康跟魏智峰多年,满怀希望找他帮忙。他脸一黑,不高兴地说:"你知道我的脾气,这事不能整。"

近几年,全团大部分提干指标都被团训练标兵连十一连"争"得,有人要搞"平衡",他坚决不干,说:"将来打仗还能搞'平衡'?'打得赢'是'硬道理'。"

二

团长是全团主管财务的"一支笔"。魏智峰这支笔,只照着战斗力标准"签字"。他常讲:军费,军费,不花到战斗力上就是浪费。

一次,一股长招待客人超了标准 200 多元。报账时,这位股长解释说:"光按标准,根本接待不好。"他一听就来气:"接待得再好,能接待出战斗力?花超的钱,扣你的工资。"他说到做到,立即通知了财务股。以后搞接待,没人再碰他这个"钉子"。

魏智峰是有名的"老抠"。管理股买电线,他要一米一米算。谁要出差报账,他要一张车票一张车票看。全团原来有30万元的欠账,他硬是"抠"成有80万元的节余。

但他不是"守财奴"。政委韩玉平说:"只要碰到给战斗力'加油'的事,老魏就痛快。"修训练场,团里一下拿出8万元。魏智峰不仅没感到心疼,反而觉得少了点,因为体能、军犬等训练设施,没达到训练大纲要求,他又建议党委追加了4万元。

哈尔滨一家公司帮助他们研制"边防执勤移动传输系统"。这套系统很有创意,能在野外用无线传输边防巡逻的实况。魏智峰提出两条硬标准:能经受-30℃的低温考验,电池须连续用4个小时以上。要满足这两个条件就要多花好多钱,他一口答应。但钱没白花,如今,这套"系统"在边防一线"服役"3年,效果非常好。

魏智峰还建议投入经费改善边防一线生活设施。近几年来,边防团先后被上级评为全国陆地边防建设先进单位、全军装备整顿"三化"达标先进单位、全军边(海)防通信建设先进单位等。

三

魏智峰常说:有所得必有所失。若要想把部队战斗力"整"上去,其他事就不能太在乎。他有什么不在乎的事?

不太在乎"形象"。这个团名气越来越大,上级接连开了三四个现场会,但他们没有为把团的形象搞得光一点、亮一点而影响训练。魏智峰反复告诫全团干部:"要是开一次会,训练成绩下降一大截,就宁可不开。"有一天,都上午9点了,魏智峰还没听到靶场的枪声,他打电话一问,战士被叫去打扫卫生去了。他火冒三丈,让战士跑步返回射击场。随后,他在全团通报了这件事。

不太在乎"名声"。有一年战备演练时,3台巡逻车突然"趴窝",演练被迫中断。此后,魏智峰抽调人员展开以"跑得动"为目标的科技攻关。有人提醒他:"别人都在搞网上练兵,咱团科技练兵的项目太土了。"他不听:"训练和执勤都离不开车,车都跑不动,网上练得再好顶什么用。"后来,他们研制出一辆多功能维修车,彻底解决了这一难题,并获全军科技进步三等奖。正因为务实,这个团连续 4 年被上级评为军事训练一级单位。

　　不太在乎吃苦流汗。执勤是边防部队的"中心"。这个边防团有 500 多公里边防线,地形十分复杂,有平原、高山、河流、湖泊,冬天风雪大,夏天蚊虫多,魏智峰任团长以来,沿边界线走了 7 趟。为仔细了解边情,每次巡逻,只要一到陆地边界,他就徒步走。其中有一段 122.8 公里的巡逻路,要爬 7 天山,他毫不畏惧。

　　　　　　(与李志合作,原载《解放军报》2002 年 10 月 16 日)

蓝色呼唤

——来自南沙西沙的报道

南航行途中诉心声

　　在南海执行任务的海军某舰船,已经遭遇数日的大风。今天,记者随全舰官兵迎着风浪庆祝党的 80 华诞。

　　下午,黑色的海面上云飞浪奔,舰船左右摇摆。在飞行甲板上,官兵们和着涛声和风声,在舰政委卢春国的指挥下,一起高唱《人民军队忠于党》。歌声过后,4 名战士举着党旗站在队前,全体官兵举拳向党旗宣誓:

　　"为了完成党交给的使命,为了保卫祖国的海疆,我愿奉献自己的青春和热血……"一时间,震耳的誓言响彻南海上空。

出征誓师大会。

水兵誓师时的情景

航行途中,水兵们在后甲板上就餐。

补给到渚碧礁的物资

　　誓言是官兵们的信念写照。此次航程,遇到近年来少见的恶劣天气,海面上的大风一直在 5 级以上,舰的最大倾斜度达 15 度,20 多名官兵严重晕船。但不管风浪多大,官兵们斗志不减,军舰一直破浪前进。

　　紧挨着记者宣誓的是共产党员、炊事班长温双国。一看到他,记者就有些感动。他经常早上 3 点起床,连续工作 10 多个小时。有时,风浪把做好的菜、饭全部颠到地上后,他和炊事班的战士接着再做。他每天要做五六顿饭,因晕船,他自己只能吃下一顿。他对记者说:"有了今天的誓言,以后什么样的风浪都不会怕!"

　　这可能是建党 80 周年最简朴的庆祝仪式,但它在记者心中掀起的巨浪,如周围的大海,汹涌澎湃。这里没有听众,连一只海鸟都看不到,但大海作证,今天的誓言,是水兵们对党最忠诚的心声。

　　　　　　　　　　(与蔡年迟、蒲海洋合作,原载《解放军报》2001 年 7 月 1 日)

孤礁六日

迎着台风上华阳

"再见!""再见!"

随着官兵的齐声高喊,我乘坐的"海仓号"补给舰,载着换班官兵和补给物资,缓缓离开湛江某军港码头,驶向南沙。第一站就是华阳礁。

从出发的 6 月 25 日起,黑色的海面就没有平静过,台风"飞燕"虽然刚刚离去,但余威还在,涌浪一直在 2—3 米,顶得舰体不停摇摆。从第三天起,菲律宾以东又出现低气压,随即又转成台风,名曰"榴莲",舰摇得更厉害了。随着舰的大幅度来回倾斜,采访包在舱里横竖乱撞。

南沙华阳礁

午饭前,舰神奇般变稳,原来是为让大家吃饭,临时顺浪改变航行,但就餐的不到一半,不少官兵严重晕船。吃完饭又逆浪前进,甲板上又有战士对着大海呕吐。

美丽的"榴莲"走后,台风"尤特"又接踵而来,航行变得异常艰难。海面上经常刮起12级的阵风,遮天蔽日的大浪迎面打来,直盖几十米高的舰顶,我们只能走走停停。

当晚,南沙补给指挥组正式通知:定量供水,每天三样青菜减为一样,准备与风浪"持久战"。洗手间的淡水管也用铁丝绑住了。舰上一位老海军说,这次走南沙,台风之密集,10多年未见。

700多海里航程,我们整整走了8天才到华阳礁。当天清晨6点,海面风浪还不小,我和换班的华阳礁官兵,换乘4吨重的小艇准备上礁。

小艇在山谷般的涌浪中穿行,像一片树叶,所有人的军衣全被浇湿。不知是海水冷,还是初见风浪有些害怕,我旁边的一位新上礁的战士全身不停地抖。一看四周,涌浪比我们的头还高,谁不恐惧?如果涌浪再大些,这艘小艇轻而易举就能被吞没。曾经有名战士就牺牲在涌浪里。

到了,礁堡上"乐守天涯"四个大字越来越清晰。一个"乐"字,顿时让我放松下来。

上了礁才知道真正的孤独

"南海第一哨"成为我临时的家。

听说我要在礁上生活几天,礁长叶彪开口便问:"带碗筷了吗?"我忙答:"对不起,我只带了睡觉用的行李。""那好,我找一找。"这是我军最南端的哨位,也可能是全军最难"光临"的哨位,他们的确不需要多余的碗筷。

送我的小艇一走,一种被丢在大海中的孤独感油然而生。四周是水天相接的弧线,白色的礁堡,如同处在蓝色的大锅底。人们常说"雪山孤岛",但它连"孤岛"都不如,仅是人工填海建成的小礁堡,才140多平方米。除了电台,这里不通电话,接不到书信,没有任何与外界的联系方式,有时3个月都见不到一艘过往渔船。

礁上执勤任务十分繁重,所有干部和战士一样站岗。下哨后,官兵们除了做饭,就抓紧训练和休息,我一时成为一个多余的人。帮厨吧,我又不会做饭;单独站哨,干部又不放心,我就每天帮战士搬搬物品,或翻翻书。

真是无处可去。上楼,再下楼;上码头看一会儿涌浪,再回宿舍;把手机拿出来,又得无可奈何地放下。那两天,电视天线被大风刮坏,真不知道要干什么? 但我的孤独不能和战士相比,他们一守就是3个月,最长的9个月。他们的刚强,令人难以想象。

虽然孤独,但不安静。风声、雷声、涛声,还有发电机的轰鸣声,礁堡如同一个巨大的音箱。

已经守了3个月,又继续留下的军医林春晖,教给我一招:陪战士站岗。特别在夜晚难眠时,他就这样度过。7月4日晚上,我、林军医、执勤的战士张陵平,在哨楼里一直站了3个小时,对着没有月亮、没有星星的天空,对着漆黑的大海,边聊天边一同观察。这一晚,时间过得真快。也许,三位孤独的军人,再加上一支孤独的钢枪,就能消除这巨大的孤独;也许,肩一份执勤的责任,就能忘记孤独的存在。

零点,我从哨楼下到宿舍,看到睡在上铺的战士覃涛,打着手电,在深情地欣赏女朋友的照片。我没有惊动他,轻轻躺下。不知那片思念的手电光,亮到何时。

不知道是热还是冷

一天,我和战士一起整理补给物品,肩膀晒了10来分钟,晚上就开始脱皮、浮肿。一位战士掀开我军衣笑笑说:“没经验吧,这里再热也不能脱衣服。”南沙离赤道近,太阳光垂直照射,比西藏高原的紫外线都强。

但要天天用军衣捂着,就不停地出汗,因淡水少,又不能天天洗澡。一执勤、训练,出的汗更多,官兵几乎人人患有汗斑。

真不知道南沙是热还是冷。有一天刚躺下,同宿舍的副礁长陶继勇就推醒我:“你得穿军裤睡,小心得关节炎。”一看上铺的战士,躺在床上穿得整整齐齐,还带着护膝。

在这里,海风比寒流对人的伤害还大。空气中湿度大,盐分也大。一到早晨,围墙上、不锈钢的门窗上,凝结着一层亮晶晶的盐,连礁上种的花,都得经常用淡水“洗澡”。礁堡上空调、发电机、电视机、海水淡化机等电器都有点“水土不服”——生锈,平均两年锈坏一台电视机。

华阳礁哨所的正面,小小的码头还是官兵们的篮球场,但打篮球要小心翼翼,篮球很容易掉进海里。

厨房门上的铁板,不到一年就锈穿了。

人称"著名班长"的侯振生,在华阳礁时间最长。他拉着我像看展览似的到处看"海风"的战果:上半年才拿上来的铁丝,已软如面条;新电视机的喇叭网罩,已变成红色;哨楼上一寸厚的钢板护栏,不到一年就锈穿了……

"不锈钢总不会生锈吧,总会有海风锈不动的吧?"我有点怀疑。

"著名班长"侯振生说:"不锈钢也生锈,唯一锈不动的是官兵的心。有的患了严重的关节炎,已经上了十几趟南沙,还要求再上南沙,'痴心'不改。"

风雨天天横扫礁盘

我在华阳礁的 6 天,有蓝天丽日的时间,加起来不超过 3 个小时,天天都是风雨横扫。

"走,固定工棚!"礁长叶彪大声喊道,我跟着战士一同冲出礁堡,跳进大海。工棚是建礁时留下的,每一批上礁官兵都舍不得拆掉。礁堡面积太小,有了这个工棚,活动空间就大一些,战士们把这个摇摇欲坠的工棚,当成"海上乐园"。

外面一片漆黑,根本看不到风有多大、雨有多大,只感到大雨浇得眼睛都睁不开,抓住工棚的立柱才能站稳。身上是雨水,脚下是汹涌的海水,叶彪边指挥大家绑铁丝,边一遍遍地喊:"注意安全,别被风吹走了!"工棚上面,几名战士在快速转移炊具。雨真冷,冰得我全身发抖,我想战士们也一样。工棚靠礁堡的一侧风小,另一侧风就特别大,"著名班长"侯振生站在风口加固。借着微弱的手电光,我看到他脸上的雨水像瀑布一样往下淌。这是十分危险的抢险,海上的风什么都能吹走(事后得知,这晚另一个礁的工棚被海风吹得无影无踪)。

大雨中,我们都只穿着短裤,唯独代职的周贤高助理员,特意穿上绣有国旗的白色 T 恤衫。上南沙前,他妻子走遍大小商场,专门为他选了这件衣服,嘱他时刻不忘守礁的责任。此时,流淌的雨水把 T 恤衫紧紧贴在他身上,鲜艳的国旗,正好贴在他的胸口。

3 小时后,我们固定好工棚,从海里回到礁堡。礁长叶彪本来想烧锅姜汤让大家暖暖身体,上宿舍一看,全躺倒睡着了。第二天,在这座透风漏雨的工棚,官兵们又可以垂钓、做饭、养猪、养鸡了。

告别时的"筵席"

7 月 7 日晚,战士们设"筵席"为我送行,明天我将告别华阳礁。

　　这顿悄悄准备的"筵席",可能是华阳礁最豪华的。战士们把磨豆腐机搬到工棚,用珍贵的淡水清洗黄豆,要为我做一盘家常豆腐。这是南沙礁堡最好的"菜",平时要改善生活才做。除外,就是冷冻食品和罐头。

　　战士马海军和另外两名战士干了两个小时,一盆鲜嫩的豆腐终于"出炉"。吃饭时,叶彪反复说:"真对不起,没招待好。"我忍住感动的眼泪讲:"我会永远记住这顿南沙豆腐!"

　　这次补给的蔬菜,因台风影响,在补给舰上捂得时间太长,坏了不少。上礁后,加上连天大雨,冰箱里又放不下,豆角和一些青菜全部发霉。蔬菜棚里无土培植的空心菜,三分之一被海风吹黑、吹烂。从现在开始,一直到3个月后补给舰的再次到来,他们都将在缺少青菜的日子里坚守南沙。

　　上次守礁时,最后一个月只剩下一个苹果,是礁长叶彪省下来的。叶彪问大家怎么办,战士们都说:"别吃,看着。"有人特别想吃水果时,就上前望两眼,闻一闻苹果的清香。

　　第二天,我也准备"答谢"全体守礁官兵,就打开本报采访用的海事卫星电话,支在工棚前,让每位干部战士往家里打一分钟。但是,这顿"精神筵席"战士未能全部"品尝",打了8个人后,一听说"打一分钟8美元",剩下的战士

记者(左)请官兵们打海事卫星电话。　　(蔡年迟摄)

官兵们向记者告别。

怎么都不肯打。

　　我拉着"著名班长"侯振生说:"你在礁上守的时间最长,一定要打,让你爸爸妈妈听听你的声音,高兴高兴。"他连声说:"太贵,太贵,我还要站哨。"他把我的手一掰,就冲上了哨楼。在如此孤独寂寞的南沙,在如此思念亲人的南沙,战士依然想的是为国家节省电话费,我的内心受到巨大震动!

　　7月8日下午,我乘船离开了华阳礁。视野里,白色礁堡在渐渐缩小,最后变成一个白点,消失在茫茫大海里。孤礁生活的这6天,我再次强烈感受到:战士伟大!

　　　　　　　　　　　　　　　　（原载《解放军报》2001 年 7 月 26 日）

南沙：分分聚聚都是为了你

　　海洋有风也有浪，人生有别也有聚，分分聚聚都是为了你——南沙。

　　这是一个军港码头，但更像一个情感舞台，南沙军人离别的泪水、相聚的欢笑都在这里展示。

　　6 月底，记者随官兵乘舰上南沙时，碰到中尉王首相和他的恋人，就远远地用相机记录下这对恋人纯真缠绵的情景。守礁有功、从战士直接提干的王首相，本是刚强之人，10 次上南沙，多大的风浪都见过，多深的寂寞都熬过，从来都是潇潇洒洒。这次不同了，一上船就眼圈通红。他有了女朋友，且两人十分相爱。等待起航时，女朋友含着眼泪一遍又一遍地对他说：我想你，我爱你，我等着你……船走了，姑娘的柔情也汇进了大海。

　　经过 19 天的航行、4 次台风的洗礼，记者随下礁官兵又回到这座码头。自从能看见这座码头，就看见一群打着阳伞的军人妻子和家人在码头等候，不知道她们等了多久。部队长龚允冲的妻子和女儿都来了，手捧红玫瑰

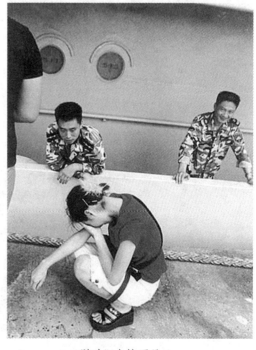

别时泪水擦不尽。

手捧鲜花望亲人。

第一次见到儿子。

和康乃馨;渚碧礁副礁长邓桂平的妻子来了,抱着丈夫从未见过的儿子——他走时,儿子还没降生。

（与蔡年迟、蒲海洋合作,原载《解放军报》2001 年 8 月 2 日）

大海·蓝天·雪山的对话

　　从瑞雪飘飘的新年,到烈日炎炎的夏日,由总政治部组织发起,人民日报、新华社、中央人民广播电台、中央电视台和解放军报联合举行的"世纪初年走边关"新闻宣传活动,已经持续了240多个日日夜夜。

　　银装皑皑的雪山,碧浪滚滚的大海,黄沙漫漫的戈壁,浓雾沉沉的密林……240多个日日夜夜里,我们跟随记者的足迹,踏访了许多人迹罕至的国土,听到了许多前所未知的传奇,结识了许多可亲可爱的戍边战友。展读这些报道,边关不再遥远,我们与戍边将士的心更加紧密地贴在一起!

　　一路跋涉,一路奔波,一路感慨,一路思索。在"世纪初年走边关"活动落下帷幕的时候,我们不仅需要激情的歌颂,更需要理智的沉思:在和平年代的今天,在21世纪的第一年,祖国这条历经沧桑荣辱的边防线在向我们诉说着什么? 一条怎样的边防线才能承托起腾飞的中国?

　　为此,我们设计了这样一个专访,作为解放军报"世纪初年走边关"活动的结尾和总结——本报记者携带海事卫星电话,奔赴南中国海,在远离祖国大陆的南沙群岛、在守卫南疆"空中国门"的某前线机场采访海疆空疆卫士,同时电话采访祖国西部边陲的陆疆守卫者。我们试图用这种方式浓缩时空,带领读者俯视祖国边关,思考边关建设的过去、现在和未来。

　　面对祖国巍峨的边关,让我们伴随记者的笔触,展开思想的羽翼;
　　面对人民深沉的嘱托,让我们牢记卫士的职责,守好神圣的国门……
　　大海之中,蓝天之上,雪山之巅,到处有守卫共和国疆域的士兵。一条环绕祖国版图的"线",把他们紧密地"串"在一起。

你在海之角,我在天之涯,相隔千山万水。今年 7 月,记者用一种特殊形式,让"大海"、"蓝天"、"雪山"对话:围绕同一话题,在现场采访南沙守礁部队、广空某部,同时用海事卫星电话采访西北边防官兵。

在与三军戍边卫士的"对话"中,记者深深感到:不同的任务,他们有共同的追求;不同的环境,他们有同样的奉献;不同的经历,他们有相同的期待……

话题关键词之一:变化

●世纪初年,雄关如铁,边关已经进入立体守防时代

□**现场目击:南沙永暑礁**

茫茫大海上,永暑礁如同一座巍峨的城堡,白墙红边,旋转的雷达天线高高耸立,战士宿舍都装有空调。不远处是第二代礁堡——"八角铁皮房",狭小得只能躺下 6 名士兵。第一代礁堡,是用竹竿搭建的"高脚屋",潮来水浸,风来摇曳,已无遗存。新旧礁堡见证着海疆的沧桑。

永暑礁距大陆 700 多海里,是一座真正的孤礁,但守礁部队长龚允冲对记者讲:"我们可不是孤守海疆,你看!"在他手指的方向,一艘执行海上巡逻任务的战舰正劈浪驶来。他接着指指脚下:"大海深处,还有潜艇陪伴我们。"早在 1983 年 5 月,我军就组成现代化的海上编队前往南沙巡逻,并在曾母暗沙抛锚。

□**现场目击:广空某飞行团**

蓝天如洗,3 架新型战机呼啸着冲向远方。两个小时后,驾机归来的某飞行团团长刘国胜对记者说:"在战机上看南中国海,漂亮极了,海水深的地方是黑蓝色,礁盘周围的海水是浅蓝色,还能看到银色的沙滩。"

他说话很神气。这种"神气"给我们一种"安全感":南海是我国最大的海域,战机能飞到的领空,就是安全的领空;能看到的大海,就是安全的领海!加上环绕祖国领土的一个个雷达站,今天的中国,已没有"失控"的空疆。

团营院的草坪上,摆放着供人参观的几架退役战机,各年代的都有,它是人民空军发展历程的缩影。单看"个头",最新战机比"老爷战机"就长了一倍,也粗了一倍,最新战机能实现超气象、高强度、高难度飞行。

□**电话采访:新疆军区某边防团**

政委卫庆荣:我们团守卫着全军海拔最高的陆地边防线,平均海拔 4800

米,海拔5000米以上的哨所就有3个。长途巡逻,靠的是现代化。如今,我们有能爬雪山的特殊巡逻车,乘直升机巡视边防也早成现实,每个哨卡都配有制氧机。我们团的边防一线哨卡,过去是"雪山孤岛",有病要"电报会诊"。今天,除卫星电话外,还铺有光缆,能传输图像,能对边界实施远程监控。家在内地的官兵家属也能直接往哨卡打电话,官兵更安心戍边。

　　□记者感言:

　　"朔气传金柝,寒光照铁衣",古老的戍边人曾在烽火台上艰难地构筑着国家的边关。今天守防,不再单靠一个个哨卡,已形成地面、空中、海上立体守防格局,这是20世纪以来我国守防方式的重大变革。一条巩固的边防线,背后一定是一个强大的国家——漫漫边关的历史变迁,是祖国命运的缩影。

　　话题关键词之二:和平

　　●**周边无战事,戍边人铸造着和平,也分享着和平**

　　□**现场目击:南沙赤瓜礁**

　　昨日的硝烟已化为历史。在庆祝建党80周年之际,赤瓜礁官兵放飞8只和平鸽。礁长郑荣祥说:我代表全礁官兵,祝愿祖国永远和平,也希望我们周围蓝色的海洋,永远安宁。

　　近10多年,周边无战事,郑荣祥对此感慨颇多。他说,这也是我国经济发展最快的时期,作为守防军人,我们应为国家的长久和平作出更大贡献,让祖国发展得更快。

　　和平是温馨祥和的感觉,但守边官兵是用独特的方式来分享她。战士张德敏曾10次守礁,他对记者说:"你猜,我们最喜欢听的是哪三个字?"不等记者追问,他就充满神往地"揭秘"——"船来了!"

　　是啊,小小礁盘,与世隔绝,没有电话,没有书信,只有四周的一片汪洋,只有脚下的潮起潮落。遇到气候恶劣的年终岁尾,3个月都看不到一艘船。一年又一年,一天又一天,他们守卫着蓝色的国土,也守着现代人罕见的孤独和寂寞。

　　但是,这种孤独和寂寞创造着每一个中国人每天都在享用的无价瑰宝——和平。

□现场目击:广空某飞行团

战机训练的"可看性"很差,记者站在滚烫的机场水泥跑道,唯一能看到的只是"起起降降",它的艰苦与惊险,都在视线之外的万里长空。

空疆,是无形的边防线。但是,在蓝天卫士的眼中,它却分外清晰、分外真切。曾有一架环球飞行的民用小飞行器,未按我国指定的航线,超低空、低速进入我领空,这个团的飞行员升空拦截。你来我往,几经"过招",这架小巧先进的飞行器,无奈地降在一片荒野。与边防、海防相比,空防的领域更大。祖国的领空,都是空疆卫士守护的区域。

副团长刘树伟说,冷兵器时代,一道长城就能挡住金戈铁马的进攻;到了热兵器时代,连滔滔海洋都不能抵挡坚船利炮;海湾战争以来的历次高科技局部战争,都是从天上打响的,蓝天必将成为未来战争的"角斗场",空军航空兵也会由战争的"配角"成为"主角"。21世纪,我们守卫和平的使命更重。

□电话采访:神仙湾哨卡

连长张学进:记者同志,你真是从南沙永暑礁打来的电话吗? 真清晰! 请替我向南沙战友问好。南沙哨位周围是大海,我们周围是雪山,海拔最低的也在6200米。在下大雪时巡逻,能把人累得死去活来。平原边界地区,经常有人畜越界情况,因为山高,我们这里边情极少。有战士问我,咱这儿连鸟都见不到,天天巡逻有必要吗? 我回答,非常必要。而且,越在"歌舞升平"的时候,越要守好脚下的领土,如不坚持巡逻执勤,有些领土就会在不知不觉中失去控制。

□记者感言:

和平是一个动态概念,它受各种条件制约。在军人的词典里,和平是战争的序曲。近10多年,我国周边无战事,但是战争并未从地球上消失。永久的和平是人类美好的追求,也是中国军人真诚的愿望。但我们不会忘记中国那句老话"害人之心不可有,防人之心不可无"。和平年代,边关军人的眼睛依然是雪亮的。

话题关键词之三:开放

●为了对外开放、走向世界,戍边人将更好地守卫国门

□现场目击:"海仓号"补给舰前甲板

7月16日,一艘某国10万吨货轮迎面驶来,按照国际航海避碰规定,我

"海仓号"补给舰为其鸣笛让路。记者第一次见外轮,异常兴奋,而舰上的官兵却一点不激动,他们见多了——南海,是世界上海运最繁忙的海域,我国60％的外贸运输从这里经过。

在甲板上,官兵们经常议论到加入"WTO"的话题。永暑礁气象站助理工程师赵军说,加入"WTO",其实就是更大范围地对外开放,更大幅度地打开国门。我国加入之后,来往南海的各国商船会更多,沿海的发展会更快。到那个时候,给家属找工作,自己转业找工作,机会也更多。从这一点看,在南沙守国门,苦不会白吃,汗不会白流。

南沙守备部队副政委徐祖平说,清朝守边,为了守土也是为了"锁国";改革开放前,守边强调的是"铜墙铁壁"。今天守好国门,增加了一个重要职责:为对外开放服务,要让边界上的门、大海上的门、蓝天上的门,成为经济建设的安全之门、方便之门。

□现场目击:广空某雷达站

从圆形雷达小屏幕上看,空中"国门"更繁忙。记者随官兵观察一上午,平均每10分钟飞过一架国际航班。在南海海域上空,共有13条进出我国的国际航线,每天进出国门的班机有上千架次。每一道空中"国门"宽20公里,民航部门为充分利用"国门"资源,又划分不同高度层往来飞行,就像城市的高架桥。从这座小小雷达站,记者强烈感受到,中国与世界的联系已非常密切。

教导员邓志刚说,我们是在地面为空中"国门"站岗。"国门"越开放、越繁荣,我们观察的任务越重。现在,每天的空情比过去多几十倍,需要从大量空情中逐一辨别正常与异常,并且都要在几秒钟内作出判断。所以我们提出,守好空中"国门"要从发现空情开始,没发现就是没贡献。1999年,一个外国热气球未按照我国批准的航路入境。热气球在雷达屏幕的显示,就像一团云,很难发现,但它一入境就被我们"逮"住。去年,我们站有47名官兵因及时发现空情立功受奖。

□电话采访:新疆军区某边防团

团长杨春汉:从连云港到荷兰鹿特丹10800公里的国际铁路,被称为"亚欧大陆桥",它就从我们身边的阿拉山口穿过。阿拉山口是西北最大的边境口岸,每天进出一万吨货物。进来的有石油、木材,出去的有家电、化工、轻工产品。2000年,仅海关税就收了11.4亿元。这几年,我们亲眼看到阿拉山口从寸草不生的戈壁滩,变成繁华的开放口岸,并且开放与和平双双而至。开放与和平是一种什么关系?我说不大清,但我感受到,开放能促进和平,和平也能促进开放。两个国家也好,两个民族也好,相互往来才能有牢固的纽带。

□记者感言:

当我们从政治意义、军事意义思考边界时,切不可忽视它的经济意义和文化意义。理想的边界,不应是隔绝人类的"墙",应是自由交流的"门"。21世纪,世界更离不开中国,中国也更离不开世界。走向新时代的共和国,需要崭新的边关。

话题关键词之四:奉献

●在万里边关,钢铁长城的背后,是血肉筑就的长城

□现场目击:南沙永暑礁

记者来到永暑礁时,礁上的官兵已经70天没吃上青菜。当时,补给舰还未到来。记者吃的第一顿饭,就是罐头和冷冻食品。冻了半年的肉,根本嚼不动,也没有肉味。炊事班长张清安告诉我,两天前,菜地终于长出一根黄瓜,部队长龚允冲亲自切了25片,做了一锅汤,全礁官兵高兴得像过节。

为少洗衣服,节省淡水,官兵们都是光着背干活、打球。礁上的淡水,大部分是从大陆用舰拉来的,还有一部分是淡化机淡化的,但海水淡化要用大量的柴油发电。礁上,水果、饮料、矿泉水十分珍贵,战士赵亮告诉记者,他守礁6个月,一共吃过4个水果,连队发

原西藏军区司令员张贵荣烈士之墓(资料照片)

的 10 听"健力宝",还剩了两听,他说要等到最艰苦的时候再喝。

龚允冲说,虽说今天的守边条件发生了很大变化,但不管条件怎样改变,边海防的大环境无法改变,就像谁也改变不了南海的风浪、高原的缺氧。21世纪,奉献仍是边防军人的主题。

□**现场目击:广空某雷达站**

记者驱车爬了 4 个小时的盘山路,才来到这座大雾紧锁的雷达站。这是一座近似四面环海的孤岛,又潮又热。因湿度大,全站二级以上的士官都有程度不同的关节炎,这与南沙守礁部队所患的"职业病"一样。还有一点十分相似:缺水,全靠到山下拉。记者看到,这里正在整修营房,两三个战士合挤一张床睡觉。

但是,守卫雷达站的官兵们却告诉记者,天上的战友更辛苦。在蓝天上,飞行员在身体上承受巨大的负荷,有时脸都被离心力"拉"变形;他们还要在心理上承受巨大的压力,按错一个钮,就会有机毁人亡的危险……

□**电话采访:新疆军区某边防团**

政委卫庆荣:南沙也好,"生命禁区"也好,作为守边军人,苦到极致全一样。到南沙先要晕船,上喀喇昆仑山有高山反应,都是吐得死去活来;南沙礁堡缺淡水,要定量用,我们神仙湾、天文点哨卡也缺水,现在还是打冰背冰;南

永暑礁

沙缺新鲜蔬菜,一根黄瓜大家分着吃,这样的故事,我在边防一线经常经历;南沙巡礁要战胜风浪,我们巡逻要战胜风雪,我也曾多次死里逃生。

这不是比吃苦,而是说明守边军人的奉献极其相似。这相似告诉我们:如果沿着边防线、海防线一个哨位一个哨位走,会发现到处都是默默奉献的边防军人;这相似还告诉我们:不应满足自己的贡献,不应过于强调自己的艰苦——不管是边防、海防还是空防,都有全新的课题等待我们去攻克。

□记者感言:

文章写到这里,不禁想起经常有人问我的话:"边防军人天天守着雪山、孤礁,那些不毛之地有什么价值?"

记者讲个故事,作为此文的结尾,也作为回应这些疑问的答案:

这一次,我在华阳礁住了6天,看到来自广东台山的两艘渔船在附近打鱼,他们一趟能挣30多万元。一位姓林的渔老板对我说:"没有南沙卫士,我哪敢跑到南沙打鱼?!"除了丰富的鱼类资源,南沙的油气储量相当于8个大庆油田。

有时,军人奉献的价值不在今天,而在未来……

（原载《解放军报》2001年8月10日）

天涯不再遥远

今天中午 1 时,记者搭乘"南水 966"号补水船,经过两天航行,从三亚来到西沙最南端的中建岛。1982 年,中建岛守备队被中央军委授予"爱国爱岛天涯哨兵"荣誉称号。

沙滩如雪,热浪灼人。走进守备队营院,指导员韦瑜传热情地招呼记者:"给家里报个平安吧,我们这儿军线地方线都能打!"记者将信将疑走进值班室,往北京一拨就通。虽然有点杂音,但对方的声音听得很清楚。

有了这部电话,远在天涯的官兵们和亲人近了,像老战士张新明因收不

中建岛炮位上的哨兵

到情书而与对象分手的事,再也没发生过。士官白占良靠一根电话线,与从未见过面的女朋友恋爱了。他幸福地告诉记者,现在家里人正忙着给他筹备婚事哩。

座谈时记者发现,岛上战士信息灵通,对国内外重要新闻、科技动态、社会时尚都熟悉得很。原来,他们有个"秘密武器"——卫星通视信息卡。韦瑜传打开连队的电脑,给记者演示浏览及下载信息的过程,操作很简单。他介绍道:"这个信息卡,可以接收当日人民日报、解放军报等中央各大媒体的网络版新闻。"记者仔细查看,发现在电脑里,每个战士都有自己的文件夹。

"有了这个卡,我们与内地大城市之间,实现了信息传递的零距离。"韦瑜传兴奋地说,"今年新颁布的《军队基层建设纲要》在《解放军报》刊登的当天,我们就下载下来,组织全体官兵学习。要在过去,最快也得等一个月"。

今年9月,海军机关还为这个岛配备了"村村通"卫星电视接收系统。这套数字卫星解码器设备像草帽般大小,刮台风时就搬到室内,用起来很方便。过去,岛上只能收七八套电视节目,现在可以收到22套,而且图像没有一点"雪花"。岛上的收音机也不再是摆设,能收到17套广播节目。

（与蔡年迟合作,原载《解放军报》2003 年 11 月 9 日）

再见,可爱的西沙

　　天之涯,海之角,此间是美丽的西沙群岛。11月上旬,一叶轻舟访遍西沙所有的岛礁,接送百多名退伍老兵离岛返乡。请看记者随船从南海发来的见闻——

东岛:回家前一小时仍在冲锋
　　11月4日上午,记者随驻西沙某部年终考核组,乘船来到西沙群岛的东岛。虽然已临近老兵退伍的最后期限,但看不到一点迹象。

记者(中排左四)与官兵合影。　(蔡年迟摄)

船一靠码头，全体战士都明白，退伍的战士就要离开岛回家。冬天受寒潮影响，海面风浪特别大，且持续时间长。此次来船之后，很难再有船来。

10 时许，考核开始。二级士官蔡家伟第一个冲锋。前不久，他在训练中左腿受伤。他预感今年要退伍，再三提出要参加考核。随着考官的哨响，蔡家伟咬着牙冲向终点。指导员罗文军悄悄告诉记者："今年有 4 名战士退伍，支部已经研究过了，因为不知何时来船，没有宣布。"

考核间歇，记者问三级士官李明珊："如果下午宣布你退伍，你还这么使劲吗？"他很肯定地答道："如果退伍，更要考好，我不想在军营留下遗憾。"

考核一直进行到 15 时。在成绩表上记者看到，退伍战士李明珊和朱方文，6 项全优；蔡家伟，4 项优秀，2 项良好；吴伟强，5 项优秀，1 项良好。15 时 30 分，全体官兵集合列队，队长夏太文宣读老兵退伍命令，整个议程只有 10 分钟。随后，退伍老兵开始收拾行李。

记者担心地问罗指导员："大家都想留队，突然宣布退伍命令，战士受得了吗？"

"我了解我们的战士，他们经受的考验多了。"罗文军指导员自信地说。2001 年春节，李明珊探亲回河南，妻子高兴坏了，给家里的小卖部进了很多商品，盘算着在丈夫帮助下，利用春节挣点钱。假期未完，上级组织"四会教学"培训，催他回队。正月初三，李明珊踏上返程的列车。丈夫走了，妻子还要照顾孩子，商品卖不掉，亏了 6000 多元。

谈起卫生员吴伟强，队长夏太文心中很是感动。两年前，家人为吴伟强联系好工作，因没人接卫生员的班，连队要求他留下，他二话没说。今天，原来找的工作黄了，却又宣布他退伍，吴伟强依然没说二话。

汽笛响了，4 名老兵与朝夕相处的战友，拥抱告别。指导员罗文军，挥着迷彩服的衣袖，不住地擦着滚滚而下的眼泪。看看表，刚好 16 时 30 分。

中建岛：真心想让风浪挡住路

接老兵的"琼 5078 号"渔船，顶着波涛，驶离中建岛。站在码头的战士，纷纷爬上楼顶，向远去的战友挥手，直到船影从波涛上消失。

而在船的甲板上，4 名退伍战士也在一遍又一遍对岛挥手。海面风起，涌浪变大，有人开始晕船，船长忍不住骂了一句："该死的天气！"而退伍战士李

中建岛上的主权碑

　　典却高兴起来,他真心想让风浪挡住路,他说:"风浪再大一点就好了,船若返航,我就能在岛上多留几天。"中建岛的官兵情,就像这里的海水一样纯,更像这里的大海一样深,他舍不得离开战友。

　　去年10月,李典在做饭炸花生米时,油锅起火,火苗蹿起两米多高,来不及躲避,右臂被烧出一道长达60多厘米的创面。

　　"岛上没有最好的药,但战友对我有最真诚的心。"在船上,李典动情地对记者说。他烧伤后,队长许清杰、指导员韦瑜传每天给他喂饭。全队官兵轮流陪他上厕所,帮他解衣。

　　岛上的军医说,如果没有足够的营养和维生素,李典的伤口就愈合得很慢。当时正碰上台风一次又一次袭击小岛,补给船很长时间没来。岛上唯一的青菜,就是防风菜地的几棵青菜,大伙都舍不得吃,每天摘下几瓣菜叶,给李典下面条吃。"青菜全被我吃了,其他的人要是想吃,就围着那几棵青菜转一转,咽咽口水。"

　　前来避风的香港渔船,给官兵送来了几个苹果。官兵口舌生疮的很多,谁都想吃,但谁也舍不得吃,全部放到李典的床前。

为了让李典的伤口愈合好，大家四处寻偏方。最着急的是指导员韦瑜传，他打电话给很多亲人，问家乡有无良方。后来，爷爷打听到用小老鼠熬的油，对烧伤愈合有奇效，赶快打电话给小岛。岛上老鼠好找，可刚出生的小老鼠确实难觅。官兵们见老鼠洞就挖，硬是找到 10 只小老鼠。

真是奇迹！记者看到，李典被烧伤的手臂，竟无一点疤痕。

虽然手臂没有疤痕，在李典心中，却留下永生难以磨灭的烙印！

金银岛：留下美丽，带走自豪

大海托着舟楫，驶向被称之为"海上花园"的金银岛。

金银岛如同浓绿的皇冠，营房深藏在鲜花和绿树丛中，像是童话中的仙境。一个退伍老兵热情地迎上来，递给记者一个大椰果。"好甜的椰子啊！"记者深吸一口，清凉爽喉。指导员袁维超对记者说："金银岛原来可不这么美，是一代又一代守岛人，慢慢建出来的。"

送椰果的老兵名叫王希全，是守岛最长的战士。1988 年，他入伍来金银岛时，小岛上没有一棵椰子树。他和战友们披荆斩棘，让第一批椰子树在岛上扎下根。在这座孤零零的小岛上，王希全日复一日守岛、植椰子树、种紫罗

没有金银，却有如画风光的金银岛。这是记者乘坐的补水船驶进金银岛的情景。

兰、栽野菊花，一干就是 16 年。

这 16 年，爷爷去世前，盼他盼得两只眼睛都没合上；奶奶临走时，一直念着他的名字；妻子到了预产期，也是独自走进产房……

"我对亲人的愧疚很多，但对没有金银的金银岛无愧！"王希全自豪地对记者说，"我可以这样讲，岛上每一棵椰子树，都吸吮过我的汗水，都是我陪着长大的"。

与其他的退伍战士比，朱方文行囊格外简单。除简单的行李，就是一部相机和一个包，包里装的是他的摄影作品。这才是一小部分，另外大部分照片留给了部队。

朱方文 1991 年 12 月入伍到西沙，业余时间，钻研风光摄影，每年拍摄七八十个胶卷。用的相机从海鸥、理光、美能达，换到今天用的尼康，先后拍了 3000 幅精彩而独特的西沙风光。著名的白鲣鸟、水莞花、红珊瑚，他都拍过。

"你见过海豚跳舞吗，我见过，有一天 5 只海豚，一字排开，在海上跳舞，场面很壮观，我用长镜头，全部记录了下来，战友们都争相前来索取这张照片。"

"就是平常的西沙风光，也是无与伦比。小岛，椰风徐徐，白鹭成群；大海，一望无垠，波澜壮阔；在碧蓝天空的衬托下，真是美极了！"

朱方文滔滔不绝，如数家珍，满脸的成就感。

永兴岛：女兵重圆大学梦

"锣鼓、锣鼓，你轻轻地敲；海浪、海浪，你轻轻地摇，让我再慢慢地走一走，这是日夜巡逻的羊肠道……"永兴岛上的退伍女兵，伴着《海岛恋》这首歌，开始收拾行装。

身穿迷彩服的退伍女兵叶小桃，把课本整理好，装进行囊。这位上西沙的第一位大学生女兵，就要重返大学校园。2001 年 9 月，她考进金华师范学院外语系英语专业，大一刚上半年，就应征入伍。在新兵连，她第一个写了到西沙守岛的申请书。

"我的 8000 元学费还放在大学，回去继续读书！"谈及退伍后的打算，20 岁的叶小桃充满自信。"虽然上学间隔了两年，我感觉收获很大，不比在校园学的东西少。"有凌云壮志的叶小桃，胆子却很小，第一次打靶时，枪一响，吓得丢枪就跑。一年后,她成为优秀士兵。

周丽的梦想也是上大学,她已报名参加电大法律系学习。退伍前,她正抓紧时间学习《宪法学》、《法理学》、《大学语文》。退伍后,她接着就要参加这3门功课的考试。

在连队阅览室,周丽胸有成竹地对记者说:"我宁可晚几年成家,也要先完成电大的学业。不管在军营,还是到地方,最重要的是个人素质。我是话务员,入伍5年来,我们连的通信装备全部更新了一遍,虽然我们天天学啊、钻啊,工作中还是感到有些吃力,很多故障要靠专家排除。迎接新军事变革靠学习,迎接社会的挑战更要靠学习。"

退伍女兵王小梅也要上大学,她已经联系好四川大学办的补习班,回到家就报名。

当年,女兵们带着美好的梦想,来到西沙;今天,她们又带着新的梦想,奔向远方。

（与蔡年迟、叶龙斌合作,原载《解放军报》2003 年 11 月 21 日）

点击战士"文件夹"

　　11 月 13 日上午,记者来到西沙群岛东岛采访,耳闻目睹的新鲜事挺多,"卫星通视信息卡"就是一桩。这是通过卫星电视信号,接收人民日报、解放军报等媒体网络版新闻的装置。记者打开连队电脑,发现战士们除了浏览新闻外,人人还建有下载网上信息的"文件夹"。远离陆地,战士都从网上下载了什么? 征得他们同意,记者一一点击阅览。

　　一个"文件夹",像是一部小"百科全书"。战士李长寿的"文件夹"里,有"三个代表"、十六大报告、《纲要》学习、人生感悟、真情告白、开心词典、为人处世、文体明星、英语解疑、电脑知识、卫生防病、军事报道、国际时事、国内新闻等28 个子目录。仅在"三个代表"子目录下,就存放了 30 多篇理论文章。细细查看,发现每个战士的"文件夹"都有"三个代表"子目录,后面都附有感想。李长寿对记者说:"在政治理论学习课上,大家讲起创新理论,个个都像小教员。"

　　点开二级士官陈士威的"文件夹",里面存放着国际军事动态的许多信息,有巴以冲突、中东问题、阿富汗战争、伊拉克战争……序号从 0001 排到了0286。他凑过来对记者说:"以前总觉得天下太平,练兵用不上,一看这些文章,就觉得不安,打仗的事挺多,世上并不太平,我一定要好好训练。"他去年参加上级比武,夺得两个单项第一。

　　一级士官张雷刚、姚成辉和杨小平的"文件夹"里,存放着部队建设方方面面的创新经验,有如何开班务会、如何跟新战士谈心、如何种菜等。岛上装备换代后,专业教学成了难题,他们从网上下载有关资料和图片,问题迎刃而解了。近两年来,上级机关发现这个岛上搞创新的"小能人"不少,调查后发现,其"师傅"就是网。

东岛官兵用椰子宴招待客人。

油漆成迷彩色的小四轮拖拉机,是岛上唯一的交通工具。

许多战士建有"人生感悟"类的子目录,有了烦恼,就会去翻翻自己的"文件夹",用"夹"里面的文章慰藉自己。邱燕飞的"文件夹"里有一段充满哲理的文字,曾激励过很多战士:"你虽然是你,但你不仅仅是你!你是人之子,你是人之女;你是人之兄,你是人之弟;你是人之夫,你是人之妻;你是人之父,你是人之母……走天涯,到海角,无论在哪里,都有人想着你、念着你、盼着你!"

邱燕飞对记者说,在孤岛上,每当我读到这段文字时,就仿佛看到父母期待的目光,不敢懈怠。他连续 3 年被评为优秀士兵。去年,他还被上级评为"十佳天涯哨兵"。

(与蔡年迟合作,原载《解放军报》2003 年 11 月 23 日)

　　天之涯,海之角,一月之间记者的足迹遍及西沙的 6 处岛礁。走海防,思古今,在远离大陆的"世外桃源"之中,他的脑海里又在涌动着什么,请看——

那海,那岛,那人

关键词一:美

在海防卫士的心中,国土的完整,不仅是面积的完整,还有美的完整……

陆疆大多荒凉而凝重,大海上的"边关"则一再地给人留下"美不胜收"

这是记者在飞机上拍摄的西沙永兴岛。

的印象。

　　从海南到西沙,如同步入一条画廊。三亚的景致已然秀丽,到永兴岛后,西沙的海、西沙的天、西沙的沙滩,色彩更纯。往东岛走,美又在"升级"。岛上覆盖着密不透光的原始麻枫桐树,数万只罕见的白鲣鸟在浓绿的树冠上,悠闲地起起落落。

　　西沙是"鸟的王国",有40多种海鸟;而黄海中的东牛山岛则是禽的王国,有鸣禽、涉禽、猛禽等128种;温州的南麂岛是海洋生物的王国,水域里发现的鱼类有397种,贝壳达403种。众多美丽的小岛如同珍珠,镶嵌在祖国万里碧波之上。

　　守岛不易,守美更难,海岛的美又是那么地脆弱。东岛守备队队长夏太文对记者说:"白鲣鸟胆子很小,野牛在树下啃树叶,都能吓掉鸟叼的食物。"一位战士说,这种鸟有洁癖,刚孵出的小鸟掉在地上,用手捧捧它,鸟妈妈就再不喂食了,嫌身上有了人的气息。

　　西沙的沙滩,是海龟的天然产床。40年才产一次蛋的海龟,憨态可掬地爬上沙滩后,常受到渔民的伤害。于是,瞭望的哨兵长年"义务"为海龟执勤。在西沙,放生海龟算不上新闻;海龟依依惜别战士的情景,也不是童话。

　　岛上的树、花、鸟,就像水兵的"战友"。在西沙官兵心中,国土的完整,不仅是面积的完整,还有美的完整。不管过去十年还是百年,守住这片鸟语花香、椰风海韵,都是海岛官兵们永不改变的承诺。

　　正如一位战士所言:"假如我们把岛上的鸟越守越少,把海龟越守越少,把绿色越守越少,我们能向祖国交代吗? 能向后人交代吗?"

关键词二:门

　　战士们心里最清楚,大海中的点点帆影,并非都是朋友,并非百分之百都是为了和平与发展而来……

　　记者走西北边防较多,海防与西北边防比,有相似,有不同。相似的是,都在守"岛",边防官兵守的是"雪山孤岛",水兵守的是孤悬大海的岛礁;都要面对交通不便、孤独寂寞、蔬菜稀少以及酸痛的关节。不同的是,他们所面对的一个是雪山,一个是大海。

　　与雪山不同,大海是天堑也是通途,是关隘也是大门。陆地丝绸之路衰落后,海上丝绸之路随即兴起。有着"世界第三黄金水道"之称的南海,位于太平洋和印度洋交接处,年过海轮 8 万多艘。在西沙的小岛上,雷达电波永不停息扫向海面,屏幕上渔船、商船、舰艇的影子不停闪现。然而,战士们心里最清楚,点点帆影,并非都是朋友,并非百分之百都是为了和平与发展而来……

大海之门,对中国现代化至关重要。最早的 14 个开放城市,就是凭借海洋走向世界;全国发展最快的长江三角洲、珠江三角洲,更是以大海为依托实现了腾飞。然而历史上的大海之门曾多次失守。上溯 60 年前或更长一段时间,我国的领海曾经成为列强的公海,海岛成为公共驿站,荷兰人、英国人、法国人、日本人、俄国人轮番侵占。至今,永兴岛还存有当年侵略者留下的炮楼。

海晏河清,是中华民族的世代之梦。今天,西沙的水兵并非独守天涯,一艘艘破浪而来的军舰以及大海深处的潜艇,与他们共守每一寸疆水。在西沙,再小的岛礁都有标准训练场,包括炊事员和守总机的女兵在内,全部参训。记者登上永兴岛时,正赶上他们举行年终军事考核,看着比武场上生龙活虎的场面,司令员李新根说:"我们今天刻苦的训练,正是明天大海和平、海疆完整的保证。"

关键词三:碑

一代代中国军人,打造成一条环环相扣的链条,每一环都很坚固,海疆才能万年不易……

小岛趣闻很多。今年,一位即将退休的将军,带领全家三代人,迎着波涛专程来探航岛为西沙烈士扫墓。这位将军很动情,为烈士守了一整夜。那晚,周围树梢上落满了海鸟。

今年 6 月,西沙群岛立碑人张君然先生去世。参与 1946 年收复西沙、并为永兴岛主权碑撰写碑文的张先生,曾一度消失在人海。一年元旦,一位中央领导同志上西沙视察,看到"海军收复西沙群岛纪念碑"后指示:此碑证明南海诸岛主权属于我国,要认真查访立碑人。几个月后,终于找到这位见证历史的老人,张君然时任上海市长宁区政协委员。

岛名也有意思。永兴岛和中建岛,都是以当年收复西沙的军舰之名命名。

西沙烈士陵园的革命烈士纪念碑

当年日寇侵占西沙时的炮楼

趣闻之中有深意。也许不该称为趣闻,应是英雄史诗中的一节。我国海岛很多,仅南海就有 1879 个。不管大岛小岛,哪怕是一二百平方米的礁盘,都浸染着烈士们的鲜血。为收复西沙牺牲的烈士不朽,为保卫海岛牺牲的烈士不朽,站在写有"南海屏藩"的白色主权碑前,记者深切感到:他们为民族所作的贡献与大海同在,他们的功绩后人永远不应忘记。

在西沙,记者认识了许多平凡的军人,他们在一个又一个长长的酷夏中创造着不凡的业绩。在东岛当兵一当就是 13 年的士官廖盛浓;在满目白沙的中建岛首次种活 120 棵马尾松的守备队队长徐清杰;将信息网络首次引进西沙的机关干部左正和……

收复、保卫、坚守、绿化、连接信息高速公路……一代代中国军人,打造成一条环环相扣的链条。每一环都很坚固,海疆才能万年不易。

关键词四:问

我国是公认的海洋大国,却不是海洋强国。今天的中国水兵,对海疆的

收复西沙群岛纪念碑

认识更加清醒和理智……

"请问,我国疆域有多大? 其中海疆面积有多大?"离开西沙后,记者先后在三亚、武汉、北京街头,相继询问数十位行人,有的答不准,有的摇摇头。

8 年前,某机构曾对北京、沈阳、大连等地 10 所学校进行调查,大部分中小学生都把 960 万平方公里陆地面积当作我国疆域面积,98% 的大学生不知道我国的海洋国土有 300 万平方公里。

"我国有多少海岛(面积大于 500 平方米的)?"这道题更难回答。记者查过三本书,答案居然不一:5000 多个、6500 多个、7372 个,准确数字是最后一个。前两本书分别出版于 2000 年和 2001 年,书的作者竟然没去对照国家 1975 年所作的统计。

这是海洋意识的淡薄,更是可怕的忽视。因为无知,历史上留下多少恨事。明朝,郑和下西洋的壮举遭非议后,有位官员竟把大量珍贵的航海资料一把火烧了,唯有《郑和航海图》得以幸免。清朝,长期实行"片板不许下水"的海禁政策,海岛居民大量内迁。虽然曾对收复台湾起过积极作用,但对海疆的构建和完整,造成不可挽回的负面影响。说到底,是"马上得天下"的决策者们不懂大海,不会治理海疆,也是对世界格局的懵懂错判所致。

21 世纪是海洋的世纪,我国是公认的海洋大国,却不是海洋强国。今天的中国水兵,对海疆的认识更加清醒和理智。在西沙永兴岛,最气派的建筑当属官兵们亲手建起的海洋博物馆和军史馆。这里的每一件实物、每一张图片、每一组数据,都是一部沧桑的历史。来此参观的,不仅有水兵、渔民,还有将军、市长、省长、部长。翻开这一部部翔实记载着南中国海的历史,每个人心中都能深刻明白海洋和海岛对国家意味着什么,都能获得一些有关民族安危、国家兴衰的启示……

（原载《解放军报》2003 年 12 月 19 日）

难忘的人物

"标兵"择业记

今年 43 岁的陈安民,原是南沙守礁部队副政委,海军表彰的"学雷锋标兵",去年 12 月确定转业。当时考虑到地方安置困难,他选择了自主择业。

对于这个决定,妻子张香莲和 15 岁的儿子陈胜辉都同意,而河南老家却"开了锅"。街坊邻居一个接一个打长途电话劝他:"咱村就出了你一个官,咋又不当了,可不能走这一步","还是转业安置好,大小能当个官,多少能办点事"……

憨厚的陈安民,其实很倔,一旦下了决心,就不会轻易改变。

自谋职业非易事。陈安民来到湛江市两个新建的小区,他心想:自己两次被海军树为基层优秀主官,小区的物业管理总能胜任。谁知一打听,两个小区都不缺人。

接着,他又找到海关。工作人员说,我们这里连扛大包的都不缺。又找了几个单位,也没空岗。他身心疲惫,心里不是滋味。

"别找啦,歇歇吧。"妻子心疼地安慰道,"你在南沙 4 年守了 7 次礁,在岸上总共才呆了 64 天。趁现在没工作,在家里好好休息"。

他接受了妻子的劝告,在家里翻翻书,看看电视。

一天两天,三天四天,慢慢地他有些受不了,常常半夜醒来。不讲课了,不查哨了,听不见大海涛声了,他像掉进了一个没着没落的真空世界。

一个月后，一座家属院招门卫，他闻讯打电话应聘。电话那头一听是"南沙的陈副政委"，爽快地答道："优先！"

陈安民看大门的事，又成为战友、亲戚、朋友间的"头条新闻"，有人劝他："你一个团职干部看大门，是咋想的？"虽然"丢人"两个字没说出口，但他听得出来。

门卫有一项工作是扫院子。陈安民身高1.88米，像篮球队中锋。拿扫把扫地，有点不自在。妻子看出了他的心思，一下班就赶到家属院，替他扫。

"要当，就当个彻底的老百姓，自己本来就是农民。"半个月后，陈安民想通了，他认真地扫地、掏垃圾箱，越来越像一个专业清洁工。

优秀的人终究不会被埋没，机会还是来了。陈安民听说广州一家远洋运输公司招人，决定一试。在不足600字的"自荐书"上，他写了立功受奖情况后，又如此"推销"自己："入伍20年来，我可以自豪地讲，本人有较高的组织能力、管理能力和领导水平，并对人民、对国家、对事业有较强的事业心、责任感，有不怕困难、不畏艰苦的工作韧劲。从事政治工作13年，有一定的理论水平和处理各种问题的能力。本人15年工作在舰艇上，有一定的船上工作经验……语言代替不了行动，行动是最好的语言，请贵单位放心聘用！"他还在"自荐书"上贴了一张胸佩4枚军功章的戎装照片。

"自荐书"寄到了广州远洋运输公司。"广远"组织部部长黎光葵一看这封"自荐书"不禁有些激动：这是人才！他当即给陈安民打电话，要他把荣誉证书复印件寄来。陈安民30多次立功受奖，黎光葵看到寄来的复印件，更是按捺不住，拿起电话通知陈安民："请到广州面试。"

今年6月23日，黎光葵与陈安民面谈后，连夜向公司党委写请示，请公司党委破格录用。他在请示中写道：陈安民很优秀，是我们需要的政工干部！

公司总经理徐惠兴和党委书记郑兰勋听了汇报后，批示"要尽快办好"。为尽快录用陈安民，"广远"打破常规，一路绿灯。3天后，陈安民作为第21名学员，插班到"远洋船政委培训班"学习。

"广远"没看错人。培训班结束时，陈安民5门功课全优，演讲比赛第一。"广远"对陈安民写了如下评语：主动性强，潜力大，整体素质高，是一位难得的远洋船政委苗子。黎光葵说:"在所有学员评语中,这是最好的评语。"

陈安民再次走上领导岗位,被任命为"桃江"号远洋船政委。听到这个消息,关心陈安民的人再次感到意外,冷静一想又觉得正常:像陈安民这样的优秀干部,肯定埋没不了!

(与蔡年迟合作,原载《解放军报》2003 年 10 月 12 日)

沙场烽火

——来自重大事件的报道

"联合—2003"反恐演习

一、反劫机演习惊险逼真

今天,上海合作组织成员国武装力量在哈萨克斯坦东部边境某军用机场联合举行反劫机实兵演习。这是"联合—2003"反恐演习在哈萨克斯坦阶段的主要课目。

当地时间上午 10 时 18 分(北京时间 11 时 18 分),联合指挥部发现一架"安—26"客机在某国被"国际恐怖分子"劫持,机上 15 名乘客被劫持为人质。"国际恐怖分子"劫持客机拟经过哈萨克斯坦领空,飞向中国境内。两架哈空军战斗机领命从某机场紧急起飞。

30 分钟后,两架"苏—27"战斗机一左一右,紧紧逼着被劫持客机,飞进参演官兵的视野。客机在机场上空盘旋两圈后,被迫降在跑道上。在另一条跑道上,临时搭起一个不起眼的野战迷彩帐篷,由中、哈、吉、俄、塔 5 国指挥参谋军官组成的联合指挥部设在这里,指挥员们正在与"劫机分子"斗智斗勇。

"被劫"客机停在跑道后,两架战斗机在上空作小半径盘旋监视。此刻,哈萨克斯坦突击分队、俄罗斯摩步连分乘 6 辆装甲车,从不同方向迅速包围上来;吉尔吉斯空降分队乘两架武装直升机突降机场,联合部队官兵铁桶合围"被劫"客机。

与此同时,联合指挥部与"国际恐怖分子"进行对话。"国际恐怖分子"要求半小时内为他们提供一台汽车。为保护"人质"安全,联合指挥部指挥员答应所提要求。作为交换条件,联合指挥部要求释放 5 名妇女。

"解救人质"演习现场

当地时间 11 时 10 分,一辆红色大轿车开上跑道。在对汽车进行仔细检查后,"国际恐怖分子"胁迫"人质"登车。一名"国际恐怖分子"心理崩溃试图逃跑,被同伙开枪打死。

汽车启动后,驶向"边境"。在行驶到某模拟边境检查站时,一辆装甲车从路边冲出,拦住汽车去路。霎时间,路边荒草下冲出数十名联合部队士兵,"咣咣"捣碎车窗玻璃,投进几枚"炫目弹"、"震荡弹",炸声震天。紧接着,联合部队士兵架着铁梯,冲进浓烟滚滚的汽车,顿时枪声大作。仅一分钟,"国际恐怖分子"就被制服。

距"战斗"现场不到 30 米的数十名各国记者纷纷赞叹:真像一场真实的突击战!浓烟散去,戴着黑色面罩,身着黑色防弹背心、黑色作战服的哈萨克斯坦特种反恐部队——"阿雷斯坦"队员,押着 4 名"国际恐怖分子"班师回营。

(原载《解放军报》2003 年 8 月 8 日)

二、跨越国界的"战斗友谊"

昨晚 8 点,在伊犁上海合作组织联合反恐军事演习场吉尔吉斯士兵帐篷餐厅里,传出一声声汉、俄语的生日祝福声。昨天是士兵别什26岁的生日,12日是吉方翻译马尔斯34岁的生日。中吉双方军人聚在一起,共同为这两位吉方官兵祝福。中方保障人员专门买来生日蛋糕,还准备了美味菜肴和啤酒、饮料。

士兵别什激动地为所有祝福他的中吉军人切蛋糕。他把第一块蛋糕递给中方联络员乔华勇时说:"中国军人为我过生日,我很惊喜。来到中国,感到这里是一个温暖的地方。"

6日上午9点,参加"联合—2003"反恐演习的吉尔吉斯30多名官兵,从吐尔尕特口岸一进入中国,就沉浸在浓浓的友好气氛中。吉军官兵乘车到喀什后,我军专门派军用运输机,直接将其送抵伊宁,免去上千公里的乘车劳顿之苦。到达伊宁的第二天,中方安排吉军游览了伊宁市。一进市区,吉军士兵纷纷露出惊奇的目光:中国的城市太漂亮了,商品丰富,价格便宜。仅大个头的收录机,他们就买了8台。

记者与哈萨克斯坦女兵合影。

吉军官兵初到中国演习,人地生疏,中方指挥员为他们详细介绍了有关情况。炎炎烈日下,中方联络员乔华勇和中方翻译廖新明、李麦、刘彦超,天天与吉方军人一起训练,现场解答有关问题。昨天,中方派出两个班的士兵,和吉方军人混编合练班进攻课目。

多国部队营地设在演习场附近一座山包下。在一座座野战帐篷里,中方为哈、吉、俄、塔4国指挥参谋军官和士兵,提供了电视机、饮水机、电风扇、篮球。外军对吃米饭、面条不习惯,中方派来一位二级糕点师,现场烤面包。训练时体力消耗很大,每顿中、晚餐,中方为多国军人提供"四荤两素"6个菜,还有哈密瓜、西瓜、砖茶。记者问一位站岗的吉方士兵:"在中国生活得怎么样?"他回答得很具体:"很好,我想喝水时就有水,想冲澡时也有水。"

相互关心,才是真正的友谊。在多边联合反恐演习这个舞台上,上演的就是"多边友好"的大戏。5日,当中、吉、俄、塔参演军人到哈萨克斯坦参加第一阶段演习时,也同样受到热情的欢迎、周到的服务。在中方指挥参谋军官住的招待所,哈方提前用油漆涂刷一新,床上铺的是新床单、新枕巾。还为中方军人提供一个单独的餐厅,保障车辆也不错。

9日,演习第一阶段结束后,哈方专门宴请中方军事代表团、军事专家组和参演指挥参谋军官。哈东部军区负责人向兰州军区司令员李乾元中将敬酒后,按哈萨克斯坦礼仪,当即把饮酒的杯子摔碎,表示与尊贵的客人喝过酒的杯子,再也不给其他客人用。借用这种礼仪表明:中哈两军友谊万古长青!

(原载《解放军报》2003 年 8 月 11 日)

三、实兵演习惊心动魄

今天的实兵演习惊心动魄。在上午进行的"城镇清剿,解救人质"实兵演习中,面对袭击城镇、挟持人质的百余名武装"恐怖分子",联合指挥部指挥反恐特战分队、陆军航空兵和武警特种分队,对发生恐怖暴力事件的城镇实施合围,开展对"恐怖分子"的拉网式清剿。

在反恐联军的强大打击下,"恐怖分子"退守到一栋楼内并以人质为要挟。在谈判无果,"恐怖分子"企图枪杀"人质"时,一组突击队员突然从楼底的暖气管道冲入楼内。同时,狙击手击毙了在楼顶警戒的"恐怖分子",另一队突击队员迅速乘直升机滑降至楼顶。突击队员们或徒手走壁,或抓着水管攀登,或顺绳滑下,从各个方向突入楼内,使用爆震弹、眩晕弹,对"恐怖分子"展开迅猛的立体攻击……短短几分钟内,"恐怖分子"全部被歼,被劫"人质"成功获救。

在演习最后一幕——攻打营地、围歼"恐怖分子"的实兵实弹演习中,参演的联军部队 700 余人对边境地区的"恐怖分子"营地展开了强大攻势:空中,直升机盘旋攻击;地面,坦克、装甲车和步兵分左中右三路对"恐怖分子"实施围剿;远方,炮兵以强大的火力摧毁"恐怖分子"建立的堡垒,压制着"恐怖分子"的火力;天空不时有导弹呼啸而过,准确地击中"恐怖分子"的指挥点;特种反恐分队在模拟国境线上实施机降,截断了"恐怖分子"的越境逃逸之路……

　　从 8 月 6 日到 12 日,在哈萨克斯坦与中国交界的边境地区,一幕幕惊心动魄、对抗激烈的演习不断上演,出人意料的战术、强大而猛烈的打击、准确无误的配合,显示了 5 国联合反恐的强大威力。中、哈、吉、俄、塔 5 国指挥参谋军官共同组成的联合指挥部指挥了这次演习行动,5 国武装力量约 1300 人参加了演习。

　　据中国阶段演习导演部有关负责人介绍,在这次上海合作组织多边联合反恐军事演习中,5 国军队第一次实现了情报共享,联合指挥,共同行动,熟悉了彼此的指挥体系、指挥方式、指挥手段,探索了编组多国联合反恐部队的方法,完善了成员国军队指挥机关和部队进行反恐特种作战的样式和方式,为进一步强化反恐合作机制打下了良好的基础。

参演的 5 国将领和官兵演习后合影。

　　这位负责人指出,恐怖主义是人类公敌,恐怖活动无国界。此次 5 国军队协调一致,密切配合,使演习取得了圆满的成功。今后,中国军队将进一步加强与上海合作组织成员国之间的反恐军事合作,共同维护地区的安全与稳定。

(与宫曦岭合作,原载《解放军报》2003 年 8 月 11 日)

伽师地震

平安信今天发出

今天晚饭后,近百名浑身泥土、满手血泡的新疆军区伽师县人武部独立连官兵,伏在防震棚内的铺板上挥笔写信,这是官兵们抗震救灾 9 天来,第一次给亲人报平安。这些天,战士的父母从北京、安徽、四川、湖北等地打来几百次牵挂的电话。

4 月 6 日,新疆伽师县发生 6.3 级、6.4 级强烈地震。同样遭受震灾的独立连官兵,迅速投入抗震救灾。抗灾尚未结束,4 月 11 日这里再次发生 6.6 级强烈地震,因连日抗震已非常疲劳的官兵,又接着投入更加紧张的抗震救灾。

地震消息披露后,官兵的亲人牵挂万分,电话不断从大江南北打来,营房门口的公用电话亭一天最多接了 150 多次。为了多救出一名伤员,多救出一头牲畜,多清挖出一件衣被、一粒粮食,从 4 月 6 日到今天下午,官兵们在房屋遍地倒塌的灾区,已连续奋战 9 天,夜晚也是和衣而眠。为了抢时间,他们连自己营区的防震棚都来不及搭,干部的家属带着小孩在露天自己用毡子围起来防震,支持丈夫为维吾尔族群众救灾。官兵们更抽不出丁点儿时间给远方的亲人打电话或写信报平安。

每次地震发生后,人武部部长宋照斌、政委陈宏率领全连官兵,在几十分钟内赶赴最严重的灾区,分 5 个组,一户接一户、一村接一村,冒着频频发生的余震,钻进摇摇欲坠的危房和倒塌的断墙残壁中,救人、救牲畜、清挖物资,有时干到晚上 11 点。只要一听到群众的呼救声,立即投入抢救。许多战士手挖破了,脚扎穿了,流着血,而部队的医疗队就在不远,都顾不上去包扎。最多的一天,他们救了 500 多户老百姓。

这里的救灾工作非常繁重,他们救完人后,又不停地奔波在城镇、农村为孤儿院、学校、医院拆除危房、搭防震棚。有几天晚上,战士们刚回到营房端起饭碗,救灾物资一到,他们一干又是两三个小时。9 天之中,他们每天只吃两顿饭,人人手上打起了一大片血泡,共搭防震棚 398 座,拆除危房 1000 余间,清挖物资 1200 多吨,卸救灾物资 300 多吨。自治区党委副书记张文岳视察灾区时,称他们是"抗震救灾的英雄群体"。

（与周长明合作,原载《解放军报》1997 年 4 月 16 日）

第七次强震这一天

"哗哗"的剧烈晃动声,把睡在防震棚里的记者惊醒,冲出门外一看表:4 月 16 日凌晨 2 点 19 分,满天灰尘扑鼻而来。随即打电话问有关部门,确认地震为里氏 6.3 级。今年已遭受 6 次强震的伽师人民又一次雪上加霜。

在飞扬的尘土中,和衣而眠的伽师人武部部长宋照斌、政委陈宏和独立连官兵,分成几个组,直奔附近的少数民族群众家中查看灾情。因夜色太浓,救灾工作一时无法展开。

清晨 7 时,天蒙蒙亮,近百名官兵扛着铁锹、绳子,奔到巴仁镇一村。这里的危房最集中。

官兵们首先赶到残疾人买买提江家中。坐在轮椅上的买买提江和他 70 岁的母亲看着 5 间倒塌的房屋正发愁,200 公斤棉花、上吨的粮食,还有缝纫机全埋在里面。转脸看到多次救过他们的子弟兵又来了,母子俩流着泪连声说:"亚克西(太好了),亚克西!"

官兵们一点点刨开压在粮食和棉花上的土块、木头、树枝、围席。半个小时后所有的物资全部清理出来,并搬运到安全地方。

离开买买提江家,官兵们分秒必争先后赶到毛拉吐努家危房中搬家具,到热比拉汗家即将坍塌的房屋中搬煤,到库尔班·艾提家中搬电视机……不

强震后,维吾尔族老奶奶擦拭孙女的眼泪。

觉两个小时过去了,救灾的官兵没有注意到,坐着轮椅的买买提江,始终跟在官兵们后面。他用流利的汉语对记者说:"我无法跟战士们一起救灾,但我要把战士们为我们维吾尔族群众干的事一件一件记下来、写下来,让更多的人都知道。"说完,他摇着轮椅又跟着战士们往前走去。

上午12点,77岁的孤寡老人塔牙合·尔肯,一看到战士们跨进家门,就忙着要给战士们煮鸡蛋,还说了一大串维语。翻译买合木江给战士们翻译说:"前几次地震后,你们到我家,用那么粗的大木头,把我的房子四周顶得结结实实的,这次地震一点损失都没有,鸡蛋在房子里好好的嘛!这鸡蛋不给你们吃,给谁吃?!"看到老人家没有损失,官兵们才欣慰地离去。

给这个村的阿訇卡斯木·买买提从危房中把1500公斤粮食和电视机等电器搬出来后,已是下午两点。卡斯木·买买提抱出一摞馕,提出一大壶奶茶,硬要留官兵们吃中午饭,连长秦国辉谢绝说:"谢谢老人家,还有好多灾民等着我们呢。"

望着官兵们远去的背影,阿訇感动地给记者说:"今年我们这儿的老百姓遭受这么大的灾难,全靠有共产党、解放军,谁的心里都不愁不慌。我以后主持礼拜,一定要大讲共产党的恩情、解放军的恩情!"

(与周长明合作,原载《解放军报》1997年4月20日)

抗击非典

特殊战场五昼夜

疫情似火,军令如山。4月24日,军委批准军队紧急支援北京组建小汤山非典定点医院的命令下达后,总后卫生部一个精干的筹备工作组迅速成立,4月25日下午开赴京郊小汤山展开工作。但他们面临的是一场罕见的攻坚战:建设一座拥有近千张床位和1200名医护人员的医院并全面展开救治工作,仅有5天5夜时间。筹备组在军委、总部的关怀下,迎难而上,快速行动,展开了一场与非典抢时间的战斗。

价值9000万元的药品器材超常规采购

要制定一个包括390种西药、76种中药共计近2000个剂型规格的药品保障计划,确实难。总后卫生部药材局夏助理说,接到任务当晚,他们就紧急联系驻军302、309医院专家咨询,根据这两所医院临床用药实践对重点药品使用量进行计算,这个庞大而复杂的计划一个通宵就完成了。接下来任务就更难了。药品采购要在3天内完成,总后数家军用物资采购局、供应站都领受了任务,八方出击。可首先遇到的问题就是两种最主要的防治药品市场脱销,厂家药店无存货。电话打遍全国,海南省主管部门勇挑重担,保证两天后供货。4月28日,第一批重点药品运到,解决了收治病人的燃眉之急。

移动X线机全国告急! 呼吸机脱销! 防化学口罩无货……医疗卫生设备采购更是困难重重。这些大型设备在救治中绝对不可或缺。26日,记者在医院建设现场看到物资筹措组负责人任国荃上校时,他正一头大汗地与各物资局、供应站频频通着电话。非常时期有非常办法。华东军用物资采购局超常规采购,如让厂家先生产后补合同、预付现金等,10 万只防化学口罩就是专门带着现金到厂家,现场组织生产并发运到北京的。3 台移动 X 线机、28 台野战防疫车,都是这么采购到的。

小汤山物资筹措得到了多方大力支持。总后司令部紧急协调总后各业务部门行动,总后财务部迅速协调拨款,开设专用账号,为物资采购提供经费保证;15 个品种 46000 件医用隔离衣裤、被褥、口罩,总后军需部 3 天就组织工厂生产和调拨完成;30 万米做口罩的纱布要从西安调运,总后军交运输部从调拨车皮到医院收货仅用 3 天;总后直属分部和药材仓库 3 天内出动 70 多台次卡车运输各类物资,同时抽调大批战士装卸;14 台呼吸机要从国外紧急进口,北京海关立刻放行……

万众一心,众志成城,使得平时几乎不可能办到的事情成为现实。4 月 30 日凌晨,最后 400 张病床运抵小汤山,标志着定点医院物资筹措任务总体完成。

百名工程师昼夜突击安装设备

设备安装,是医院建设的重中之重。平时,要建设这么大的一所医院,仅设备安装和调试至少需两个月,而他们仅用了不到 4 天!

4 月 26 日,筹备指挥组在病房还未完工的情况下,就紧急从总后药品仪器检验所、解放军 301 医院和 20 多家地方公司,抽调 42 名医疗设备工程师开赴施工工地。只要设备一到,他们就以最快的速度安装、调试、检测,不分昼夜。

总参通信部、总后司令部自动化局和卫生部信息中心密切配合,一天之内就开通了 1000 多门军用电话。最难安装的是 CT 机、X 光机和环氧乙烷消毒柜等大型设备。为抢时间,病房的水泥地面一打好,他们就先用吊车把设备吊进去,边砌墙,边安装。

记者看到,最焦急的是计算机工程师。因病房条件实在达不到计算机安装条件,他们采取两条应急措施:一是先在计算机里预装软件。有关部门抽调 50 多名工程师,从 28 日晚上一直装到凌晨 4 点,把 150 台计算机全部装好;二是组织了有 10 名工程师组成的突击队,一旦条件具备,即便在病人入住之后,也要身穿防护服进病房安装。总后卫生部信息中心主任宁义对记者说:"有关医治非典的资料,对研究攻克非典非常重要,为建设好医院的信息系统,我们不怕冒风险。"

从 30 日 12 时到 18 时,工程师们在 6 个小时里对 245 台(套)医疗设备进行了突击安装调试。

医务人员日夜兼程奔赴北京

疫情牵动着全军将士的心。4 月 26 日,当中央军委向全军下达紧急选调医务人员支援北京决战非典的指示后,各大军区和武警部队立即行动,大单位主要领导亲自动员、部署,一道道命令火速传向各医院和 4 所军医大学。26 日下午 2 时 30 分,301 医院抽组的医务人员最早到达定点医院。驻军 304 医院抽调的医护人员在 20 小时之内完成抽组,当日抵达。

济南军区抽组的 76 名医务人员,遍布全区 20 多所医院,军区上下以战时速度进行抽组,于 27 日中午就抵达北京,是外区部队最早到达的医疗队。兰州军区的医务人员克服路途遥远的困难,也于 4 月 30 日到达北京。北京军区白求恩和平医院,成建制把传染科抽组出来,支援北京决战非典。他们说,成建制抽组,可以减少适应和培训时间,能以最快的速度投入战斗。

连日来,海军、空军、第二炮兵、兰州军区和武警部队抽组的一批批白衣战士,以最快的速度赶往北京。南京军区用飞机把医疗队运往北京,沈阳军区的医疗队乘特快列车向北京开进,北京军区派专车把医护人员直接送到定点医院。

小汤山医院挂牌。

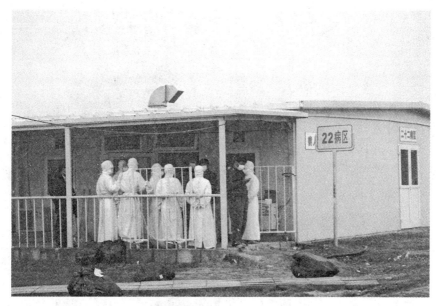

病房快速建起，准备迎接非典患者。

分秒必争的背后是过硬的素质，更是一种奉献精神的支撑。记者走近这些时刻准备与非典恶魔战斗的医护人员，常常被他们的故事感动得眼圈通红。有的刚拿到结婚证，来不及向爱人解释几句；有的孩子寄宿在幼儿园，来不及看上一眼；有的父母病重卧床，来不及打个电话……

这就是上前线的速度、上战场的精神状态！

（与江宛柳合作，原载《解放军报》2003 年 5 月 1 日）

小汤山非典定点医院昨夜收治首批病人

经过 7 天 7 夜的突击建设，北京小汤山非典定点医院今夜开始收治第一批非典型肺炎病人。

入夜，当全国亿万观众沉浸在中央电视台《我们众志成城》晚会的激情中时，新建的小汤山非典定点医院正是一片繁忙紧张的景象。经过 7 天 7 夜的病房建设、物资筹措、设备安装调试、人员抽组和培训，占地 120 亩的小汤山定点医院初具规模，具备了收治非典病人的条件。

今天上午，中央军委委员、总后勤部部长廖锡龙检查了医院准备工作，勉励医务人员时刻牢记人民军队宗旨，履行救死扶伤使命，团结一致，众志成城，顽强拼搏，完成好这次艰巨的任务。

当晚22时，在指挥组的指挥下，全体医务人员处于紧张的临战状态。记者在1、2病区看到，医生护士正在检查收治病人前的氧压和负压，有的医生正逐个病房检查紫外线灯管。在3、4病区，医生和护士们在查对药品。在7、8病区，医护人员正在检查医疗器械的消毒状况。

23时43分，从北大医院转来的非典病人，由北京急救中心救护车送抵小汤山医院。随后，医务人员与地方有关部门交接病人和病历。

来自全军各医院的医疗队，齐聚小汤山医院。

记者从交接的病人名单上看到，今夜从北大医院、佑安医院和地坛医院等16所医院转来的非典病人共156名。据悉，接收转来病人的工作将一直持续到明天清晨。已经上岗的400多名部队医护人员和工作人员将以这样的方式度过五一节之夜。

（与江宛柳合作，原载《解放军报》2003年5月2日）

小汤山守望札记

世人瞩目的小汤山非典定点医院奇迹般地建成了，来自全军的1200名白衣战士已经投入战斗了，本报记者也紧急靠上去了。从今天起，我们特开辟这个小专栏，让守望小汤山的记者将发生在那里的故事陆续告诉读者。

——编者

记者(右)与江宛柳记者一起在小汤山采访。　(江志顺摄)

1. 人隔离心相通

小汤山本是北京人休闲的去处,从昨夜开始成为阻击非典型肺炎的战场。

非典战场,让人想到最多的词是——隔离。病人来之前,医生护士们反复演练穿防护服,生活区和隔离区划分得泾渭分明。

但在隔离中,有许多东西是隔不住的。昨夜,第一批非典病人转来后,护士长韩红芳上救护车核对名单,发现有不少病人穿着隔离服,有的戴着双层口罩。有位病人对韩红芳说:"我就是医生,你们一定不要像我一样倒下。"一位中年患者坐在轮椅上,反复对推他的护士说:"我们全家都倒下了,就怕给你们再感染上。"此时此刻,谁也看不清对方的面孔,但能体会到彼此的真诚。在隔离的日子,你能感受到,心和心贴得更紧了。

隔着栏杆,记者终于采访到检验科女医生刘红鹰。由于距离远,记者采访时不得不大声喊,但能看清楚她满脸的疲惫。为了迎接病人,她昨天中午饭都没顾上吃,晚上回宿舍喝口水又上了病房。她隔着数米远对记者说,我就是个平常的人,千万别写我。在隔离区里,不想出名的人很多。有位姓姚的助理员,妻子在地方医院抗击非典,也在隔离区工作,女儿送到了山东老家,这位助理员同样坚决不肯说出他和妻子的名字。昨晚,所有的医生护士都要求接第一批病人。

在这样一个戴口罩的春天,正常人彼此说话都要拉开距离。然而,在小汤山非典定点医院,有一种力量却在"隔离"中凝聚!

（原载《解放军报》2003 年 5 月 3 日）

2. "我们始终和你在一起"

汉语中有些词,若不亲自经历一些事情,理解得绝对不深刻,比如说"同舟共济"。

今天,在小汤山非典定点医院,隔离区就是风雨中的一个"舟"。大家不能亲密接触,却要同心协力。济南军区医疗队带队的郑开远,本来可以不进隔离区工作,他反复找有关部门,终于要到一个名额。他说:"我是医疗队临时党委书记,怎能不和同志们一起战斗!"

7 病区有位女病人,父亲患非典型肺炎已去世,内心一直十分恐惧,一见护士刘艳华就说:"我现在发烧,你们会不会不理我?"刘艳华说:"绝对不会,我们始终和你在一起。"有了空闲,刘艳华专门来陪这位 28 岁的姑娘聊天。最小的病人只有 13 岁,是个文静的小姑娘,只比刘艳华女儿大两岁。刘艳华再三叮嘱小姑娘,有事就找她。下午,她又给小姑娘带来一些瓜子。

任何一个关键时刻,都是需要付出奉献的时刻。医生护士穿着 3 层防护服、戴着双层口罩和防护眼镜,在病房热得汗水直淌,却又不能摘口罩喝水。有位护士说,昨天在病房不吃不喝工作了 7 个小时,回到宿舍,渴得、饿得都想掉眼泪,可一进病房见到病人,劳累又顿时消失了。

这场风雨在考验着每一个人、每一个医务人员:你到底是不是一个负责任的人? 是不是一个合格的白衣战士?

（原载《解放军报》2003 年 5 月 4 日）

3. 亲人的鼓励

这两天,小汤山非典定点医院参谋蒙玉河,相继接到女儿 3 条手机短信。

第一条:爹,亲你一个,加油! 第二条:爹,我和妈妈都支持你,加油! 第三条:我们在电视上看到你了,挺帅的,加油! 当读到第三条信息时,这位铁塔般的汉子眼泪夺眶而出。蒙玉河虽然不在临床一线,但同样累得腰酸腿痛。

　　医护人员上前线后,亲人们天天通过电话给他们鼓劲。护士范玉红的儿子在电话里说:"妈妈,我不拖你的后腿。"军医方勇飞本来要和妻子郑绘春一同上前线,妻子因名额少没能如愿。这些天,在后方的妻子天天帮他收集有关防治非典的信息。

　　关心这些白衣战士的不仅是他们的亲人。301 医院领导到一线的每位医护人员家中走访慰问,现场解决各种困难。第三军医大学西南医院除了给医护人员送来大批预防药物外,还托运来 5 箱正宗的四川红辣椒。

　　医护人员则把鼓励送给病人。8 病区 20 床的老太太,见到主任刘书盈就问:"我的病能好吗?"刘书盈每次都坚定地告诉她:"能治好!"还耐心地给她作解释。

　　有位专家为全社会抗击非典开出一个"药方":支持鼓励、人人行动、团结互助、战胜困难。其中分量最重的一味"药"是支持鼓励——不管是对抗击非典的医护人员还是患者,身处孤独的隔离区最需要温暖。如果你不能直接参加抗击非典战斗,就真诚地喊一声:亲人们,加油!

（原载《解放军报》2003 年 5 月 5 日）

4. 责任重于山

　　战胜非典要紧紧依靠科学,但一刻也离不开勇敢。7 病区有位病重的老太太,生活不能自理,情绪消沉,护士李吉娜和周谭娟轮流陪老太太聊天,帮老人喂饭、端屎端尿。护理危重病人危险性最大,然而原准备"五一"进洞房的李吉娜如今把自己的幸福完全忘记了。

　　刚组建的院党委,把降低非典病人病死率和实现医护人员零感染作为首要工作目标,并采取了很多措施。其实,每个医护人员都把危险和后果想到了。

　　每天至少进两次病区的 1 病区主任郭晓钟,是研究胰腺癌的专家、博士生导师。他把手上 3 个课题停下,退掉出国当客座教授的机票,紧急来到抗击非典一线。进一次病区要洗两次澡,他的皮肤都洗成一块块红斑。虽然是博导,但他什么都干。有4间病房门关不严,他亲自动手修好。他说:"现在不是医生选择病人、选择研究方向的时候,而是病人在选择我们,祖国在选择我们。"

世界上最难忘记的一个字是——我。这个"我"包括:我的生命、我的健康、我的家庭、我的事业、我的名气、我的兴趣……今天,走进小汤山定点医院的所有医护人员,把这些"我"都抛到了脑后,只记住一个我的责任——责任重于山。

(原载《解放军报》2003 年 5 月 6 日)

5. 白衣战士有"五像"

阻击非典的一线医务人员,军营里好像都有他们的影子,到底像谁?

一像突击队。9 病区的医护人员连续 3 天都在冲锋。3 日准备病房到深夜 2 点,4 日、5 日接病人接到深夜 3 点。病区主任林村河对记者说:"一进病房就像打仗,平时练就的军事素质有了用武之地。"

二像防化兵。今天下午,记者看到 9 病区护士长王翠玉带领护士进病房时,手里掂着透明胶带。她们穿 3 层防护服,戴 2 层口罩、2 层鞋套后,还要用胶带粘好缝隙。

三像高原战士。穿上密不透风的防护服,就像到了高原喘不过气来。上高原有高原反应,进病房有"病房反应":头晕、恶心。护士时媛媛前天晕倒在病房,领导劝她休息,她不以为然地说:"没事儿,就是有点缺氧,慢慢就适应了。"

四像到火焰山演习的官兵。病房温度不高,但穿上防护服后,如同来到火焰山,5 分钟就大汗淋漓。还不能喝水,不管是上 6 个小时还是 12 小时的班。很多医生护士嗓子都哑了。

五像南沙卫士。他们生活的隔离区如同孤岛。

说像,其实也不像。这是一场特殊战斗,冲到前沿的不是尖刀班,而是白衣战士。

(原载《解放军报》2003 年 5 月 7 日)

6. 特殊的团聚

对于普通人来说,团聚意味着幸福。但在隔离区,团聚的感觉则不同。

有一种团聚叫并肩战斗,这种团聚是双倍奉献。来自海军401医院的军医孙强和409医院的护士徐建春是一对夫妻,他俩在小汤山定点医院14病区团聚。今晚,夫妻俩一同上阵迎接病人,直到深夜。徐建春对记者说:"夫妻俩在一起,多了一份危险,却少了许多牵挂。"除了夫妻团聚,还有兄弟团聚。9病区有一家姐弟3人住在一起。但他们至今还不清楚,每天为她们热情检查治疗的175医院军医邱耀灵,其亲弟弟邱耀辉也在小汤山定点医院抗非典前线。

这次奔赴小汤山的医护人员,来自海陆空、武警和第二炮兵各大单位,是从全军选出来的精兵强将。这样的大团聚,使北京人民更加坚定了战胜非典的信心,显示出中华民族的强大凝聚力。

昨天,一对患非典的老夫妻及其女儿相继来到8病区,医生护士赶紧把他们调整到一起。看到病人一家一家来住院,医护人员心里都很酸,也实实在在感到肩上的责任。他们明白:病人期待的团聚不在隔离区,而是在自己温暖的

小汤山医院的护士们

这是检查进出隔离区的执勤点，由公安干警和武警战士负责。

家。今天，记者听到一个好消息，7 病区那位病重的老太太能自己下床了。

（原载《解放军报》2003 年 5 月 8 日）

7. 隔离区病人如是说

隔离区病人生活怎样？今天，记者电话采访了几位病人。

上午，记者拨通 2 病区 39 床一位姓南的女同志的手机。她说，早上起床后，量量体温，在走廊上遛遛，我周围的病友都很乐观。这里吃的喝的都不缺，有牛奶、饮料、矿泉水、水果，今天还吃上了蟠桃，现在北京的蟠桃可是很贵。护士最辛苦。前天，有位护士就累倒了。倒的时候我又不敢扶她，赶紧喊别的护士。后来，一位护士用轮椅把她推走了。当时我的眼泪都下来了……谢谢她们！

记者又给 5 病区 13 床的一位女同志打通电话，病人因呼吸困难，没有讲。记者随后拨通她丈夫张凯宏的手机。张凯宏说，我就是当兵出身，对军人非常信任。妻子得病后，情绪不好，原来住 4 病区，非要和她嫂子住一起。她嫂子住 5 病区。跨病区调整有个过程，她等不及，就跟医生护士急，但医生护士啥都不计较。等病房调整出来后,妻子又有点舍不得走。我非常感谢5病区金主任和护理部赵主任,他们对我妻子非常关心。

下午,记者给1病区12床一位男同志打通电话。他说,这里的护士真好,护士程堃端着碗一口一口给我喂饭,面对面喂了一个半小时,我感动得边吃饭边流泪。

晚上,记者拨通5病区29床、30床一对年轻夫妻的电话。他俩说,国家花这么多钱建医院,解放军医务人员抛家舍口来北京给我们治病,我们感谢党,感谢解放军!

（原载《解放军报》2003年5月9日）

8. 不近人情爱亦深

有一个镜头始终刻在记者的脑海。一天,记者问医务部主任王海涛:"你压力最大的是什么?"他脱口答道:"实现医务人员的零感染,让大家一个不少地健康回家!"

今天上午,医院预防感染督导办公室主任焦卫红向记者介绍了所采取的各种措施。她说,医院成立了15人的专职督导队,每个科室有一名兼职安全检查员,每天日夜不停地巡回检查。副院长邓传富专职抓这项工作。他们把各项防护制度细化成100分,发现问题当场扣分,并定期评比。昨天,他们给两名护士扣了分。原因是一名护士行走路线不正确,另一名护士口罩系得不紧。

正说着,有人把印好的警示标语送来了,有六七百张,内容有:"请您戴好口罩"、"清洁走廊,勿摘口罩"等等。还有贴在病房、充满人文关怀的提示标语:"切记亲人的牵挂"、"为了您和他人的健康,请戴好口罩"等。

他们有时严格得"不近人情"。下午,刚从病区洗完澡出来的1病区护士长陈红,给记者讲了这样一件事。昨天,护士陈捷和胡旭给病人抽血时,因防护眼镜上都是汗水看不清,她俩着急,正要摘防护眼镜时被她发现了。当时,陈红对她俩批评得很严厉,转身却流下了眼泪:这些护士不是不知道防护,而是太奋不顾身了。

救死扶伤,保护自身。今天,各级都在向这个目标努力。不管采取的措施多么不近人情,都是对白衣战士的真心关爱。

(原载《解放军报》2003 年 5 月 10 日)

9. 小汤山没有双休日

早晨 7 点 50 分,身板笔直的放射科杨立教授,边打电话边走向病房:"妈妈,今天我在家休息。"84 岁的母亲一直患病卧床,他不敢把抗非典的消息告诉老人。

"你今天休息?"记者问。"你看我像休息吗?"身穿白色工作服的杨立教授笑了。对于每一位医护人员和工作人员来说,小汤山没有双休日。

记者看到,上午,定点医院一片繁忙:工程抢险队的同志在抢修 9 病区下水道,一些医生护士在领病房用品……

医院政治部正在了解各病区医务人员关于文体活动方面的要求。大家的要求很简单:踢毽子、跳绳、打乒乓球等。记者看到,因隔离限制,1200 名医务人员的活动范围只有每栋楼前的一块场地,加起来没有一个足球场大。为避免可能发生的交叉感染,大家平时都不串门,更不能组织打排球、篮球。

在富来宫宿舍前,来自新疆军区的几位护士对记者说:要是双休日能到城里看看多好,从电视上看天安门很雄伟。她们之中很多人是第一次来北京,有的来自遥远的喀喇昆仑山脚下,下了飞机就直奔小汤山,只看到北京漂亮的外环路。

北京是美丽的,也是热情的。这些抗击非典的英雄们,一定会有机会饱览北京的美丽,感受北京的热情。

(原载《解放军报》2003 年 5 月 11 日)

10. 所有的花儿为你盛开

今天上午,总后卫生部领导来到小汤山,送给每位护士一份节日礼物。昌平区的各界代表也来了,隔着栏杆他们送给 528 名护士每人一枝红玫瑰,给 10 名护士长代表每人一束鲜花。护士长和护士们没有把鲜花插到宿舍独自欣赏,而是拿进病房转送给了病人,祝愿所有非典患者早日康复。

　　在小汤山这场特殊的战斗中,如何评价护士这个独特群体? 采访30多名护士后记者感到,应该毫不吝啬地用几个"最"字描述她们:走路最多、流汗最多、进病房最多、和病人接触最多、工作强度最大……

　　还有那些护士长们。看到她们时,全是一脸疲惫的面容;听她们说话时,全是沙哑的声音。她们中,有谁没有连续24小时在病房工作过? 有谁不是经常只吃两顿饭?

　　直接见证护士甘苦的是医生。不能聚会,该如何表达对战友的节日祝贺? 1、2病区的军医们自制了几十张祝福卡,送给两个病区的43名护士。有4名护士值班,2病区主任郭晓钟用电话把深情的祝福念给她们。

　　记者看到,这张打印的祝福卡上这样写道:你是我的小妹/你是我的大姐/你是人民的天使/你们的汗水/滋润着每一位非典患者的心田/在这特殊的战场上/我们没有鲜花送给你/我们会送给你一千个一万个默默的祝福/病房里虽然没有朵朵盛开的康乃馨/我相信/今天首都北京所有的花儿都在为你盛开……

　　　　　　　　　　　　　　(原载《解放军报》2003年5月12日)

11. 群英比武小汤山

　　上午9时,一个黑黑瘦瘦、文质彬彬的身影又匆匆进入病区通道。他就是直接负责一线治疗的副院长、医院专家组组长周先志。他要查看昨天新接收的病人和一位转到重症监护室的病人。3个小时后,周先志才从病房出来。

　　他告诉记者,目前小汤山医院接收病人639名,治疗任务十分繁重,其中60岁以上的有30多人,年龄最大的79岁。虽然大部分病人病情比较稳定,但也有21位病人病情较重。但我们有信心克服困难,帮助病人恢复健康。

　　如果说专家是治疗"非典"的希望,那么这里的"希望"就太多了。医生中具有副高以上专业技术职称的占20%,其中大部分是全军各医院传染科和呼吸科的主任、副主任。5天前,医院成立由6名知名专家组成的专家组,其中包括一位心理学专家,集体攻关治疗中的难题。

　　5月7日,北京市某医院一位患"非典"的内科主任医师转到小汤山。这位主任医师病情比较复杂,还患有糖尿病。专家组会诊后,精心制定出一套治疗方案。目前,其病情已趋稳定。

英雄聚首就要打擂台。下午,各病区把各自制定的治疗方案交到院里,专家组集体研究,优中选优。一场科学"大比武"正在白色病房里悄悄拉开序幕。

（原载《解放军报》2003 年 5 月 13 日）

12. 刚强的军人像座山

军人的感情很丰富,也很单纯,绝大部分时间只考虑一件事:使命。

晚饭后,在医务人员住的宿舍楼前,记者碰上两位散步的女中尉,一位叫刘静,另一位叫王春英,都是从新疆军区 18 医院来的护士,都在喀喇昆仑山三十里营房医疗站工作过。

刘静长得白白净净的,根本看不出她曾 3 次登上全军海拔最高的神仙湾哨卡。她说:"雪山艰苦,小汤山辛苦,我感到都没啥。"她巡诊时休克过,但没掉一滴眼泪。到小汤山后,她感到自己依然很"皮实",除头两天感到有点难受外,现在已经适应在病房穿厚厚的防护服。

王春英个头不高,其丈夫谈怀周是海拔 5090 米的空喀山口边防连连长。丈夫 4 月 29 日下山,她 4 月 27 日离开家,极其宝贵的团聚时间也错过了。这对夫妻很有意思:丈夫在雪山守防时,吃多少苦都不讲。王春英上山守防后,才体验到风雪高原环境的恶劣。现在,轮到王春英"什么也都不讲"。每次打电话,她只对丈夫说"住的是'山庄',吃的很丰富,也没变样"。至于在小汤山如何接触病人、穿多少层防护服、8 天体重瘦掉 3 公斤的事,她始终只字不提。

小刘和小王说,不管在病房遇到什么难事,她们都始终对病人笑着说话,尽管连呼吸都很费劲,尽管病人也看不清她们的笑容。

从雪山到小汤山,记者见过许许多多临危不惧、临难不惧、临苦不惧的军人。其实,这些刚强的军人就是一座座高山。望见这样的高山,老百姓遇到天大的事,都会镇静下来,都会心底踏实。

（原载《解放军报》2003 年 5 月 14 日）

13. 报病危的患者笑了

近日,7 病区 26 床的高大娘话多了,也有了笑声,还能到阳台活动活动。

68 岁的高大娘是小汤山定点医院接收的首批病人中第一个报病危的非典患者。当时,坐着轮椅进病房的高大娘,双肺都是阴影,在 X 光片上看不到正常肺组织,呼吸衰竭症状明显。

"一定要治好高大娘的病!"病区所有医护人员都行动起来。院领导组织专家先后 4 次给她会诊,制定出一套详细的救治方案。

但遇到最大的困难是高大娘不配合。护士长辛英了解得知,其老伴患非典已去世,高大娘对能否治好非典没有信心。主管军医陈力新、沈雪林和护士长辛英以及所有的护士天天安慰高大娘,病区主任杨令国有时和她聊天一聊就是半个多小时。

一次,高大娘问副院长周先志:"我的病这么重,到底能不能治好? 你给我说个实话。""能治好! 出院时我要亲自送你。"周先志回答得很干脆。"真的?"高大娘有点半信半疑。

高大娘的亲人在哪里,能否打电话安慰安慰老人家? 一天,护士长辛英询问高大娘得知,她有两儿两女,但记不清子女的电话,只晓得二儿子刘大伟是出租车司机,衣服上印有"京联"二字。依据这个线索,辛英费了很多周折终于找到刘大伟家的电话号码。高大娘和亲人联系上后,特别是接到孙女、外孙的电话后,情绪明显好转。

医生护士无微不至的关怀,使高大娘树立起战胜非典的信心。今天上午,病区杨主任对记者说:"如果高大娘不出现其他疾病,和家人团聚的日子为期不远了。"

（原载《解放军报》2003 年 5 月 21 日）

14. 妈妈,儿子令您永生骄傲

在小汤山,有不少军人没有把抗击非典的消息告诉父母,放射科主任杨立教授就是其中一位。这几天,杨教授为此特别痛苦和内疚:5 月 16 日,母亲突然病逝,弥留之际,还在呼唤他的名字。

当初,杨立没把上前线的消息告诉父母,是因为 84 岁的母亲患结肠癌,长年卧床,怕母亲替他操心。本来,杨教授全家计划"五一"期间回鞍山老家。当时他还对妻子感慨:"现在是看一眼,少一眼。"4月26日,他却向组织递交了请战书,取消了回家的打算。

4月27日,杨立教授作为301医院首批医疗队队长奔赴小汤山。一到前线,他就被任命为放射科主任,还担任党支部书记。自5月1日接收非典病人后,他没有休息过一天,所有的X光和CT片都亲自过目,签署诊断意见。他每天在灯箱前看100多张片子,工作近10个小时。

杨立教授是有名的孝子。母亲去世当天,妻子赵进打电话安慰他,没想到,他接到电话就泣不成声。放电话时,他却对妻子说:"现在都在抗非典,千万不要对组织讲。"妻子非常担心丈夫的身体,就给一些朋友打电话,让他们一同劝慰杨立。其实,妻子的担心是多余的。第二天,杨教授照常逐个病房检查床边X光拍摄情况。至今,放射科28位战友,无一人知晓杨立教授的不幸。当301医院领导得知消息打电话向他表示慰问时,他坚定地表示:我将化悲痛为力量,坚决完成任务!

昨天,301医院党委给杨立教授86岁的父亲发去一封唁电:当祖国遭受重大灾难的时刻,您的优秀儿子毅然舍小家,顾大家,积极请战,奔赴小汤山

准备欢送首批康复的非典患者出院。

定点医院,参加抗击非典的战斗,并取得突出成绩,为部队赢得了荣誉,也为您全家赢得了荣誉。部队感谢您,人民感谢您!

在寂静的夜空中,唁电随着无线电波飞向远方。杨立教授的妈妈,您在九泉之下能看到吗? 您的儿子不是不孝,他在抗击非典的前线,是一位令您永生骄傲的军人!

(原载《解放军报》2003 年 5 月 24 日)

平凡岗位的抗非典瞬间

5 月 15 日,全国最大的非典定点医院——小汤山医院,第一批 7 名患者康复出院。当闪光的镜头对准患者和医护人员激动和喜悦的笑脸时,记者观察到另外一些岗位工作者的抗非典瞬间。

保洁工每天清理垃圾多达 2 吨

7 时:清洁工穿着和医务人员一模一样的白色防护服,开始打扫卫生。有的在清扫 4 条马路,有的肩背喷雾器消毒,有的用手推车运垃圾。他们要一直工作到晚上 22 时。

小汤山定点医院的保洁工作由北京信道像物业有限公司负责。他们共派出 44 名经过防护培训的保洁工,每 3 人负责 2 个病区。其中女工 20 名,年龄最大的 48 岁,她的名字叫汪海霞,昨天打扫卫生时,她在 8 病区拣到 1000 多元现金,立即交给了护士长。这些保洁工都是自愿报名到小汤山的。

8 时:26 岁的保洁主管韩伟东进到病区,仔细查看数百间病房的卫生和消毒情况。这位黑龙江小伙子责任重大。每天从病房清理的垃圾多达 2 吨,要在病房、病区消毒站和焚烧前分别消毒 3 次。他认真检查每一道消毒过程,确保病区垃圾不污染环境。韩伟东的爱人也在北京打工,近在咫尺却不能见面,天天打电话提醒他"注意防护"。

11 时:一车又一车垃圾开始运到焚烧站。在 3 座焚烧炉前,保洁工刘志武、宫宝军和王雪峰开始紧张的工作,把一袋袋垃圾送进 1100 摄氏度的柴油炉。在又热又脏的焚烧炉前,他们穿着 3 层防护服,戴着双层口罩,不管工作多长时间都无法喝水。最难焚烧的是病人的剩饭,每天多达半吨,先要烤干后才能焚烧。医院后勤部副部长蒙玉河对记者说:"当有人离开北京时,他们却主动来到抗击非典最前线,他们和医护人员一样光荣和伟大。"

病区每天供氧 1200 瓶

11 时 30 分:药剂师把上午最后一车药从工作人员通道推进病房。截至 15 日,小汤山住院病人已达 649 人。一个 400 平方米的药库和另一个 200 平方米的药库,成为这个特殊战场上的"弹药补给站"。26 名药剂师每天按各病区报告,源源不断把"弹药"送到"战场"。

正准备下班的药库主任魏荣,边擦汗边对记者说:"我们平均每天往病房供应的液体是 1200 瓶,针剂 5125 支,片剂 6455 片。用量最大的药是激素'甲强龙',每天需供 2400 支。"这是一个高素质的保障集体,他们之中一多半是本科毕业,还有一名药理学博士。

11 时 36 分:19 病区护士长鲁根娣打来电话,向药库表示感谢,并说那位大咯血病人已脱离危险。两天前,19 病区一位非典病人大咯血,急需一种药,他们紧急多方联系。药材供应站易站长闻讯后,立刻出动,在车上联系各大医药公司,只用 45 分钟,就把急救药送达小汤山。

14 时:各病区领物资的护士接二连三来到器材库。器材库主任张楠对记者说:"病区每天需要 N95 口罩和 16 层棉纱口罩各 3000 只,一次性乳胶手套和鞋套各 3000 双,防护服 2000 套,防护镜 1000 只。"由于供应量大,他们每天要分发 8 个小时,每个人都累得腰酸背疼。为确保医疗质量和防护需要,对所有物资严格检测合格后才分发到病区。

14 时 30 分:门卫报告值班室,北京市氧气厂把液态氧气罐送到医院南门。小汤山定点医院每天需要 1200 瓶氧气。北京市氧气厂成立"小汤山特别供应组",专门负责输氧设备和氧气的供应,并由地方公司直送小汤山。北京各行各业全力支援抗击非典,许多物资实行统一供应,送物资的车辆经常在医院门口排队。

小汤山村民距医院大门不到 100 米

15 时 20 分:又一批病人送来定点医院。

15 时 50 分:42 岁的小汤山镇村民李长力,坐在巷子口,悠闲地观看街景。他家距定点医院大门不到 100 米。记者问他:"害怕吗?"他笑笑答道:"没啥怕的,那么多解放军天天跟病人在一起都不怕,我们连病人都见不到,怕啥? 全村有 1700 多口村民,没有一家走的。再说镇上一天消毒两次,很安全。"

16 时 10 分:在小汤山镇蔬菜市场,各种蔬菜十分丰富。鸡蛋 1.8 元 1斤,豆角 1.8 元 1 斤,韭菜 1 元 1 捆。一位王老板对记者说:"蔬菜只涨了一次价,第二天就落下来了。定点医院建成几天来,生活上没感到有多少影响。"

20 时:小雨停后,小汤山镇广场上,散步的人越来越多了。

(原载《解放军报》2003 年 5 月 19 日)

战斗间隙的欢笑

"不跑操总感到不像军人"

在小汤山定点医院,有激烈的战斗,也有战斗间隙愉快的欢笑。

每天天一亮,医生护士们就三三两两下楼跑步、散步、打太极拳。为避免交叉感染,不能集会,所有的运动都"各自为战"。在医护人员住的 4 栋楼前,能看到很多运动迷。有时下小雨,羽毛球场上还有跳跃扣杀的身影。7 病区护士长辛英,工作十分辛苦,人瘦了一圈,但照样坚持跑步,她对记者说:"不跑操总感到不像军人。"

文体活动是白衣战士消除疲劳、缓解精神压力的重要方式。在病房里,他们每天穿 3 层隔离服,工作 6 个小时,身体消耗很大;由于要时时提防感染,心理压力也很大;回宿舍后,还不能串门聊天,只有依靠文体活动调节。晚饭后,很多女护士听音乐、下跳棋、踢毽子;男同志则喜欢活动量大的锻炼项目,拉拉力器,到健身房锻炼,一直练到大汗淋漓。

记者看到,隔离区的文体器材十分丰富。出征前,部队各级领导和机关对白衣战士的文化生活非常重视,为他们准备了很多图书和文体器材。5 月14 日,总政有关部门又送来大批图书和文体器材。医护人员大多是三四个人住在一起。每间宿舍都有电视,每人都有收音机,每天送到每间宿舍的报纸就有两种,还有很多报纸杂志放在楼下,供大家选阅。

篇篇日记洋溢着革命英雄主义精神

虽然抗击非典的战斗十分紧张,但白衣战士中记日记的至少占二分之一,有的病区 80% 以上都记日记。他们记日记的目的各不相同,有的想用自己的笔,记录万众一心、众志成城抗击非典这个重大历史事件;有的为了记录面对生死考验的心路历程;有的是记录治疗护理非典病人的业务心得。

经过允许,记者翻阅了不少人的日记。有的记在本上,有的记在电脑里,篇篇日记洋溢着革命英雄主义精神。来自济南军区 151 医院的护士刘艳华在一篇日记中写道:今天从电视新闻中看到,又一位医务工作者在抗击 SARS 中倒下,我边看边流泪。在生死面前,谁都不是圣人,谁都会惦记亲人,更何况自己的孩子只有 13 岁。但作为一名军人和作为一名医务工作者,要有"明知山有虎,偏向虎山行"的气概,毫不犹豫地向前冲锋,用血肉之躯守护人民的平安和健康。我做好了最坏的打算……

14 病区副主任冯继兵在日记中这样写道:这条通道走过很多遍,今天再次踏进,意义大为不同,因为已收进 21 名非典病人。走在洁白的通道中,前进的步伐渐渐增添了几分坚定和自豪,禁不住昂首挺胸,手中提的洗漱用具仿佛变成钢枪,自己也仿佛成为走向阵地的战士。如果这里不是需要安静的医院,我一定会引吭高歌……

重症监护室的护士,一天 24 小时护理病危病人,感染的危险最大。5 月 13 日这一天,柳荫和沈青等几位护士商议,把每分钟的工作情况,客观、准确地一一记在各自的日记里:患者情绪紧张,11 时做心理疏导一次,面对面距离 10 厘米……仔细品味这篇长长的日记,一个个数字背后都蕴藏着她们的勇敢和无私。

从书本中汲取战胜非典的力量

隔离区里好读书,这是很多医务人员的感受。在他们的宿舍里,每人床头都有书,有政治理论、医疗专业、高科技知识等方面的书,也有消遣方面的书,如武侠小说、侦探小说、时尚杂志等。还有不少医护人员边抗非典,边抓紧复习,准备考学。

作为南京军区医疗队临时党总支书记,180 医院副院长黄圣排读得最多的是党建方面的书。一到小汤山他就感到,要完成好这次抗击非典的战斗任务,必须发挥党支部的战斗堡垒作用。他原来对党务工作不是很熟,就挤时间认真学习《党支部建设指南》和《党章学习读本》。近日来,他们以"三个代表"重要思想为指导,把支部建设搞得有声有色。

战胜非典要靠科学。济南军区医疗队 76 名队员中,人人都备有《院内 SARS 感染控制手册》和《传染病临床诊断和治疗》。每天休息前,他们就结合临床实践,反复阅读。除读书外,军医张德州还从电视和广播中广泛收集有关战胜非典的信息,记下一大本笔记。还有的军医边读书,边实践,边准备论文提纲,为日后研究非典型肺炎做准备。

优秀作品最能鼓舞人。近日,7 病区医务人员争相阅读《钢铁是怎样炼成的》,有的读完后,还把书中的故事给病人讲,鼓励他们树立信心战胜病魔。不少人重读《雷锋日记》,7 病区主任杨令国对记者说:"在抗击非典的战场上,重读《雷锋日记》感受不同,在生死面前,我们要进一步打牢为人民服务的思想基础。"

（原载《解放军报》2003 年 5 月 23 日）

值得永远铭记的历史

5 月的北京,花团锦簇,但人们却纷纷戴上口罩。SARS 病毒正严重威胁着广大人民群众的身体健康和生命安全。

一个多月来,在全国最大的非典医院——小汤山定点医院,这个阻击非典的最大战场,三军白衣战士牢记重托,不辱使命,演绎出一幕幕为人民生命安全赴汤蹈火的壮举,用生命和汗水实践着"三个代表"重要思想,为我国的改革、发展、稳定作出了新的贡献。

打响决战非典的关键之役

"五一"之夜,北京八达岭高速公路上,一辆辆救护车顶灯急速地旋转着、闪烁着,直奔小汤山定点医院。

此时，在医院监控中心，北京市、总后勤部卫生部领导和院长张雁灵、政委徐达穗坐镇指挥。4月29日下午17时，正在国防大学进修的张雁灵、徐达穗临危受命。两人吃了包方便面，两个半小时后便赶赴小汤山就任，立刻展开工作。

23时43分，第一辆救护车驶进定点医院西门。来自304医院30名负责接诊的医护人员，立即迎上去，或用轮椅，或用担架，或搀扶，把第一批17名病人护送进病房。一位40多岁的患者，下了车靠着墙就哭，护士毛颖扶着他说："别担心，我们是解放军，你看看，病房还有鲜花呢。"一听是解放军，这位病人情绪稳定下来，朝病房慢慢走去。

在接诊室门口，迎接患者的还有来自海军的副院长徐武夷、来自总后的副院长周先志、来自空军的医务部主任王海涛、来自北京军区的护理部主任赵书元。这一幕多么具有象征意义：三军官兵肩并肩迎接危难中的人民群众，携手迎战非典。

虽然小汤山定点医院仅用7天建成，但拥有大批国内外先进医疗设备，有接诊室、化验室、特诊室、CT和X光室。22个病区都有负压供氧气系统、新风换气系统、病人呼叫系统、计算机信息系统和中央空调，1000间病房都有卫生间、空调、彩电、电话。

5月1日至28日，680名由北大医院、地坛医院和佑安医院等首都几十家医院转来的患者，分14批转到小汤山救治。每位患者自走下救护车的那一刻起，从解放军医护人员训练有素、有条不紊的操作中，都能感受到战胜疾病的信心和力量。

1200名医务人员是分3批进驻小汤山的。他们是从全军42家医院抽调的精兵强将。其中，第一、第二、第三、第四军医大学医疗队最为耀眼，军医中博士硕士占90%。南京军区医疗队的76名医务人员，年年都在演习场上摸爬滚打；兰州军区和成都军区的152名白衣战士，多次到雪山高原、戈壁丛林实施卫勤保障，练就了敢打硬仗的顽强作风。

医院临时党委自4月29日一成立，就高速运转。4月29日和5月1日，连续召开两次党委会，指定各支部书记、副书记，明确依靠科学战胜非典的工作思路，并从各病区主任中抽调5位教授，成立专家救治组，副院长周先志担任组长。这个专家组是"强将中选强将"。来自一医大的教授郭亚兵，曾参与

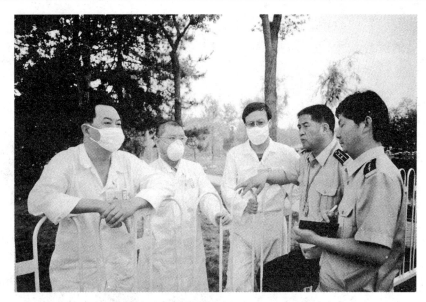

解放军总医院医疗队党支部在隔离栏杆两侧召开特殊的支委会。

救治过 100 多位非典患者。

　　小汤山的病人处于恢复期的居多,经常在阳台一起聊天,在病区柏油路上散步。但有不少患者病情也很棘手。20 病区有位患者合并肺结核,肺上既有阴影也有空洞。治疗 SARS 必须大量用激素,而治疗结核绝对不能用激素。面对两难选择,面对 SARS 和结核双重感染的危险,来自一医大的杨震峰教授和三医大的胡建林教授进行深入细致的检查和分析,制订出一个比较科学的治疗方案。目前,这位病人病情已趋稳定。

　　提高治愈率、降低病死率,是医院临时党委紧紧抓住的一个中心。5 月 10 日,他们邀请北京中医药大学两位专家进驻小汤山,利用中华传统医药"助攻"非典。5 月 25 日,院党委又成立由 21 位教授组成的基础疾病救治专家指导组,涉及消化道、心内、肾、泌尿、耳鼻喉等专业,指导全院基础病治疗。由于众多专家的参与,很多合并有糖尿病、高血压的病人,恢复进程加快。

　　5 月 15 日上午 10 时 30 分左右,7 病区 26 床 68 岁的老太太对着呼叫器喊胃疼,刚走出病房的主任杨令国迅速穿上防护衣冲进病房。经仔细检查确诊是心绞痛,有可能发展为心肌梗塞。他立即通知护士传进速效救心丸。30 分钟后,老太太转危为安。

危重病人的救治,不仅考验医务人员的医疗技术,更是在考验他们的敬业精神和道德良知。郭亚兵教授说:"比如气管插管,不插,病人会憋死;要插,就有非常大的危险。"全院报病危的病人先后有 20 多例,抢救 70 余次。

医院领导时刻牵挂着危重病人。每天一早,临时党委书记、院长张雁灵第一件事就是上网查阅各病区危重病人的情况。天天在一线指挥的副院长周先志,坚持进病房面对面了解危重病人病情,有的病人他看过四五次。

最激烈的战斗在重症监护室,四医大的 8 名军医和武警部队 2 名军医是名副其实的"敢死队"。每天上班 4 小时,军医们就一直守着危

隔离区建立的临时气象站,实时监控风向和温度变化。

重病人,随时进行抢救。有位 47 岁的女病人,两个小时内心脏数次停跳,军医柳英和孙绪德反复实施心脏按压。监护室主任熊利泽教授对记者说:"一到抢救的时候,我们就很少考虑自己的安危。"

用无私的爱筑起新的长城

也许,再多的文字也写不完护士们的故事。

4 月 29 日晚 18 时,施工队一撤离小汤山,所有护士和军医迅速进入病区,清理垃圾,搬运药品……还未喘息,她们又穿上憋闷的防护服,迎接病人,测量体温、打针输液、送药送水……

来自新疆军区的 6 病区护士长耿秀萍,曾连续 5 天每天只吃两顿饭,每天在病房工作 9 个多小时。5 月初,北京气温升高,加之不能饮水,连续作战,两天之内有 9 名护士晕倒。

　　非典病人护理任务重,患者每人每天平均要输七八瓶液体,加上发药、抽血、打针、测体温、量血氧饱和度、接受咨询、整理病历、做患者思想工作。上班6个小时,呼叫器不停地响,她们不停地跑,汗水湿透了3层防护衣。

　　全院528名护士中,年龄最大的47岁,最小的只有19岁。以职业论,她们是护士;面对危险,她们是战士;对待一个个患者,她们是天使。她们的勇敢、坚韧和无微不至,常使许多患者热泪盈眶。13病区11床一位64岁的老大爷,患有脑瘫,生活不能自理,吃饭、饮水、洗脸、擦背、大小便后的擦洗,全由护士轮流照料。老人虽然说不出话,但眼角时常流淌的泪水,表达了他心中的感激。

　　重症监护室(ICU)是抢救危重病人的特殊病房,医护人员要一天24小时进行"零距离"抢救和护理。这间只有8张病床的病房,把救治护理SARS病人的整个过程和全部危险,都高度浓缩。

　　重症监护室的26名护士全部来自四医大。5月10日凌晨2时许,急促的电话铃声把她们一一唤醒。"有病人,马上出发!"护士长杨秀珍和大家迅速穿好防护服,直奔ICU。

　　经过紧张准备,3时40分,一位73岁的老太太转入ICU。这是首例需要在ICU救治的SARS患者。护士娄皓在日记中详细记录了这次救治护理的全过程:

　　"病人进来就神志不清,因缺氧躁动不安。'上呼吸机!'熊主任一声令下,我们迅速给患者建立静脉通道,连接脉搏氧、血压、心电监护。烦躁的病人不断将面罩拽下,将输液针头蹬掉……平时简单的操作,变得困难重重。防护服太厚,稍微一动,就呼吸困难。护目镜卡得额头生疼,里面全是汗水,只能通过镜片边上的缝隙看东西……5时30分,患者安静下来,血氧饱和度由71%升到95%。此时,头上像卡了个紧箍咒,眼睛往外突,恶心、胸闷、心慌……我对自己说:坚持,再坚持一会儿……"

　　"你好,这里是小汤山医院心理咨询中心,我是王择青,需要我给你做点什么?"这亲切的声音,很多患者都熟悉。心理咨询中心共有3位心理专家,均来自301医院。中心主任王择青教授是全国知名临床心理学专家、全军心理咨询与治疗组组长。自5月16日开展心理咨询以来,两部热线电话的铃声此起彼伏。截至6月10日,共提供心理咨询500多人次。

处在孤独中的 SARS 患者,非常需要科学的心理干预,树立战胜非典的信心。有很多急躁、郁闷甚至有自杀倾向的患者,通过电话交谈,情绪显著好转,有的患者能和心理专家聊 1 个多小时。他们还在患者中设立"心连心电话互动小组",通过患者之间相互交流,释解不良情绪。5 月 17 日,第三批 42 名康复者出院。他们在康复者中设立两个"互动小组",以更好地应对回归社会的问题。

小汤山还有一个病情咨询热线,来自四医大的付恩清副教授独自一人负责。他为患者解答了大量诸如"痊愈后何时能怀小孩"、"肺纤维化会不会有后遗症"等问题。有的患者对治疗提出一些建议,付恩清也及时反馈到病区。

严防死守确保决战全胜

力争实现医护人员零感染率,确保决战非典全胜,是医院临时党委反复强调的一项重大任务。

5 月 1 日,医院成立院内预防感染组,抽调 25 名医护人员任专职督导员,副院长邓传福任组长,住在隔离区专职负责,实施 24 小时督导。5 月 2 日,院长张雁灵与各病区主任签订预防感染"军令状"。各级主官对医护人员的生命健康负总责。

25 名督导员分成临床组、后勤组和辅诊组,时时监控所有人员,包括清洁工。督导员焦卫红经常 5 点起床,抽查有关科室和病区;50 岁的副主任医师米润昭,每天在现场检查医护人员穿脱防护衣、戴口罩,发现问题当即纠正。13 病区有位军医出污染区时忘脱鞋套,督导员刘云当面指出,给予严厉批评。

经常需要吃安眠药才能入睡的副院长邓传福,每周召集督导员开 3 次会,每人必须汇报一件好事、两件以上的"坏事",且要指名道姓。一个月来,督导员汇报的"坏事"数百件,每件都立即反馈给各病区,立即纠正。其实,这些"坏事"很小,如每次洗手没达到 3 分钟、行走路线错误、没有卷着脱防护衣等。

签"军令状"的各病区主任,寝食不安,高度负责。1 病区主任郭晓钟曾连续 3 天在深夜 2 点打电话提醒医生护士开窗通风;14 病区主任冯华松发现病房垃圾放置不规范、医生淋浴室下水道不畅,现场盯着解决。

　　小汤山Ａ区楼前有片草坪,这就是他们的"大会堂"。医院召开的病区主任、护士长会,都在这里举行。为减少感染的可能,院临时党委实行全新的工作样式。

　　面对特殊战争,杜绝形式主义。每天8时,医务部、政治部、院务部和护理部交班,10分钟;8时30分,医院开交班会,10分钟,且都是站着开。院临时党委开会,最长的只有40分钟。各临时党支部也是站在户外开短会。院领导查房,病区汇报不超过10分钟。他们从不向基层要汇报材料。谈心活动大多通过"小灵通"进行,个别的面对面谈心。有两位军医亲人病逝,院领导亲笔给其家人写慰问信。思想政治工作不拘形式,务求实效。

　　院机关紧紧围绕预防感染开展工作。政治部及时组织医务人员开展户外活动,通过文体活动,缓解压力、恢复体力。对与防护密切相关的维修问题,院务部特别规定:工程抢险队24小时待命,3分钟内,维修人员必须赶到。

　　临时党委一班人从善如流。有3位教授提出,要加强病区通风。临时党委及时采纳他们的意见,为每个病区添置4台电风扇,所有门窗全部打开,查房由走内走廊改走阳台,规定医护人员在清洁区也必须戴口罩。

　　对出院病人,他们严格执行国家有关标准,防止可能出现的一丝一毫险情。5月15日,原准备首批出院的9位康复者中,有一人突患感冒,他们果断决定,推迟这位康复者的出院时间。

特殊战场的特殊关怀

　　1200名医务人员千里机动,抗击非典,和大型演习一样紧张激烈。在小汤山,却不见帐篷林立、炊烟袅袅的"野战"景象。

　　这次保障和历次军事行动均有不同。军地实施双线保障模式,相互弥补,更可靠,更及时,而且节省了大量的保障分队,是军队社会化保障改革成果的一次有力展示。

　　医药器材是战胜非典的"弹药",需求量特别大。总后有关部门开通战时卫勤保障系统,小汤山所需器械和药品,均由总后药品器材供应站和某药材仓库保障。他们分别设立"小汤山供应指挥组",每天按计划送到小汤山。一个月来,共向病区成功保障了979万元的药品,其中针剂4万多支,液体12000多瓶。

在北京市有关部门统一指挥协调下,一些公司纷纷成立应急保障小组,参与小汤山定点医院的"战地"保障。由于众多专业化队伍参与,小汤山定点医院后勤保障水平大幅提高。来自星级宾馆的厨师,为全院医护人员和患者精心烹饪一日三餐;每天44名保洁工人进入隔离区工作,清扫、焚烧的垃圾多达两吨,保证了病区的整洁卫生。一次下雨,病区院内积水,建筑公司工人身穿防护服,迅速进入隔离区,连夜抢修下水道。

党中央、国务院的领导来了,中央军委和总部的领导来了,北京市的领导也来了。自小汤山决战非典的战斗打响后,党中央、中央军委和全国人民时刻关心着奋勇参战的白衣战士。全军各大单位的领导纷纷给医疗队写信或打电话,鼓舞士气。

5月2日,小汤山接收患者的第二天,中直机关就给白衣战士送上诚挚的问候。随后,来自高等学府、基层连队、边疆村寨和沿海城市等地的慰问电话、信件和捐赠的图书、饮料、水果,源源不断涌向小汤山,仅捐赠的药品,价值就达600多万元。

文艺工作者送来鼓舞人心的演出,画家送来一幅幅饱含深情的作品,科研机构送来最新研制的防护用品,企业送来自己的最新产品。总参某干休所送来一条长长的横幅,上面写着:500名老红军、老八路向抗击非典第一线的战友致敬!

全军各级领导和机关积极为白衣战士排忧解难。总政治部干部部根据军委、总部首长的指示精神,连续推出相关的激励政策。参战医务人员所在的部队领导和机关,解决了大量的子女就学、老人生病等问题。11病区护士长李艳春,儿子临近中考,丈夫经常出差,广州军区总医院领导赶到她丈夫所在单位协调解决。

亲人的鼓励,通过电话、短信和电子邮件,也源源不断涌向小汤山。每晚,这里有一大景观:几乎是人人在拿着手机或小灵通,捂在耳旁,边散步边聊。特别在收到电话和短信的一刻,每张疲惫的脸上无不洋溢出难以掩饰的幸福。

5月18日晚,8病区护士张伟红收到丈夫方玉华一条短信:"虽然我们相距很远,但我们的心相距很近,我们有一个共同的心愿,在抗击非典的日子里能依然快乐!"

在小汤山,到底汇聚有多少暖流? 能产生多大的力量? 无法计算。唯一能算清的是康复出院人数:截至6月10日,有488人康复出院。剩下的一切,都蕴藏在这个简单的数字后面,都凝聚成8个大字:万众一心,战胜非典!

(与赵风云合作,原载《解放军报》2003年6月13日)

附:

在决战非典的战场上

小汤山定点医院,是中国抗击非典的最大战场。作为解放军报记者,我在现场参与了从筹建到首批病人康复出院这一过程的报道。采访20天,发稿24篇。

真有点上战场的感觉

4月28日,记者部通知我参加抗非典采访小组。首批上一线采访的记者有5人,记者部王文杰主任带队。第二天上午,我和记者赵风云赶往小汤山。当时,真有点上战场的感觉。

一进小汤山疗养院大门,放眼望去,像集贸市场。为应对非典爆发的危急局面,定点医院实施超常规建设,工期只有7天。工地上,聚集了6家建筑企业的4000多名工人、500多台机械,熙熙攘攘。那几天,北京市每天确诊病例100多例。为躲避非典,人们很少出门集会。此时的小汤山,可能是全北京人口密度最大的场所。

部队负责筹建的是总后卫生部副部长李建华少将。找到他后,我们拿出军官证自我介绍一番,请他介绍些情况,他无奈地摆摆手说:"对不起,实在太忙。"说完,口罩也没戴就上了工地,在人群中挤来挤去,检查医疗设施安装情况。我们紧紧跟着他,插空就问一两句。那天上午,我们在人群中挤了一个多小时,无法顾及受不受感染的问题。

一批批患者入院之后,不确定因素增多:定点医院病人数量很大,空气还安全吗?杨絮像雪一样满天飞舞,总往人嘴里钻,会不会携带SARS病毒?我们经常去的办公区与隔离区紧挨着,还洁净吗?天天和医护人员见面,会不会被间接感染?这些问题,现在有清晰的答案,而在当时都是悬念。采访时不能太注重保护自己,必须多接近医生护士,如果时时想着会不会感染的问题,就无法深入采访。一次,几位在隔离区的医生护士喊我:"杜记者,敢不敢和我们握手?"我立即把手伸上去,说:"怎么不敢!"此时,手绝对不能缩。

5月4日,医务部姚助理问我哪儿住,我说在家,他惊讶地说:"你还敢在家住,不怕传染给孩子?我们都是高危人群,你天天和我们在一起很危险。"当天,我们把有关情况报告领导后,在小汤山疗养院附近找到一个住处。此后,我们一直在隔离状态采访写稿。

面对新闻"遭遇战"

这是一场新闻"遭遇战",没有预告,没有可供参考的惯例,又不能不顾一切深入最危险的现场,且心理压力很大。

采访很难。自定点医院接收非典患者后,门很难进。出入证由地方有关部门管理,无法通融。每次进门,都要找人带。有时在门口等一个小时,用手机打十几个电话,也找不到一个熟人。医院曾做出一个规定,为防感染,进去采访的记者必须经院临时党委集体研究决定。后来,一位战友私下给我们解决了一张车辆出入证和一张工作人员出入证,才解决了进门问题。每次记者轮换,这"两证"成为最重要的交接"文件"。

医院还有一个规定:为保证医护人员休息,不准随便接受记者采访。有此规定,好多医护人员婉言拒绝采访,机关的同志忙得更没时间。若请他们介绍点情况只能先套近乎:"咱们是一个部队的"、"我去过你们单位"。一个星期后,拒绝采访的情况才有所好转。采访时,有时在隔离栏杆旁,有时进入医务人员的住处,更多的时间是打电话。

采写很急。从4月29日参与写第一篇稿子《特殊战场五昼夜》,到20天后离开小汤山,每天最少发回报社一篇报道,持续处于高度紧张的工作状态。这20天,它考验的是独立的、快速的、连续的采写能力。我曾参与"两会"报道,也很紧张,但新闻事件发展的脉络可预测。抗非典报道则不同,需要时时关注,时时判断,并要占有大量信息。

我采写的《小汤山定点医院记者守望札记》前10篇,都很急。本来应在5

月1日开篇,因当天参与采写首批患者入院的消息和《激情出征》的通讯,实在来不及。从5月2日起,按照领导安排,我坚持每天写一篇,直到轮换。最困难是头几篇,"札记"应该是个什么样式?与平时的通讯、消息有何区别?在编辑部规定的600字之内写什么内容?无现成模式可参考。且要当天自己找题目、当天采访、当天发稿,还不能断档。在各位领导和各位编辑的大力支持下,基本完成了这项有点难度的采访任务。

当好军报"代表队"队员

当时,包括境外媒体在内,很多媒体都在关注小汤山,竞争激烈。我们的采访小组就是解放军报的"代表队",每个人都力争做到不漏报重要新闻、不延误重要新闻,为本报争光。我也努力当好军报"代表队"队员。

一是抢速度。我们采写的《特殊战场五昼夜》,对小汤山定点医院建设情况进行全面报道。在医院建成当天发稿,第二天见报,在中央各大媒体中,最早介绍了"小汤山速度"。后来,"小汤山速度"被中央领导视察小汤山时所肯定,并成为媒体宣传的一个热点。另一篇是参与采写的《激情出征》通讯,也是在各大媒体中最早全面介绍全军医护人员进京抗击非典的报道。见报的当天,有两家报社编辑给我来电话要求转载。

二是力求准确。忙中容易出错,我力争做到忙中少出错或不出错。参与采写首批患者入院的消息时,我们一直在现场盯着,把救护车进医院大门的时间精确到分钟。采访完回到家,已是凌晨3点。有两篇报道,涉及到哪支医疗队、哪几位医护人员最先到达小汤山,打了10多个电话,才彻底搞清楚。还有很多数字,如到底有多少张病床、有多少台呼吸机、每天需多少套防护服?也是经过反复核实,核实不清就不写。对细节也力求准确,不为生动感人而"合理想象"。抗击非典是件重大历史事件,作为一线记者,有责任把数字和细节采访准确,不为后人研究留糊涂账,这是当记者的良知。

三是多披露独家信息。有独家的东西才能抓住读者。我写的报道中,最先披露了小汤山定点医院患者概况、首例病危患者救治情况、护士和清洁工的数量及工作状况、日消耗药品防护服数量、预防院内感染情况等信息。夫妻、兄弟同上抗非典战场和两位军医亲人病逝依然坚持战斗的报道,也都是独家的。

（原载《军事记者》2003年第7期）

神五发射

亲人为你壮行

清晨,零星的秋雨中,站在北京航天城,西山上第一场瑞雪清晰可见。

今天,是中国首飞航天员杨利伟告别北京航天城,奔赴酒泉卫星发射中心的日子。7点半,杨利伟的妻儿早早地站在欢送的队伍中,等待出征的亲人。

7点45分,一身戎装的杨利伟走来了。没想到,他和亲人的告别竟出人意料地平静,平静得就像他平时去上班。

杨利伟来到父母身边,对老人说:"天冷了,多穿些衣服,别惦记我。"说完,他回头对妻了笑了笑,既没有泪水,也没有拥抱。周围人多,妻子一时不知该说点啥,突兀地问了一句:"带便服没有?"他笑着反问:"带便服干啥?"说得大家都笑了。杨利伟俯身亲了一下儿子,儿子调皮地说:"爸爸你早点回来,教我打游戏。"

记者见过种种军人的告别——上战场,上抗洪大堤,上风雪边关……然而却不曾见过如此重大的、划时代的告别,竟然这般轻松。

"你真的不紧张?"记者问。"有啥紧张的?"杨利伟笑着答道。"党和国家这么重视载人航天工程,现在的科技这么发达,咱们国家技术力量这么雄厚,我相信党和国家,相信科学技术,也相信我的爱人!"妻子张玉梅接茬说。

记者深深感到,杨利伟的家是一个温暖幸福的家。69岁的父亲杨德元是辽宁省绥中县一家农副产品公司的退休干部;与父亲同岁的母亲魏桂兰,是一位退休的中学老师,专门从老家赶来为儿子壮行,两位老人还带来了5斤儿子最

杨利伟和妻子分别时说悄悄话。

爱吃的螃蟹。在某部任档案资料员的妻子张玉梅是杨利伟的同乡,当年是从县志上看到了杨利伟的"大名",于是有了这段浪漫的爱情。学习出色的儿子杨宁康是三年级小学生,给爸爸的礼物早就准备好了,那是一篇发表在《作文导报》上的作文《爸爸的雄姿》:"我为自己有一位好爸爸而感到自豪……"

丈夫就要出征了,妻子凑在耳边说了句悄悄话:"别忘了打电话……"杨利伟使劲点了点头。

9点20分,杨利伟带着亲人的嘱托,带着全国人民的希望,带着中华民族的梦想,乘机飞向远方……

（与丁海明合作,原载《解放军报》2003年10月16日）

苍穹定会报佳音

寒流给深秋的北京平添了几分冬意。杨利伟的离京给亲人留下了思念和牵挂。

12日晚8点多,家里的电话响了,张玉梅拿起听筒,丈夫熟悉的声音从远方传来。

先是夫问妻答："咱爸咱妈好吗?""都好。""儿子好吗?""好。""你呢?""好。""你们都要保重身体。"

接着是妻问夫答："今天顺利吗?""顺利。""你现在怎么样?""一切都好。""你要照顾好自己。""我会的,你们放心。"

就是这几句简单的问答,在杨利伟走后的每天晚上,给这个小小的家带来温暖和慰藉。

然而细细想来,电话里,他们有意或是无意地绕开了最敏感的话题。

"有没有说起过'一旦'或者'万一'?"记者请英雄亲人原谅这难以回避的冒昧。

"没有,真的没有。可能有两个原因。一是我们对这次发射都有一种近乎绝对的自信。再就是我们都有一种军人的奉献观:值得付出,就不求回报;尽力而为,就没有遗憾。"张玉梅的自信和坦然令人起敬。

毋庸讳言,"神舟"飞天之际,杨利伟的亲人几乎成了媒体追踪的焦点。但他们远远地避开了镜头和闪光灯,躲开了鲜花和掌声,生活一如往常那样平淡安宁。张玉梅照常上下班,父母每天搭班车接送孙子上学放学。

1998年,杨利伟被选为航天员,为全家赢得了荣耀。但这些年的甘苦,也只有他们自己知道。几年来,他们很少能全家团圆,杨利伟夫妇就在一个大院里工作,也难得见上一面。母亲扭伤了腰,几个月没下床,根本没让杨利伟知道。张玉梅身体不好,每个月都要到医院做检查,但她从没撂下家庭的重担。训练紧张时,杨利伟住在航天员公寓不能回家,她也是夜里和丈夫通电话。不是诉苦,更不是抱怨,而是帮丈夫复习英语。

14日的黄昏降临了。时钟嘀嗒,一分一秒地接近着"神舟"飞天的一刻。杨利伟的儿子小宁康指着夜空问妈妈:"妈妈,明天我能在天上找到爸爸吗?"

(与丁海明合作,原载《解放军报》2003年10月16日)

老专家打开存了30年的茅台酒

载着航天英雄的面包彩车,刚驶出八达岭高速公路,距北京航天城还有一两公里,激越的锣鼓声就传了过来。"就要到家了!"杨利伟精神为之一振。

家,越来越近,锣鼓声越来越响。航天城大门上,两只巨大的红色气球悬挂着两幅标语:热烈庆祝我国首次载人航天飞行圆满成功! 热烈欢迎中国首飞航天员载誉归来!

粗略统计,今天在航天城欢迎的各界群众达 2 万多人。

"我得仔细瞧瞧杨利伟。"一位身穿白色夹克衫的老者在人群中念叨着,但总是挤不进去。老者名叫王德汉,曾搞了几十年的航天研究,现已退休。杨利伟和翟志刚、聂海胜刚被选为航天员时,王老给他们上了第一堂课:《为什么要送人上太空》。今天,他要好好看看自己的学生。

欢迎队伍中,有许多"老航天"。载人航天工程,早在 60 年代就开始研究,不少"老航天"是从国外留学归来的专家,学识渊博,为了祖国的载人航天事业,他们默默奉献了一辈子。

第一代"航天人"、北京航天医学工程研究所第一任所长何权轩,今天没来航天城。但他在家里,打开一瓶存了 30 年的茅台酒,与老伴举杯庆贺。他对记者说:"这是我 45 年的梦想,今天实现了,高兴啊!"

(原载《解放军报》2003 年 10 月 17 日)

教官黄伟芬说,我给他打一百分

杨利伟圆满完成首次载人航天飞行任务,最激动的莫过于他的教官、航天员选训研究室主任黄伟芬。

"我给杨利伟打 100 分。"黄伟芬对记者说。

黄伟芬是亲自把杨利伟送到酒泉卫星发射中心的人,先后在酒泉指控大厅和北京航天指控中心看杨利伟在太空上的飞行。她认为,杨利伟的表现非常好,特别是在进舱、发射、返回的 3 个关键阶段,杨利伟心率一直保持在 70 多次,发射时,心率只有 72 次,冷静极了。国外有的航天员进舱时,心里往往有点紧张,心率会加快,而我们这次是首飞,杨利伟却保持着一以贯之的平静。上升和返回时,航天员要承受相当于自己体重十几倍的压力,呼吸十分困难,他却泰然处之。他在太空中还与地面有过多次"天地对话",语调平稳,与平时在地面没有什么两样。

杨利伟没有一点"空间运动病"。黄伟芬说,航天员在上升阶段,一般都会出现头晕、呕吐等反应,而通过我们的不间断观察,杨利伟竟然没有一点痛苦的表情。这一点就验证了平时的训练是非常过关的。

杨利伟在飞船里一共有 200 多次各种各样的操作,每一次都准确无误。对此,黄伟芬赞不绝口。杨利伟在飞船里戴着航空手套用手持操作棒按电脑键盘,很难操作准确,但他万无一失。他在飞船上还发出过很多指令,最精细的"倒计时 3 秒",他也操作得丝毫不差。

"我给杨利伟打 100 分,是因为我实在挑不出他的一点毛病,实在太完美了。"黄伟芬如此"表扬"杨利伟。

杨利伟这个人,出类拔萃之处就在于他既聪明又刻苦。他刚来时,基础理论与他人相比并不是最好的,但一年之后,他就名列前茅了。

杨利伟是一个佼佼者,但他时时处处都很谦虚。大家集体乘车,他总是最后一个上。如果有一点点小事没做好,他都会主动作检讨。这才是真正优秀的军人。

（与丁海明、杨永桢合作,原载《解放军报》2003 年 10 月 16 日）

忘不了,父老乡亲

11 月 23 日,航天英雄杨利伟回到家乡——辽宁省葫芦岛市,向父老乡亲汇报自己的飞天历程。

15 时 30 分,杨利伟乘坐的中巴车驶出京沈高速公路路口,两条巨幅标语赫然入目:"神舟遨游太空圆就华夏飞天梦"、"航天英雄凯旋家乡人民为您骄傲"。杨利伟走下车,向早已等候在道路两侧的乡亲们招手致意。顿时,激越的锣鼓声响成一片。亲人们挥舞着国旗和鲜花,激动地喊着杨利伟的名字。

"我最想见见王素英老师!"到住地后,杨利伟急切地向当地领导提出。王素英是杨利伟的小学老师、班主任,今年已经 60 多岁了。

24 日上午,杨利伟来到母校——绥中县第二高级中学。走进会议室,他见到了满脸皱纹的王素英老师、中学老师张玉璞、高中班主任潘武。杨利伟

杨利伟回到母校。

郑重地向老师们一一敬礼,动情地说:"一进母校的大门,一看到老师,我激动得要掉眼泪,我永远忘不了各位老师。这次能顺利完成祖国交给我的任务,与老师的培养教育分不开。我参军以来,不管到任何地方,都一直想着老师。今天,我激动得不知道说什么好……我最后只说一句,我的飞天之路,是从母校开始的;母校,也永远是我的飞行起点。"说完,他走到头发花白的王素英面前,深情地跟王老师拥抱。

　　听说利伟来了,杨利伟小学、初中、高中的同学,从上海、天津等地纷纷赶来,大家齐刷刷地站在校园里,等着见利伟一面。初中同学陈绥新,在杨利伟上天的 21 个小时里始终心系太空,杨利伟在天上飞一圈,他在纸上画一道,直到杨利伟走出返回舱,他心里的石头才落地。

　　25 日早上,杨利伟带着 280 万家乡人民的嘱托,离开葫芦岛。临别时,父老乡亲还告诉杨利伟,当他在飞越太空时,绥中县城放了很长时间焰火,父老乡亲期待着九天之上的杨利伟,能看到自己的家乡。遗憾的是,杨利伟乘坐的"神舟"五号飞得太高太远,无法看到故乡那缤纷的夜空。但是,故乡永远装在杨利伟心中,他时时刻刻都在眷恋着养育自己的故土……

（原载《解放军报》2003 年 11 月 26 日）

长河掠影

——关于重大主题宣传的报道

从身边事看50年(选)

编者按: 纵观50年,我军恢宏壮阔的发展壮大如史诗般令人振奋;细看身边事,每个官兵也都可感受到春风化雨般的许多变化。为此,我们派出记者,来到基层,来到一线,来到战士们身边,以亲历形式采撷下一个个反映部队方方面面变化的小镜头。这些小镜头,无一不展示着我军50年的发展历程,无一不透视出部队50年的巨大变化。

边防的"眼睛"

这是一个不少报刊刊登过的典型画面——颀长的望远镜耸立在哨楼上,一刻不停地紧盯着边界的一草一木。然而,今天的边防,有了更明亮更现代化的"眼睛"。在新疆军区巴克图边防连的红色哨楼上,"眼睛"变成了一个电视屏幕,一公里宽的边界线上,跨境公路的车辆,边界线两侧的牲畜,一一清晰地尽收眼底。它与录像机连接,能把任何一点可疑的迹象记录下来。

这个电子"眼睛",是去年才安装的"周边界防越系统"。今年夏天,新疆军区请回曾经在这里戍边的"老边防"讲传统,故地重游,再登哨楼,"老边防"不禁回忆起风雪边关几十年的变迁。

这个边防连初建时,全连才有两具8倍的望远镜,当时的连队"最高档的电器是手电筒,最现代化的装备是望远镜",宝贝得不得了。战士立功受奖后,特批挎上望远镜照张相,就算是一种极高的待遇了。

巴克图的冬天风大雪大,巡逻时在风雪中举着 8 倍的望远镜观察,不比肉眼看强多少。眼常常被风雪的反光和风卷起的砂石刺激得发红流泪。当年的哨长、军分区老参谋长李文礼清楚地记得,一次巡逻时,为了看清对面山头上是一个人还是一只羊,两名战士踏着雪爬山爬了 3 个小时,脸和手都冻伤了。吃苦受累都不怕,就怕影响执行任务。

70 年代末,巴克图边防连的"眼睛"大了起来,正式装备了一具 40 倍的望远镜,两只黑色的镜头重达十几公斤,用三脚架支在哨楼里。在当时,只有重点边防连队才有资格装备这样的望远镜,让大多数连队眼馋得不行。

现在,巴克图边防连的"眼睛"不仅大起来了,而且也多起来、亮起来了。更为精巧的 8 倍、15 倍的小望远镜,巡逻执勤时基本上是人手一具;40 倍的望远镜配备到各班排的执勤点上。而在重要的部位和地段,全都配置上了电子"眼睛",构成了一道监视边界的"立体"视线。"眼睛"亮了,祖国的领土就能得到比以往更安全的守护。

不仅记者来到的巴克图边防连在变,全国整个边防线都在变;不仅是"眼睛"在变,边防的"耳朵"和"腿"也在变。全军的一大批高海拔和极其偏远的连队,陆续安装了卫星直拨电话,万里之外的边关近在耳边,巡逻途中有了可以随时呼叫的电台;摩托雪橇每个北方连队都已装备,各种特种巡逻车也在不断地更新换代,直升机巡逻早在两年前就变成了现实。

(与郑蜀炎合作,原载《解放军报》1999 年 8 月 25 日)

"秀才"的话题

不经意间,"秀才"这个部队里对能识文断字、有一定学历同志的称呼,从官兵口头和媒体上逐渐消失了。国庆前夕,在兰州军区某部九连工作过的老兵们,对记者谈起那已淡远的往事:

自从文化教员的编制正式从我军的连队取消后,仇保明也离开了九连。他在连队任教 4 年,每一周为全连干部战士上两个半天课,无非讲些"a、o、e"之类简单的文化基础课。1983 年后,"学生官"开始走进军营,士兵的文化水平也随着全国教育的发展明显提高,他以往教的那些知识渐渐派不上了用场。当几名战士帮仇保明把背包扛到附近的团部时，不知战士们是否意识到，他们送走的是一个时代。

战争年代，九连官兵基本上都出身于"泥腿子"，从建国初期到 80 年代初，连队的干部战士最高学历就是屈指可数的几个高中生，被称之为"大秀才"，初中生则称"小秀才"，也是凤毛麟角，大部分是小学毕业和文盲、半文盲。1978 年入伍的现任团政委李卿君，曾是九连有名的"大秀才"，出板报、写总结、开会发言，忙得不亦乐乎。当战士期间，帮助战士识字、写家信一直是他经常受表扬的突出优点。

"秀才"的尊称体现了官兵对文化知识的渴求。现任军分区政委杨忠敏曾是李卿君的指导员，是 1962 年入伍的高中生。当时，他经常对李卿君感叹：你说说，像你这样的"大秀才"全连如能有 10 个，连队建设还愁个啥？他告诉记者，那时简直连想都不敢想连队能有大学生。

今年 8 月，李卿君下基层蹲点正好来到九连，九连已经实现了计算机管理。他想请一位战士辅导员学电脑，指导员王富打开花名册自豪地说："政委，您随便挑，九连懂电脑的有一多半。"如今全连战士中，大专、中专和高中生占了 60% 以上，学历最低的也是初中生。9 名干部中，有 1 名本科、4 名大专、3 名中专，还有一位高中生也是经过一年院校正规培训过的。"这在当年可全是'大秀才'呀！"李政委不由地感叹。

今天到基层随便可听到，官兵们再称呼和形容文化高的同志，取而代之的是"教授"、"博士"什么的。当然，变化的不仅仅是称呼。"艺高人胆大"，有知识就敢办大事，这个连队发明的车体帐篷已在全军区推广，这与过去的连队"秀才"相比，是一个质的变化。

据兰州军区干部部储英明部长介绍，九连的干部战士知识结构不是全区部队最拔尖的，只是个中等水平。另据总政有关部门负责人介绍，军兵种和专业技术部队高学历官兵比例还要高于步兵连队。近年来，部队的官兵素质提高得更快，两年前，硕士当连长还是一枝独秀的新闻，曾获"中国新闻奖"，而今天，博士、硕士走进连队也不再是新闻了。

（与郑蜀炎合作，原载《解放军报》1999 年 8 月 27 日）

军马"诊所"的变迁

在文人笔下,曾这样描述我军行进的三个阶段:从"马蹄声声"到"车轮滚滚"再到"铁甲轰鸣"。北京军区某师修理营的几代官兵随着我军装备的变化,也经历了几番变迁。

40 年前,修理营叫军马修理所,一些退休的老师傅们还记得当时工作的情景:风箱吹着通红的炉火,大家抢着铁锤打马掌,"叮叮当当"就像一个铁匠铺。全所有十多名干部战士,其中有两个兽医、4 个遛马员、两个司掌。所里的主要工作是治马病、修马车、打马掌、挂马掌、铡马草、炒马料,一串"马"字道出那时部队的装备状况——"骡马化"。火炮靠马拉,运输工具主要是马车。

60 年代末至 70 年代初,"车轮滚滚"的"摩托化"开始代替"骡马化",大量汽车装备部队,修理所的"铁匠摊"退出了历史舞台。

师傅带徒弟本是天经地义。1968 年 11 月,修了几十年马车的芦蒙谦和谷传道等一大批老师傅,面对新进修理所的 100 多名新战士,不仅多年的手艺传不下去,还不得不和新战士一道学习正规的汽车修理。

此后,军马修理所去掉"军马"二字,"叮叮当当"的打铁声也由各种轰鸣的机器声所替代,打铁棚变成了修理间。起初,抬机器要人抬肩扛,修理工具只有锉刀、铁锤、砂纸。1978 年后,修理所日新月异,用上了修理机床,安装了带轨的吊车,汽车检测也实现了现代化。随后 10 年间,这个摩托化师的新一代维修官兵逐步成长起来,先后出了十几名工程师。

进入 90 年代,"摩托化"又由"机械化"所替代,昔日年轻的一代,现成为修汽车的老师傅们又遇到他们上一代人的那般尴尬。军营里有了坦克、装甲运兵车和导弹,面对这些新装备的不断涌现,师傅又一次带不了"徒弟"。不仅如此,这些"新徒弟"初出茅庐便身手不凡,刚开始是大专生,后来又是本科生。好多修理项目老师傅们都得向徒弟学习。刚刚退休的老职工王清宝说:"我还是老工程师呢,但对一些高科技新装备,不要说修理,连碰都不敢碰一下,不向新同志学不行啊。"

修理所也再次更名为修理营,由原来的单纯地修汽车枪械扩展到 57 个工种,新建大车间5个,各种精密车床就有60台。过去为军马看病的诊所,今天变成了各种装甲车、导弹"就诊"的现代化"医院"。

师傅的手艺传不了徒弟的"断代",断的是一种时代和军队所不再迫切需要的技术和知识,它折射出的是我军不断迈向现代化的步伐。我军最高的领率机关由"三总部"加上"总装备部"而成为"四总部",各级装备部门也相继成立;与此同时,陆军航空兵的建立,大批步兵师旅改编成装甲部队……就是这一步伐日益加快的显著标志。今天,信息化正向我们走来,在"铁甲轰鸣"中成长起来的修理师傅们,也许还会遇到师傅带不了徒弟的尴尬。

（与郑蜀炎合作,原载《解放军报》1999年8月29日）

千里边关一日还

8月底,暑假期间到西藏探望了爸爸的"军娃"们回到了内地后,总免不了向同学们炫耀:我坐的是飞机……

这些"军娃"们无法想象,他们的母亲——军嫂们当年是怎样探亲的。"老西藏"白万年的妻子何文秀,提起当年的探亲路,依然泪光盈盈。第一次探亲时,一同有七八个边防军人家属同行。上路前,稍有经验的同伴最先提醒她把所带的衣物打成背包。上车后才知,把背包放在大卡车上,就是你20多天风雪路程的座位。路上大家共用一块塑料布,挡风挡雪又是"流动厕所"。有的家属到了边防站,假期就剩不下几天了,一肚子酸甜苦辣还没有叙完,又开始了新的颠簸。

风雪边关路,记下了多少戍边人催人泪下的故事。60年代初,神仙湾边防站赵二娃患急性腹膜炎,因无路可送下山,只得靠"电报会诊"。有一次,海拔5000多米的天文点换防的官兵也被大雪堵住下不了山。当时的军区司令员亲自坐镇指挥挖路,大批部队突击挖了3天仍没挖通,急得这位老将军直拍大腿:"你们赶快给我修条好路!"

如今,这些故事已经被珍藏于边防官兵的心里。从白雪皑皑的雪山上,到林密沟深的山岳丛林间,99%的边防连队都通了公路。曾是"山间铃响马帮来"的边防连队,成为全军最早配备车辆的连队。

90 年代,国家修建了西藏邦达这座海拔 4700 米的世界最高机场,改建了能起降世界最大的客货飞机的贡嘎机场,有力地保证了每年进藏新兵和退伍老兵的来来往往。不仅如此,到西藏风雪高原演练的大批部队,也都是空运。1988 年 5 月,直升机首航阿里高原后,祖国西部高原的一个个边防站,就开始修建直升机停机坪。今天,有的边防干部下山过年都是直升机接送。

西藏军区司令员蒙进喜少将谈及这一巨变,不禁赋诗两句:"两边白云掠不尽,千里边关一日还。"

（与郑蜀炎合作,原载《解放军报》1999 年 8 月 31 日）

从粉笔到多媒体

说来也巧,记者在沈阳军区某集团军 8 月 30 日开始的"优秀政治教员"比赛现场,巧遇三茬优秀指导员:正在参加比赛的毛建清、某高炮旅政治部主任金铁光、某师政治部主任孙世奎。他们都在某高炮旅四连任过指导员,也都是受到军区表彰的优秀指导员。

毛建清一上台就亮出几招"绝活"。随着讲课的进行,电脑屏幕上图像表格交替出现,声响画面说来就来……多媒体用得极其娴熟。

想当年,他的前任们也有自己的"绝活"。1985 年 8 月,集团军举行过一次同样的比赛,金铁光当时也参加了,还获了奖。其"绝活"是制作幻灯片。他把坦克、摩托车等在幻灯片上画得像真的一样,美中不足的是大热天还得拉上窗帘,否则幻灯片再好也看不见。

再上一茬的孙世奎 1980 年任指导员时,上课主要靠黑板和粉笔,他的"绝活"是一手漂亮的板书,要搞点小花样,也就是把粉笔泡在红蓝墨水里制成彩色的,在黑板上描几个带阴影的立体字。

从粉笔到多媒体,这变化不可谓不大,但三茬优秀指导员一致认为,政治教育手段的变化远不止这些。

孙世奎 1973 年入伍时,听说的是"指导员,两件宝,一张报纸一张表",政治教育的辅助教材主要是报纸,再挂几张上级印发的反映发展变化的统计表。到金铁光当指导员时,连队有了收音机,一个班围坐着听了新闻后进行讨论,是常用的教育方法。进入90年代,政治教育的手段越来越先进了,旅里搞起闭路电视,建成电化教学室,连队也建起了微机室。现任四连指导员的毛建清展望发展前景:"时事政策教育的'三个半小时'(读报、听广播、看电视),很快就要发展成'四个半小时'(再加'半个小时'网上学习)。"

他的展望是有依据的。海军和兰州军区已经启动了政治教育网,万里之外的边海防基层连队,能和北京一样看到当天的《解放军报》及最新的政治教育宣传资料,能在网上把全区最优秀的指导员"请"到自己连队上课。据悉,全军的政治教育网也在紧锣密鼓筹建中,主要面向全军的《解放军报》电子版也在筹备之中。这一切意味着,无论你在多遥远的基层,"国事、家事、天下事事事在眼前",将很快成为现实。

(与郑蜀炎合作,原载《解放军报》1999年9月2日)

喜人的数字变化

在兰州军区某团红一连采访,最吸引人的是变化的数字,有变多的有变少的,有变大的有变小的,变得眼花缭乱,变得令人鼓舞。

变化最大的是战士的军装口袋。老指导员张登武1982年当兵时,"四个兜"是干部的代名词,战士只有两个兜,还在上面,连个本子都揣不下。现在一个战士身上的口袋,早已赶上过去干部的兜。当然,多的不仅仅是口袋,揣在里面的津贴费也比过去增加7倍。

1980年前,战士一周才能看一次电影。而今,一连的官兵每天都能从银幕或屏幕上看到一部电影,另外还有168部"故事片"存在团VCD库里供他们选看。

营房变新了。连队环境越来越干净,战士打扫卫生的时间越来越少。1977年前,连队住窑洞,清沙扫尘是全连早晚各半小时的"保留节目"。如今战士每天攥扫把拿抹布的时间少了,可以腾出1个小时去团图书馆。请注意,是"馆"而不是"室",这一字之变,是用藏书量增加10倍换来的。

战士个人身上的"大小多少"也在变:大——个头大了(身高体重都在增加);小——饭量小了(一顿吃20个包子的战士打着灯笼也难找);多——战

士"头衔"多了(连队成立了各种科技、文化业余活动小组,不少学有专长的战士当上了小组"领导");少——信少了(9 月 17 日,全团才来了 61 封信,10 年前,一连来信最多的一天差不多就这数,现在思念亲友时就拿起电话"喂……")。

有个绝对数一直没变,那就是作息时间,但睡眠时间的相对量却在增多。住窑洞和住平房的时候,夏天午休热得睡不着,冬天防煤气中毒,每晚常被"检查醒"。现在新楼房里夏有电扇冬有暖气,楼前楼后 21 种花木暗香浮动,睡得能不香吗?

写了这么多数字,其实一个新词尽可囊括——生活质量。

生活质量的提高促进着战斗力的增长。吕连长讲:新兵进连一年后,每天跑 5 公里越野,没有一个跑不下来的,当年入伍当年成为训练尖子的越来越多……

（与郑蜀炎合作,原载《解放军报》1999 年 10 月 5 日）

追不上的新闻

记者紧追慢赶走军营,找寻发生在战士身边的变化,一路上倒也收获不小。遗憾的是,你的脚步快它的变化更快,有些事情见诸报端时,可能已不再是新闻。

操枪弄炮者谁不想夺优秀。为求其准,海军某基地计量测试站创下一连串全国、全军之最。单说测量时间这一项,30 年前,他们从手摇计算机摇出的"3 年误差一秒"起步,到今年 9 月 5 日记者到该基地采访这一天,已发展到"3 万年误差一秒"的全军最高水平。

此成果令记者瞠目结舌,刚从美国回来的站长杨振吉却淡然一笑:"大量的前期研究工作已经完成,这个记录马上就要被改写,这一改,提高的可不止 10 倍 8 倍。"与之同步的,将是我军诸多火器的精确打击记录同时要被改写。

自古用兵皆观天。循着每位官兵都关心的这一话题,记者来到沈空某场站气象站。一走进接收卫星云图的监控中心,全球风云近在眼前。若论装备"之最",他们的那些新"家当"可数上几十件,与 3 年前用的老机器相比,预报天气从 24 小时延展到 7 天，准确度提高了 50%，能测的气象项目已达 100 项。

在其他几个主要观测室，一批新仪器正在调试中。据站长孙吉强介绍，这些仪器都将很快投入使用，多年视为气象预测标志的百叶箱，可能要成为"文物"。记者从窗外望去，一条通往野外观测站的电缆正在加紧铺设之中。

国庆前夕，记者和沈空曹副司令员所带的考核小组同时走进某飞行团，他们是来对飞行员进行实飞淘汰考核的。据介绍，不适应新机型和新装备者，将在本月内"停飞"。这意味着，拥有新知识、新技能，才能拥有蓝天。

一路采访满眼"变"，这些"变"并非记者的巧遇，只要对身边的军营稍加留意，那可真是"你有我有全都有"。正如海军某基地司令员李文光向记者所讲："'日新月异'这个形容词，是对今天我军现代化前进步伐的准确而真实的描述。"

（与郑蜀炎合作，原载《解放军报》1999 年 10 月 6 日）

接力长征日记

　　追寻红军足迹,感悟长征精神。为纪念红军长征胜利 70 周年,本报举行的"记者接力长征"采访活动,今天在中央红军长征出发地江西瑞金正式启动。

——编者

红色瑞金追寻红军足迹

　　踏上瑞金红土地,踏上漫漫长征路,记者真正读懂了两个字——信念。

　　1934 年 10 月 10 日,中央红军就是从这里出发,开始两万五千里长征。红军走的那天下午,群众送草鞋、糯米团、花生的很多。红军走后,敌人炸毁了"红军烈士纪念碑"。一位叫谢桂生的老人,半夜把一块嵌着"烈"字的残碑抱回家,盖到鸡窝上藏起来。这位老人相信,红军一定会回来的。新中国成立后,重修纪念碑时,老人把这块残碑献了出来。

　　今天上午,记者就是从用鹅卵石砌成的"红军烈士纪念碑"前出发的,草坪上铸有"踏着先烈足迹前进"8 个大字。

　　途中,记者来到七堡村,想了解 8 位兄弟烈士的故事。这条线索是从 1934 年 5 月 30 日出版的《红色中华》上获悉的,那篇报道的标题是《八兄弟一齐报名当红军》,地点在下肖区七堡乡(现改为村)。记者找到瑞金市党史办副主任刘良。他对记者说,10 年前他调查过,8 位兄弟当红军时,他们的父亲还有重病。后来,8 兄弟全部牺牲在长征途中,都无后代。满门忠烈,却无名无姓。

老红军刘家祁讲长征的故事。

走之前，赣州军分区政委许立华对记者说："你去过兴国县烈士纪念馆吗？我去过好多次，去一次受一次震撼，烈士的名字都是按村按镇排的，满门忠烈很多啊。调到我们军分区的干部，必须先去那里瞻仰。"红土地为什么这么红，是因为泥土中洒下太多烈士的血。

没找到8兄弟的家，记者却意外地采访到兄弟俩当红军的一家人。当红军的哥哥叫杨衍锠，弟弟叫杨衍月。长征半年后，弟弟负伤回来了，哥哥却杳无音信。一直到1983年，民政部门给他家送来一张烈士证书……

"为什么红军的吸引力这么大？"94岁的老红军刘家祁答道："共产党和国民党不一样啊。我在瑞金见过七八次毛主席，毛主席穿的跟我们一样，吃的跟我们一样。开大会时，我们蹲在地上吃饭，他也是蹲在地上。老百姓啥时见过这么好的军队？那时天天有红军牺牲，天天有人参加红军。"

红军有魅力，是因为共产党有魅力。红军能战胜长征路上的艰难险阻、能赢得民心、能夺取最后的胜利，有很多因素，但最重要的是坚定的理想信念。

要让人民军队魅力永存，有效履行新世纪新阶段我军历史使命，坚定共产党人的理想信念,是永不过时的课题。长征路上纪念碑很多,每座碑都是信念的丰碑。

（原载《解放军报》2006 年 6 月 11 日）

雩都河畔寄深情

昨天,记者到达于都县城,今天本来要继续赶路,却被很多感人的故事留住。

1934 年 10 月 16 日,8 万红军集结在雩都河以北地区。17 日傍晚,分别从 10 个渡口南渡雩都河。当时,送行的老人、妇女和孩子们来到各个渡口,与红军依依惜别。

雩都河上有 20 多户渔民,都姓李。渔民们把所有渔船集中起来,彻夜送红军过河。16 日是重阳节,渔民还把过节吃的炸米果送给红军。今天,送红军的老船工大多已去世了。在于都县城,记者找到老船工的儿子李明荣,他向记者讲述了一个鲜为人知的故事。送完红军后,怕敌人迫害,所有渔民带上老人孩子一起逃亡,离开了祖祖辈辈打鱼的河流,直到 1949 年才回到家乡。15 年背井离乡的日子,有多少辛酸的故事,父亲从未跟他讲过。

过河需要搭桥,很多老表把门板、床板都拿来了。一位曾大爷,执意要把自己的寿材捐献出来,红军工兵营营长王耀南不忍心收,曾大爷火了:“这位同志啊,怎么硬是不通情理,红军打仗命都不要了,我拿出几块棺材板算什么。”当时,很多红军都知道这个故事。

记者寻找曾大爷的后人,打听其真实姓名,找了许多人,都没找到线索。他们讲,于都县姓曾的人很多,时间也太久了,很难找。其实,曾大爷的名字无需打听,他的名字应叫“人民”。人民,就是红军走向胜利之桥。

于都人民奉献的,还有成千上万优秀儿女。那一年,全县有 1.6 万余人参加长征,其中有 1 万余人牺牲在长征路上,有姓名的近 9000 人。县委宣传部副部长袁向贵一家就有 3 位烈士。他小时候不敢问母亲“我的外公在哪里”,一问,母亲就流泪。家里 3 张烈士证书上,牺牲原因全是“北上无音讯”,不知道是如何牺牲的,更不知道牺牲在何地。

今年6月1日,袁向贵专程来到广西湘江边上,向牺牲在这里和可能牺牲在这里的红军亲人下跪祭拜:"外公,外孙来看您了……"说着,就泣不成声。这一切,深深感染着在场的部队官兵和少先队员,大家齐声喊道:"红军爷爷,我们看您来了……"

静静的雩都河,缓缓向西流去,有多少故事不可能也不会随水流逝的。让我们在雩都河畔多倾听、多记录,多感悟"人民"二字的真正内涵。

(原载《解放军报》2006年6月13日)

三位老红军的传奇

长征路上有很多传奇故事,这些故事会让你沉思与回味。

记者在于都县城采访到两位走完长征路的老红军,一位是91岁的钟明,另一位是98岁的曾福祥。钟明在长征路上"死"过3次,却都神奇般地活了过来。有一次子弹打中了他头部,还有一次敌人的炸弹在离他很近的地方爆

老红军钟明讲述当年红军渡河的故事。

炸,他却幸免于难。抖抖身上的泥土,又继续战斗。就是这样一位身经百战的老红军,却谦虚地对记者说:"不要写我,我的贡献不大。"

曾福祥是红三军团十团一连机枪手,长征路上,大大小小的仗打了多少,他记不清了。有时边赶路边打仗,土城战斗、攻打娄山关、飞夺泸定桥等,他都参加了。"机枪手是敌人重点攻击的对象,你负过几次伤?""从来没有,我打一梭子弹换一个地方,敌人根本打不中我。有时子弹像下雨一样,也下不到我身上。"说到这里,老人开心地笑了。他还端着刺刀、挥着马刀与敌人进行过白刃战,也没负过伤。长征途中,只在过草地时患过胃病,不过7天就好了。在曾福祥身上,红军的机智勇敢得到完美体现。

战功卓著的曾福祥,还有更完美的地方:从不向组织伸手。他的儿子和儿媳中有3人是环卫工人,女儿也下岗了,他不向组织要照顾。记者采访他时,看到他家十分简陋。他说:"想想长征路上牺牲的战友,我满足了,子女的事要靠自己。我对他们讲,没有饭吃就来我家,我有工资。"他乐观豁达,这么大年纪,每天还坚持步行3个小时。

还有一位传奇老红军谢宝金,虽然已经去世20年,但他的故事仍然被老百姓传颂着。长征途中,这位身高近1.9米的红军战士,有项特殊使命,就是和战友一起抬军委发报用的发电机。后来,全连牺牲得只剩3人,他就一个人背近70公斤的发电机,从过草地一直背到延安。有一年,他在军事博物馆看到自己背的发电机,扑到展柜上,泪流满面。

这些故事,是谢宝金的孙子谢华元告诉记者的。谈起爷爷,谢华元眼里闪着泪花:"我爷爷生前有一条家训,不能向组织伸手。我曾跟爷爷两次到北京,都是部长、将军亲自接待。他当年的战友,职务最低的也是厅长。而我爷爷在乡供销社割了大半辈子牛皮,直到76岁才不工作。我们家的孩子,他从没有安排一个人的工作。我爷爷是真正的共产党员。"

今天,记者冒着细雨走在泥泞的长征路上,一直思索这些红军战士的传奇经历。万里长征,几乎把这些老红军锻造成完人,从人格魅力到精神境界,无不让人由衷地敬佩与景仰。长征路上的确有很多珍贵的东西,它是我们精神世界最重要的营养。

(原载《解放军报》2006 年 6 月 15 日)

照顾红军伤员的大娘们

红军长征之后,在反"围剿"中受伤的红军伤员怎么办?他们藏在何方?由谁照顾他们?记者沿长征路在瑞金、于都、信丰采访时,发现不少线索。

据史料记载,红军主力离开中央苏区后,留下约7000名伤员。经过治疗,有一半左右出了院,补充到独立师、团,还有一半疏散到群众家中隐蔽。当时,有很多伤员蘸着血写下"死也不离开部队,立即上前线与敌人拼到底"的誓言。组织上不可能让伤员再上前线,数千名伤员被紧急疏散安置到偏远山区。

于都县砂星区是当年保护和安置红军伤员的模范区。其中,刘发娣老大娘家就住了12名红军伤员。遗憾的是刘大娘已经去世,记者找到了她的儿子、81岁的朱绍明。

朱绍明说:"我父亲是红军烈士,我母亲对红军的感情特别深。我那时只有七八岁,但还记得一个红军伤员的名字,叫朱家才。母亲把伤员藏进地窖,吃饭时,悄悄送进去。一年后,有10名伤员基本上能行走了。我们家有6个孩子,要照顾12名伤员,还要种地,我母亲非常辛苦。"

记者跟着朱绍明的弟弟朱绍材,从镇上出发,沿着蜿蜒的山路,徒步走了30分钟,找到当年隐藏红军伤员的地窖。地窖在不高的山坡上,已经坍塌,上面长满灌木和杂草。站在山坡上记者想,在如此艰难的日子里,是一种什么力量使刘发娣老大娘独撑起这个特殊的家?应在此立一座碑,上写:这里曾生活着一位伟大的母亲!

继续采访,发现可立碑之处很多。于都县当年有一个只有3户人家的小山村,叫庵山。红军伤员钟家瑶、刘义才和钟桂春,就隐藏在杨大娘家旁边的山洞里。当时,家里只剩下一担半谷子,杨大娘每天让红军伤员吃一顿大米稀饭,而她和小孙子顿顿用红薯和芋头充饥。为使伤员伤口尽快好转,杨大娘经常上山采中草药。后来,这3名伤员全部痊愈。遗憾的是,庵山依旧,但因修建水库移民,记者已无法找到杨大娘及其后人。

在信丰油山镇上乐村,记者终于找到一位健在的老大娘,今年93岁,名叫郭莲花。据群众介绍,她是赣南游击队的交通员,经常照顾红军伤员,她的丈夫林毓亮也是红军烈士。面对记者,老大娘的笑容是那么慈祥。我的心里涌出深深的敬意,真诚祝愿郭大娘和当年所有照顾红军伤员依然健在的大娘们,健康长寿!

（原载《解放军报》2006 年 6 月 17 日）

踏访第一道封锁线

冲锋、冲锋,突围、突围,这是长征路上红军最迫切、最重要的课题之一。

记者先驱车,后骑摩托车,再踏着泥水步行,来到长征路上仅存的第一道封锁线遗址所在地——信丰县百石村。1934 年 10 月,为阻止中央红军向粤赣边境地区发展,国民党构筑了一条以桃江为天堑的南北长 120 多公里、东西宽约 50 公里的弧形封锁线。

遗址坐落在一座翠绿的山顶上。沿山坡而上,首先映入眼帘的是一座新修的烈士墓,高大的花岗岩墓碑,矗立在红色泥土上,上面书写着"洪超烈士之墓"几个大字。洪超是红军在长征路上牺牲的第一位师长,他在指挥部队突破第一道封锁线时壮烈牺牲,时年 25 岁。记者向洪超烈士墓三鞠躬并献上鲜花后,继续向山顶登去。

登至山腰,发现一道约 2 米深的战壕,里面长满青草,带路的老表说:"过去这条沟不深,现在被雨水冲得很深了。"登到山顶,看到了当时国民党军队修筑的碉堡遗址——不到 40 厘米高的一圈断墙,四周有不少瓦砾。碉堡长 10 米,宽 5 米,居高临下,十分牢固。粤军总司令陈济棠曾趾高气扬地吹嘘,这道封锁线是"铜墙铁壁,坚不可摧"。

然而,他没有料到红军更是敢于牺牲、无坚不摧。71 年前的 10 月 21 日,排山倒海的红军战士向这座山顶冲来,经过一夜激战,就消灭了"乌龟壳"(当地老百姓对碉堡的蔑称)里的敌人。攻克碉堡后,其余敌人躲进一座祠堂里负隅顽抗,最终被全部消灭。

从山顶下来,记者采访了一位退休的乡村教师刘声亮。当年红军突破这道封锁线时,曾在他家设立指挥部。采访中,老人拿出红军当年用过的一盏马灯和两根火把。"这是我们家的宝贝,好多人想买,给多少钱我都不会卖。"

78 岁的刘声亮对记者说:"我还记得,红军攻打'乌龟壳'时,枪炮声响了整

刘声亮在红军指挥部遗址前拿出自己珍藏的红军用过的马灯和火把,左为与记者一同采访的解放军报记者代锋。

整一宿。红军真是不怕死,前面的倒下了,后面的继续往上冲,真勇敢。"他还讲道:"那时,国民党还在碉堡前架了铁丝网,地上埋了竹签。据说,国民党军队在做竹签时,先要用水泡一泡,再晒干,唯恐不锋利,唯恐挡不住红军……"

　　听到这里,记者深感震撼。脚穿草鞋的红军战士踩着锋利的竹签冲锋,这是一种什么精神? 71 年前的红军官兵,可以想象,但又难以想象。今天,当我们驾驭着现代化装备,踏上捍卫和平的冲锋之路,征途上也许已没有锋利的竹签了,但还会有比竹签更锋利的"铁签"、"钢签"。我们应向红军前辈一样,敢于披荆斩棘勇往直前。

　　　　　　　　　　　　　　　　(原载《解放军报》2006 年 6 月 19 日)

长征路上牺牲的第一位红军师长

江西省信丰县新田镇百石村以中央红军在这里取得长征第一仗的胜利

而闻名。这里，长眠着长征路上牺牲的第一位红军师长洪超。

昨天上午，记者冒雨前往百石村悼念洪超烈士。由于洪水刚退，行至一半时，碰上齐膝深的淤泥路段，车辆无法通过。离百石村还有10余公里的路程，路上行人听说记者前去悼念洪超烈士，纷纷帮记者想办法。"你们知道洪超烈士的故事吗？"记者在路边开始采访。"洪超是长征路上牺牲的第一位红军师长，牺牲时年仅25岁，我们为他上过坟。"

一位已经牺牲了70多年的红军师长，何以至今仍受到当地村民的敬仰？记者不由想起了著名诗人臧克家的诗句：有的人活着，他已经死了；有的人死了，他还活着。

1934年10月21日，时任红军第四师师长的洪超率部攻打敌第一道封锁线。红军官兵冒着敌人的枪林弹雨，越过铁丝网，跨过壕沟，一举攻下敌军制高点上的碉堡。200余守敌慌忙溃逃，躲进村里一座祠堂负隅顽抗。战斗中，洪超不幸被一颗流弹击中头部，壮烈牺牲。

记者代锋向洪超烈士墓献花。

在崎岖的山路上颠簸半小时后，记者一行到达百石村。村里刘声亮老人告诉记者："洪超牺牲后，村里人将他安葬在村前的山腰上，打开家门就可以看到他的墓，他是为革命牺牲的，我们要守望着他。每年清明节，村里人都要集体为他扫墓，添上一捧土、点上一支烟、洒上一杯酒、献上一束花，以寄哀思。"

洪超已牺牲70多年，但他的名字一直铭刻在人民心中。一些外地游人来到信丰，听说洪超烈士墓在这，会不辞辛苦，走上半天的山路来看一看。去年，一位70多岁的老红军后代,看过洪超烈士墓后,建议给洪超烈士建个纪念碑。县镇两级政府立即着手办理,纪念碑于今年清明节完工。

长征路是用革命先烈的鲜血铺就的,仅瑞金就有万余人长眠于长征途中,几乎每一公里的长征路上就倒下了一名瑞金人。人们不可能给每名革命先烈都修墓立碑,但人们一刻也没有忘记他们。70多年的风雨过去了,许多村庄的土墙上至今还保留着红军当年书写的标语。村民说,保护这些标语,就是为了纪念革命先烈。

人终有一死,或重于泰山,或轻于鸿毛。那些牺牲在长征路上的革命先烈,死得比泰山还重,将永远活在人民心中。

（原载《解放军报》2006年6月21日）

中央红军从这里出发

6月中旬,我带着朝圣的心情走进瑞金,参加解放军报举行的记者接力长征活动。这里山是绿的,土地是红的。这座城市位于江西省东南边陲,与福建的长汀毗邻,是赣南入闽通粤的要津。这里物产丰富,因"掘地得金"而得名。1934年10月,中央红军实行战略转移,就是在此揭开了后来被称之为长征的历史篇章的第一页。

住下后,我想急着参观红军旧址,县人武部的同志问我:"你要先去哪里?很多啊!"说着拿出一本景点介绍的书。一翻,真多,并且都是论"群"的:有叶坪革命旧址群、洋溪革命旧址群、沙洲坝革命旧址群、云石山革命旧址群、大柏地革命旧址群,等等。最多的一群有20个旧址。也许,除了延安,任何地方都没有瑞金革命旧址多。

我先瞻仰了叶坪的红军烈士纪念塔。这座塔塔身呈炮弹形,布满塔身的一粒粒小石头,象征着无数革命烈士凝结而成。这座塔建于1933年8月1日,据说是中国共产党建的最早的烈士纪念塔。在塔的后面是纪念赵博生、黄公略烈士的博生堡、公略亭。"赣水那边红一角,偏师借重黄公略。"这是毛主席于1930年夏在行军途中,热情赞颂黄公略的诗句。

我接连参观了3天,也没有看完所有革命旧址,只是看了"经典"的旧址,

叶坪红军烈士纪念塔

像"红井"、毛主席和张闻天长征前居住的云山古寺。参观前,人武部的同志说云石山是"长征第一山"。我想,"第一山"肯定是一座高大雄伟的山,没想到是一座平地上的小山,高不过50米,方圆不足千米。但山中怪石林立,树木茂密,典雅怡人,真应验了那句古话"山不在高"。

毛主席居住的地方最大的特点是,都有"读书处"。云山寺里,毛主席居住的房子,光线很暗,他经常在寺后一棵大树下读书,思考中国革命的未来。毛主席是伟人,也是非常勤奋、刻苦的伟人。在战火纷飞的年代,能挤时间读书,令人肃然起敬。1934年10月10日,毛主席和张闻天等从云石山出发长征。走之前,他和贺子珍为了革命事业,把年幼的儿子毛毛留在了根据地,至今下落不明。老一辈革命家为了中国革命的成功,付出的太多了。

参观时,采访当地群众,能听到很多有意思的故事。长征是极其保密的,但还是有一些征兆。中央机关宰杀鸭子后,总要再买一些。临行前,老百姓看到红军机关不再补充鸭子,预感红军要走了,心情很难过。尽管很保密,长征出发时,还是有很多老百姓来送别,送草鞋、鸡蛋。有个十几岁的放牛娃,没跟家人说一声,直接跟红军的队伍走了,后来他成长为一名将军。

(原载《解放军报》2006年8月8日)

目标,永远是人民利益

从瑞金红土地出发,沿着崎岖泥泞的长征路,三天五天、十天半个月地走下去,就会感到,长征是说不完、写不尽的精神宝藏。跋涉在长征路上,伴随记者的不仅是发现、感悟和激动,还有对真理的深刻认识。重走长征路,能更加理解党的英明伟大,能更深刻地感受到红军所经历的艰难险阻。以民族独立和人民解放为崇高使命的英勇红军,是我们永远的楷模。

肩负着人民的期望踏上征程

1934 年 10 月 10 日下午,中央纵队告别红都瑞金。6 天后,8 万多名中央红军南渡于都河,开始了震惊世界的红色远征。

"早点回来!""替我们狠狠打白狗子!"分别时,这是红军听到苏区群众最多的嘱托、最多的期盼。老红军刘家祁说,中央红军正是在一声声叮咛和呼唤声中,离开了中央苏区,离开红土地,开始了战略转移。

红军肩负的不仅是苏区人民的期待,也是全中国所有劳苦大众的期待,更是中华民族的期待。记者在长征路上看到,红军一路走过留下了很多石刻,如"共产党是替穷人找饭吃的政党"、"只有工农红军才是抗日反帝的急先锋"。历史已经证明,这不仅是刻在岩石上的标语,更是红军革命的信念和目标。

长征虽然是在第五次反"围剿"失利的背景下开始的,但遭遇了严重挫折的红军,始终把中华民族的根本利益看得高于一切,始终坚信前途是光明的,共产主义不可战胜。正是这种强烈的使命感,才使红军在任何时候任何情况下都能坚持理想信念不动摇、革命斗志不涣散、奋斗精神不懈怠。

无声的墓碑告诉我们

长征路上有很多与红军有关的墓碑、无名碑、纪念碑。那一块块无声的石碑在告诉记者,红军是在用巨大的牺牲履行着使命。据统计,在中央红军长征途中,几乎平均每天有一次遭遇战。有战斗必有伤亡,冒着弹雨前进的红军,是在用血肉之躯为祖国和民族开辟未来。

记者从于都河出发,经赣县走到信丰县百石村。在一座小山坡上,看到长征路上的第一座红军墓碑——红四师师长洪超的墓碑。洪超是在指挥部队冲破第一道封锁线时英勇牺牲的。离洪超烈士墓不到 30 公里,便是红军第一座无名碑。这座碑矗立在一条叫茶背坑的山沟里,是为纪念 200 多名无名红军设立的。1934 年 10 月，长征途中留下 400 多名红军伤员在密林中养伤，并成立了红军医院。1935 年 2 月的一个雨夜，因叛徒告密，敌人悄悄包围医院，200 多名尚未痊愈的红军伤员壮烈牺牲。

敌人的炮火，终究挡不住红军顽强的脚步。不惧牺牲的英勇红军，赢得一个又一个大捷：四渡赤水、夺取娄山关、强渡大渡河……一座座墓碑和纪念碑作证，红军是用生命诠释着"民族利益高于一切"。在拜谒一座座墓碑的同时，你能深刻地理解什么叫牺牲、什么叫奋斗、什么叫前赴后继、什么叫一往无前。

担负抗日救国的使命

到达哈达铺后，长征落脚点正式确定，就是到陕北去，到抗日前线去！屈指算来，红军从瑞金出发已跋涉了 11 个月。期间，关于落脚点的选择，几经变化。而党中央和毛主席确定红军落脚点的指导思想，就是以中华民族的利益为根本。

此时的红军，刚刚走出最艰难的雪山草地。老红军谢宝金的孙子谢华元介绍说，爷爷的连队出发时有 130 多人，过完草地只剩下 3 人。过草地时，爷爷背着 75 公斤重的发电机，按规定只带了 15 公斤粮食，到最后不得不靠煮皮带充饥。老红军钟明对记者说："那时的想法是，生死无所谓，就是要革命到底。"

采访红军过雪山草地的经历时，多次听到"九个炊事员"的故事。三军团一个连队有 9 名炊事员，爬雪山时牺牲了 2 名，过草地时牺牲了 7 名。到达陕北后，只剩下司务长谢方祠一个人背着连队的大铜锅。据史料记载，大约有 1 万多名红军没能走出草地。当时，一座接一座的烈士坟墓，成为后续部队前进的路标。而用红军坟墓作路标的长征路，指向的是抗日救国。

为了抗日救中国和人民得解放，红军在漫漫征途中历经了千难万险，打破敌人几十万大军的围追堵截，在中国版图上留下了一条千回百折的红色曲线。长征途中艰苦的环境、险恶的形势，对共产党人和红军指战员来说，既是一场最严峻的考验，也是卓有成效的锻炼，锻造出了一支在党的领导下团结一致、坚忍不拔的革命队伍。

红军的脚步永不停歇

当中央红军到达陕北吴起镇（今吴起县）后，可想而知是多么激动，因为这里是红军长征两万五千里后的新"家"。当地解说员告诉记者,70 年前,这里只有 7 户人家。红军来时,村里没有人,后来听说是自己的军队,老乡们都回来了。他们看到红军战士高兴得又蹦又跳:我们到苏区了! 我们到家了!

当时,中央明确告诉大家,以后"再不走路了"。但是,到了吴起镇后,红军并没有就此过起安逸日子,而是开始积极思考并着手实施新的救国救民战略。

老红军曾福祥对记者说,长征结束后,部队并没有停下来,甚至没有来得及长时间休整,因为打倒国民党反动派、赶跑日本鬼子的使命还没有完成。11 月 20 日到 26 日,我们在直罗镇歼敌 1 个师又 1 个团;第二年的 2 月 20 日,毛主席亲自率领部队入晋东征 75 天;3 个月后,彭老总又带领红军进行了历时两个半月的西征,几乎是三天两头打仗……

红军的脚步永远向前,为了民族利益不停地吃苦、奋斗、牺牲、奉献。这种永不停息锲而不舍的奋斗精神,今天显得尤为可贵。当祖国不断走向繁荣富强的时候,当部队建设不断取得新成就的时候,作为新时期的军人,我们更要时刻想到自己的使命,时刻想到中华民族的伟大复兴。

（原载《解放军报》2006 年 8 月 8 日）

始终保持红军那么一股子气

——写在纪念红军长征胜利 70 周年之际

70 年前结束的万里长征,是 20 世纪的人类壮举,它庄严宣告:代表中华民族根本利益的中国共产党人是不可战胜的!

70 年前的中国工农红军,靠什么战胜了数倍于己的强敌,靠的是拼死杀出一条生路的血气,在挫折迷惘中闯出一条光明之路的勇气,为穷苦百姓打江山的浩然正气!

气壮山河的长征,永远是一本读不完的教科书;功垂千秋的红军,永远是新世纪军人最崇敬的光辉榜样。

（一）长征路是什么路？严格说是没有路。在沟壑纵横、激流咆哮的漫漫征途中，是红军用双脚踩出了一条路，用枪炮打出了一条路，用鲜血和身躯铺出了一条路。

在这条路上，作为一名军人，要挑战生理极限、心理极限，要忍受饥饿和伤病的折磨，要经受风霜雪雨和枪林弹雨。即使高级将领，也要随时准备牺牲。

在这条路上，作为一支军队，时刻面临着战斗考验，大仗、小仗、险仗、恶仗、遭遇战、伏击战……仗仗打得惨烈，战战生死攸关。

在这条路上，作为一个政党，要战胜教条主义桎梏，要经受党内路线斗争的考验，要领导中国革命走出危机，要为抗日救亡和中华民族的复兴寻找出路。

二万五千里长征，只有共产党领导的工农红军才能创造这样的奇迹。毛泽东豪迈地说，自从盘古开天地，三皇五帝到于今，历史上曾有过这样的长征吗？没有，从来没有。

长征路，是一座激励后人的丰碑，是一面昭示后人的镜子。

（二）打仗须有英雄气概，古人云"夫战，勇气也"。红军敢于拼杀的士气、与敌血战到底的豪气，饱满、旺盛、持久，压过一切强敌。

攻占娄山关，敌我双方相向朝娄山关进发，距离大致相等，而红军比敌人还晚出发两个小时。就在敌军距山顶两三百米时，红三军团100多名官兵已登上制高点。

飞夺泸定桥，红4团的官兵忍着饥饿，冒着掉进滚滚江水的危险，一昼夜急行军120多公里，赛过了对岸增援的敌人，抢先占领泸定桥。而对岸的敌人，却停下来生火做饭……

如果红军冲锋陷阵的精神稍微弱一点，就不可能先敌抢占娄山关，不可能飞夺泸定桥，中国革命史可能就要改写。但历史不存在"如果"，红军的字典里也没有"如果"。

在敌陆军第37师的战斗详报中，曾感叹自己的部队"行军力不强"，追击中不能坚持到最后5分钟。在敌陆军第15师"剿匪"详报中，附有6条感想，最后一条是："我军一切成分，均较'匪'方为优，惟耐劳耐苦精神，尚不如'匪'。"

　　长征路上恶战多,恶战方显英雄本色。突破天险腊子口,担负强攻任务的红 6 连向敌人发起多次冲锋,28 人的突击队拼得只剩下 2 人,桥上桥下铺了一层手榴弹片。

　　一封国民党的信函如此描述:"川军以三四倍于'赤匪'之兵力'围剿',而至于失败者,由于各军步调不齐……望风即行崩溃。"

　　(三)这是一条用草鞋走出的光明之路。真诚地相信党,无畏地跟党走,长征路上衣衫褴褛的红军战士表现出令人敬仰的理想信念和志气。

　　在罗家堡战斗中负伤的红六军团第 16 师政委晏福生、在大渡河阻击战中受伤的营长李庸,拄着拐杖,拖着伤躯,千里乞讨,找到了红军队伍。途中,晏福生还带伤渡河——真是难以想象。

　　红军女战士姜秀英的脚趾受伤了,为赶上队伍,挥斧砍掉了自己溃烂的脚趾,以坚强毅力坚持走完长征路。

　　过草地,红军吃野菜、吃草根、吃皮带、吃马鞍、吃皮鼓,吃遍草原上能吃的一切。有一封电报曾这样描述:"红一军团此次因衣服太缺和一部分同志身体过弱,以致日牺牲者约百余人。"后续红三军团派人专门负责掩埋红一军团官兵的尸体,看到有的遗体被秃鹫啄开,红军将领们泪如雨下。一位老红军在 70 年后谈及此事,仍悲痛至极:"草地上一具具烈士遗体,成了明显的路标。"

　　雪皑皑,野茫茫。一具具冻僵的红军遗体都卧向前方。这就是钢铁的红军,即使只剩下一个人,也始终相信:只要跟党走,革命一定能胜利。过了雪山草地,当地群众视红军为从天而降的"神"。

　　(四)红军的士气哪里来?是血气方刚、充满锐气的各级指挥员和共产党员带出来的。冲锋时,共产党员喊的是"跟我上",敌人喊的是"给我上"。一字之差,勇怯立判。

　　血战湘江时,红 14 团团长、副团长、参谋长、政治处主任全部英勇牺牲。师参谋长胡震请缨上阵指挥,人刚到阵地,就传来阵亡的消息,以至于师长"不敢相信这是真的"。

　　红 18 团长征途中四易政治委员。余秋里、杨秀山负重伤,董瑞林、周声宏相继牺牲,4位政治委员前赴后继,热血洒在同一个战斗岗位。

瓦屋塘战斗中,时任红5师师长的贺炳炎面对敌人重围,端起机枪杀开一条通路,他的右臂6次负伤。战斗结束后,必须立即截肢,当时无手术器械,只好用伐木头的锯子锯臂,且没有麻醉药,他咬烂了含在嘴中的毛巾。贺龙特意用手绢包起两块碎骨,用以激励官兵:"看看,这就是共产党员的骨头。"这样的骨头,如钢似铁。

据不完全统计,整个长征,红军营以上干部牺牲430余名,其中师以上干部80多人。

在西北"剿共"的张学良对身边的将领们大发感慨:红军经过二万五千里长途跋涉,还能击败东北军,是值得深思的。我们都是带兵的,这万里长征,你们谁能带? 谁能把队伍带成这个样子,带得都跟你走? 还不是早就带没了。

共产党领导的红军与国民党军队有着本质区别,红军指挥员与军阀有着本质区别。长征路,把这种区别展示得淋漓尽致。

(五)红军有战胜强敌的底气,这种底气来自人民坚定、无私的支持。正如胡锦涛总书记所说:"我们党的根基在人民、血脉在人民、力量在人民。"

如果单从人数、装备、后勤保障条件来讲,国民党是强大的,有飞机、大炮,以及源源不断的弹药和补给,动用的总兵力数十万人,是中央红军的10多倍。

红军则不同,最好的武器,莫过于从敌人手里夺来的重机枪和迫击炮。但红军始终没被拖垮、打倒。国民党在战斗详报中称:"我以数倍之众,沿途堵截穷追,未克聚歼,愧愤莫名。"

打仗,打的是武器装备,打的更是人心向背。长征经过10多个省,很多是少数民族聚居区,很多群众对红军并不了解。红军在短短几天里,就能聚集人气,赢得人心,使百姓从"躲红军"到"迎红军"。真是得人心者得天下。

行动,是最好的"宣传队"。红军所到之处,打土豪,给穷苦百姓分田地、分盐巴、分粮食。红军有超乎想象的约束力,铁纪严明,再饿,不抢老百姓的粮食;再冷,不擅进民宅。

而国民党部队所到之处,无不欺压百姓,搞得民怨沸腾。连他们自己也承认:因过去军队纪律不良,民众都在躲避我们。这样的部队貌似庞大,实际上是与劳苦大众离心离德的"孤家寡人"。

老百姓在对比中感到——红军好!这样的红军,看起来人数不多,但全中国劳苦大众都是红军的"战略预备队"。

走长征路,使我们对"强大"有了新感悟。所谓强大,须用"人心"来测量。

(六)战争"以正合,以奇胜"。面对残酷的战争,任何人都很难做到"从容不迫,轻松自如",而长征创造了战争史上的旷世奇迹,留下了"毛主席用兵真如神"的千古佳话。这一切源于创新出奇的韬略、打破"框框"的勇气。

红军长征中很多战例,成为中外战争史上的"经典",吸引无数军人痴迷研究。其中,"以空间换时间"的大规模运动战,更是精彩绝伦。

遵义会议后,红军摆脱党内严重的"左倾"教条主义的束缚,突然有了"灵气"。毛主席打破常规,实行高度机动、灵活的作战方针,有时走老路、有时走新路,有时走大路、有时走小路,有时向东、有时向西,避实击虚,牢牢掌握战争的主动权。其绝妙之笔是"四渡赤水",巧渡金沙江,将国民党几十万追兵远远甩在身后,取得了战略转移的决定性胜利。

蒋介石南攻北堵的大渡河会战,妄想使红军成为"石达开第二",尚未把人马调拢,就宣告破产。一条小船、13 根铁索,改变了中国的历史。有人说:"红军在此夺取的不仅仅是 13 根铁索,而是整整一个时代。"

"夺取"时代,须站在时代的前列,有创世之举。长征之前,毛泽东就有许多引领时代的伟大创新:"农村包围城市"、"支部建在连上"、"敌进我退,敌驻我扰,敌疲我打,敌退我追"的游击战术原则等等。这些创新一次又一次推动着中国革命大踏步前进,在我党我军历史上产生了极其深远的影响。雄才大略的毛泽东,是勇立时代潮头的巨人。

(七)当我们把红军称为老前辈时,不要忘了,他们长征时很年轻,英姿勃发,充满朝气。

当年采访红军的斯诺前夫人、美国作家尼姆·韦尔斯,在《续西行漫记》中写道:"使我印象最深的却是那使这支军队有独特性的两点——年轻和牺牲精神……"

红一军团第 15 师政委肖华只有 18 岁,红 25 军政委吴焕先牺牲时才27 岁。

红军的队伍,战士平均十七八岁,由二十出头的师、团长带领,在一批三十岁上下的将领指挥下,所向披靡。红 1 团强渡大渡河,指挥作战的团长杨得志 24 岁。红 4 团飞夺泸定桥,敢冲敢打的政委杨成武 20 岁。就是这两个红军团,数次担任中央红军先遣队、先行官。韦尔斯认为,这样的军队,其前途你无须担忧,"红军是不能征服的!"

朝气是年轻人的优势,并不是年轻人的"专利"。长征路上,还有年过半百的徐特立、谢觉哉等老人,他们老当益壮,豪情满怀。谢觉哉带了一枚"中华苏维埃共和国内务部"的印章。途中,他宁可把毯子扔掉,也要把印章挂在脖子上,一直到陕北。

朝气背后是由崇高的理想、坚定的信念所点燃的激情。激情在,事业兴,革命人永远年轻!

(八)红军万里长征所具有的勇气、士气、血气、朝气、锐气、志气、骨气、底气、人气和敢为人先的英雄气概,是人民军队青春永驻、战无不胜的强大精神动力。

理解长征,就能理解我们这支人民军队。在抗日战争、解放战争、抗美援朝、边境自卫反击作战以及和平年代支援地方经济建设、抢险救灾中涌现的英雄们,其身上都洋溢着红军长征中的那么一股子气、那么一股子劲。董存瑞舍身炸碉堡的英雄豪气、黄继光堵枪眼的非凡勇气、邱少云在熊熊烈火中严守纪律的极强定力……都与长征精神一脉相承。

今天,我军方方面面条件都得到极大改善。我们遇到的困难无法与红军长征时所遇到的艰难险阻作量上的比照,能比的是那么一股子气、那么一股子劲。有了这样的"气"和"劲",再艰巨的使命都能履行好。邓小平曾说:"没有一股气呀、劲呀,就走不出一条好路,走不出一条新路,就干不出新的事业。"

长征留下太多的传奇、太多的"不可思议"。新一代军人应该续写人民军队新传奇新辉煌——因为我们是红军的传人,红军传人应该有这样的志气。

(与陶克、梁蓬飞合作,原载《解放军报》2006 年 10 月 23 日)

两会日记
（2001—2006 选）

2001 年

在金灿灿的阳光里

3月5日

上午9时,人民大会堂清脆的铃声响起,九届全国人大四次会议开幕。朱总理所作的报告,共1小时45分钟。

当全世界的目光集中在大会堂里时,大会堂正沐浴在金色的阳光中。在金灿灿的阳光里描绘"十五",新世纪的中国好浪漫。

下午3点,人大代表、政协委员分组审议讨论《报告》。大家注意到,《报告》中讲到"十五"目标时只用了一个数字:年均经济增长速度预期目标为7%左右。

年均7%,5年下来是多少? 年均7%,这个数字是抽象的,对于每一个老百姓来说,它意味着:更鼓的钱包、更宽的住房、更好的汽车、更漂亮的衣服、更多的笑容……更加幸福美好的明天!

(原载《解放军报》2001年3月6日)

轻风带来阵阵暖意

3月9日

春天真的来了,轻风带来阵阵暖意。

上午,九届全国人大四次会议举行第三次大会。议题之一是修改《中外合资经营企业法》。这已是改革开放以来的第三次修改,也是适应加入 WTO 扩大开放的需要。

记者走进人民大会堂时,工作人员在散发一份统计材料,各地去年的"收成"一目了然。GDP 最高的是广东,9000多亿元,占全国十分之一。都说改革开放好,这"9000亿"是最有力的"证据"之一。

下午,江主席与军队人大代表共商国是,地点仍在京西宾馆会议室。这是一个朴素得不能再朴素的会议室，深黄色会议桌，已经用了十几年。十多年来，江主席年年到这里听军队人大代表建言献策。

散会后，一位上校到了餐厅，坐下后先掏出笔记本，凝视一页页讲话记录。不知是在思考，还是仍沉浸在激动和幸福之中！

（原载《解放军报》2001 年 3 月 10 日）

尚不知读者满意乎？

3 月 13 日

今日"两会"成"一会"，昨日政协闭幕。

上午，解放军代表团举行第三次全体会议，12 位代表发言。

开会前，军委领导接见与会记者，并合影留念。一声"大家辛苦啦"，让在场记者无不倍感温暖。

也真辛苦，本报胖胖的张柔桑编辑，高烧输着液还惦记着写稿，拔下针头，从凌晨两点写到天亮；也真忙，代表中有那么多熟悉的老首长，竟抽不出时间看望看望。本报同仁，上下齐心，前后协同，想尽招数，为的是让读者满意，尚不知读者满意乎？

记者、编辑这点辛苦不算啥，特别是与各位英模代表比。韩生峰代表，曾在缺氧、高寒、寂寞的唐古拉山烧了 10 年锅炉；杨学军代表，在计算机领域刻苦攻关，成绩卓著……太多啦。

晚饭后碰见年轻的韩金豹代表，他对记者感叹："两会"会风民主，知识密集，真是个大课堂，当一届人大代表，终生受益，起码也能顶上一个法律大专班。

（原载《解放军报》2001 年 3 月 14 日）

"十五"就要出发

3 月 14 日

"十五"明天就要出发。

今天,代表们抓紧时间继续审议有关决议草案。

就要告别"京西",从清晨起,就有三三两两的代表在宾馆院里留影。

在这里,我们曾放飞一个个希望;在这里,我们将迎来"十一五"、"十二五"。到那时,北京和重庆共饮长江水;到那时,云贵川一条条河流,将点亮珠江三角洲的万家灯火;到那时,拉萨的代表乘坐上了直达内地的特快列车;到那时,在北京听到最多的话可能是:"喂!朋友,能搞到奥运会的门票吗?"……

（原载《解放军报》2001 年 3 月 15 日）

掌声难忘

3 月 15 日

今日盛会落幕,"十五"大计终定。

下午的人民大会堂,灯火辉煌。从下午 3 点开会到闭幕,通过 7 个决议、决定,只用了 40 多分钟。

代表们字斟句酌修改的意见,有不少变成正式法律条文。这对集思广益、建言献策的各位代表、委员来说,是最大的奖赏。

4 点半是例行的记者招待会,朱总理答中外记者问。中午 1 点,就有记者来占领"有利地形"。当我提前 40 分钟上到三楼大厅时,只剩最后两排的几个空位。

朱总理依然充满自信,举重若轻,睿智幽默。并且越是刁钻的提问,他回答越精彩。当朱总理再次说道"我将勇往直前,义无反顾,鞠躬尽瘁,死而后已"时,会场再次响起热烈掌声。

走出人民大会堂,天安门广场已经亮起灯光。一出大会堂东门,迎面看到的就是人民英雄纪念碑。我想走过去再看一看那熟悉的浮雕,念一念那熟悉的碑文。我们不能忘记为了中国的今天而奋斗、而牺牲的英雄,让我们今夜为他们点亮一盏怀念的烛光。

（原载《解放军报》2001 年 3 月 16 日）

2002 年

《报告》很短
3 月 5 日　晴

今天，阳春的北京，风暖日丽，蓝天上白云如天鹅。

今天，九届全国人大五次会议在人民大会堂隆重开幕，全国政协九届五次会议继续进行。8 点一过，人大代表和政协委员就迎着明媚的春光，步入人民大会堂。台阶上，依然是记者抢新闻的最佳"阵地"。

9 点整，大会准时开幕，朱总理作《政府工作报告》。《报告》很短，才 27 页。但辉煌不论"短长"。去年中国的辉煌，也许用 270 页也记录不完。一位女代表说，那一件件令人心跳加速的大事、喜事，连有的幼儿园小朋友都记得清楚，说得清楚。

《报告》上数字不多，只有 25 个。人们早已知道的数字是——"7.3%"，最实实在在的数字是——国家财政收入 16371 亿元，最令人温暖的数字是——城市居民最低生活保障的覆盖人数，由去年初的 400 多万人扩大到年末的 1120 多万人。

下午，人大代表和政协委员分组审议《政府工作报告》。晚上，京西宾馆里开联欢会，有的代表仍在挑灯读《报告》。是啊，伴着《我们走进新时代》读《报告》，感觉是一种真正的豪迈。

（原载《解放军报》2002 年 3 月 6 日）

今天的"中心"
3 月 7 日　晴

当霞光把宾馆几百面玻璃窗涂得通红时，有一位代表哼起了军歌："一二三四，一二三四像首歌……"唱歌的代表很可能是位连长、营长或是团长。

你知道今年"两会"最忙的代表是谁吗？基层代表。又是发言，又是接受记者采访，还要经常往部队打打电话。你知道今天最忙的代表是谁吗？基层女代表。因为明天就是"三八"。

就在上午解放军代表团举行的第一次全体会议上，发言的12位代表中，有6位是基层和科技代表，其中两位是女同志——第一军医大学第一附属医院惠侨楼总护士长杨丽和北京军区总医院皮肤科主任杨蓉娅。在电梯上，一位将军笑着对女代表何平说："看看，你们天天是'两会'的'中心'、'焦点'，我们很羡慕啊。"

下午，全国政协九届五次会议今天举行第二次会议，12位委员就农业问题发言。人大代表继续分组讨论，国家有关部门的同志专门来旁听，记录军队代表对国家建设的建议。头发花白的退休将军们发言特别踊跃。

从基层代表到老将军，你会感到：中国的今天，朝霞和晚霞都很壮丽。

（原载《解放军报》2002年3月8日）

两幅"画"

3月9日　晴间多云

今天上午8点多，去人民大会堂采访的路上，记者看到西单图书大厦前站满了人。哦！今天是周末，顾客们在等待"抢购"知识。

上午，九届全国人大五次会议举行第三次全体会议，全国政协九届五次会议举行第四次全体会议。下午，解放军代表团举行第二次全体会议。

在上午的人大会上，李鹏委员长作人大常委会工作报告，当讲到"继批准中越陆地边界条约之后，批准了我国与塔吉克斯坦、吉尔吉斯斯坦国界交界点的协定，进一步加强和巩固了我国与周边国家的睦邻友好合作关系"时，新疆军区司令员邱衍汉代表的脸上露出欣慰的笑容。

我国与这两国的边界线，都在寒冷的帕米尔高原。这里驻守着新疆军区的边防官兵。邱衍汉代表很清楚，这些"协定"批准之后，边界的和平气氛更浓了，而边防官兵自然是和平的受益者。

　　从书店门口的人群,到邱衍汉脸上的笑容,看起来是毫不相干的两幅"画",但仔细一想,也有必然联系——和平了,就要求发展;要发展,每个人就得有很多很多的知识,你说对吗?

(原载《解放军报》2002 年 3 月 8 日)

"春光无限"

3 月 11 日　晴

　　首都今天又是艳阳高照,让人感到今年的北京"春光无限"。

　　上午,九届全国人大五次会议举行第四次全体会议,听取"两高"工作报告。下午,人大代表分组审议"两高"报告。"两高"的同志到每个小组现场听取军队人大代表的意见和建议。

　　记者先后来到两个小组旁听。在京西宾馆 22 层会议室,一位军队代表专门为大家念一份会议简报,上面摘录的是一位澳门代表关于加强国防的建议。

　　在 20 层会议室。一位军队人大代表绘声绘色地讲述了他如何帮一户市民打官司的经过,言语中充满了"路见不平,拔刀相助"的仗义豪情。他还郑重建议,"两高"要为弱势群体提供更多的司法帮助。

　　澳门代表想着人民军队,军队代表想着弱势群体。这种超越个人利益范围的关注,是一种"大写的爱"。这种"大写的爱"一旦通过国家机器来传递,就会使更多的人沐浴到爱的阳光。

(原载《解放军报》2002 年 3 月 12 日)

不要说再见

3 月 14 日　晴

　　一夜间,宾馆外的草地突然绿了。一大早,一位代表用相机拍摄这北京最新的绿色。

今天,人大代表继续分组审议。晚上,代表整理材料。明天,九届全国人大五次会议闭幕,我们就要与"九届"代表再见。

这10天,有多少画面刻在记者脑海。忘不了,领袖对基层代表亲切的问候,热情的握手;忘不了,那位白发教授像推导数学公式一样,破解基层官兵"就医难";忘不了,那位中校代表在那么多将军面前,大胆提建议,直言诉真情……

这10天,我们记录,我们思考,我们展望,我们振奋,我们和读者一道关注今天,憧憬明天。

九届全国人大的军队代表,我们不要说再见。32岁的代表王宪,3月的春季,只是你的始发站;41岁的马伟明院士,我们相约在蓝色的大海,还有那艘崭新的战舰……还有您,那位帮老百姓打官司的退休将军,人民,永远需要你的建言……

（原载《解放军报》2002年3月15日）

2003 年

形容词越来越少

3月6日　小雪

上午,迎着飞扬的春雪,代表委员们到人民大会堂听计划、预算报告和"国务院机构改革方案说明"。

今天的报告,数字很多,但在一系列数字中,你能听出"执政为民"的最新注解。今年的预算,一般性开支原则上实行"零增长"。这是在GDP突破10万亿元、去年全国财政收入增加15.4%情况下的"零增长",意味深长。

钱要用到哪里去? 今年加大投入的共6项,都与老百姓的根本利益息息相关,有的甚至是直接利益。如:再就业补助增加支出47亿元,城市"低保"增加支出46亿元,农村费改税增加支出60亿元……

下午,继续分组审议。代表委员们发言积极性空前高涨,有的代表连举三次手才"抢"到发言机会。发言简短、精彩,记录几句:"听报告是一种精神享受,报告中没有一句可说可不说的话"、"过去五年，老天爷不帮忙，但我们有惊无险，大步向前"、"政府为群众办难事、办大事，办了许多过去不敢想的事"。

从政府工作报告到代表委员发言，概括性的形容词、副词越来越少，用数据说话、说"通俗的话"的越来越多。这种朴实、明快的文风、会风，是一种现代意识，更是一种自信，因为我们真正开始走向富强——有"10 万亿元"作证。

（原载《解放军报》2003 年 3 月 7 日）

沉重不是坏事

3 月 9 日　晴间多云

今天，人大会议休会一天，政协会议继续进行。

决心要做"西北长城"一块砖的李光禄，今天去看真的长城。从青藏高原来的周岳邦，要完成一项"重大"任务，帮妻子买医学英语书。正在上国防大学的李新光、段录定回校补课。扎西杜基排长一个人来到故宫，他要看看中国昨天的政治——这是一幅多么具有象征意义的画面。数千年来中国最大的变化是什么？这大概算一条：人民代表在故宫的青砖上徜徉。

魏平生、汪玉要找一个"最有意义的地方看看"，选来选去定下圆明园。走的时候，队伍扩大到 6 人。穿过繁华的长安街、学院路，来到残垣断壁的圆明园。"一个太宽太阔的伤口，张在那里，不让你绕道走过，掩着鼻子。"他们的心情正如这首寄情圆明园的诗。在明媚的春光里，他们每人肩扛着一份沉重回到了宾馆。只要是中国人，到圆明园就得准备着心情沉重，何况是军人！但沉重不是坏事，作为军人，最重要的是要给明天留下光荣而决不留下新的沉重。

郭立峰、董震、徐晓南、杨柳等不少代表都未出门。下午，海军的郭立峰代表在房间与人探讨军队现代化问题，我路过时听到这样一句："要提高军人素质，一定要多练，某某国的海军军官，人人都环球航行过。"嗓门很大。

虽然今天休会，但没有看到多少轻松、休闲的画面。

（原载《解放军报》2003 年 3 月 10 日）

初识张学东

3 月 12 日 晴

早晨,太阳不声不响地跃出地平线,躲在一层层高楼的后面,阳光如清水般洒在地上。三三两两的代表,穿着便服,在路边晨练。看到这种平静的画面,过往的人可能不会想到他们激情燃烧的时刻。

下午继续分组审议"两高"报告。"当代表不给群众办点事,就当得窝囊!"在解放军代表团第四小组,一位头发花白、挽着袖子的老同志发言充满激情,且口才很好。前不久,他接待了一位特殊客人——来自安徽的一位老太太,与他素不相识,请求他向高法反映一个案件。

他耐心听了两个多小时。今天,他向高法的同志详细转述了这位老太太的要求。老同志叫张学东,原国防科工委副主任,九届人大常委,曾帮老百姓做过不少事,在群众中很有名气。古人云,口能言之,身能行之,国宝也。

军队人大代表中还有不少"国宝"。这些天,在各小组听会,发现代表发言充满激情,哪怕只听 10 分钟,就会把自己的情绪点燃。静心细想,他们的激情来自哪里?张学东代表的故事告诉人们,激情来自关爱人民的神圣职责,只关注个人的乌纱帽和钱包,绝不可能有"一枝一叶总关情"的襟怀。

(原载《解放军报》2003 年 3 月 13 日)

掌声,再次热烈响起

3 月 16 日 小雨夹雪

清晨,淅沥的春雨声把代表唤醒。

上午,人民大会堂灯光璀璨,鲜花盛开。在喜气洋洋的乐曲声中,代表们一一走到印有国徽的红色投票箱前,投下神圣一票,继续选举新一届国家机构领导人。此时此刻,代表们投下的是民心,选出来的是希望。

人民大会堂二楼,成百上千的镜头聚焦这一历史时刻。计票结束,工作人员当场宣布选举结果,两侧的大屏幕上同时显示得票数。一位世界知名通讯社的记者,架起照相机,并把笔记本电脑连接到总部,边拍边写边发,直到大会结束一直未"断开"。此时此刻,新一届国家机构领导人当选的消息在第一时间迅速传遍全球,全球媒体也在第一时间展示着中国的民主、开放和进步!

10 时 28 分,新当选的国务院总理温家宝向代表们鞠躬致谢。掌声,又一次热烈响起。

当代表们走出人民大会堂时,春雨滋润过的大地,焕发出新的生机。

(原载《解放军报》2003 年 3 月 17 日)

选票比导弹还重

3 月 17 日   晴间多云

今天,在灿烂的春光里,很多代表在人民英雄纪念碑前留完影,才徐徐走进庄严的人民大会堂。

下午,代表们用表决器和橘黄色的选举票,继续表达人民的意志和愿望。

投票时,不少代表用相机把神圣的这一刻定格。投票箱上的国徽,一次次被记者和代表的闪光灯同时打亮。没带相机的张秋祥代表和王振西代表,每人意外得到一张照片。一位不相识的记者把相片一递给他们,就匆匆而去。原来,那神圣的时刻早在亿万人民心中定格。

而研究自动化的博士涂亚庆代表,却要用科学注解神圣。投完票,他仔细看了看票箱,发现用的是光电检测系统,不管如何往票箱里投票,识别计算准确率 100%。这项技术 20 年前已经成熟。在庄严的人民大会堂,人民意愿得到精确计算。

16 时 40 分,投票结束,代表们陆续步出人民大会堂。这是一个可以轻松的时刻,最重大的使命已经完成。中尉扎西杜基代表说:"第一次投票时,手抖得厉害,只感到手中的选票比导弹还重。"这又不是一个轻松的时刻,神圣的情感,早已经融化在每个人心中。教授沈永平代表说:"投票后,我只感到肩上有些沉甸甸的,当代表不能仅仅代表人民投票,还应该为人民干更多的事。"

有人说,神圣的人民大会堂是一个净化心灵的地方,进到这里后,有一种感觉你会永远走不出。中尉军官杨柳代表说:"自从在那个巨大的国徽下投完票后,总觉得那神圣的国徽经常在问:你到底为国家做过什么?"

（原载《解放军报》2003 年 3 月 18 日）

2004 年

心中有种暖洋洋的感觉

3 月 5 日　　晴

在春风的轻拂下,代表们走进庄严的人民大会堂,聆听一年一度的《政府工作报告》。

大会堂台阶,依旧是记者采访的"主阵地"。胡世祥代表是"神五"发射的常务副总指挥。一记者问:"'神五'发射成功那一刻,你是什么样感觉? 非常激动、非常兴奋?"胡世祥答道:"不完全是,是一种奋斗一生之后收获的感觉。"

9 时整,温总理用铿锵有力的声音作报告。31 页的报告,讲成就不满 8 页。一位参与报告起草的代表说,国内生产总值增长 9.1% 的数字是压了又压,绝对不允许有一滴水分。历史,并不会因谦虚而淡忘。2003,早已写进人民心中。

听报告,始终有一种让普通老百姓心里暖洋洋的感觉。在惜字如金的报告中,讲"巩固和加强农业基础地位,实现农业增产和农民增收"部分,占了近 2 页;"切实保障农民工工资按时足额支付"的措施,也第一次写进《政府工作报告》;而"对城乡特殊困难群众,要给予更多的关爱"的表述,充满温情。

下午分组审议。一位代表说,听这样的报告,切实感受到:党和政府真正是执政为民,以人为本。

（原载《解放军报》2004 年 3 月 6 日）

畅所欲言　实话实说

3月7日　晴

解放军代表团大会发言都很实。且听几句："招飞行员应从大学二年级开始，这样不会错过最好的身体训练期"、"到 2005 年我国石油年需求量达到 2.9 亿吨，要重视新能源的开发"……第七位发言的是李学智代表，他引用的数据最多，讲的是退休士官和退休职工问题。

何谓国计民生？何谓建言献策？何谓参政议政？这是一个极其严肃的问题。而对待如此严肃而重大的问题，首先要把话说实。从《政府工作报告》到今天代表们的发言，有广泛深入的调查，有理性的数据分析，有可操作的建议。应该提倡这样的会风：有话实说。

大会发言时，京西宾馆西楼 317 房间 3 位医护人员，在商量给周岳邦代表会诊的事儿——从青藏高原来的某汽车团教导员周岳邦，感觉有些胸闷。301 医院的医护人员听说后，找上门给他检查。护士贾博军陪他去做 B 超。"单子"一出来，脾脏有问题。让他继续查，周岳邦说不想请假。这两天，301 医院 3 位专家一直等着，就看周岳邦何时有空。如何给老百姓和基层办事？不就这样办吗?! 不是下面"围"着上面，而是上面"围"着下面。

（原载《解放军报》2004 年 3 月 8 日）

"我的农民情结很重"

3月8日　晴

在京西宾馆九层会议室，听了一上午的分组审议，收获颇多。会议室有上将，也有上尉，还有退下来的老同志。不管谁发言，大家听得都十分专注。这不仅是礼貌和素质问题，更是责任感使然。像这样平等交流的会议，蕴藏着大量的信息、观点和基层的真实情况，是座"富矿"。

"我的农民情结很重。"这是陕西口音很重的闫章更代表的开场白。来开会前，闫章更将军家里来了两位农民，都是老家村里的，让他在人大会上呼吁一下,把村小学没有门窗的问题解决解决。他一听,觉得事儿太小。后来又想了想,感到这事也不小。群众利益无小事嘛。为弄清村小学的真实情况,他让妻子回老家实地看看,发现小学真的没门窗。会上他建议调查一下全国贫困地区还有多少小学没有门窗,想办法都装上,别把上学的娃娃冻了。

会后,闫章更告诉记者,他还装着两封信,反映农村两位老革命的补助问题,准备在下午开大会的间隙,直接交给陕西省的领导。

闫章更何许人也? 我军常规兵器专家,专门研究"打得准"已经40多年,成就卓著。天天想着"打得准",又时刻牵挂着农民,这位将军代表的言行令人肃然起敬。

(原载《解放军报》2004 年 3 月 9 日)

较真才能进步

3 月 9 日　多云

上午,人大代表和政协委员分别审议和讨论宪法修正案草案。合法的私有财产如何理解? 征收与征用有何区别? 劳动者和建设者的不同在何处? 这三个问题,就讨论了一个小时。这些自称不是法律专家的代表,个个讲得有理有据,似乎成了咬文嚼字的"语言学家"。列宁说,宪法是"写着人民权利的纸"。它的每个字,都连着国家的前程、民众的幸福,最应该较真,莫过于此时此刻。

这两天,王贺文代表的发言都不长,但很精辟。他对记者解释道:"我认为有多少调查和见解,就讲多少话,重复的和'正确的废话'尽量少说,不要浪费大家的时间。"

要做一名有见地的、有所作为的人大代表,不是一件轻松的事。黄学禄代表近年来认真读了大量书籍。他还准备写一本与基层政工干部谈心的书。

较真,是一种观念的进步;也只有通过较真,才能实现社会的进步。应把这种较真精神,推广到对待每一项工作,干每一件事情。

(原载《解放军报》2004 年 3 月 10 日)

敢于正视自己

3 月 10 日　晴

今天上午，人大代表休息。李光禄代表到北京图书大厦买了 600 多元的书，记者问他："是不是北京的书便宜？"他说："不是，北京的图书品类全，好不容易来一趟，把想看的书都买上算了。你不知道，不抓紧学习，平时工作挺费劲的。"

高连启代表是位军医，在东北一个边防连工作了 36 年。他在大会上最想建议的事，也是学习方面的事。他说："我今年就要退休了，遗憾的是，入伍以来从未进修过。希望我的遗憾不要成为别人的遗憾。"

昨晚，和沈永平代表聊天。他是国防科技大学副校长兼教育长。他告诉记者，过几天他就要去国防大学学习。我惊讶地问："你这么大学问，还要参加学习？"沈永平谦和地说："好多方面我都不懂，这次学习，讲课的都是专家，学学很有必要。"

追求上进，就是敢于正视自己的短处和不足。鲁迅说，不满是向上的车轮。一个人如此，一个国家也如此。"两会"期间，好多人大代表提出不少意见和建议，是我们国家不好吗？不是！而是我们的国家要向前走，去实现更伟大的目标。辉煌属于昨天，如果明天还要更辉煌，今天就要多找找不足之处。

（原载《解放军报》2004 年 3 月 11 日）

又见张学东

3 月 12 日　晴

依然坐在去年的位置，发言时依然不紧不慢，说出的话依然像铁块一样有分量。在小组会上，又见到张学东代表。去年"两会"上，他敢于替百姓说话的情形，给记者留下难忘的印象。

昨天，他就我军信息化建设顶层设计的问题，提出两项重要建议。今天上午，分组审议"两高"报告，他抱来厚厚的一摞群众来信，向前来旁听的"高检"和"高法"的同志介绍有关情况并建议:"群众找你们不容易,一定给人家一个满意的答复。"

低调的张学东,在普通百姓中小有名气。这几天,不断有素不相识的群众找他,他一一认真接待。昨晚10点,他收到来自贵州黔西县洪水乡长堰村农民曾令权寄来的"特快专递",信上说:"在报上看到您在'两会'上的发言,我们全家商量了一下,想给您写封信……"

听本报驻会记者钱晓虎说,政协委员郭东亚也是这样一位十分执著的老同志,对很多方面都很关注,一个人准备了4份提案,天天都很忙。

从张学东代表到郭东亚委员,你能感到脊梁的存在。一位代表讲,真正为国家未来操心的人,才会真心为老百姓办事。道理很简单:只有把普通老百姓一件件具体、琐碎,有时是非常棘手的事办好了,大家都心情舒畅,国家才能长治久安。

（原载《解放军报》2004 年 3 月 13 日）

各抒己见求共识

3 月 13 日　多云转晴

这些天,听代表们的发言,好像是在听生动的辩证法课,少了许多思维的片面。

有的代表说,信息化建设要从机关抓起。涂亚庆代表则认为,还要重视信息的末端采集,特别是武器装备和基层信息的采集,确保真实。不然,决策就缺乏可靠的信息依据。另外,还要重视自动化建设,自动化是信息化的基础。

"很多干部在读博士硕士,文化素质大幅提高。"一位代表刚说完,胡世祥代表笑着接过话茬说:"要看看是不是真才实学,光看学历也不行。"

审议中,"加强"二字用的频率较高。有的代表提出,要加强边疆建设;有的提出,要加强海疆建设;有的讲,要加强海洋开发;有的则为西部大开发、东北等老工业基地振兴鼓与呼……王玉发代表说,国家方方面面都要加强,但"加强"二字少不了"人民币"这个后盾。蛋糕怎么切,既需要统筹意识和大局意识,更需要辩证的思维方式。

这就是碰撞的好处。在碰撞中，代表们学会了辩证地看问题；在辩证思维中，代表们加深了对中央政策的理解；在理解中，凝聚起同心同德的强大力量。

（原载《解放军报》2004 年 3 月 14 日）

2005 年

发言是一种责任

3 月 6 日　晴

今日全天分组审议。旁听军队人大代表发言，能感受到一种激情。

来自沈阳军区的一位代表说："我只讲 10 分钟，大家都要发言，我不能讲得太长。"10 分钟的发言，无一句客套话。报告中哪段讲得好，哪句话讲得好，好在什么地方，老百姓会有什么反应等等，他讲得头头是道。这位代表至少把几个报告审读了多遍，许多内容，他几乎是脱口而出。

一位戴眼镜的女院士代表接着说，我提几个建议，都是基层官兵让我提的：一是有的地方过去节日走访军属的传统、送立功喜报的传统、参军挂光荣军属牌的传统，如今都没了，应该坚持下来。军人的自豪感，有时就要通过具体形式来表现。二是有的公司和单位，到大学里挖优秀国防生，应该立个法，把这个问题解决一下……她一口气讲了四条，其中还反映了基层的一些困难。

女院士边讲，其他代表不时插话。这个小组有上将，也有尉官，讨论起来非常平等。从代表的发言中感到：各级领导对基层的许多难处非常清楚，也非常关注，并为此倾注了大量心血。基层代表是敢于说真话、说实话的，当代表的责任感很强。这样的会风令人耳目一新。

世界上最珍贵的不是黄金，而是新思想、新观点、新思路、新办法。民主的"两会"、务实的"两会"，将产生很多比黄金更可贵的财富，而这也是每个代表委员的责任。

（原载《解放军报》2005 年 3 月 7 日）

这些,你能理解吗?

3月8日 晴

上午,十届全国人大三次会议举行第二次全体会议。下午,分组审议《反分裂国家法(草案)》。

这两天,采访李光禄代表的不少,一是他来自边防,二是他故事多。他曾在新疆军区伊犁军分区戍边8年,现任某边防团政治处副主任。他对记者说:

"我们这些边防军人,对领土有特殊感情。霍尔果斯边防连守卫的边防一线,有58堆石头。每天巡逻,官兵们盯着一堆堆石头看了又看。野兔子在石堆下面挖洞,官兵们赶快填上。这些,你能理解吗?

"边界线上长出树苗,官兵们百倍呵护。巡逻时,专门提水浇一浇,刮歪了,扶一扶,一直呵护成大树。这些,你能理解吗?

"每年退伍时,老战士抱着军马不放,泪流不止。这些,你能理解吗?"

"我理解。"记者多次到边防采访,深知边防军人对每一寸领土、每一寸领海的感情。类似的故事,在西藏、东北、广西边防,在波涛汹涌的岛礁,多次听到。这种情感,中华民族代代传承。形容领土,母语里有"神圣"二字,就像不能亵渎的神灵。

守好领土,需要付出很多。这些,中国军人都清楚,因为海边防线上就有烈士陵园。但使命高于生命! 一代代戍边军人,继续走向风雪高原、走向大海孤岛……

在今年的"两会"上,听听李光禄的故事,意义非同寻常。

(原载《解放军报》2005年3月9日)

人人都有紧迫感

3月9日 晴间多云

早上8点05分,人大代表和政协委员到人民大会堂开会,中午12点才回到驻地。下午 3 点，解放军代表团举行第二次全体会议，12 位代表发言。有 3 位代表提前 40 分钟就到了会议室，摊开文件和笔记本，抓紧审读大会有关报告。

晚上，很多代表在准备议案和建议。陈玉田代表准备的议案是，充分运用报纸、电视和网络等媒体加强国防教育。他说，很多国家对国防教育投入很大，有的国家开通的军事类电视频道就不止一个。"不能天天让搞笑的东西充斥我们的电视和网络，忘战必危啊！"看得出来，他很着急。

张秋祥代表在准备发言，内容是关于西部大开发的。他认为，西部大开发要有长期作战的思想，切不能搞"形象工程"。还要有自力更生、艰苦奋斗的精神。他对记者说："在个别地方，上级把救济粮送到村头，有的农民都懒得往家里搬，不更新观念，咋能脱贫？"作为兰州军区支援西部大开发的负责人，他走访了不少地方，也很着急。

今夜，代表们还为我国信息安全着急，为边防部队军人家属就业难着急，为边远艰苦地区人才缺乏着急，为环境保护着急，为资源浪费着急……

着急、思考、关注，然后才有办法，然后渐渐解决，然后又为新的难题着急。历史的车轮就是在"着急"中推动，怕就怕干啥都不着急。

（原载《解放军报》2005 年 3 月 10 日）

让老百姓气顺了

3 月 10 日　多云转晴

旁听分组审议"两高"报告后，来到张学东代表房间，想了解他给群众办事的进展。这位全国人大常委会委员，是个热心肠。去年"两会"，记者在日记里写过他。

"去年，我给群众办了三件事，两件有结果，一件还在等。办件事不容易！那位老太太的事，我追得很紧。有关部门的同志两次到我家介绍情况。老百姓给我说的事，我得有个明明白白的答复。"他所指的老太太，在外地，曾千里迢迢找他反映情况。这件事他办了一年多。

"还有一件事，与人大代表无关。家乡有个大学生，家里很穷，在北京上大学,助学贷款贷不上,找到我,我说我给你担保,银行说我年龄太大。我又找到学校领导,学校领导满口答应协助。这位学生快毕业了,我问他贷了多少款,结果根本没落实。不知道这个穷学生是怎么读完大学的?"张学东一脸遗憾的表情。

"越接触老百姓,越感到党中央提出的执政为民重要。有些事,老百姓办起来真不容易。构建和谐社会,先得把老百姓的事儿办好了,让老百姓气顺了……"

执政为民这四个字,说起容易做起难。真心给老百姓办事,就应该像张学东那样,得有点韧劲,不能怕啰嗦、麻烦,不能怕难办。正因为老百姓的事琐碎、麻烦、不好办,忠心耿耿给老百姓办事的特别让人敬重。

(原载《解放军报》2005 年 3 月 11 日)

真话有魅力

3 月 11 日　晴

今天,人大代表分组审议"两高"报告和《反分裂国家法(草案)》。至此,小组审议全部结束,所有代表发言均在两次以上。翻翻采访本,代表们的不少发言很耐琢磨:

"说话,一定要实事求是,有人说'当年接装当年形成战斗力',我认为有些是做不到的,这要看你说的战斗力标准是什么。""兵是练出来的,一年连手榴弹都扔不了一次,肯定不行。""当连长先把本连的武器用好了,把这些武器的性能都弄通了,再说高科技的事。""从严治军,没多少新话可说的,关键是落实,关键是各级干部带头落实。"

"人才培养很重要,但覆盖面一定要大一些。实际上,不少人才是自己冒出来的。有时你刻意培养,还不一定冒得出来。""用人一定要公正,如果把搞邪门歪道的人用起来,将来这些人还会欣赏、重用邪门歪道的人,形成恶性循环。"

"到贫困地区农民家里看看,心里很不平静,家里没几样值钱的东西。我们思考问题,先要了解我们的国情啊,这就是大局!"

……

一言以蔽之，这些话都是真话实话。代表们讲的时候，会议室里静悄悄的，不少代表在一句一句记录。真话是有魅力的。这样的魅力多了，我们的国家会变得更加可爱。

（原载《解放军报》2005 年 3 月 12 日）

心　愿

3 月 12 日　晴

全国政协十届三次会议下午闭幕。除了主席团的成员外，其他人大代表全天休息。

早饭后，代表们有的在房间整理大会材料，有的三三两两上了街，赛买提·买买提代表到北大看儿子，还有的上街给孩子买玩具……

闫章更、蔡朝元、赵梅三位代表去了军事博物馆。前两位是武器专家，后一位女代表是测控技术工程师。"前辈们是用什么武器打江山的？"他们三个人要看个究竟。

下午，徐礼政代表回来了，拿着一本《小故事大智慧》。"这书不错"，他见了记者就推荐。记者翻了翻，书里大多是为人处世的哲理故事。这位副教导员讲故事有特长，早想买这样一本书。"给战士做思想工作，有时讲个故事比讲大道理管用。"

登天安门城楼的高连启代表回到驻地时，手里拿着参观证书。这位黑龙江边防某团一连的老军医，风雪在他脸上留下深深的皱纹。去年 10 月 20 日，他彻底告别了边防。一名军人在一个边防连队戍边 36 年，这可能是个全军纪录。

"站在城楼上，往前一看，真敞亮！"他边说边比划着，显得很兴奋。上天安门城楼，是他在边防一线多年的心愿。

人人都有各种各样的心愿，大的小的，远的近的。实现心愿那一刻，就叫幸福。人大代表带来了全国人民各种各样的心愿，祝愿他们早日如愿。

（原载《解放军报》2005 年 3 月 13 日）

号角已吹响

3 月 13 日　晴

　　下午,解放军代表团举行第三次全体会议,胡锦涛主席与军队人大代表共商国是。

　　"关键是干。"这是著名烧伤专家、博士生导师柴家科代表聆听胡主席讲话后,对记者发的感慨。他目前攻关的课题是"皮肤组织生物工程",就是要让大面积深度烧伤病人,长出近似正常的皮肤。"难吗?""非常难,全世界的烧伤专家都在攻关。这就像赛跑,你稍有松懈,别人马上超过你,追都追不上。我平时很少出医院大门,都在病房里。"

　　采访柴家科时,记者想到一位伟人说过的话,世界上的事情都是干出来的,不干,半点马列都没有。干事的人,大多个性鲜明。有位女计算机专家代表,据说一年前才会用手机,刚学会发短信。不是她笨,而是她太专注。她干成不少大事。还有一位武器专家代表,外表如农民,说话直来直去。仔细一想,直来直去,距离最近,效率最高。这样的人,才可能出成绩。那些说一句话先要想十遍八遍的人,太浪费时间了。

　　陈俨代表在整理笔记。分组审议时,他提的两个建议均受到上级领导高度重视。

　　会后,代表们又要回到各个岗位,有的戍守雪域高原,有的驾机翱翔蓝天,有的随舰巡逻领海……此刻,你似乎能听到使命的号角,声音越来越大……

（原载《解放军报》2005 年 3 月 14 日）

2006 年

温情的"互动"

3 月 7 日　晴转多云

　　解放军报前方报道组专门接收读者短信的手机很忙,截至发稿时,共收到短信1200多条。这只是"互动"的方式之一。会场中，还有很多充满温情的"互动"。

张学东代表3年始终关注着一位素不相识的老太太的事儿。上午，在去会议室的路上，他对记者说："这件事终于办得差不多了。"他是位热心的代表，尤其是对普通群众的事儿，特别专注，乐此不疲。每次上"两会"，都带来一些群众来信。

来自总后基建营房部的杜云生代表也是忙人。只要是基层反映营房方面的困难，他都一一详细记下来，职权内能解决的，尽快解决；需要呈报总部领导的，他汇总后及时上报。去年"两会"，来自青海省海南军分区的余公保代表，找他反映了办公方面的一些难处。到今年开"两会"前，全部解决。

有一件事，令记者感动。西藏军区有一个偏远哨所没通电，我采访回来后，遇到杜云生代表，就讲了这个哨所的情况。他对记者说："只要情况属实，总部会尽快解决。"上午，解放军代表团举行第一次全体会议前，记者打听这个哨所的情况时听到一个喜讯：军委和总部领导决心解决西藏军区边防所有哨所的类似困难。

有两位基层代表对记者说，有一件事，战士非常高兴，就是上级配发的小凳子，既可以看电视，又可以记笔记。听来自海军的代表讲，舰艇部队也有一件高兴事，就是有了专门的学习室。过去，军舰靠岸后，官兵们在码头上学习，遇到刮风下雨就要"停课"。记者了解这两件事解决的过程，军委和总部领导对这两件事多次过问，非常关心。

热心，不仅仅是一个人的性格，作为人大代表，还是一种责任。为百姓服务，为基层官兵服务，很多时候是先从当"热心肠"开始，从办小事开始，从不怕麻烦开始的。办任何事都会劳神费力，如果有了"以服务官兵为荣"的思想，再繁琐的事都能办好。

（原载《解放军报》2006年3月8日）

"忠于职守"老话不老

3月8日　晴转多云

今天，高级工程师郑忠堂代表在分组审议时的发言，得到军委领导的充分肯定。他的建议是如何加强基层部队技术人才建设。这个题目,他思考了三年,到部队做了大量深入而细致的调查,内容详细、具体、深刻。他用浓重的陕西口音对记者说:"为了事业,一定要把想说的话都说出来。"他的性格,正如他的名字,忠诚而又堂堂正正。他的忠诚,更多的时候表现在行动上。他有4项研究成果在全军列装或推广,曾荣立一等功。

上午休会后,记者走进总装科技委原副主任胡世祥代表房间,想听听他关于人才成长的见解。他说道,这是个大题目。要成才先要忠于职守,有钱难买乐意。不管艰苦也好,不艰苦也好,盯着一个地方干,肯定能成才。过去,西昌卫星发射中心有名干部,素质不错,机关调他都不出山沟,一定要把基层的东西搞精通,现在他已是总工程师了。

下午,记者来到分子生物学教授药立波代表的房间。桌子上笔记本电脑的宽带线,连着墙口,一直没拔。开会期间,她随时关注着所研究领域的最新进展。

她说,搞我们这样的研究要耐得住寂寞,我研究一个基因7年了,至今没有重大突破。人有3万多个基因,有的一个基因要研究30年。研究新药也同样,研究100种药,平均能成功1种。平时,我每天工作12个小时,大多数时间在做试验。搞我们这一行,要用试验说话。"苦吗?""很有意思,基因很神奇。"采访时,她的脸上不时露出从容和自信。

令记者振奋的是今天采访的三位代表,他们对事业很执著,讲了很多独到深刻的见解。采访这样的代表,记者受熏陶长见识。翻开今天的采访笔记,记者在"忠于职守"四个字下面画了一条横线。这是个老话了,其实,很多老话,今天听着仍然新鲜,十分管用。成才要忠于职守,当代表要忠于职守,作为军人更要忠于职守。

（原载《解放军报》2006年3月9日）

军人的激情

３月９日　晴转阴

早饭后,代表们登车去人民大会堂,听取吴邦国委员长作人大常委会工作报告。返回后，不少代表阅读报告，有的代表整理建议和议案。

手拿蓝色文件的杨蓉娅代表，找其他代表商量自己撰写的一份建议和一份议案，每到一个房间，都要讲一番撰写的依据和调查的所见所闻。她关注的是医疗广告问题。她是一位很有激情的代表，也是一位很想有所作为的代表。每次上会，都准备得很充分。

代表陈左宁院士引人注目。会上发言，单刀直入，干脆利落；走起路来，兴冲冲地。她是从高中生成长为计算机专家的。采访她时，她反复告诫道："在我的名字前千万不要写'著名'这样的形容词，一概不要加。""没有成就怎能被评为院士？"记者问。"那也不要加。""好，好。"记者无奈答应。

"我关注的是自主创新，建立创新型国家。国家这么重视，作为科研工作者要刻苦攻关，也要加大对自主创新的保护和支持。作为消费者，也要支持国产品牌。"说着，从口袋里拿出一部"中兴"手机。真是一个说到做到的代表。采访前，代表团工作人员对记者说"陈院士性格很单纯"，一接触果真如此。也许，没这个始终如一的单纯劲，也就成不了院士。

董震代表和魏平生代表住一个房间，就军事斗争准备中的有关问题，昨晚争论了半宿。董震代表语言平和，魏平生代表则慷慨激昂，说话有点像电视剧《亮剑》中的李云龙。这两位代表都来自海军，都在舰艇上工作，都有搏击风浪的经历。铁血沙场，需要这样的激情和性格。从他们身上，可以看到岳飞、戚继光等先人的浩气在当代中国军人身上的血脉传承。

（原载《解放军报》2006 年 3 月 10 日）

感受知识更新

3 月 10 日　　晴转多云

上午，人大代表分组审议全国人大常委会工作报告。下午，分组讨论议案和建议。曾蛟代表要去参加主席团会议，走之前，抓紧时间阅读大会发的文件和材料。他拿着两本"预算说明"对记者说："这里面很细，让我们代表审议，确实有当家做主的感觉。平时，我们还能收到很多邮寄资料，有'高法'、'高检'的工作报告，还有一些重要案件的处理情况。"

"代表当得很有滋味嘛。""不是,而是压力更大了,要求更高了。这次发的文件有很多新名词,比如'国债余额管理',平时就没有接触过。如果不查一查,真不懂是什么意思。"曾蛟代表很有感触。

记者也有同感。特别是《"十一五"规划纲要(草案)》中,新名词很多,如"化学需氧量"、"先进计算"、"敏捷制造"、"密钥管理"等,过去采访很少听说过。这次大会,专门给每位代表发了一份《"十一五"规划纲要(草案)有关名词解释》,共88个新名词。新名词在文件中大量出现,昭示着国家的快速发展,同时,也给人们带来"知识恐慌"。因分工不同,很多人可以不涉及新领域和新技术。如果不关注,其思维和观念就会与时代脱节。

采访黄学禄代表时,看到这位从领导岗位上退下来的老同志,桌上也放了不少书籍和资料,政治理论、经济管理、文化遗产保护等方面的都有。而科技界的代表,看的大多是法律书籍。一位院士代表说:"我现在感到法律知识非常重要。不然,写的议案质量就上不去。"

"每到北京开一次会,就感受一次知识上的压力。"吴绵胜代表来自兰州军区某舟桥团,曾被授予"科学带兵模范",现任团政治处副主任。当代表4年,读了30多本相关书籍。去年,帮助官兵亲属成功解决了3起涉法问题。

国家在发展,科技也在发展,有些领域的发展速度已超出很多人的想象。应把宝贵的时间用在更新知识上,不要让飞速发展的时代超出我们的目光。

（原载《解放军报》2006年3月11日）

"给咱孩子的"

3月12日　晴

昨天,一股强冷空气袭击北京,气温骤降,寒风肆虐。而采访中的所闻所感让记者心中涌动着阵阵暖流。

昨晚,李新光代表接到一封军属反映合法权益受侵害的来信,23时半,他打电话到新疆军区某边防团核实情况。今天上午,他又向地方有关部门作了反映。

黑龙江省军区某边防连原军医高连启代表,每年春天都要回边防一线去看望官兵,看看连队周围的群众。他带上针灸工具,到群众家里巡诊,跟官兵们出去巡逻。他说:"我才56岁,走十里八里路没问题。"高连启代表退休后住在哈尔滨,但对边防一线始终忘怀不了,经常打电话问连队的情况。

下午,代表们休息,仡佬族代表赵梅仍在整理会议精神的传达提纲。她对记者说:"你认识宋春丽代表吗?这个人很好。"演员宋春丽代表曾经与她住一个房间,对她关照很多。今天休息时,她开着车叫赵梅出去转转,赵梅说"算了",不想麻烦"著名演员"。没想到,宋春丽给她孩子带来一个玩具狗熊:"给咱孩子的。"口气就像亲姐姐。

"这些人太好了。"藏族代表扎西杜基说:"去年,我母亲患了食道癌,接到电话后,我止不住哭了,跟我同住一个房间的阎维文代表,问我怎么回事,我开始没说。他不停地问,我还是如实说了。他塞给我4000元钱,我没有要,但他执意给我。最后,我还是收下了。后来宋春丽老师也知道了,也执意送给我4000元,我非常感动,非常感谢。"说着,扎西杜基代表唱起一首《祝酒歌》:"善良的酒杯高举起……"声音洪亮,他是唱给所有善良人的。

在"两会"采访,听到了许许多多感人的故事。仔细想一想,也属正常。人大代表,代表人民,善良的人才有这种资格;心中真正确立"以人为本"理念的人,才有这个资格。写到这里,记者想起新疆军区一位首长,来到海拔5380米的神仙湾边防连后,遇到一位新战士突患重病,需要输血,这位首长挽起袖子献了血,谁也拦不住。

有人建议记者对这件事应该好好宣传一下。你猜他怎么回答?"我就是战士的哥哥,他就是我的亲弟弟,哥哥给弟弟献血还要宣传吗?"我无言以对。这就是我们的部队、我们的军营。

（原载《解放军报》2006 年 3 月 13 日）

为了神圣的使命

3 月 13 日　晴间多云

今天上午,全国政协十届四次会议闭幕。十届全国人大四次会议也接近尾声。

刚吃过早饭，某火炮修理室高级工程师郑忠堂代表，就给记者打来电话："这两天挺激动，军委领导亲自关心我的研究课题，把我的研究资料要走了，我回去后更要拼命干!"这位代表把课题看得比什么都重要，平时的喜怒哀乐全系于此。

上午分组审议之后，记者与涂亚庆代表聊了一个多小时。这位后勤工程学院后勤信息工程系的教授，谈了许多设想，如研制一种小芯片，能自动收集每位士兵的信息;研制一个可以贴在装备上的"把手"，直升机在"战场"上空飞一圈，就能收集到武器装备的各种信息……"都能实现?""能。"他回答得很肯定。听他介绍，记者的眼前展现出灿烂的前景。

他不是"空想家"，目前，正同时进行两项后勤信息化方面的研究。"这次人大会对自主创新非常重视，我们的研究都属于这方面，我感到压力很大。"他与所带的博士生，每周开一次"创新碰头会"，大家平等探讨问题，碰撞思想火花，聊各种奇思妙想。一些科研成果，就是从"碰撞"中"发芽"的。回去后，他准备把这种形式再进行完善。

走进代表们住的房间，都能感受到他们对事业的执著追求。研究导弹和火炮"打得准"的代表闫章更，记者曾多次采访过。这位66岁的专家，朴实得如同种地的农民。他说自己"胆子小"，后来我听明白了，他非常严谨。一次试验计算结果，打印出来，有一尺多厚。对待每个数字，他都如履薄冰。"打赢，先要打得准，绝对不能有一丝一毫的马虎。"他的陕西口音很重。

这两天，来自空军的王伟代表，考虑的是把科学发展观贯彻落实到军事斗争准备中的问题。上午遇到他时，给记者谈了许多抓落实的具体想法。他说:"为打赢，各项工作必须做实、做细、做具体。欢迎你到我们部队来采访。"

记者想起屈全绳代表作词、郭瓦·加毛吉代表演唱的一首歌《黄河长江》。这首歌也许能表达代表们参加盛会的感受:"高原给我们气概 / 奔向无涯的大海 / 万里长城的雄姿 / 中原大地的风采 / 各族儿女不能忘怀 / 祖国我们血液里 / 流淌着你的关爱 / 黄河长江 / 中华民族的血脉 / 大江南北长城内外 / 我们同呼吸 / 从高原奔向那大海……"

（原载《解放军报》2006 年 3 月 14 日）

附　录:

亲历报道浅谈

——《用生命丈量念青唐古拉》获中国新闻奖体会

我采写的《用生命丈量念青唐古拉》获全国新闻奖二等奖,凝聚着武天敏编辑、部领导和社领导的心血。此稿原准备发"海边防专版",军事部主任赵险峰看到大样后,临时"挖"过来,发一版头条,总编室连续安排5天,夜班进行了精心"包装"。

当记者10年来,我采写了一些亲历报道,现将体会整理如下。

一

所谓亲历报道,是记者以与采访对象共同经历新闻事件的形式所采写的现场新闻。本来,所有采访都应该到现场,如同开玩笑说"亲自吃饭,亲自睡觉"一样,到现场是记者的职业需要。美国摄影记者罗波特·卡帕有句名言:"如果你的照片拍得不够好,是因为你离得不够近。"文字报道亦如此,其采访距离与报道质量有密切关系。任何职业都要付出成本,亲历是记者必须付出的成本。看看每年牺牲在"现场"的记者,就能掂量出新闻成本的分量。

近年来,亲历报道在媒体上逐渐增多,并得到受众欢迎,究其原因,是它更具贴近性。典型报道是用仰视的角度采写,工作报道是用俯视的角度采写,而亲历报道是用平视的角度采写,与采访对象的界限大大淡化。这样的视角与受众的情感更易沟通。亲历报道时时记录新闻发生过程,相对于参加新闻发布、电话访谈、看材料等采访形式,信息失真少,权威性强。但这种采访需要记者更多的投入。我曾5次上阿里高原,到帕米尔无人区随边防官兵巡逻7天7夜,连续100天走西北边防,连续30天爬海拔5000米以上的哨所,连续3年在"三九"期间闯东北边防,在新疆抗震帐篷里遭遇6级强余震,所付出的时间与汗水且不说,有时还需付出血的代价。《中华新闻报》在转载《用生命丈量念青唐古拉》所配的编后中这样写道:"在对测绘兵进行报道过程中,记者既研习了新闻写作,也研习了生命的意义。"

亲历报道的镜头大多聚焦普通人。1935年的范长江的报道是这样,今天的许多亲历报道也是如此。一位编辑说,新闻要出精品,最好去关注普通人的命运和想法。要使普通人成为新闻的主角,必须在"不普通"上深入挖掘。而生死与共、苦乐与共的亲历,是最有效的"挖掘"方式。新闻是记录即将流失的历史,亲历报道是对即将流失的历史的直接临摹,它如同社会学的田野调查。新闻易碎,亲历报道因其亲历增加了新闻的韧性。范长江的《中国的西北角》在当时引起轰动后,并未随着时间的流逝而失去光彩,依然是近代中国历史的忠实记录。我曾3次参加"两会"宣传,"两会"报道是记录共和国前进的脚步,而对巡逻、测绘官兵生活的记录,是国家历史的细化。历史由许多方面内容组成。有这两个方面,再加上许许多多方面,一个国家的历史才构成"通史"而不是"简史"。

二

选择何种新闻题材亲历,是写好亲历报道的前提。歌德在谈到文艺题材时说:"对,还有什么比题材更重要呢?离开题材还有什么艺术学呢?如果题材不合适,一切才能都会浪费掉。"从重要性上说,文艺题材与新闻题材没有区别。不管何种新闻题材,前提是必须具备新闻的一般属性。亲历报道有它特殊的报道范畴,即报道的内容必须是动态的,而不是抽象的。会议和观念变化等理性色彩较强的报道,很难用亲历形式表现。在亲历报道前,一定要找准新闻的点。这些点可分为地域上的点、事件上的点、人物上的点、时间上的点等。

地域上的点:如走海拔5000米以上的哨所。

事件上的点:如到西藏原始森林测绘、无人区巡逻。

人物上的点:如随退伍老兵回家。

时间上的点:如在"三九"期间到漠河。

这些具有"唯一性"的点,或人迹罕至,被人忘却;或受众关注但无法全面了解和体验。我在选取跟随测绘兵上念青唐古拉山时,最早是在本报记者所写的测绘兵事迹通讯中找到的线索。与有关部门联系后,他们给我提供两个点:新疆边防、西藏原始森林。我选择的是后者。因为仅凭"进原始森林"这一条就是新闻,且还没有记者随队采访过,甚至连机关干部都很少随队。但在选择事件上的点时,不能把一般事件看成是新闻,如战争是新闻,军事演习的新闻性就不强;扑救森林大火是新闻,但受众对抗灾演练的关注度不会太高。判断新闻价值有 3 个因素:关注度、影响面和发生率。如果贸然亲历一些新闻性不强的事件,会降低亲历报道的影响。其实,并非极端的事件才有亲历价值,很多的事件都可亲历。亲历是最直接的采访方式,只是有的题材不适合亲历。如记者不可能随航天员杨利伟乘"神五"首飞太空,也不可能花数年时间跟随科研人员研究"神五"飞船。

筛选亲历题材时,不可预测的"曲折度"是需要特别关注的因素。战争的"曲折度"最大,受众关注度也大;而战士站哨、售货员站柜台、投递员送报等事件"曲折度"小,亲历价值就小。"曲折度"与"危险度"成正比。选择"曲折度"大的题材,必须要考虑记者的心理和身体的承受力。我到无人区巡逻时,真有点"风萧萧兮易水寒"的感觉,走时把家门的钥匙都留下了。走海拔5000米以上的哨所时,也犹豫再三。

三

亲历报道的采访,直接、容易。这种采访样式,重要的是观察和收集细节,包括故事、动作、语言、数字、天候、地形等。这之中,故事、动作、语言是最重要的细节。好的新闻作品由一系列精彩细节组成。有时一个精彩细节,能"成就"一篇好稿。采访时要注意发现和收集三种细节:贴近新闻主题、新鲜(在其他新闻作品中未见)和趣味性细节。

在采写《乌苏里江:一条大河静悄悄》时,我特别注意到与和平有关的细节:"记者踏上珍宝岛,只见哨所新修的大门上挂了 4 盏红灯笼。当年的水泥工事还在,如今墙上到处是燕子窝;那棵'英雄树'还在,如今树梢上系了许多的红领巾;那些被炮弹炸断的树桩还在,如今长出一丛丛新枝……这里的一切都在,只是被和平的时光重新塑造和打磨。"在采写《用生命丈量念青唐古拉》时,不少细节令我十分兴奋:在原始森林里与狗熊相遇、过独木桥、攀冰川绝壁等,这都是在原始森林里所独有的、唯一的。采写"五国反恐"的报道《跨越国界的友谊》时,我写了哈萨克斯坦将军给我方军人敬酒后,把酒杯摔碎的细节,被很多读者记住。这种礼仪,与我国表示友谊的礼仪大为不同。还有在《小汤山定点医院值班采访见闻:平凡岗位的抗非典瞬间》这篇报道中,我把"小汤山村民距大门口不到 100 米"、"在小汤山镇蔬菜市场,各种蔬菜十分丰富。鸡蛋 1.8 元 1 斤,豆角 1.8 元 1 斤,韭菜 1 元 1 捆"都写得清清楚楚。不少读者把读报当成消遣的方式,趣味性细节就显得特别重要。一位老记者讲:"如果记者不集中精力将问题变得家常、具体,那么它们在读者看来就可能成为抽象的报道。做到这一点,就是不断加入趣闻素材。"

　　体验,是记者面对自身收集素材的一种方式。这种采访如同记日记,把自己在特殊环境的特殊感受一一记录下来。此景产生此情,有时是瞬间火花,过后可能变得模糊和失真。在《小汤山定点医院守望札记》中,很多"札记"的结尾,都直接来自当时的笔记。如"在这样一个戴口罩的春天,正常人彼此说话都要拉开距离。然而,在小汤山非典定点医院,有一种力量却在'隔离'中凝聚"、"从雪山到小汤山,记者见过许许多多临危不惧、临难不惧、临苦不惧的军人。其实,这些刚强的军人就是一座座高山。望见这样的高山,老百姓遇到天大的事,都会镇静下来,都会心底踏实"。

四

　　记者亲历现场,直接面对新闻事件,有极强的权威性,这对记者的诚信是一个极大考验。真实,也就成为亲历报道写作上首先考虑的问题。范长江讲:"新闻应该具备什么样的条件呢? 第一条,新闻必须实事,谣言不是新闻,感想不是新闻,一定是事实。"新闻的真实是建立在新闻语言的准确上,这种准确包括每一个新闻要素的准确:时间、地点、引语、数字等。龙应台说:"最大的危险莫过于作者的使命感超过了他对实事的忠于。"她还讲道:"当你所呈现的事实不是百分之百,不论是百分之九十或是百分之五,读者对你的信任已瓦解成零分之零。"新闻的准确,是对记者本人的尊重,如果你写的新闻经不起历史推敲,你为新闻所付出的汗水和时间还有什么价值? 新闻作品应该追求"美"。一位记者讲:"当代的新闻文体可以是有力的、感人的、优美的",但不能把美作为新闻作品的主要标准,它首先应该还是真实,在不违背真实的原则下追求作品的优美。唯美,会影响其真实性。新闻的真实是建立在每句话、每个字的准确性之上。要做到准确,记者的大脑里词汇要丰富。军报一位老记者曾发现,苏绣丝线颜色有 2000 多种,织锦厂是用编号来划分的。应该说每种颜色都有一个名称,他费了很大工夫,才收集到 100 多种颜色的名称。

亲历报道的特性决定着新闻语言必须通俗。每一张报纸都希望拥有更多的读者,只有新闻语言的通俗化,才能谈得上贴近性。通俗的报道,适合大众阅读。写新闻,写得激情澎湃容易,写得通俗平实难。我曾试着在《用生命丈量念青唐古拉》、《孤礁六日》、《走向界碑七昼夜》中试用这样的写作方法。通俗不是模仿,要用别人没有用过的群众性语言。我曾写过一组退伍老兵的现场见闻,其中一篇的题目是《真想再当一次兵》,这个标题被不少读者所记住,后来被多次引用。我还在《迟到的家书抵万金》中写过一句"当兵当到天边边",这句话的重复率也很高。通俗的语言并不一定是引用群众的原话。通俗,是一种深入浅出的叙述方式。钱锺书的散文是通俗的(包括他的《宋诗选》前言),王小波的散文是通俗的,王蒙的散文也很通俗,但这种通俗并非直接来自群众语言。

文学和新闻有严格的区分。在亲历报道写作时,对文学表现手法的借用,必须保持谨慎。文学离不开想象,离不开夸张,新闻则不能。文学要含蓄,新闻则不能太含蓄。一位记者讲"写新闻要加点'血'进去",就是当记者要有责任感,要关注国计民生,要为群众鼓与呼。但在表达观点时,应该用事实的组合来实现。文学要抒情,新闻的抒情则要节制。美国记者 A. M. 罗森塔尔在他的新闻名篇《布热金卡:阳光明媚,鸟语花香》中是这样抒情的:"布热金卡的太阳居然在照耀,这里居然有光亮,有绿树,有儿童的笑声——这简直是不可思议的,就像在噩梦中发生的事情一样。布热金卡应当是个永远没有阳光、百花永远凋谢的地方,因为这里曾是人间地狱。"我在写《用生命丈量念青唐古拉》的结尾时,感到有很多话要说,后来还是很节制地只引用了测绘兵的一副对联。文章戛然而止,让读者自己去品味和思考。

(原载《军事记者》2003 年第 12 期)

附　录：

毋忘士兵

——在全国优秀新闻工作者表彰会上的发言

上一次高原，净化一次心灵；走向界碑，也是走向新的精神境界

我 1980 年入伍到新疆，1993 年从军区机关调到军报驻新疆记者站。西北边防很苦，特别在阿里高原、喀喇昆仑山和帕米尔高原，官兵们是用血肉之躯维护着祖国的领土，看看守防官兵乌紫的嘴唇，再用彩超看看他们肥大扭曲的心脏，就能明白这一切。这些年，我走过一座座界碑的同时，也走过一座座墓碑。祖国的边海防线上，烈士陵园很多。每次采访路过，我都给牺牲的战友鞠个躬、点支烟。广西边防、东北边防和西沙的烈士陵园，西藏的山南、林芝、墨脱、仲巴、狮泉河烈士陵园，喀喇昆仑山海拔 4700 米的康西瓦烈士陵园，我都拜谒过。陵园里有将军的墓碑，也有十七八岁的新兵的坟墓。和平年代，一次雪崩、一次迷路，他们的生命便永远留在边关。走进荒凉的陵园，望一望密密麻麻的单薄的水泥墓碑，让人震撼和清醒。我想，当军事记者，应该多亲历边防的艰苦，多宣传一线官兵。

当记者第二年，我来到帕米尔，参加新疆军区红其拉甫边防连一年一次的无人区长途巡逻。到连队后，官兵正在紧张地准备，院子里拴满了牦牛，地上摆着枪支弹药，气氛如同奔赴战场，连里把过中秋节的月饼，都让巡逻分队带上了。在万家团圆的中秋节，我随巡逻分队出发了，抬头望去，全是高入云端的雪山。这条巡逻路。夏天洪水多，冬天雪大，只有在洪水消退之后，大雪来临之前，勉强通行，并且不能骑马，只能骑牦牛。在雪山上巡逻，冻得无处躲无处藏，牦牛背上，全是冰珠子。晚上，雪下大了，就用装食品的纸箱子，掏个洞,扣在头上睡觉。冻醒了,就拣点干柴火烤火。这次巡逻,我随官兵走了7天7夜,沿雪山巡查了第8、9、10、13号界碑。这7天,天天都有险情。巡逻返回时,因为风太大,我一直低着头骑着牦牛,没有看路。牦牛突然停了下来,我抬头一看,牦牛已经走到了悬崖边上,三只蹄子踩在三块馒头大的石头上,上面还有雪,一只蹄子还悬着。向下一看,几百米深。人到此时,反而很平静,是死是活听天由命吧。没想到,牦牛也不想死,颤颤悠悠地爬了上来。

随着这支巡逻队,我一路想了很多:想到人的生命非常脆弱,生与死,只是一瞬之间;想到当一名称职的边海防军人要付出很大的代价;想到年年在高原上巡逻,谁的身体都受不了,官兵中患心脏病的很多,不少官兵转业后不久就病逝了……回来后,我发表了通讯《走向界碑七昼夜》和一组照片。报道发表后,收到很多读者来信,有位读者来信说:"《走向界碑七昼夜》将深深印在读者心中,因为她是军报记者用生命铸就的篇章。"准确讲,这篇报道是边防一线官兵用生命铸就的篇章。

战士敢于用生命丈量雪山,记者也要敢于用生命履行自己的使命

2000年初,我调到记者部机动组,主要参与军委领导的报道和全军重大活动的报道。平时能抽出时间,就继续上高原、下海岛。

在亲历采访中,特别在遇到危险的时候,我也多次问自己:这样为一篇报道值得吗？是啊,没人邀请你,没人指派你,有的部队担心记者发生不测,整天提心吊胆,也不一定欢迎你。但仔细一想,这样当记者,才有意思;这样的采访,才有激情。我受党教育20多年,从不怀疑自己的立场,但我担心新闻感觉的迟钝和激情的消退。如果当记者缺少激情和真情,很难写出让行家称道、让读者喜欢、让自己满意的作品。

当记者10多年来,我随边防官兵巡查过全国边防线上近千座界碑,连续102天走西北边防,"三九"期间到漠河边防和官兵一起在冰河潜伏;在新疆阿拉山口11级大风中体验执勤;在伽师地震灾区和救灾官兵一同经历6.3级强余震;迎着强台风上南沙、走西沙,在我国最南端的华阳礁哨所,与水兵一同生活6天6夜。最难忘的还有两件事:一是采写系列报道《走向海拔5000米以上的边防哨所》。我从新疆叶城县出发,连续翻越喀喇昆仑山、冈底斯山、喜马拉雅山,连续攀登一个又一个全军海拔5000米以上的哨所,一共走了 30 多天。最缺氧、最难受的哨所是海拔 5171 米的天文点边防连。我在这里住了一个晚上,头痛得只睡了两小时。那天,正碰上官兵换防,很多新战士吐得脸上一点血色都没有,下车后走都走不动,被人搀着。有的战士一晚上不停地吐不停地喊,连队军医又是搬氧气瓶,又是输液,忙了一通宵。这一幕,使我感动,令我心痛。

第二件是随成都军区测绘大队到西藏原始森林里测绘,走了 20 多天。21 年前,这个测绘大队每年进藏测绘时最后一辆车拉的肯定是棺材。他们每年都有官兵牺牲在西藏,共牺牲了 23 名。这次测绘,虽然不用拉棺材,但还要经历曾经历过的一切。进藏第三天,我就晕倒了,下嘴唇被摔穿,缝了 24 针,在野战医院住了 7 天。这一路,走独木桥,遭遇洪水,经历很多危险,万幸的是还是活着回来了。回北京不到一个星期,参加此次行动的一位工程师就牺牲在测绘途中。测绘大队胡政委给我打电话时,在电话里泣不成声。

一而再、再而三的经历危险,是不是自己有冒险的嗜好? 不是。因为这是记者的职责。比如说抗击非典,作为党报的记者能躲吗? 当时,我和同事上小汤山医院采访时,北京街上空空荡荡,不知路怎么走,不知道自己能不能平安回来,也不知道这种病到底多可怕。有一个细节我忘不了,当非典病人住进小汤山医院的第一天,我们驾驶员送我,路上,他把车停下来,跟我说:"听说这种病就是治好了,后遗症也很厉害,你得好好想想,万一染上,后半辈子咋办?"当时,他这几句话说得我七上八下,但采访任务必须完成。回到家里,我单独住一间房子,吃饭时家人把饭递进去,自己的亲人也躲着我。但是遇到危险,记者是不能躲的。一线官兵敢于用生命冲锋陷阵,记者也应该用生命履行自己的使命。

和战士一起在雪水里泡一泡,能保持清醒的头脑,也能保持一种情怀

我感到,当一名党报记者,和基层官兵没有感情不行。在这方面,军报不少领导和同事是我学习的榜样。我曾跟随孙晓青社长下部队采访,他见到贫困的小学生就掏钱,得知战士家里有困难也掏钱,走了一路资助了不少人,回到报社又寄钱。正是受军报同仁的影响和熏陶,我也想做点什么。

新疆军区海拔 5171 米的天文点哨卡前有片湖水,因各种传说官兵不敢用,天天背冰吃。我从湖里灌了一瓶水,怕颠碎,抱在怀里颠簸 20 多天,赶到乌鲁木齐找军事医学研究所化验。结果一出来，水质很好，我立即告诉千里之遥的天文点的官兵。在小汤山抗击非典时，我听医护人员说，病房里有一位13岁的女孩与家人失去联系，情绪很不好。刚开始医院的情况有些乱，我让驾驶员回家提了一兜零食送进病房，还让自己的女儿写了一封信，这个女孩把信贴在床头，很高兴，还给我女儿写了封回信，也配合治疗了。我还非常关注过一位60多岁的老太太的治疗，因为她是住院病人中年龄较大，又比较重的一位，我几乎每天给病房打一次电话，问问治疗情况，后来这位病情很严重的老太太顺利康复出院。至今，我也没见到过这位老太太。

有一次，我到高原边防采访，我发现有的连队吃的是过期罐头，就逐个连队收集。本来边防上吃菜就很困难，吃的罐头再是过期的，战士们还怎么守防？我非常气愤。怕有关人员不认账，就让每个连的连长指导员在每筒罐头上都签上字。下山后，我提着过期罐头去找部队的领导。部队领导听了我的汇报后，非常重视，当即派工作组上山调查，也把推土机开上了山，当场销毁，还严肃处理了侵占官兵利益的干部。

2000年8月，我到西藏边防采访，路过白朗县时遇到洪水，4名抗洪官兵，被困在洪水中央的断堤上。我看到部队和群众正在营救，就让驾驶员停下车，也加入营救的行列。尽管是夏季，西藏还是很冷。大家都是穿着棉衣就往雪水里跳，一共在刺骨的雪水里泡了6个多小时。当时也没想到要写报道，因为这样的洪水在全国很多。大家都想着赶快把4名官兵救出来，眼看着断堤越冲越短，越冲越小。当武警白朗县中队指导员伍明成在救人中牺牲以后，我才决定立即回去写稿。返回的路上，水很深，最深的地方都淹到了脖子上，走在水中央头直发晕，因为周围的参照物，全是奔涌的水流。我头顶着照相机和采访本，慢慢游到岸上。回到县中队时，刚刚牺牲的指导员伍明成的新婚妻子，正站在中队门口，等着自己的丈夫回来。我怕她受不了，没有立即告诉她不幸的消息。指导员伍明成天天都在抗洪，连套干军装都没有了，这位四川来的妻子买了套新秋衣秋裤，拿在手里，等着自己的丈夫回来换。我在中队二楼写稿写了两个小时，这位新婚妻子在中队门口站了两个小时。我从窗口看一眼，眼泪就止不住地往下流，有时写着写着就写不下去了。我流着眼泪写的报道《勇士一去不回头》，发表后引起不小反响，不少读者读得热泪盈眶。当天，军报评报栏里的评报有8篇之多，把整个评报栏都贴满了。

如果不和官兵一起泡在雪水里,不可能写出这篇报道。此次采访我领悟到,心中有爱方能写出爱,心中有情方能写出情。正如一位大画家所说,风格可以模仿,感情无法模仿。

我感到,作为一名党报记者,多和战士们一起在雪水里泡一泡,多受受基层官兵的熏陶,不仅思想上能保持清醒,对新闻业务也是一种有力的促进。

(2005 年 11 月)

附　录：

愿做那块静静的界碑

——杜献洲访谈录

　　作为一名军事记者，杜献洲创造过很多记录：第一个骑牦牛到帕米尔高原无人区巡逻、第一个到西藏原始森林报道测绘、第一个系统报道全军海拔5000米以上边防哨所……13年的记者生涯，他始终把目光投向祖国的海防边防，累计采写亲历报道160多篇，用新闻的形式唤起读者对国家安全、对守土保疆军人的关注。

　　一袭绿军装，英气逼人，鬓角白发已见，眼神中透出历尽风雨后的气定神闲——杜献洲现任解放军报社后备部副主任，分工负责《中国国防报·军事特刊》和《环球军事》手机报两份媒体。一见面，杜献洲半开玩笑地说，为了接受我们的访谈，他昨晚紧张得一夜没有睡好。采访中，他会时不时地翻开笔记本，认真地给记者念几句最近总结的管理心得或是从书上摘抄的名言警句，顺口还背出了我们《媒体人访谈录》中的几个句子。谈吐间平实中见功力，一如他当年感动过许多读者的文字。

把根扎进边防的大地

　　记者：读者们印象最深的是你采写的亲历式报道，如《走向界碑七昼夜》、《孤礁六日》等等。它们都来自于人迹罕至的祖国边防。在选材上，你为什么会对边防题材情有独钟？当时怎么会策划"到全军所有危险的地方走一趟"？

　　杜献洲：我是从新疆军区出来的。刚刚从事写作的时候，我的想法很简单，就是从新疆开始，把那些最难记录的地方记录下来，把边防战士们的生活原原本本呈现出来,他们的故事一定是读者喜欢看的。写《走向界碑七昼夜》之前,第一次陪编辑到新疆军区红其拉甫边防连采访,战士们给我们讲他们到无人区巡逻的故事,讲完后半开玩笑地说,记者敢不敢跟我们走一趟? 我当时没有回答,但把这个事儿放在了心上。第二年,在洪水消退、大雪到来之前,唯一有路可走的那段时间,我又到了帕米尔高原,真的跟战士们巡逻了7天7夜。

年轻的时候,满腔热血,天不怕地不怕。跟着测绘大队到西藏测绘就是这样。之前所有记者的文章都是从测绘队采访回来之后完成的,没有人亲自跟他们走过。我是一个例外。

记者:有没有过觉得难熬、后悔的时候?

杜献洲:在上阿里高原时确实有过。高原上缺氧难受的感觉是无处躲藏的,第一次上高原的感受就是"苦海无边,回头无岸"。坐车难受,下了车也不舒服,一去就是五六天,还要采访。一种很无助的感觉,谁也帮不了。

所以后来每次上高原之前都要做很多体力的准备,跟西藏测绘队测绘之前就做了两三个月的准备,每天锻炼,要不真的顶不下来。匆忙出发的代价会非常大。我从来没后悔过。与边防军人比,自己的付出微不足道。

记者:毕竟这不是每一个记者都有勇气去尝试的,是军人的身份还是记者的职责给你带来那么大的勇气?

杜献洲:本质上还是军人的感觉在心里吧。其实经历了一些风险,都只是因为我是个记者而被人关注。而普通的士兵们天天在这样做,大家却习以为常。在城里生活久了之后就会变得小心翼翼,不敢去冒险。其实,人在年轻的时候是需要一种朝气、勇气的。年轻的时候顾前虑后,老了之后还是四平八稳,那这一辈子至少就会有一种感觉没有体验过。军人更应该有点冒险精神,这是一种基本素质。人不能太娇气,对遭遇的艰辛不能大惊小怪。不用问为什么,这是我的职业。我从职业生涯里悟到了很多东西,同时这种职业也需要我的付出。

记者:但是,士兵到某个岗位工作,是服从分配的,这是他身为军人的天职,而作为一个记者你是可以选择的。

杜献洲:从个人层面说,这种亲历性的采访方式能让我感受到做记者的快乐。很多采访方式总觉得不够职业,当记者应该有一种感觉、一份经历,同时也是一种知识和见识的储备。有了这种经历和储备,对事物的判断就会更贴近实际。

另外,每一次采访回来之后都会让人更自信。记录了一些东西,感悟了一些东西,底气就从这种经历中得来。好像希腊神话里的天地之子阿尔库俄纽斯,每到精疲力竭时,只要一接触大地立刻又会力大无穷。根扎到泥土之后就会无所畏惧,而轻飘飘的就什么都完了。这种自信,一直带到了我现在的管理工作中来。

记者:为了帮战士们找到饮用水,你20多天在怀里抱着从新疆一个天文点哨卡前的湖里取来的水,到乌鲁木齐化验。发现有边防连队吃过期罐头后,你就逐个连队收集,然后找有关领导"算账"……这似乎超出了一个记者的职责,为什么会做这些事? 你觉得记者应该是一个怎样的人?

杜献洲:有些事儿能给别人帮很大的忙,而对我们来说仅仅是举手之劳,即使是个普通人,也应该去做啊。在西方,多数媒体记者都是"左派",是愤青。在大多数情况下,记者需要的就是那种"路见不平,拔刀相助"的激情。没有这种精神,就很难把稿子写好。只有真的喜欢战士们,真的对他们有感情,写出的东西才可能跟他们没有距离。其实能办成的都是一些小事,想帮也帮不了的时候,会感到记者所能起的作用太有限,很是无可奈何。

应该热爱这份职业,有责任感。这样写出来的东西才能够被别人看到、记住。我希望读者能记住我的作品,记住边防战士,记住那些常人难以想象的生活。

平实中透出深刻

记者:你说过,写新闻要加点"血"进去,这句话怎么理解呢?

杜献洲:新闻要带着感情,这种感情正是"加点血"——付出之后得来的。可能别的记者不需要这种要求,而我们的采访对象是军人,这是个特殊的职业,他们付出了比常人更多的牺牲,多一些同生死的经历,才能够跟他们融合得更紧密,写出来才可能像军人、是军人。军事报道如果没有这样的经历,写起来老像是隔了一层玻璃,文字再优美,也触动不了人。

我到西沙去的时候,听说刚走了一个将军。他退休之前带着全家人到西沙去扫墓,那是他战斗、成名的地方,也是战友们牺牲的地方。他始终认为他现在的这个"将军"是战友用鲜血换来的。在西沙,他坐在藤椅上,在烈士陵园里给烈士们通宵守墓,带着全家人一起敬酒,举行祭奠仪式。军人的这种感情只有与他们一起生活久了之后才能深刻地理解,写起东西来才不会有隔膜感,不会像局外人在讲故事。

记者: 我们发现你的文章很善于抓住一些能够震撼读者、感动读者的"点":时间上的点、人物上的点、细节上的点……

杜献洲: 亲历报道首先是新闻,其次才是一种采访方式。所以在出发采访之前,我一定会先想明白、想清楚了要找到哪些"点",能拎起来的"点"应该具有唯一性。比如南沙群岛,很多记者都坐着补给船去过、写过,但大都是走马观花。我想我应该有所取舍,于是只在最南端的礁上住了6天,收获非常大,体验了许多独特的东西。

另外,要善于观察,发现细节。有一次跟着新年慰问演出队到边防哨所采访。演出结束后,觉得稿子的内容还是不够充实。我不甘心,想在这普通的演出背后挖出点故事。跟一位战士聊天时,我发现他在床上还穿着湿乎乎的大头鞋。我开始很好奇他为什么不脱下来,后来才知道这个哨所缺水,取水要从陡峭的山坡下往上背,冬天下过雪后,泉眼都很难找到。十几人的演出队一上山,就把战士们储存的泉水都喝光了,战士没有水洗脚,怕味道太冲,不敢脱鞋。不仅如此,他们为过年准备的食物也被演员们吃完了。回军分区后,我跟文工团的领导反映了这个问题,号召大家给战士们捐钱,连夜上街买了吃的喝的,第二天部队派人送到了山上。一篇叫《特别伙食费》的稿子就这样诞生了。

记者: 可以看出你的作品风格很平实,能从平实中透出深刻的内涵是需要功力的,你是怎样做到这点的?

杜献洲: 我不喜欢大喊大叫的稿子,写作的时候力求真实,能够还原生活。因为我的文章不是突发的新闻事件,也不是思想性很强的指导性稿件,亲历性报道不需要迎合什么,要的是原汁原味的东西,越朴实、越平实越好。其次是尽量写得精练一点,自己看得都累的东西坚决不要。再就是能够既美又自然,还有知识性、趣味性在里面。趣味不是玩笑,而是讲的东西很新鲜,很有意思。采访回来,我总喜欢给别人讲采访中的趣闻逸事,讲的内容肯定是简练、非常生动的核心部分,讲着讲着就找到了写作中应该着力下笔的地方。听的人对什么感兴趣有时恰恰可以提醒你某处可以好好写一写,这是一个比较有效的方式。

再一个是话说得有余地,不要太满、太过,要留有想象空间,这样的稿子对读者也有吸引力。最后就是叙述的跳跃性、语言的凝练性。6 年采访"两会"时我都会带一本书——余光中的《中国结》,就是为了找到一种文字的感觉。文字的凝练、跳跃、哲理,在诗歌里面都展现得淋漓尽致。新闻,包括新闻的标题需要的也都是这种感觉。

锤炼的过程,教不来,学不来,全是自己的体会与感悟。好的文学作品,要出奇制胜。内容新,句子新,才出好文章。平实不等于老套,老套是一种很笨拙的办法。平实像我们现在经常说的"做人很低调"的叙述方法,不张扬,不矫情,却内涵满溢。当然,我的文字还差得很远。

人总是在不断地落伍,同时不断地追赶

记者:从一名写稿编稿的记者,到两家媒体的管理者,你是怎样完成这一角色转变的?

杜献洲:这确实是两种完全不同的工作方式。当记者时到处采访是很辛苦,但是也很自在,所有的时间都是自己来掌握。而现在,在上级领导下,分工负责这两家媒体,方方面面都要操心。跟做记者时领导催着交稿还不一样,这种压力不是来自别人,而是自己。

刚开始的时候,就是从头学。第一个月来了以后,想把报纸原来的版面改进一下,不知道怎么画版,就找这方面的专家,研究这个版怎么搞好看,标题怎么弄合适,怎么选照片,一样一样学嘛。还有考察市场,那时每天吃完饭散步的时间都要逛报摊,跟卖报的人聊天,了解哪些报纸销得好。之后再跟经营报纸的人取经,慢慢摸索。那天读到一位日本管理大师的话:"我并没有

教日本企业任何东西,只是告诉他们一个道理,就是每天进步1%。"这种管理的理念非常重要,不求一下子有多么大的突破,只要能保证天天有进步就可以了。

记者:可能管理手机报这种新型的媒体对你来说挑战更大?

杜献洲:手机报是今年1月份才上线的,对我们来说,从技术上,语言、编排方式上,甚至从它的受众对象上,目前仍然处在探索的阶段,我们还是新兵。手机报与传统媒体的最大区别,就是它的可选择性极强。订一份党报,一订一年,但手机报不一样,它随时可以退订,读者挑选的时候会更苛刻,这就对采编人员提出了更高的要求。

我们的信息产品,一定要适合这类人群。比如,我们有一个很重要的受众群体——军迷。他们对兵器、战史等都研究很深,喜欢清晰漂亮的图片,喜欢新闻中提供精准的数字,这些都是调查、座谈得来的。

记者:军迷对大多数人来说的确是一个很新的群体,你是一个喜欢挑战新事物的人?

杜献洲:挑战谈不上,我是一个乐于接受新事物的人。新事物启动新思路。你不一定很擅长,但一定不能不知道,这样可以使你在观察事物的时候看到很多别人看不到的东西。人总是在不断地落伍又不断地追赶。我这个年龄的人,跟老年人沟通没有什么障碍,难的是跟年轻人的沟通。而对新事物的了解,是与他们沟通的必要与最简捷的方式。不管在什么岗位,我都会记住自己是一位身穿军装的新闻工作者,像静静的界碑一样履行好自己的使命。

（杨芳秀、范雯撰写,原载《新闻战线》2009年第10期）

后　记

　　第一次出作品集,感慨颇多。我的家乡在河南内黄。小时,我记得村里只有一本磨掉封面封底、蹭得油黑的《林海雪原》,我只见过一面,无缘阅读。当时,借阅的人很多,轮不上。上初中后,第一次到镇上赶集,用压岁钱买了一本《辛弃疾词选》。升至高中,从生活费中省出一元多钱,订了份刚复刊的《中国青年报》。中学时代的阅读经历,如此苍白。

　　1980年10月,我入伍来到新疆沙湾某部,后分配到乌鲁木齐军区玛纳斯兵站,任文书,负责分发报纸杂志、出黑板报。虽为新兵,却独居一室,可彻夜看小说。从此,开始了伴有书香的军营生活。1981年上军校时,中午很少午休,常泡在图书馆。提干后,想看什么书有钱买了。从无书可读到自己出书,真心感谢解放军这所大学校!

　　这本新闻集,选自我1991至2006年采写的新闻作品。选择时,主要围绕三个关键词:海边防、亲历、现场,故取名"走向界碑"。

　　虽然三者之间无必然联系,但它涵盖了我采访写作的一些特点。当记者15年间,我对采写亲历报道,乐此不疲。行走边关,常如独行侠。地图上的国界线,是什么人在守,如何在守?这对于许多人,充满好奇,而又遥不可及。我"代表"读者去一一探访。有的新闻,提供信息;有的新闻,提供观点;而亲历报道,则提供原生态的故事。

　　我还采写过不少主题十分重要的作品,如全军重大活动的报道,各种述评。因采写述评较多,当时还曾被人戏称为"述评部主任"。此类作品均未选,因为不属此范畴。

　　下边防最多的时间,是调军报记者部机动组后。当时,每季度值班一个月,参与军委领导活动的报道。只要不值班,买张机票就出发,上新疆、西藏、黑龙江、南沙、西沙。那时最不缺的是勇气。我当初想把全军最艰苦的海边防连队,采访一遍,后来因工作变动未能实现。那6年,是属于我的"激情燃烧的岁月"。

像赴高原边防连队采访,路上要走六七天,意想不到的情况很多。我时常想:走这么远、费这么大劲,就一定要写得原汁原味。如果再写些套话,连自己都对不起。应该承认,几天的短暂采访,记者不一定调查得十分准确。但不能在写作中,有意虚构要素。含水分的新闻,再轰动、再叫好,迟早都会被历史唾弃。

世界上的书太多了,增加一本,不仅需要精力,更需要一个理由。如果给此本书找一个理由,我感觉是这两个字:客观。书中100多篇新闻作品,难免有幼稚、俗套与应景之作,但都是"取眼之所见、身之所经为题材",客观记录。"高度决定影响力",而真实决定生命力。客观真实,能让易碎的新闻作品,兼具史料价值,免得后人"去伪存真"。

最应该感谢的,是解放军报这个平台和集体。我在新闻方面的成长进步,得益于许多领导和编辑的关心培养。不管是帮我出思路,修改标题和文字,还是平时聊天时三言两语的探讨,所受到的启发和教益,都是最直接的。

孙晓青社长在百忙中为我作序,我深表谢忱。

书中不少作品,是与其他同志合作完成。有的合作者,是我的领导和老师,有的是部队通讯员,在此一并感谢。同时,也十分感谢中华书局的高天编辑对此书付出的心血。

书中的照片,除署名外,都是我当时随手拍摄的。现在看来,照片还是拍少了,也没有保存好,好多难得的照片没能找到,非常遗憾。

2011年5月于北京